Honore de Balzac

Xha Gorioi

RL BOOKS
2022

Xha Gorioi
(Le père Goriot)
Honore de Balzac
Përkth. nga origj. Enver Fico

ISBN 978-2-39069-003-0

https://www.rlbooks.eu
admin@rlbooks.eu

Bruksel, mars 2022

*Të madhit Zheofma Sen-Hilerë
në shenjë admirimi për punën
dhe gjeninë e tij.*

Dë Balzak

Zonja Voker, bijë nga familja fisnike e Konflanëve, është një grua plakë, që mban në Paris prej dyzet vjetësh një pension familjar në rrugën Nëvë-Sent-Zhënëvievë, midis Kartie Latënit dhe lagjes Sen-Marso. Ky pension, që njihet me emrin shtëpia Voker, është i hapur për të gjithë, për burra e gra, pleq e të rinj, megjithëkëtë kurrë nuk janë marrë në gojë zakonet e kësaj shtëpie të respektuar. Po të themi të drejtën, këta tridhjetë vjetët e fundit aty nuk ishte parë kurrë ndonjë djalë a vajzë, dhe në qoftë se shkonte ndonjë i ri, kjo do të thoshte se ai merrte nga prindërit shumë pak të holla për të jetuar. Megjithatë, më 1819, kohë në të cilën fillon kjo dramë, aty ndodhej një vajzë e varfër. Sado që të ketë humbur besimi te fjala dramë nga mënyra e padrejtë dhe kriminale e përdorimit të saj në letërsinë sentimentale të kohës sonë, duhet ta përdorim këtu, jo sepse kjo histori është dramatike në kuptimin e vërtetë të fjalës, po ndoshta ndonjë nga lexuesit, si ta ketë mbaruar së lexuari, do të derdhë disa pika lot *muros* dhe *ekstra*. A do të kuptohet përtej Parisit? Për këtë edhe mund të dyshohet. Veçoritë e këtyre skenave plot vërejtje të holla dhe ngjyra lokale nuk mund të çmohen veçse midis brigjeve Monmartrë dhe kodrinave të Monruzhit, në këtë luginë të përmendur për muret e shtëpive gjithnjë gati në të rënë dhe për rrëketë tërë llucë të zezë; luginë plot vuajtje të vërteta, gëzime shpesh të rreme, ku aq të mëdha janë dallgët e jetës, saqë vetëm ndonjë ngjarje e jashtëzakonshme mund të lërë mbresë për një farë kohe. Sidoqoftë, nganjëherë edhe këtu gjen dhembje, që grumbullimi i veseve dhe i virtyteve i bën të mëdha dhe solemne: përpara këtyre dhembjeve edhe njerëzit egoistë dhe të interesit ndalen e ndiejnë mëshirë; po ajo që ndiejnë këta njerëz kalon aq shpejt, sa edhe shija e një fryti të ëmbël që gëlltitet menjëherë. Qerrja e qytetërimit, që i ngjan qerres së idhullit të Zhazhernatit, e penguar paksa nga një zemër që nuk dërrmohet aq lehtë sa të tjerat dhe që i ndal rrotën, e shkatërron pas pak dhe vazhdon marshimin e saj triumfues. Kështu do të bëni edhe ju. Si ta merrni këtë libër me atë dorë delikate, do të kridheni në një kolltuk të butë e do të thoni me vete: "A do të më zbavitë ky?" Si të keni lexuar fatkeqësitë e fshehta të xha Gorioit, do të hani drekë me oreks dhe, po të mos ndieni gjë, do të bëni fajtor autorin, do të thoni se ai e ka tepruar dhe do ta akuzoni se ka bërë poezi. Ah! Ta dini pra: kjo dramë nuk është as trillim, as roman. *All is true* (të gjitha janë të vërteta), është aq e vërtetë, saqë çdo njeri mund t'i gjejë elementet e saj në shtëpi të tij dhe ndoshta në zemrën e tij.

Ndërtesa e pensionit familjar është e zonjës Voker. Ajo ndodhet në pjesën e poshtme të rrugës Nëvë-Sent-Zhënëvievë, aty ku toka pirret drejt rrugës së Arbaletës në një të tatëpjetë aq të thepisur e aq të vështirë, saqë kuajt rrallë e ngjitin ose e zbresin. Ky është shkaku që mbretëron qetësia në ato rrugë të ngushta që ndodhen në mes të katedrales së Val dë Grasit dhe katedrales së Panteonit, dy monumente që ndryshojnë atmosferën, duke i dhënë tone të verdha e duke errësuar çdo gjë rreth e rrotull me hijet e vrazhda të kubeve të tyre. Atje kalldrëmet janë të thata, vijat s'kanë as baltë, as ujë dhe rrëzë mureve ka mbirë bari. Kushdo që kalon këtej, trishtohet, qoftë ai edhe njeriu më i shkujdesur; zhurma e një karroce është një ngjarje e madhe, shtëpitë janë të zymta, muret duken si mure burgu. Një parizian që do të vinte rastësisht këtu, nuk do të shikonte veçse pensione familjare ose institute, mjerim dhe mërzitje, pleq që vdesin dhe të rinj të gëzuar që janë të detyruar të punojnë. As një lagje e Parisit nuk është kaq e llahtarshme. dhe - duhet ta themi - kaq e panjohur. Sidomos rruga Nëvë-Sent-Zhënëvievë është si një kornizë prej tunxhi, e vetmja kornizë që i përshtatet këtij tregimi, që kërkon sa më shumë ngjyra të ngrysura dhe mendime të zymta, kështu, meket drita shkallë-shkallë dhe zëri i shoqëruesit vjen i mbytur e i thellë, kur udhëtari zbret në katakombet. Krahasim i vërtetë! E kush mund të thotë se cilat të tmerrojnë më shumë, kur i sheh: zemrat e thara apo kafkat bosh?

Fasada kryesore e pensionit bie mbi një kopsht të vogël, kështu që shtëpia formon një kënd të drejtë me rrugën Nëvë-Sent-Zhënëvievë, prej ku duket vetëm muri i krahut. Gjatë gjithë ballit, në mes të shtëpisë dhe kopshtit të vogël, vendi vjen si një hauz plot zaje, nja dy metra i gjerë dhe përpara ka një rrugicë të shtruar me rërë, nga të dyja anët me gjilpën qyqe, me marshalloja dhe me shegë të mbjella ndër vazo të mëdha prej majolike të kaltër e të bardhë. Në këtë rrugicë hyet nga një portëz që ka sipër një tabelë me këtë mbishkrim: SHTËPIA VOKER, dhe më poshtë: PENSION FAMILJAR PËR GRA, BURRA E TË TJERË. Ditën, nga një portë- kafaz me një zile shungulluese, duket përballë rrugës, në fund të kalldrëmit të ngushtë. një mur, ku një nga piktorët e lagjes ka pikturuar një hark si mermer i blertë dhe nën të ngrihet një statujë që përfytyron Dashurinë. Po ta shikonin vernikun e ciflosur, me të cilin është lyer kjo statujë, amatorët e simboleve mund të zbulonin aty një mit të dashurisë pariziane që shërohet pak hapa më tutje. Për kohën kur është bërë ky ornament na flet një mbishkrim gjysmë i shuar në piedestalin e Dashurisë, që dëshmon pritjen solemne që i është bërë Volterit kur u kthye në Paris më 1778:

*Cilido qofsh, ja mësuesi yt i vërtetë
i tillë ka qenë, është dhe do të jetë.*

Ndaj të ngrysur nuk mbyllet porta-kafaz, po një portë e bytyntë. Kopshtini, që shtrihet në tërë gjatësinë e fasadës, është i rrethuar nga muri i rrugës dhe nga muri i përbashkët i shtëpisë fqinje, veshur me gjethe shermasheku, që e fshehin krejt dhe tërheqin vëmendjen e atyre që kalojnë andej me efektin piktoresk që bën në Paris ky mur shermasheku. Gjithë këtyre mureve që rrethojnë kopshtin u qepen pemë frutore dhe hardhi plot veshulë të rrëgjuar tërë pluhur, që e shtien në merak vit për vit zonjën Voker dhe për të cilët ajo flet shpesh me qiraxhinjtë. Gjatë çdo muri shkon një rrugicë e ngushtë që të shpie në një kënd me blirë, që zonja Voker, edhe pse rrjedh nga familja fisnike e Konflanëve, i shqipton gjithnjë brilë, me gjithë vërejtjet gramatikore që i bëjnë qiraxhinjtë e saj. Midis dy rrugicave është një copë vend katërkëndësh me angjinare, rrethuar me pemë të krasitura në formë furke dhe i mbjellë anës me sallatë, lëpjeta e majdanoz. Në hijen e blirëve është ngulur një tryezë e rrumbullakët lyer me bojë të blertë dhe rreth e qark me frona. Ata qiraxhinj që u mban xhepi të pinë një kafe, kur u teket, atje shtrohen e pinë kur bën aq vapë sa piqet kulaçi në diell. Fasada trekatëshe dhe me papafingo është ndërtuar me gurë dhe lyer me atë ngjyrën e verdhë, që u jep një pamje të shëmtuar pothuaj gjithë shtëpive të Parisit. Të pesë dritaret e çdo kati kanë xhama të vegjël dhe panxhure, nga të cilat asnjëra nuk është ngritur njësoj si tjetra, prandaj të gjitha vijnë shtrembër. Fasada e anës ka vetëm nga dy dritare për çdo kat dhe në katin përdhes këto dritare janë zbukuruar me thupra hekuri si kafaz. Pas ndërtesës është një oborr afro shtatë metra i gjerë, ku rriten e shkojnë mirë me sho-shoqin derra, pula e lepura dhe, në fund të këtij oborri, një haur për të mbajtur drutë. Midis haurit dhe dritares së kuzhinës varet dollapi i mishit dhe nën të rrjedhin ujërat e ndyta të enëve. Oborri ka një deriçkë që bie në rrugën Nëvë-Sent-Zhënëvievë. Nga kjo deriçkë gjellëbërësja derdh plehrat e shtëpisë dhe e pastron këtë vend të ndytë me ujë boll, që të mos përhapet ndonjë epidemi.

    Natyrisht, edhe kati përdhes i këtij pensioni familjar është caktuar për t'u dhënë me qira dhe përbëhet nga një e ndarë e ndriçuar prej dy dritareve që bien në rrugë; dhe ka si hyrje një derë me xham që shërben edhe si dritare. Ngjitur me këtë dhomë është salla e bukës, që e ndan nga kuzhina një shkallë me dërrasa katrore të lustruara, me ngjyra të ndryshme. Është vështirë të përfytyrosh diçka më të trishtuar se ky sallon i mobiluar me kolltukë e frona të veshur me një stofë me qime e me vija të ndritura e të pandritura. Në mes është një tryezë e rrumbullakët mbuluar me mermer Shën-Ane me një servis kafeje prej porcelani të bardhë, zbukuruar me një vijë të artë përgjysmë të fshirë, që sot t'i sheh syri kudo. Kjo dhomë me dysheme mjaft të keqe është veshur rreth e rreth me dërrasa, gjer në gjysmë bojë njeriu. Pjesa tjetër e mureve është mbuluar me një tapiceri letre, ku janë paraqitur skenat kryesore të "Telemakut"[1] personazhet klasike të të cilit janë pikturuar me ngjyra. Te muri midis dritareve me grila, qiraxhinjtë soditin pikturën e gostisë që ka dhënë Kalipsoja për të birin e Ulisit. Ka dyzet vjet që kjo pikturë u jep shkas shpotive të të rinjve qiraxhinj, që pandehin se meritojnë një fat më të mirë, duke u tallur me drekën e mjerë që u shtron skamja. Oxhaku prej guri me vatrën gjithmonë të pastër, që

dëshmon se aty ndizet zjarr vetëm në ditë të shënuara, është zbukuruar me dy vazo plot me lule artificiale të vjetruara që kanë vënë në mes një sahat muri prej mermeri të kaltër, punuar fare pa gusto. Kjo dhomë mban një erë që s'ka fjalë ta shprehë e që duhet quajtur erë pensioni. Asaj i vjen era e një dhome të mbyllur prej kohësh, i vjen era myk, thartirë, të bën të ngjethesh, të ndiesh një lagështi që të hyn gjer në palcë; të duket si një sallë ku është ngrënë bukë; qelbet si han, si kazermë, si spital. Ndoshta ajo mund të përshkruhej vetëm në qoftë se shpikej një metodë për të matur të gjitha ndyrësitë që të kallin trupën, si erëra ballgami e suigeneris, të qiraxhinjve pleq e të rinj. E pra, me gjithë këto gjëra të neveritshme, po ta krahasonit atë me sallën e bukës, që është ngjitur, do t'ju dukej si një sallon elegant dhe erëkëndshëm, si një dhomëz e lezetshme pritjeje.

Kjo sallë e veshur krejt në dru ka qenë zbukuruar dikur me një farë ngjyrë që sot nuk dallohet e që formon një sfond,

9

mbi të cilin zhuli ka hedhur shtresat e tij njërën mbi tjetrën, duke krijuar figura të çuditshme. Aty ndodhen bufe ku të ngjit dora dhe mbi to shishe uji të plasura, të vjetruara, rrethe teneqeje me zbukurime, turra me pjata porcelani të trashë, me buzë të kaltra, të fabrikuara në Turne. Në një qoshe është vendosur një kuti me kaseta me numra, ku mbahen pecetat e qiraxhinjve të njollosura me vullanga vere ose krejt të ndyta. Këtu të zë syri nga ato mobiliet e pashkatërrueshme, që kanë dalë kudo jashtë përdorimit, po që janë vendosur aty si mbeturina të qytetërimit në spitalin e të pashëruarve. Aty do të shikoni një barometër me kapuç, që del në shesh kur bie shi; piktura shumë të këqija që të mbyllin oreksin, të gjitha nëpër korniza druri të zi me vernik dhe me viza të praruara; një sahat muri me luspa të ngjitura në bakër; një shporet të gjelbër; llamba Argandi, ku janë përzier pluhur e vaj bashkë, një tryezë të gjatë, mbuluar me mushama aq të trashë, saqë një qiraxhi i jashtëm, i djallëzuar mund të shkruajë aty emrin e tij, duke përdorur gishtin si style, frona shtrembaluqë; rrogozë për të fshirë këpucët në gjendje të vajtueshme, me fije të shthurura që s'kanë të sosur; pastaj mangallë të shqyer, me brima të hapura gojë, me mentesha të shkatërruara, e që u është nxirë druri nga nxehtësia. Për të shpjeguar se sa të vjetruara janë këto orendi, të plasura, të kalbura, të shkallmuara, të ronitura, të gjymtuara, dorace, të verbuara, të çala, të vdekura e të pambuluara, duhej t'u bënim një përshkrim që do ta vononte shumë pjesën interesante të kësaj historie e që nuk do të na e falnin ata që nguten. Dyshemeja është plot vende të gërryera nga të fërkuarit ose nga të lyerit me bojë. Me një fjalë, këtu është mbretëria e mjerimit, ku s'ka vend për poezi, një mjerim i kursyer, i përmbledhur i ronitur. Një mjerim që, megjithëse ende s'është zhytur në llum, është mbuluar me njolla, megjithëse s'ka as brima, as zhele, shpejt do të bëhet pluhur.

Kjo dhomë është në shkëlqimin e saj të plotë aty nga ora shtatë e mëngjesit, kur maçoku i zonjës Voker shkon përpara saj, hidhet mbi bufetë, dhe u merr erë tasave me qumësht mbuluar me pjata, duke lëshuar atë *tij mëngjesore*. Sakaq duket vejusha e pispillosur me një shall prej tyli, prej ku i varet një cullufe flokësh të rremë të vënë keq; ecën duke hequr zvarrë pantoflat e shqyera. Fytyra e plakur e bullafiqe, nga mezi i së cilës del një hundë si sqepi i papagallit, duart e vogla e të ngjallura, shtati rrumbullak e topolak si një mi kishe, gjoksi i plotë që përkundet, shkojnë në harmoni me këtë sallë, ku vajton fatkeqësia, ku është tulitur spekulimi dhe era e qelbur e së cilës nuk e zë aspak në grykë zonjën Voker. Fytyra e ftohtë si ngricat e para të vjeshtës, sytë tërë rrudha, shprehja e të cilëve kalon nga buzëqeshja artificiale e balerinave gjer në të vrenjturit e shëmtuar të fajdexhiut, me një fjalë tërë personi i saj pasqyron pensionin, ashtu si dhe pensioni nuk ka kuptim pa personin e saj. S'ka burg pa gardian dhe as që mund të merret me mend njëri pa tjetrin. Dhjamët e kalbur të kësaj fisnikeje është fryti i gjithë kësaj jete, ashtu siç është tifoja pasojë e erërave që përhapen nga një spital. Fundi i saj prej leshi të thurur, që është më i gjatë se fundi 1 poshtëm prej cohe të vjetër e që i ka dalë pambuku nga të çarat e stofit, shpreh në mënyrë përmbledhëse sallonin, dhomën e bukës, kopshtin, paralajmëron kuzhinën dhe të jep të kuptosh që më parë se cilët janë qiraxhinjtë. Me shfaqjen e padrones, tabloja plotësohet. Zonja Voker, një grua nja pesëdhjetë vjeç, u ngjan të gjitha grave që u kanë rënë fatkeqësi mbi kokë. Ajo ka sy të shpëlarë dhe pamjen e pafajshme të një kodosheje gati të hahet në pazarllëk, që ta paguajnë sa më shumë, po dhe gati të bëjë çmos për të mos vuajtur në jetë, të spiunonte edhe Xhorxhin edhe Pishëgrynë, sikur të vinte përsëri rasti për t'i spiunuar këta të dy. Megjithatë, është grua thonë qiraxhinjtë e saj, që besojnë se s'ka pasuri kur e dëgjojnë të rënkojë e të kollet si dhe ata. Ç'kishte qenë Zoti Voker? Ajo nuk fliste kurrë për të ndjerin burrë. Si e kishte humbur ai pasurinë e tij? "I ranë fatkeqësira", përgjigjej ajo. Ai qe sjellë keq me të dhe nuk i kishte lënë gjë tjetër veç lotëve që derdhte, këtë shtëpi që të rronte dhe të drejtën që të mos prekej nga asnjë fatkeqësi e të tjerëve, sepse, siç thoshte vetë, i kishte hequr në kokë të saj gjithë sa mund të heqë e të vuajë njeriu. Me të dëgjuar hapat e shpejta të së zonjës, Silvia trashaluqe, gjellëbërësja, nxitohej t'u servirte mëngjesin qiraxhinjve të brendshëm.

Qiraxhinjtë e jashtëm pajtoheshin përgjithësisht vetëm për drekë, që kushtonte tridhjetë franga në muaj. Në kohën që fillon kjo histori, qiraxhinjtë e brendshëm ishin gjithë-gjithë shtatë. Në katin e parë ishin dy apartamentet më të mira të shtëpisë. Zonja Voker banonte në atë më të voglin, kurse në tjetrin rrinte zonja Kutyrë, e veja e një komisari intendence të Republikës Franceze. Ajo mbante edhe një vajzë shumë të re, që quhej Viktorinë Tajëfer, të cilën e kishte bërë si çupën e saj. Të dyja bashkë paguanin një pension prej një mijë e tetëqind frangash në vit. Të dyja apartamentet e katit të dytë ishin zënë njëri nga një plak që quhej Puare dhe tjetri nga një burrë rreth dyzet vjeç, që mbante një parukë të zezë, ngjyente favoritet me bojë, thoshte se kishte qenë tregtar dhe quhej zoti Votrën. Në katin e tretë kishte katër dhoma, dy nga të cilat ishin zënë me qira, njëra nga një nënole që quhej zonjushë Mishono dhe tjetra nga një ish-fabrikant fidesh, makaronash dhe niseshteje e që s'bënte fjalë, kur e thërrisnin xha Gorio. Dy dhomat e tjera ishin caktuar për zogjtë shtegtarë, për ata studentët e varfër që si dhe xha Gorioi e zonjusha Mishono nuk mund të paguanin më shumë se dyzet e pesë franga në muaj për ushqim e qira. Zonjës Voker nuk ia kishte fort ënda këta qiraxhinj dhe i pranonte vetëm kur s'gjente më të mirë: ata hanin bukë pa hesap. Aso kohe njërën nga këto dy dhoma e kishte zënë një djalë i ri, që kishte ardhur në Paris nga rrethet e Angulemës për të ndjekur Fakultetin e Drejtësisë dhe familja prej shumë vetash e të cilit hiqte të zitë e ullirit që t'i dërgonte atij një mijë e dyqind franga në vit. Eugjen dë Rastinjak, kështu quhej ai, ishte një nga ata të rinjtë e regjur në punë prej nevojës, që i kuptojnë që në moshë të njomë shpresat që kanë mbështetur prindërit tek ata dhe që përgatitin për veten e tyre një karrierë të ndritur, duke çmuar rëndësinë e studimeve e duke ia përshtatur ato që më parë zhvillimit të ardhmë të shoqërisë, për të qenë ndër të parët për të shijuar frytet e saj. Pa vëzhgimet e tij interesante dhe pa shkathtësinë me të cilën diti të futej në sallonet e Parisit, ky tregim nuk do të kishte qenë pikturuar me ngjyrat e vërteta, që ia detyron pa dyshim mendjemprehtësisë dhe dëshirës së tij për të depërtuar në misteret e një fati të tmerrshëm, sado që të përpiqeshin për ta fshehur atë si shkaktarët e tij, ashtu edhe viktimat.

Mbi katin e tretë ishte një vend për të nderë këmishët dhe dy papafingo, ku flinin një shërbëtor që quhej Kristof dhe Silvia trashaluqe, gjellëbërësja. Përveç të shtatë qiraxhinjve të brendshëm, s'kishte vit që zonja Voker të mos kishte edhe nja tetë studentë në drejtësi ose në mjekësi dhe dy a tre të tjerë që banonin në lagje, që të gjithë të pajtuar vetëm për drekë. Në dhomën e bukës mblidheshin për drekë tetëmbëdhjetë veta dhe ajo mund të nxinte gjer në njëzet; po në mëngjes aty nuk shikoje veçse shtatë qiraxhinj dhe, tek mblidheshin ashtu të shtatë, dukeshin si një familje që hante mëngjesin. Sikush zbriste me pantofla dhe bënte vërejtje kokë një kokë për veshjen, qëndrimin a sjelljen e qiraxhinjve të jashtëm dhe për gjithë sa kishin ndodhur natën e shkuar, duke biseduar si miq të ngushtë. Këta shtatë qiraxhinj ishin fëmijët e përkëdhelur të zonjës Voker, e cila me një saktësi prej astronomi tregonte kujdes dhe interesim për ta, sipas shumës që i paguanin. Këta njerëz që i kishte bashkuar fati, ndienin të njëjtën konsideratë për njëri-tjetrin. Të dy qiraxhinjtë e katit të dytë paguanin vetëm shtatëdhjetë e dy franga në muaj. Ky çmim i ulët, që gjendet vetëm në lagjen Sen-Marsel, në mes të Burbës dhe të Salpetrierës, dhe nga i cili vetëm zonja Kutyrë bënte përjashtim, tregon se këta qiraxhinj do të kishin pasur halle pak a shumë të mëdha. Pamja e vajtueshme që paraqiste përbrenda kjo shtëpi pasqyrohej edhe në rrobat e vjetra të këtyre qiraxhinjve. Burrat mbanin redingota që u kishte dalë ngjyra, këpucë si ato që hidhen në plehrat e lagjeve elegante, këmishë të ngrëna, rroba krejt të ronitura. Gratë kishin fustane që u kishte shkuar moda, të ngjyrosura për së dyti e të zbardhura përsëri, dantella të vjetra të arnuara, dorashka të ndotura nga të përdorurit, jaka gjithmonë të kuqërremta dhe shalle të grisura. Vërtet që të tilla ishin rrobat e tyre, po pothuajse të gjithë kishin trupa të shëndoshë, të lidhur mirë, që u kishin bërë ballë rrebesheve të jetës, fytyra të ftohta, të ashpra ë të shpëlara si ato monedhat e vjetruara. Gojët e tyre, që e kishin humbur freskinë, ishin të armatosura me dhëmbë të uritur. Këta qiraxhinj të linin parandjenjën e dramave të kryera ose në zhvillim e sipër; jo nga ato drama që luhen në dritën e llambave të skenës, midis pëlhurave të pikturuara, po drama të vërteta e të heshtura, drama të ngjethshme që të përvëlojnë zemrën, drama që s'kanë të mbaruar.

Nënolja Mishono mbante mbi sytë e saj të lodhur një strehë taftaje të gjelbër tërë zhul, që kishte rreth e rreth një tel të verdhë që do ta kishte trembur edhe engjëllin e mëshirës. Shalli i saj me xhufka të holla e të varura dukej sikur mbulonte një skelet, aq thatanike ishin gjymtyrët që fshiheshin nën të. Çfarë helmi ia kishte shkrirë kësaj krijese format e saj prej gruaje? Ajo duhej të kishte qenë e bukur dhe me shtat të derdhur. Mos vallë e kishin katandisur ashtu vesi, dëshpërimi, epshi e lakmia? Mos kishte dashuruar tepër? Të kishte qenë vallë matrapaze stofash e sendesh tualeti apo një vajzë rrugësh e aq? Apo lante tani me një pleqëri, që neveritej nga të gjithë, mëkatet për sukseset që kishte pasur në rininë e saj pa cipë, në kohën e qejfeve dhe të argëtimeve të shthurura? Sytë e saj të bardhë të ngjethnin mishtë, shtati i saj i rrëgjuar të trembte. Zëri i saj tingëllonte si zëri i gjinkallës që ngjiret te shkurret më të afruar të dimrit. Ajo thoshte se i kishte shërbyer një zotërie plak që vuante nga një plagë në fshikëzën e ujit dhe të braktisur nga fëmijët e tij, të cilët kishin pandehur se s'kishte ndonjë të ardhur. Ky plak i kishte lënë asaj trashëgim një pension jetik prej një mijë frangash, që bëheshin kohë më kohë molla e sherrit në mes të trashëgimtarëve, që shpifnin vazhdimisht për të. Megjithëse pasionet e shfrenuara e kishin telekosur, prapë se prapë dukeshin ende disa shenja të cipës së bardhë e të hollë, që të bënin të merrje me mend se në trupin e saj kishte akoma ndonjë mbeturinë bukurie.

Zoti Puare ishte një farë automati. Tek e shikonin të shkiste si një hije e zymtë në një rrugicë të Kopshtit të Bimëve, me një kasketë të vjetër të deformuar, me një bastun me dorezë fildishi të zverdhur, që mezi e mbante, me një redingotë kindarrudhur, që i venin sa nga një anë në anën tjetër, e që nuk arrinte t'ia mbulonte pantallonat, që dukeshin sikur ishin bosh, dhe këmbët me një palë çorape mavi, që i merreshin si atyre të dehurve, me një jelek të bardhë e të ndytë dhe dantellën e këmishës prej tyli të zhubrosur, që nuk i shkonte fare me kravatën lidhur në atë qafe si të gjeldetit. Shumë njerëz pyesnin me vete nëse kjo hije e zezë i përkiste racës së guximshme të bijve të Zhafetit që enden në Bulevardin Italian. Ç'punë e rëndë do ta kishte katandisur në atë ditë? Çfarë pasioni ia kishte bërë sterrë të zezë fytyrën e tij të buhavitur që, edhe si karikaturë po ta shikonim, nuk do t'u besonim syve? Ç'do të kishte qenë ai? Ndoshta mund të kishte qenë nëpunës në Ministrinë e Drejtësisë, në atë zyrë ku xhelatët dërgojnë raportet e punës së tyre, faturat për blerjen e sharpave të zeza të kriminelëve, për blerjen e krundeve për shportat dhe të litarëve për thikat. Ndoshta mund të kishte qenë kasap në ndonjë thertore, ose zëvendësinspektor i shëndetësisë. Më në fund, ky njeri duhej të kishte qenë një nga gomarët e mullirit tonë të madh shoqëror, një nga ata Ratonët parizianë që as nuk i njohin fare Bertrandët e tyre, një strumbullar rreth të cilit ishin vërtitur fatkeqësitë ose ndytësitë e shoqërisë, me një fjalë një nga ata njerëzit për të cilët themi, kur i shikojmë: "Ç'të bësh, duhen edhe të tillë!"

Parisi luksoz nuk i njeh këto fytyra të zbehura nga vuajtjet morale ose fizike. Po Parisi është një oqean i vërtetë. Hidhni sondën në këtë oqean dhe do të shikoni se s'keni për t'ia gjetur kurrë fundin. Bjerini kryq e tërthor, përshkojeni: sado të kujdesshëm që të jeni kur ta shëtisni, kur ta përshkoni, sado të shumtë që të jenë eksploratorët e këtij deti, prapë se prapë do të mbetet diku një vend i pazbuluar, një strofkë e panjohur, lule, perla, përbindësha, diçka e padëgjuar, e harruar nga letrarët që zhyten në këtë oqean. Shtëpia Voker është një nga këto vende të përbindshme e të çuditshme.

Dy persona bënin aty një kontrast të madh me shumicën e qiraxhinjve dhe të myshterinjve. Megjithëse zonjusha Viktorinë Tajëfer vinte e zbehtë si ato vajzat anemike, zakonisht e trishtuar, me një qëndrim të druajtur, me një pamje varfanjake e të ngrysur, që shkonin në harmoni me gjendjen e përgjithshme e të zakonshme të këtij pensioni, prapë se prapë fytyrën nuk e kishte të plakur, zërin dhe lëvizjet i kishte të gjalla. Kjo e re fatkeqe i ngjante një bime me gjethe të zverdhura të porsambjellë në një tokë të papërshtatshme. Fytyra e kuqërremtë, flokët e verdhë dhe shtati i saj shumë i hollë kishin atë hir që shohin poetët e sotëm te statujat e vogla të mesjetës. Sytë e saj bojë hiri të përzier me të zezë shprehnin ëmbëlsi dhe përulësi. Nga rrobat e thjeshta e të lira dukeshin format e trupit të saj të njomë. Ajo dukej e bukur në krahasim me të tjerët. Po të kishte qenë e lumtur, do të ishte shumë tërheqëse: lumturia është poezia e grave, kurse tualeti është zbukurimi i tyre.

Në qoftë se gëzimi i një balloje do të pasqyrohej me ngjyrat e tij të trëndafilta në këtë fytyrë të zbehtë, në qoftë se pekulet e një jete elegante do t'i kishin mbushur e do t'i kishin skuqur ato faqe të tretura, në qoftë se dashuria do t'u kishte dhënë gjallëri atyre syve të trishtuar, zor të gjendej vajzë që t'ia kalonte Viktorinës nga bukuria. Asaj i mungonin ato që përtërijnë gruan: fustanet e bukura dhe letrat e dashurisë. Historia e saj mund të shërbente si temë për një libër të tërë.

I ati besonte se kishte plot arsye të mos e njihte për vajzë, nuk donte ta mbante në shtëpi, i kishte lidhur vetëm gjashtëqind franga në vit dhe e kishte rregulluar pasurinë e tij në mënyrë që t'ia linte të tërë të birit. Fis i largët me nënën e Viktorinës, e cila kohë më parë kishte ardhur e kishte vdekur në shtëpi të saj nga dëshpërimi, zonja Kutyrë kujdesej tani për këtë jetime si për fëmijën e saj. Për fat të keq, e veja e komisarit të intendencës së kohës së Republikës s'kishte gjë tjetër në botë veç asaj pasurie që i kishte lënë i shoqi dhe pensionit të saj; ajo mund ta linte një ditë në mëshirën e fatit këtë vajzë të shkretë pa përvojë dhe pa ndonjë të ardhur. Viktorina e donte t'anë. Shkonte vit për vit në shtëpi të tij për t'i kërkuar ndjesë për t'ëmën, por vit për vit ia mbyllnin pa mëshirë portën e shtëpisë atërore. I vëllai, i vetmi ndërmjetës midis saj dhe t'et, brenda katër vjetëve s'kish ardhur asnjëherë që ta shikonte dhe nuk i dërgonte asnjë ndihmë. Zonja Kutyrë dhe zonja Voker nuk gjenin dot fjalë të përshtatshme në fjalorin e të sharave për ta cilësuar këtë sjellje barbare. Kur e mallkonin ato atë milioner të poshtër, Viktorina thoshte fjalë të ëmbla, që jehonin si ajo kënga e guguçes së plagosur, zëri i dhimbshëm i së cilës shpreh akoma dashurinë.

Eugjen dë Rastinjaku Kishte një fytyrë krejt prej meridionali, ishte i bardhë, me flokë të zez e sy të kaltër. Sjellja e tij, gjestet dhe qëndrimi i tij i zakonshëm tregonin se ishte nga një shtëpi fisnike e që kishte marrë që në vogëli një edukatë të shëndoshë. Vërtet që ai i kursente rrobat, vërtet që ditët e zakonshme vishte kostumin e vitit të shkuar, po ishte në gjendje të dilte nganjëherë i veshur si të rinjtë elegantë. Por zakonisht ai mbante një redingotë të vjetër, një jelek të keq, një palë pantallona sidokudo dhe çizme që u kishte hedhur gjysma.

Si një hallkë ndërmjetëse midis këtyre dy personazheve dhe qiraxhinjve të tjerë, ishte një burrë dyzet vjeç, me favorite të ngjyera me bojë, që quhej Votrën. Ky qe një nga ata për të cilët themi kur i shohim: "Ç'div që qenka!" Ishte shpatullgjerë, me gjoks të zhvilluar mirë, muskuloz, me duar të trasha e të shëndosha, me trinë e gishtërinj plot tufa qimesh në ngjyrë të kuqërremtë të ndezur. Fytyra e tij vija-vija nga rrudhat e parakohshme e tregonte të ashpër, po shkathtësia dhe butësia e tij në mënyrat e të sjellit dëshmonin të kundërtën. Zëri i tij prej basi, që pajtohej me shakatë e tij trashanike, nuk ta vriste aspak veshin. Ishte i sjellshëm dhe buzagaz. Kur s'i punonte mirë çelësi ndonjë brave, ai e zbërthente sakaq, e rregullonte, e vajoste, e limoste dhe e mbërthente përsëri, duke thënë: "I njoh mirë bravat unë!" Ai i njihte të gjitha: vaporët, detin, Francën, vendet e huaja, punët e tregtisë, njerëzit, ngjarjet, ligjet, hotelet dhe burgjet. Kur ndodhte që ndonjëri psherëtinte e ankohej shumë, ai nuk kursehej ta ndihmonte me se të mundte. Shumë herë u kishte dhënë të holla hua zonjës Voker dhe disa qiraxhinjve; po borxhlinjtë e tij më të mirë preferonin të vdisnin sesa të mos ia kthenin ato që u kishte dhënë, kaq shumë i trembeshin vështrimit të tij të thellë e plot vendosmëri, megjithëse dukej njeri babaxhan. Mënyra se si e vërviste pështymën e tregonte aq gjakftohtë, saqë, po ta shikonte veten ngushtë, mund të bënte edhe krim. Si një gjykatës i rreptë, syri i tij dukej sikur depërtonte thellë në të gjitha çështjet, në të gjitha ndjenjat, në të gjitha ndërgjegjet. I qe bërë zakon të dilte pasi hante mëngjesin, të vinte për drekë, të shëtiste gjithë pasdreken e tërë natën e të kthehej andej nga mesnata, duke hyrë brenda me anën e një çelësi që i hapte të gjitha dyert e që ia kishte dhënë zonja Voker. Vetëm ai e gëzonte këtë favor. Ai shkonte më mirë nga të gjithë me të venë, të cilën e quante *mama* dhe e përfshinte për beli, lajkë kjo që s'para kuptohej mirë! Gruaja e gjorë pandehte se mund të bëhej lehtë një gjë e tillë, kurse në të vërtetë vetëm Votrëni i kishte krahët aq të gjatë sa të mund ta pushtonte tërë atë bel të trashë. Një nga tiparet e karakterit të tij ishte të paguante bujarisht pesëmbëdhjetë franga në muaj për *glorian*, që pinte pas buke. Njerëzit që s'janë aq të përciptë se ata të rinjtë e rrëmbyer nga dredhat e jetës pariziane ose ata pleqtë që s'çajnë kokën për gjërat që s'u përkasin drejpërsëdrejti, nuk do të kishin mbetur vetëm në atë mbresë të dyshimtë që linte Votrëni. Ai i dinte ose i merrte me mend punët e atyre që e rrethonin, kurse mendimet dhe punët e tij asnjeri nuk mund t'i kuptonte Megjithëse në sy të të tjerëve ishte zemërmirë, i qeshur e i gëzuar, shpesh dukej se sa i tmerrshëm ishte karakteri i tij. Një shaka si ato të Juvenalit, me të cilën i pëlqente të fshikullonte ligjet, të godiste shoqërinë e lartë, ta akuzonte se shpesh ajo ishte në kundërshtim me vetveten, të bënin të mendoje se e Kishte inat rendin shoqëror dhe se thellë në jetën e tij e kishte një mister të fshehur me kujdes.

E tërhequr, ndoshta pa e ditur as vetë, nga forca e njërit ose nga bukuria e tjetrit, zonjusha Tajëfer i hidhte vjedhurazi sytë e saj të druajtur dhe drejtonte mendimet e saj të fshehta herë nga ky dyzetvjeçar, herë nga studenti i ri; po asnjë syresh nuk dukej të mendonte për të, megjithëse një ditë ose tjetrën fati mund ta ndryshonte gjendjen e saj e ta bënte një vajzë me prikë të pasur. Nga ana tjetër, asnjë nga këta njerëz nuk merrte mundimin që të sigurohej nëse fatkeqësitë nga të cilat ankohej njëri e tjetri ishin të vërteta apo të rreme. Të gjithë silleshin ndaj shoku-shokut me një moskokëçarje të përzier me mosbesim që rridhte nga gjendja e secilit. E dinin që s'kishin mundësi t'i lehtësonin vuajtjet e tyre dhe që të gjithë, duke i rrëfyer ato, e kishin tharë kupën e ngushëllimeve. Ashtu si bashkëshortët pleq, ata s'kishin se ç't'i thoshin më njëri- tjetrit. Kështu që marrëdhëniet e tyre ishin vetëm lidhje të jashtme, si një mekanizëm rrotkat e të cilit punojnë pa vaj. Asnjë nga këta njerëz nuk ndalet rrugës përpara një të verbri të mjerë, secili dëgjon pa u mallëngjyer tregimin e një fatkeqësie dhe mendon se vetëm vdekja e zgjidh problemin e mjerimit, që i bënte krejt indiferentë edhe ballë agonisë më të tmerrshme. Më e lumtura e të gjithë këtyre njerëzve të pikëlluar ishte zonja Voker, që sundonte në këtë pension. Vetëm për të ky kopsht i vogël, që qetësia dhe të ftohtët, thatësia dhe lagështia e bënin si një stepë të madhe, qe një pemishte e gëzuar. Vetëm për të ishte e bukur kjo shtëpi e verdhë dhe e errët, që mbante erë myk banaku. Këto qeli ishin të sajat. Ajo i ushqente këta të burgosur të dënuar me burgim të përjetshëm, duke ushtruar mbi ta një autoritet që respektohej. Ku mund të gjenin në Paris këto krijesa të gjora, me atë çmim që i jepte ajo, ushqime të mira të mjaftueshme dhe një apartament që ata ishin të zot ta bënin, në mos elegant ose të rehatshëm, të paktën të pastër e të padëmshëm për shëndetin? Sado keq që të sillej ajo, viktima do ta duronte dhe nuk do të ankohej fare.

Në një bashkim të tillë njerëzish duhej të shfaqeshin gjithë elementet që përbëjnë shoqërinë njerëzore dhe këto elemente u shfaqën në mënyrë të përmbledhur. Ndër të tetëmbëdhjetë qiraxhinjtë gjendej, ashtu si dhe në kolegjet e në shoqëri, një krijesë e gjorë e neveritur, që e ngisnin dhe e tallnin të gjithë. Në fillim të vitit të dytë, kjo figurë u bë për Eugjen dë Rastinjakun figura më kryesore e gjithë atyre në mes të të cilave ishte i dënuar të jetonte edhe për dy vjet të tjerë. Ky fatzi qe xha Gorioi, një ish-fabrikant fidesh, mbi kryet e të cilit një piktor, ashtu si dhe historiani, do të kishte përqendruar gjithë dritën e kësaj tabloje. Si kishte ndodhur vallë që kjo përbuzje e përzier me urrejtje, ky persekutim i përzier me mëshirë, ky mosrespektim i një njeriu fatkeq kishin goditur qiraxhinë më të moçëm të pensionit? Mos u kishte dhënë vetë rast të tjerëve ta trajtonin në këtë mënyrë me ndonjë nga ato sjelljet e tij të çuditshme dhe qesharake që falen më me zor nga ç'mund të falen veset? Këto çështje janë të lidhura ngushtë me shumë padrejtësi shoqërore. Mos vallë është në natyrën e njeriut që t'ia ngarkojë të gjitha atij që i duron të gjitha nga përulja e thjeshtë, nga dobësia ose nga indiferenca? A nuk na pëlqen të gjithëve që të tregojmë forcën tonë në kurriz të ndonjërit ose të diçkaje? Krijesa më e dobët, rrugaçi troket në të gjitha portat, kur fillon ngrica, ose ngjitet të shkruajë emrin e tij në një monument të paprekur.

Xha Gorioi, një plak afro gjashtëdhjetë e nëntë vjeç, pasi pati lënë tregtinë më 1813, kishte hyrë në shtëpinë e zonjës Voker. Në fillim ai zuri aty apartamentin që ka sot zonja Kutyrë dhe paguante një mijë e dyqind franga qira pensioni, si një njeri për të cilin s'ngrinin peshë pesë luigje më shumë ose më pak. Zonja Voker i Kishte zbukuruar të tri dhomat e këtij apartamenti duke marrë nga Gorioi, si paradhënie, një shumë për të paguar, siç thonë, vleftën e disa orendive të këqija, si perde pëlhure të verdhë, kolltukë të lyer me vernik dhe të veshur me kadife Ytreku, disa piktura me ngjyra tutkalli dhe letra muresh që s'do t'i pranonin as kabaretë jashtë qytetit. Ndoshta pikërisht ngaqë xha Gorioi, që thirrej aso kohe me respekt zoti Gorio, ra në këtë kurth, duke u treguar hovarda e mendjelehtë, u mor për një budalla që s'dinte ç'ishte bota. Ai solli me vete një garderobë të pasur - pajimi madhështor i tregtarit që s'lë gjë mangut për vete, kur heq dorë nga tregtia. Zonjës Voker i kishin mbetur sytë tek ato tetëmbëdhjetë këmishë puplini mëndafshi, që dukeshin akoma më të bukura nga ato dy karfica bashkuar me një zinxhir, secila me nga një diamant të madh, që fabrikanti i fideve ia vinte dantellës në mes të gjoksit. Ai vishte zakonisht një palë rroba blu të çelura dhe mbante përditë një jelek të bardhë të qëndisur, nën të cilin i kërcente barku i madh në formë dardhe, ku tundej një zinxhir i rëndë floriri me zbukurime të ndryshme. Në kutinë e duhanit, edhe ajo prej floriri, kishte një medaljon, brenda në të cilin ruante flokët e dikujt. Kjo tregonte se edhe Gorioi, dikur do të kishte pasur fat në dashuri. Kur e quajti e zonjë e shtëpisë "ashik", ai bëri buzën në gaz, si ata mikroborgjezët, kur i kruajnë aty ku u ha. Raftet e tij ishin plot me servise të argjendta. Gruaja e ve shqeu sytë, kur i ndihmoi me gjithë qejf që të hapte e të rendiste qepshetë, lugët e mëdha të servisit, lugët e pirunjtë, takëmin e vajit, të uthullës, të salcës, shumë pjata, çafka të argjendta e të lara me flori, me një fjalë gjëra pak a shumë të bukura që peshonin disa idlogram e që ai nuk donte t'i prishte. Këto dhurata i kujtonin ngjarjet e shënuara të jetës së tij familjare.

- Kjo, - i tha ai zonjës Voker, duke shtrënguar në dorë një pjatë të madhe dhe një tas të vogël, në kapakun e të cilit ishin pikturuar dy turtuj që kishin puqur sqepat, - është dhurata e parë që më bëri ime shoqe, ditën e përvjetorit të martesës sonë. E shkreta! E kishte blerë me kursimet që pati bërë qëkurse ishte vajzë. Unë, zonjë, do të preferoja më mirë të mihja tokën me thonjtë e mi, sesa të ndahesha nga kjo dhuratë. Shyqyr zotit, në këtë tas mund të pi kafenë çdo mëngjes, gjersa të jem gjallë. S'kam përse të ankohem, kam me se të rroj edhe për shumë kohë akoma, pa zënë punë me dorë.

Më në fund, zonja Voker kishte parë fare mirë me atë synë e saj prej laraske disa shifra në regjistrin e madh, të cilat, të mbledhura ashtu shpejt e shpejt nëpër tym, mund t'i bënin Goriosë tonë një të ardhur prej afro tetë gjer në dhjetë mijë frangash në vit. Që prej asaj dite, zonja Voker, bijë nga familja fisnike e Konflanëve, që kishte mbushur atëherë plot dyzet e tetë vjeç dhe nuk pranonte të ishte më e madhe se tridhjetë e nëntë, nisi të kurdiste plane me mendje të saj. Megjithëse Gorioit xhepat e syve i qenë buhavitur e i vareshin dhe detyrohej t'i fshinte dendur se i qulleshin, asaj iu duk i lezetshëm e i hijshëm. Veç kësaj, pulpa e këmbës së tij gjithë tul tregonte, aq sa dhe hunda e tij e gjerë, cilësi të fshehta morale, që, me sa dukej, ia kishin mbushur synë gruas së ve, cilësi këto që i vërtetonte edhe fytyra e rrumbullakët si hënë e plotë dhe e padjallëzuar e këtij babaxhani. Për të ai ishte një bablok me trup të shëndoshë, që do t'i kënaqte me gjithë shpirt ndjenjat e saj. Flokët e tij në formën e krahëve të pëllumbit, që vinte e ia pudroste mëngjes për mëngjes berberi i shkollës politeknike, i vizatonin pesë majucka mbi ballin e ulët dhe i zbukuronin fytyrën. Megjithëse me sjellje pak trashanike, aq mirë qe veshur e pispillosur, aq me elegancë e merrte tabakon, e nuhaste si një njeri aq i sigurt se kutia e tij do të qe gjithmonë plot me tabako të zgjedhur, saqë ditën kur zoti Gorio u vendos në shtëpi të saj, zonja Voker ra atë natë në shtrat, duke u cigaritur si ajo thëllëza në hell në zjarrin e dëshirës që e pushtoi për të braktisur qefinin e Vokerit, duke u përtëritur si zonja Gorio. Të martohej, të shiste pensionin e saj, t'i jepte krahun këtij njeriu të zgjedhur të borgjezisë, të bëhej një zonjë e madhe në lagje, të mblidhte ndihma për të varfrit, të shkonte të zbavitej të dielave në Shuazi, në Suazi, në Zhantiji, të vente në teatër, kur t'i tekej, të zinte një lozhë, pa pritur biletat që i dhuronin disa nga qiraxhinjtë e saj në korrik; ajo ëndërroi gjithë parajsën e familjeve të vogla pariziane. Nuk i Kishte treguar asnjeriu që kishte mbledhur dhjetëshe-dhjetëshe dyzet mijë franga. Natyrisht, ajo besonte se përsa i përldste pasurisë ishte një grua e përshtatshme për të.

- Sa për të tjerat, unë s'bie më poshtë se babloku! - tha ajo me vete, duke u rrotulluar në dyshek, sikur donte të bindej për bukurinë e saj, që ia lëvdonte mëngjes për mëngjes Silvia trashaluqe.

Që prej asaj dite, për afro tre muaj, e veja Voker përfitoi nga berberi i zotit Gorio dhe bëri disa shpenzime për tualetin e saj, duke thënë se të gjitha këto i bënte sepse donte t'i jepte shtëpisë një pamje të denjë, që të shkonte në harmoni me njerëzit e nderuar që vinin të banonin aty. U mundua me të gjitha mënyrat që ta ndryshonte përbërjen e qiraxhinjve të saj, duke thënë se kishte vendosur që këtej e tutje të pranonte vetëm njerëzit më të dalluar nga të gjitha pikëpamjet. Me të ardhur ndonjë i huaj, ajo zinte e mburrej që zoti Gorio, një nga tregtarët më të përmendur dhe më të respektuar të Parisit, kishte preferuar të banonte në pensionin e saj. Shpërndau reklama, në krye të të cilave lexohej: SHTËPIA VOKER. Dhe më poshtë thuhej: *"Kjo shtëpi është një nga pensionet më të moçme dhe më të nderuara të Kartje Juatënit.* Nga pensioni shihej një pamje nga më të bukurat të luginës së manifakturës së Gobëlënëve (dukej nga kati i tretë) dhe një kopsht i *bukur* në fund të të cilit SHTRIHEJ një RRUGICË ME BLIRË". Ajo fliste aty për ajrin e pastër dhe për qetësinë. Kjo reklamë i solli në pension zonjën konteshë Dë l'Ambermenil, një grua tridhjetë e gjashtë vjeç, që priste sa të merrte fund puna e dhënies së një pensioni që i takonte si grua e ve e një gjenerali të rënë në fushat e luftës. Zonja Voker përmirësoi ushqimin, ndezi zjarr nëpër sallone për afro gjashtë muaj dhe i mbajti aq mirë premtimet e reklamës së saj, saqë vuri edhe nga xhepi. Ndaj dhe kontesha i thoshte zonjës Voker, duke e quajtur *e dashur mikeshë,* se do t'i sillte në pension baroneshën Vomerlan dhe të venë e kolonelit kontit Pikuazo, dy nga shoqet e saj, që po i shkonin vitet e fundit të jetës së tyre në Mare, në një pension më të shtrenjtë nga Shtëpia Voker. Veç kësaj, këto zonja do të ishin në një gjendje shumë të mirë, kur të mbaronin punë me zyrat ushtarake.

- Po zyrat, - thoshte ajo, - s'të mbarojnë kurrë punë.

Të dyja të vejat ngjiteshin bashkë pasdreke në dhomën e zonjës Voker dhe bisedonin aty, duke pirë liker e duke ngrënë ëmbëlsira që ishin ruajtur vetëm për zonjën e shtëpisë. Zonja Dë l'Ambermenil i ushqeu shumë pikëpamjet e padrones për Gorionë, pikëpamje të shkëlqyera, të cilat ajo i kishte marrë me mend që ditët e para dhe, sipas mendimit të saj, ai ishte një burrë i përsosur.

- Ah! moj e dashur, ai është si div, - i thoshte e veja, - burrë i mbajtur mirë dhe mund ta kënaqë akoma shumë mirë një grua.

Kontesha i bëri vërejtje zonjës Voker, në mënyrë bujare, për veshjen që nuk pajtohej me qëllimet e saj.

- Ju duhet të jeni gati për luftë, - i tha ajo.

Pasi bënë shumë hesape, të dyja të vejat shkuan bashkë në rrugën "Pallati Mbretëror", ku blenë, në galeritë Dë Bua, një kapelë me pendë dhe një skufje. Kontesha e shpuri mikeshën e saj në magazinën "Zhaneta e vogël" ku zgjodhën një fustan dhe një shall. Kur u përdorën këto municione dhe kur e veja u armatos, i ngjau tamam asaj tabelës me mbishkrimin: "Kau i modës". Megjithatë, ajo e pa se ishte ndryshuar e qe ndrequr aq shumë, saqë e ndjeu veten në borxh kundrejt konteshës dhe, megjithëse s'qe dorëlëshuar, e luti atë të pranonte si dhuratë nga ana e saj një kapelë prej njëzet frangash. Në të vërtetë, ajo mendonte t'i lutej asaj që t'i bënte një shërbim: të përpiqej t'i blinte mendjen Gorioit dhe ta mburrte te ai. Zonja Dë l'Ambermenil i hyri me gjithë qejf kësaj pune, filloi t'i vinte rrotull fabrikantit plak të fideve dhe më në fund arriti të bisedonte me të; po ajo u përpoq si e si ta merrte burrë për vete; kur e pa se ai u soll shumë i turpshëm, që të mos themi se ia prishi fare, iku e fyer nga sjellja e tij trashanike.

- Jo, moj xhane, - i tha ajo mikeshës së saj, - s'ke ç'e do atë burrë! S'mund ta marrësh me mend se sa qesharak që bëhet nga mosbesimi që tregon, ai është një koprac, një kafshë, një budalla që do të ta nxijë jetën.

Në mes të zotit Gorio dhe të zonjës Dë l'Ambermenil ndodhën të tilla gjëra, saqë kontesha nuk deshi të rrinte më në një shtëpi me të. Që të nesërmen ajo shkoi duke harruar të paguante qiranë e pensionit për gjashtë muaj e duke lënë aty ca rrecka që s'bënin as pesë franga. Më kot zonja Voker e kërkoi në të katër anët e Parisit, kontesha Dë l'Ambermenil qe zhdukur pa nam e nishan. Ajo e përmendte dendur proçkën që i bëri kontesha, duke u qarë se u zinte besë shumë lehtë të tjerëve, megjithëse në të vërtetë ajo ishte më e pabesë se macja; po zonja Voker u ngjante shumë atyre njerëzve që nuk u zënë besë të afërmve të tyre dhe bëhen preja e një njeriu që e shohin për të parën herë, gjë e çuditshme psikologjike, po e vërtetë dhe rrënjët e saj mund t'i gjejmë lehtë në shpirtin e njeriut. Ndoshta disa njerëz s'kanë më se ç'të përfitojnë na ata me të cilët rrojnë dhe, duke ua zbuluar boshllëkun e shpirtit, e ndiejnë veten të dënuar prej tyre me një ashpërsi të merituar; po meqë këtyre njerëzve u pëlqejnë shumë lajkat dhe i bren dëshira që të duken se zotërojnë cilësi që nuk i kanë, synojnë të fitojnë dashurinë ose respektin e atyre që janë të huaj për ta, duke rrezikuar që një ditë edhe këta t'ua nxjerrin bojën. Më në fund, ka njerëz që kanë lindur mercenarë, që nuk u bëjnë asnjë të mirë miqve ose të afërmve të tyre, sepse këtë ata e kanë për detyrë; prandaj, sa më të afërt ta kenë një njeri, aq më pak e duan dhe sa më i largët të jetë ai për ta, aq më shumë dashuri tregojnë. Zonja Voker i kishte pa dyshim të dyja këto karaktere kryesisht meskine, të rreme e të urryera.

- Po të kisha qenë unë këtu, - i thoshte asaj Votrëni nuk do t'ju Kishte ndodhur kjo fatkeqësi! Patjetër do t'ia kisha grisur maskën asaj mashtrueseje. I di mirë manovrat e tyre unë.

Si të gjithë njerëzit mendjengushtë, zonja Voker zakonisht nuk dilte nga rrethi i vetë ngjarjeve dhe nuk thellohej në shkaqet e tyre. I pëlqente t'ua nxirrte inatin të tjerëve për gabimet e saj. Kur ndodhi kjo humbje, ajo e konsideroi fabrikantin e ndershëm të fideve si shkakun e fatkeqësisë së saj dhe që atëherë, si thoshte vetë, filloi t'i hiqej perdja që i kishte zënë sytë. Kur e kuptoi se sa të kota ishin nazet dhe shpenzimet që bënte për t'u dukur, shpejt e mori me mend arsyen e kësaj fatkeqësie. Ajo vuri re se Gorioi e kishte gjetkë synë. Më në fund, u bind se shpresa që kishte ushqyer e përkëdhelur qe bazuar në ëndrra dhe se, siç i pati thënë kontesha, që dukej se kishte mjaft haber nga këto punë, s'do ta shtinte dot në dorë atë burrë. Natyrisht, ajo tregoi kundrejt tij një urrejtje akoma më të madhe nga miqësia që kishte pasur. Urrejtja e saj nuk rridhte nga dashuria që kishte pasur për të, po nga shpresat që nuk iu plotësuan. Në qoftë se zemra e njeriut gjen vende për t'u çlodhur, duke u ngjitur në majat më të larta të dashurisë, rrallë ndalet në të tatëpjetën e tepisur të ndjenjave të urrejtjes. Po zotin Gorio e Kishte qiraxhi dhe e veja u detyrua t'i mbyste shpërthimet e sedrës së saj të lënduar, t'u jepte fund psherëtimave që i shkaktonte ky deziluzion dhe të mposhtte dëshirën për shpagim, si ai murgu që është i detyruar të durojë fyerjet e igumenit. Shpirtrat e vegjël i kënaqin ndjenjat e tyre, të mira ose të këqija, me vogëlsira që s'kanë të | mbaruar. E veja përdori gjithë djallëzinë e saj prej gruaje për të shpikur persekutime të fshehta kundër viktimës. la filloi punës duke hequr ushqimet e tepërta që kishte futur në pension.

- Mos vër më as sallatë turshi, as sardele në tryezë: këto janë marrëzira! - i tha ajo Silvies atë mëngjes që zuri të zbatonte përsëri programin e saj të vjetër.

Zoti Gorio nuk ishte ndonjë hamës i madh. Atij kishte arritur t'i bëhej zakon kursimi edhe në gjërat më të vogla, siç bëjnë domosdo të gjithë ata që e kanë vënë vetë pasurinë e tyre. Supa, qulli, një porcion me zarzavate kishin qenë dhe duhej të ishin gjithmonë dreka e tij e preferuar. Ndaj pati qenë shumë e vështirë për zonjën Voker që ta mundonte qiraxhinë e saj, të cilit s'arrinte dot t'ia prishte shijen e të ngrënit.

E dëshpëruar që u ndodh përpara një njeriu të pamposhtur, ajo nisi t'ia hiqte fillin, dhe urrejtjen që kishte për Gorionë ua futi edhe qiraxhinjve të tjerë, të cilët, duke dashur të zbaviteshin e të kalonin kohën, e ndihmuan atë të merrte hakën. Andej nga fundi i vitit të parë, e veja kishte arritur në një shkallë të tillë mosbesimi, saqë jepte e merrte me vete të saj përse ky tregtar i pasur, me një të ardhur prej shtatë-tetë mijë livrash, që kishte servise argjendi të mrekullueshme dhe sende të vyera aq të bukura sa ato të një mantenuteje, banonte tek ajo, duke i paguar një qira aq të vogël në krahasim me pasurinë e tij. Në më shumë se gjysmën e vitit të parë, Gorioi e kishte ngrënë shpesh drekën jashtë një ose dy herë në javë; pastaj kishte arritur dalëngadalë që të mos hante drekën në qytet veçse dy herë në muaj. Këto dreka që bënte zoti Gorio jashtë pensionit i leverdisnin aq shumë zonjës Voker, saqë kjo nuk mund të ishte e kënaqur kur ai filloi të hante rregullisht në pension. S'kishte se si të mos mendohej që këto ndryshime rridhnin si nga një pakësim i ngadalshëm i pasurisë së tij, ashtu dhe nga dëshira për t'i rënë më qafe

27

zonjës së shtëpisë. Një nga zakonet më të përbuzura të këtyre mendjeve liliputiane është se i pandehin edhe të tjerët zemërngushtë si janë vetë. Për fat të keq, në fund të vitit të dytë zoti Gorio i përligj thashethemet që fliteshin për të, duke i kërkuar zonjës Voker që të ngjitej në katin e dytë dhe t'ia zbriste qiranë në nëntëqind franga. Atij iu desh të bënte një kursim aq të madh, saqë në dimër nuk ndezi as zjarr. E veja Voker deshi të parapaguhej dhe zoti Gorio pranoi. Që atëherë, ajo e thirri atë xha Gorio. Kush e kush përpiqej të gjente shkaqet e kësaj rënieje. Kjo qe një punë e vështirë! Siç pati thënë edhe kontesha fallco, xha Gorioi qe një njeri i mbyllur dhe i vrenjtur. Sipas logjikës së njerëzve pa mend në kokë, të njerëzve gjithmonë gojështhurur, që s'kanë me se ta kalojnë kohën veçse me thashetheme, ata që nuk flasin për punët ë tyre, doemos që bëjnë punë të këqija. Kështu, ky tregtar aq i shquar u bë për ta një maskara, ky njeri fisnik, u bë një plak qesharak. Sipas Votrënit, që erdhi aso kohe të banonte në shtëpinë Voker, xha Gorioi herë ishte një njeri që shkonte në bursë dhe që, sipas një shprehjeje mjaft të fortë të gjuhës financiare, spekulonte me rentat, pasi pati falimentuar një herë në këtë punë, herë ishte një nga ata kumarxhinjtë që shkojnë luajnë dhe fitojnë çdo mbrëmje dhjetë franga në bixhoz; herë e hiqnin për spiun që kishte lidhje me policinë e fshehtë; po Votrëni thoshte se ai nuk ishte aq dinak për *ta bërë atë punë*. Xha Gorioi ishte edhe një koprac, që jepte para me kamatë të lartë dhe me afat të shkurtër, një njeri që harxhonte kot të holla në llogari. E konsideronin si një njeri misterioz, tërë vese, të ndyrë dhe të pazot. Po sado të ulëta të ishin sjelljet ose veset e tij, neveria që ngjallte te të tjerët nuk arrinte gjer në atë shkallë sa ta dëbonin fare: ai e paguante qiranë e pensionit. Pastaj edhe u duhej, se që të gjithë të mira e të liga i tek ai i shfrynin, herë duke u tallur, herë duke e sharë e duke iu shkrehur. Po mendimi që shfaqi zonja Voker u duk më i saktë dhe u pranua nga të gjithë. Sipas asaj, ky burrë i mbajtur aq mirë, i shëndoshë dhe me të cilin mund të kaloje akoma një jetë të këndshme, ishte një i shthurur me gusto të çuditshme.

Ja se ku i mbështeste shpifjet e saj e veja Voker. Disa muaj pas ikjes së asaj konteshës që i solli shkatërrimin dhe që kishte ditur të rronte gjashtë muaj në kurriz të saj, një mëngjes, përpara se të ngrihej, zonja Voker dëgjoi nëpër shkallë fëshfëshen e një fustani të mëndafshtë dhe çapin e lehtë të një gruaje të re e të bukur që po shkonte te Gorioi, i cili e kishte lënë hapur me marifet derën e dhomës. Sakaq, Silvia trashaluqe erdhi e i tha së zonjës se një çupë shumë e bukur, po që sigurisht nuk ishte e ndershme, *e veshur si një hyjneshë,* me një palë këpucë prej kamoshi të rrallë, fare të pandotura, kishte shkarë si ngjalë nga rruga te kuzhina dhe e kishte pyetur për apartamentin e zotit Gorio. Zonja Voker dhe gjellëbërësja e saj shkuan të përgjonin dhe u zuri veshi shumë falë të ëmbla që u thanë gjatë vizitës që vazhdoi një copë herë të mirë. Kur e përcolli zoti Gorio *damën* e vet, Silvia trashaluqe mori shpejt e shpejt shportën dhe bëri sikur po shkonte në pazar, që t'i binte pas çiftit të dashnorëve.

- Zonjë, - i tha ajo padrones, kur u kthye, - djalli e di se sa i pasur do të jetë zoti Gorio, që i vesh e i mban aq mirë bukuroshet e tiji Aty te qoshja e Estrapadës, ajo hipi në një karrocë të mrekullueshme që po e priste.

Në kohën e drekës zonja Voker shkoi të lëshonte një perde, që të mos e shqetësonte Gorionë një rreze dielli që i binte në sy.

- Ju duan të bukurat, zoti Gorio; ja, edhe dielli ju ndjek pas, - tha ajo, duke ia hedhur fjalën te vizita që kishte pasur.
- Ditki të zgjidhni, për besë! Shumë e bukur ishte.
- Ishte ime bijë, - tha ai me një farë krenarie, në të cilën qiraxhinjtë sikur panë orvatjen e kotë të plakut për t'i vënë kapak kësaj pune.

Një muaj pas kësaj vizite, zoti Gorio pati edhe një vizitë tjetër. E bija, që kishte ardhur herën e parë me fustanin e thjeshtë të mëngjesit, këtë radhë erdhi pasdreke, e veshur si

29

për në ballo. Qiraxhinjtë, që po bisedonin në sallë, panë një flokëverdhë të bukur, me bel të hollë, një grua hirplotë që binte aq shumë në sy, saqë s'dukej të ishte vajza e një babai si Gorioi.

— Dy në dorë! - tha Silvia trashaluqe që nuk e njohu.

Disa ditë më pas, një vajzë tjetër, shtatlartë e truplidhur, zeshkane, me flokë të zez e syrin xixë, kërkoi zotin Gorio.

— Tri në dorë! - tha Silvia.

Kjo vajzë e dytë, që kishte ardhur herën e parë ta shikonte t'anë në mëngjes, erdhi pas ca ditësh, në mbrëmje, me fustan balloje, hipur në karrocë.

- Katër në dorë! - thanë zonja Voker dhe Silvia trashaluqe, që nuk panë te kjo zonjë e madhe asnjë shenjë nga të asaj vajzës së veshur thjesht atë mëngjes që kishte ardhur për të parën herë.

Gorioi paguante akoma një mijë e dyqind franga në vit për qiranë e pensionit. Zonjës Voker iu duk krejt e natyrshme që një pasanik të kishte katër a pesë "të dashura" dhe pati thënë me vete se ai duhej të qe mjaft dinak që i hiqte si të bijat. Ajo as që e bëri çështje që babloku i priste ato në shtëpinë Voker. Po kur u pa nga këto vizita se ai nuk po e përfillte të zonjën e shtëpisë, kjo në fillim të vitit të dytë e quajti: maçoku plak. Më vonë, kur qiraxhiu i saj deshi të banonte me nëntëqind franga qira në vit dhe kur pa të zbriste nga dhoma e tij një nga ato zonjat, e pyeti me fjalët më të vrazhda se ç'kishte ndër mend ta bënte ai shtëpinë e saj. Xha Gorioi iu përgjigj se ajo zonjë ishte vajza e tij e madhe.

- E sa vajza paski, njëqind? - e pyeti ashpër zonja Voker.

- Vetëm dy kam, - u përgjigj qiraxhiu me butësinë e një njeriu të rrënuar që arrin nga nevoja gjer në shkallën e fundit të përulësisë.

Andej nga fundi i vitit të tretë, xha Gorioi i pakësoi akoma më shumë shpenzimet e tij. U ngjit të banonte në katin e tretë dhe pagoi vetëm dyzet e pesë franga qira në I muaj. Preu duhanin, përzuri berberin dhe nuk i bëri më me ! pudër flokët. Kur doli për të parën herë ashtu, i papudrosur, e zonja e shtëpisë shtangu në vend dhe briti e çuditur, duke ! dalluar flokët e tij, që kishin një bojë hiri të ndytë si në të blertë. Fytyra e tij, të cilën dëshpërimet e ndrydhura përbrenda e kishin bërë dita-ditës më të trishtuar, dukej më e vrara e të | gjitha atyre që ishin rreth e qark tryezës. Atëherë s'pati më 1 asnjë dyshim: xha Gorioi ishte një plak i shthurur që vetëm në saje të artit të mjekëve mundi t'i shpëtonte sytë e tij nga veprimi i dëmshëm i ilaçeve që përdorte për të luftuar sëmundjet që |! pati marrë. Ngjyra aq e urryer e flokëve të tij ishte pasojë e shthurjeve të pafre dhe e mjeteve që përdorte për ta zgjatur sa më shumë këtë shthurje. Gjendja fizike dhe shpirtërore e atij të mjeruari dukej se i vërtetonte këto dyshime. Kur iu vjetruan të gjitha këmishët, ai bleu pëlhurë nga ajo më e lira për të zëvendësuar të linjtat e tij të bukura. Një nga një i zhdukën diamantet, kutia e artë e cigareve, zinxhiri i sahatit dhe të gjitha | sendet e çmuara. Nuk ia shikoje më ato rrobat blu të çelura, kostumin e tij të bukur; tani dimër, verë, ai mbante një redingotë shajaku ngjyrëgështenjë, një jelek prej leshi të dhirtë dhe një palë pantallona bojë hiti prej drili. Dalngadalë nisi të dobësohej; pulpat i ranë, fytyra e buavitur nga kënaqësia e një lumturie borgjeze iu rrudh jashtë masës, balli iu zhubros, nofullat i kërcyen jashtë. Vitin e katërt që kur ishte vendosur në rrugën Nëvë-Sent-Zhënëvievë, ai nuk ngjante fare me Gorionë e parë. Fabrikanti i fideve, që ishte atëherë gjashtëdhjetë e dy vjeç e që nuk dukej as dyzet, borgjezi tërë tul e dhjamë, i qeshur e i gëzuar, i hedhur e i gjallë, saqë habiteshin gjithë sa e shikonin, e që, kur bënte buzën në gaz, dukej akoma më i ri, tani tregonte si një plak shtatëdhjetëvjeçar, i hutuar e i zbehtë, të cilit i dridheshin këmbët. Sytë e tij të kaltër, dikur aq të gjallë, u bënë si të shpëlarë, u zbehën, nuk lotonin më dhe rrethi i tyre i kuq dukej sikur kullonte gjak. Disave u kallte datën, të tjerëve u ndillte mëshirë. Ca studentë të mjekësisë, kur vunë re se i qe varur buza e poshtme dhe mbasi u munduan për një kohë të gjatë që t'i nxirrnin ndonjë fjalë, thanë se atij i kishin rrjedhur tratë e ishte bërë matuf. Një mbrëmje, kur zonja Voker i tha duke dashur të tallej me të e kishte vënë në dyshim atësinë e tij: "Si është puna, nuk vijnë më vajzat t'ju shohin?", xha Gorioi u hodh përpjetë, sikur e zonja e shtëpisë ta kishte shpuar me majën e një hekuri.

- Vijnë ngandonjëherë, - u përgjigj ai me zë të mallëngjyer.
- Ah! ah! gjene i shikoni ngandonjëherë? - thirrën studentët. - Bravo, xha Gorio!

Po plaku nuk i dëgjoi talljet që shkaktoi me përgjigjen e tij; ai u krodh përsëri aq shumë në mendime, saqë kush e shikonte ashtu përciptazi e merrte për një plak matuf të cilit i kishin rrjedhur trutë. Po ta kishin njohur mirë xha Gorionë, ndoshta ata mund të interesoheshin më tepër për gjendjen e tij shpirtërore dhe fizike, po kjo qe një punë shumë e vështirë për ta, diçka që ata s'mund ta bënin. Nuk qe punë e zorshme të mësohej nëse Gorioi pati qenë me të vërtetë fabrikant fidesh dhe gjer në ç'shumë arrinte pasuria e tij, por pleqtë e plakat kureshtare nuk dilnin jashtë lagjes, ata rronin në pension, si ato gocat e detit ngjitur pas shkëmbit. Sa për njerëzit e tjerë, ata i rrëmbente rryma e jetës pariziane dhe, me të dalë nga rruga Nëvë-Sent-Zhënëvievë, e harronin fare plakun e gjorë, me të cilin talleshin. Për këta njerëz mendjengushtë, si dhe për të rinjtë e shkujdesur, një mjerim i tillë i hidhur dhe një matufepsje e tillë e xha Gorioit s'kishin të bënin me asnjë lloj pasurie dhe aftësie. Sa për gratë që ai i quante vajzat e tij, të gjithë bashkoheshin me mendimin e zonjës Voker që thoshte me atë logjikën e ashpër të atyre plakave që s'u pushon gjuha gjithë kohën dhe që pandehin se i marrin me mend të gjitha:

- Po të kishte vajza aq të pasura xha Gorioi sa dukeshin të gjitha gratë që kanë ardhur ta shohin, nuk do të rrinte në shtëpinë time në katin e tretë, me dyzet e pesë franga qira në muaj, dhe nuk do të dilte i veshur si varfanjak.

Asgjë nuk mund t'i përgënjeshtronte këto arsyetime. Prandaj, andej nga fundi i nëntorit 1819, kohë në të cilën shpërtheu kjo dramë, të gjithë qiraxhinjtë e pensionit kishin formuar një mendim të prerë për plakun e gjorë. Për ta ai s'kishte pasur kurrë as vajzë, as grua dhe aq shumë kishte abuzuar në qejfe, saqë tani qe bërë një ligavec, një molusk në formë njeriu, që duhej klasifikuar në kasketiferet, thoshte një nëpunës i muzeut, një nga ata që vinte në pension vetëm për të ngrënë. Bile edhe Puareja ishte një shqiponjë, një xhentëlmen në krahasim me Gorionë. Puareja fliste, arsyetonte, përgjigjej; në të vërtetë ai s'thoshte asgjë kur fliste, kur arsyetonte a kur përgjigjej, sepse kishte zakon të përsëriste me fjalë të tjera ato që thoshin të tjerët; po merrte pjesë në bisedë, ishte i gjallë, dukej i ndjeshëm; kurse xha Gorioi, thoshte përsëri nëpunësi i muzeut, ishte Vazhdimisht në zero gradë Reomyr.

Eugjen dë Rastinjaku u kthye në pension në një gjendje shpirtërore që do ta kenë provuar të rinjtë, në qoftë se janë shumë të aftë ose ata të cilëve një gjendje e vështirë u zgjon përkohësisht cilësitë e njerëzve të jashtëzakonshëm. Vitin e parë që qëndroi në Paris, meqë fakulteti nuk kërkonte ndonjë punë të madhe, ai e përdori kohën e lirë për të shijuar kënaçësitë e dukshme të Parisit. Një studenti nuk i del koha, po të dojë të njohë repertorin e çdo teatri, të mësojë të gjitha hyrjet e daljet e labirintit parisian, të njohë zakonet, të mësojë gjuhën dhe të ambientohet me qejfet e kryeqytetit, të zbulojë vendet e mira e të këqija, të ndjekë kurset që e zbavitin, të numërojë pasuritë e muzeumeve. Në të njëjtën kohë ai u jep një rëndësi të madhe gjërave të kota që e tërheqin. Ai ka zgjedhur një njeri të madh, një profesor të Kolegjit të Francës, të paguar për të qenë në lartësinë e auditoriumit të tij. Rregullon kravatën dhe merr poza të bukura për t'ia mbushur synë ndonjë gruaje që rri në lozhat e para të Operas Komike. Në këto shërvitje fillestare të njëpasnjëshme, ai zhvishet nga natyra e tij e padjallëzuar, zgjeron horizontin e jetës dhe arrin më në fund të kuptojë raportin e shtresave të ndryshme të shoqërisë njerëzore. Në qoftë se ka filluar të soditë karrocat që shkojnë varg njëra pas tjetrës në Shanz-Elize në një ditë të bukur me diell, shpejt ka për t'i pasur zili. Pa e kuptuar as vetë, Eugjeni e kishte kryer këtë stërvitje, kur shkoi në fshat për pushimet e mëdha, pasi pati qenë pranuar bashëlie në letra dhe në shkencat juridike. Ëndrrat e tij të fëmijërisë, mendimet e tij provinciale u zhdukën nisi të arsyetonte ndryshe, kurse ambicia e tij e madhe u rrit akoma më shumë, dhe, duke jetuar në shtëpinë atërore, në gjirin e familjes, e shikonte çdo gjë drejt e me sy realistë. I ati, e ëma, të dy vëllezërit, të dy motrat dhe një teze, rronin në tokën e vogël të Rastinjakut. Ky çiflig, me një të ardhur prej afro tri mijë frangash në vit, ishte një ekonomi e pasigurt, ku mbizotëronin të ardhurat nga vreshtat dhe nga këto të ardhura duheshin hequr çdo vit një mijë e dyqind franga për Eugjenin. Ky e pa mjerimin e vazhdueshëm të familjes, që prindërit ia fshihnin në mënyrë bujare, dhe pa dashur krahasonte të motrat që i dukeshin aq të bukura, kur ishte i vogël, me gratë e Parisit që përfaqësonin për të tipin e një bukurie të ëndërruar; ai kuptonte të ardhmen e pasigurt të kësaj familjeje të madhe që i kishte mbështetur gjithë shpresat e saj te djali, e shikonte se me ç'kujdes të madh ruheshin edhe prodhimet më të lira, por bashkë me familjen lëngun që nxirrej nga bërsitë e shtrydhura kushedi se sa herë, shkurt, një tok rrethana, që është e kotë të përmendim këtu, ia shtuan dëshirën për të pasur sukses në jetë dhe e bënë të etshëm për t'u dalluar. Ashtu si ndodh te të gjithë njerëzit zemërmëdhenj, ai deshi t'ua detyronte çdo gjë, vetëm meritave të tij. Po ai ishte meridional gjer në palcë dhe kur vinte puna për t'i vënë në zbatim vendimet e tij, e pushtonte ai ngurrim që i kap të rinjtë kur ndodhen në mes të detit pa ditur as nga ç'anë t'i drejtojnë forcat, as nga ç'drejtim t'i kthejnë velat. Eugjeni në fillim deshi t'i përvishej punës me gjithë shpinë, por, i mposhtur shumë shpejt nga nevoja për të lidhur miqësi vuri re se sa ndikojnë gratë në jetën shoqërore dhe vendos; sakaq të hynte nëpër sallone, me qëllim që të fitonte at mbrojtëse. Edhe a mund të mos kishte të tilla një i ri i mprehtë dhe i zjarrtë, mendja dhe zelli i të cilit ishin zbukuruar me nj qëndrim elegant dhe me një farë bukurie nervoze që aq tepë i bëjnë për vete gratë? Këto mendime e pushtuan Rastinjakun atë ditë, kur endej fushave, në shëtitjet që bënte me qejf bashkë me të motrat, të cilat e vunë re se sa shumë kishte ndryshua, ai. Tezja e tij, zonja Dë Marsijak, dikur e prezantuar në oborrin mbretëror, kishte njohur aty somitetet e aristokracisë. Sakaq i riu ambicioz dalloi në kujtimet me të cilat e kishte përkundur aq dendur tezja se elementet e fitoreve të tij në shoqëri nuk ishin më pak të rëndësishme nga sukseset në shkollën drejtësisë; ai e pyeti tezen për lidhjet e tyre me farefisin dhe s'mund të krijoheshin përsëri këto lidhje. Si shkundi degët e drurit gjenealogjik, zonja e moçme mendoi se nga të gjithë njerëzit që mund t'i shërbenin nipit të saj ndër kushërinjtë pasanikë egoistë, më pak buzëpërdredhur do të ishte zonja viskonteshë Dë Bosean. Ajo i shkroi kësaj gruaje të re një letër me stil të vjetër dhe ia dha Eugjenit, duke i thënë se, po t'ia arrinte qëllimit pranë viskonteshës, ajo do ta ndihmonte që të njihej me kushërinjtë e tjerë. Disa ditë pas mbërritjes së tij në Paris, Rastinjaku ia dërgoi letrën e tezes zonjës Dë Bosean, Viskontesha iu përgjigj me një ftesë për në ballon që do të jepej të nesërmen.

Kjo ishte gjendja e përgjithshme e këtij pensioni familjar në fund të nëntorit 1819. Disa ditë më pas, Eugjeni, që kishte shkuar në ballon e zonjës Dë Bosean, u kthye andej nga ora dy pas mesnate. Me qëllim që të fitonte kohën e humbur, kur ishte duke kërcyer në ballo, ai vendosi të mësonte gjer në mëngjes. I pushtuar nga një fuqi e rreme magjepsëse, duke parë shkëlqimin e jetës mondane, ai vendosi për të parën herë ta gdhinte natën pa gjumë në mes të asaj lagjeje të qetë. S'kishte ngrënë as drekë te zonja Voker. Kështu që qiraxhinjtë e tjerë mund të mendonin se ai do të kthehej nga balloja të nesërmen në të gdhirë, ashtu si qe kthyer ndonjëherë nga festat e Prados ose nga ballot e Odeonit, i zhyer me baltë deri te çorapet e tij të mëndafshta dhe me këpucët e lehta lustrina të shtrembëruara. Përpara se t'i vinte llozin portës, Kristofi e kishte hapur që të shikonte një herë në rrugë. Atë çast u dha Rastinjaku, që mundi të ngjitej në dhomën e tij pa u ndier fare, dhe Kristofi e ndoqi pas, duke bërë zhurmë të madhe. Eugjeni u zhvesh, veshi pantoflat dhe një redingotë të vjetër, ndezi zjarr me torfë dhe u përgatit që t'i vihej punës sa më shpejt, në mënyrë që Kristofi t'i mbulonte me zhurmën e atyre këpucëve të mëdha e të rënda edhe përgatitjet e tij. Eugjeni ndenji një copë herë i menduar përpara se të kridhej në librat e drejtësisë. Ai kishte njohur në personin e zonjës viskonteshë Dë Bosean një nga mbretëreshat e modës në Paris, shtëpia e së cilës përmendej si më e këndshmja në gjithë lagjen Sen-Zhermen. Veç kësaj, ajo edhe nga emri edhe nga pasuria ishte një nga somitet e shoqërisë aristokratike. Falë tezës së tij Dë Marsija, studentin e gjorë e kishin pritur mirë në këtë shtëpi dhe ai as që e kishte marrë me mend se sa i madh do të ishte për të ky favor. Të pranoheshe në ato sallone të praruara, do të thoshte të kishe në xhep patentën e fisnikërisë së lartë. Meqenëse hyri në këtë shoqëri, që ishte nga më të privilegjuarat, ai fitoi të drejtën që të hynte kudo. I verbuar nga shkëlqimet e atij rrethi, Eugjeni mezi shkëmbeu vetëm pak fjalë me viskonteshën; ai u kënaq kur dalloi në turmën e hyjneshave të Parisit, që shtyheshin në këtë festë, një nga ato gratë te të cilat i mbetën sytë një djali, kur i sheh për herë të parë. Kontesha Anastasi dë Resto, një grua shtatlartë dhe shumë e hijshme, hiqej si një nga gratë më të bukura të Parisit. Mermi me mend dy sy të mëdhenj të zez, një dorë shumë të bukur, një këmbë të vogël, lëvizje plot gjallëri, një grua të cilën markezi i Ronkërolës e quante kalë race. Ajo finesa e nervave nuk i mehte asgjë bukurisë së saj; ishte e plotë dhe e rrumbullakët, po nuk mund të thuhej aspak se ishte tepër e bëshme. *Kalë race, grua race,* këto shprehje filluan të zëvendësonin engjëjt e qiellit, figurat osianike, tërë mitologjinë e vjetër të dashurisë së neveritur nga dandizmi. Po, për Rastinjakun, zonja Anastasi dë Resto u bë gruaja e dëshiruar. Ai kishte rregulluar dy kërcime në listën e kavalierëve të shënuar në elbazenë dhe kishte mundur të bisedonte me të në kohën e kontrëdansës.

- Ku do të takohemi përsëri, zonjë? - e pati pyetur ai sakaq me atë pasion të zjarrtë që u pëlqen aq shumë grave.

- Po në pyllin e Bulonjës, te Bufonët, në shtëpinë time, kudo, - iu përgjigj ajo.

Dhe meridionali aventurier ishte nxituar të lidhej me këtë konteshë të lezetshme, aq sa mund të lidhet një i ri me një grua në një kontrëdansë dhe në një vals. Duke thënë se ishte kushëriri i zonjës Dë Bosean, ai u ftua nga kjo grua, të cilën e mori për zonjë të madhe, dhe hyri e doli në shtëpi të saj. Nga buzëqeshja e saj e fundit, Rastinjaku besoi se pati qenë e nevojshme vizita e tij. Për fat, ai takoi aty një burrë, i cili s'qe tallur me naivitetin e tij, gjë që e kishte vdekje kur ndodhej në mes të gojështhururve të famshëm të kohës, Molinkurëve, Ronkëroiëve, Maksim dë Trajëve, Dë Marsajëve, Azhyda Pintove, Vandenesëve, që shkëlqenin nga kalorësia e tyre e marrë, duke u shoqëruar me gratë më elegante, ledi Brandon, dukeshën Dë Lanzhe, konteshën Dë Kergaruet, zonjën Dë Sërizi, dukeshën Dë Kariliano, konteshën Fero, zonjën Dë Lanti, markezën D'Eglemon, zonjën Firmiani, markezën Dë listomerë dhe markezën D'Espar, dukeshën Dë Mofrinjëzë dhe zonjat nga familja Granlie. Për fat, pra, studenti i padjallëzuar ra në markezin Dë Monrivo, dashnorin e dukeshës Dë Lanzhe, një gjeneral i urtë e i butë, si një femijë, që i tha se kontesha Dë Resto banonte në rrugën e Helderit. Të jesh i ri, të jesh i etur për sallonet, të ëndërrosh një grua dhe të shikosh të hapen para teje dy shtëpi; të vesh këmbën fort në lagjen Sen-Zhermen, në shtëpinë e viskonteshës Dë Bosean dhe të gjunjëzohesh në rrugën D'Antën, përpara konteshës Dë Resto, të depërtosh me një vështrim në të gjitha sallonet e Parisit dhe ta pandehësh veten aq djalë të

37

pashëm, sa të mund të hysh thellë në zemrën e një gruaje e të gjesh aty ndihmë dhe mbrojtje; ta ndiesh veten aq ambicioz, sa t'i japësh një shkelm të fortë litarit të ndehur, mbi të cilin duhet të ecësh me sigurinë e një pelivani që s'është rrëzuar kurrë dhe të kesh gjetur në personin e një gruaje hamgjitëse shkopin më të mirë për të mbajtur ekuilibrin! Me të tilla mendime dhe përpara kësaj gruaje që ngrihej e madhërishme pranë atij zjarri prej torfi, në mes të Kodit dhe të mjerimit, kush nuk do ta kishte ndier të ardhmen e tij si Eugjeni, kujt nuk do t'i qe dukur ajo e ndritur dhe plot suksese? Mendimi i tij endacak po i shfrytëzonte aq shumë gëzimet e ardhme, saqë, tek i dukej sikur ishte pranë zonjës Dë Resto, një psherëtimë e ngjashme me një *Ah!* të thellë prishi qetësinë e natës dhe jehoi në zemrën e djaloshit si grahma e një njeriu që po jep shpirt. Hapi me ngadalë derën e dhomës dhe, kur u ndodh në korridor, shqoi një vijë drite përfund derës së xha Gorioit. Eugjeni pandehu se mos fqinji i tij ishte i pamundur, afroi syrin te vrima e çeiësit, vështroi brenda në dhomë dhe pa plakun që po merrej me një punë, të cilat iu dukën aq të dyshimta, saqë besoi se do t'i sillte një shërbim shoqërisë duke vërejtur se ç'ngatërronte natën i vetëquajturi fabrikant i fideve. Xha Gorioi, që pa dyshim kishte lidhur mbi traversën e një tryeze të përmbysur një pjatë dhe një tas supe prej argjendi të larë me flori, rrotullonte një lloj kablloje rreth këtyre sendeve të gdhendura me art, duke i shtrënguar me një forcë aq të madhe, saqë po i përdridhte për t'i shndërruar, me sa dukej, në thupra metali.

"Bre! Ç'njeri!" - tha me vete Rastinjaku, kur pa krahët tërë damarë të plakut, që po mbruhte, me anën e asaj kablloje, pa zhurmë, argjendin e larë me flori si të ishte brumë. Të jetë vallë një hajdut apo një njeri që mban e fsheh sende të vjedhura dhe që, për ta zhvilluar më me siguri tregtinë e tij, hiqet si budalla, si i dobët, dhe rron si lypës?" - tha me vete Eugjeni, duke ngritur një çast trupin.

Studenti vuri përsëri synë te brima e çelësit. Xha Gorioi që e kishte çdredhur kabllon, mori lëmshin prej argjendi, e vuri mbi tryezë, pasi pati shtruar aty mbulesën, dhe e rrokullisi që t'i jepte formën e rrumbullakët të thuprës. Këtë punë ai e kreu me një lehtësi të çuditshme.

"Të jetë vallë i fortë sa Augusd, mbreti i Polonisë?" - pyeti me vete Eugjeni, kur thupra e rrumbullakët u lëmua pothuaj nga të gjitha anët.

Xha Gorioi e vështroi punën e tij i trishtuar, i rrodhën lot nga sytë, i fryu kandilit, në dritën e të cilit kishte përdredhur argjendin, dhe Eugjeni e dëgjoi të binte në shtrat për të fjetur duke psherëtirë.

"Është i çmendur!" - mendoi studenti.

- Bijë e gjorë! - tha me zë të lartë xha Gorioi.

Kur dëgjoi nga goja e plakut këto fjalë, Rastinjaku e pa të udhës të mos bënte zë për sa i panë sytë dhe të mos e dënonte aq me ngut fqinjin. Po matej të hynte në dhomën e tij, kur sakaq i zunë veshët një zhurmë, mjaft të vështirë për ta shprehur, zhurmë këmbësh me papuçe prej rrobe, që po ngjitnin shkallët. Eugjeni vuri veshin dhe dëgjoi frymëmarrjen e dy njerëzve. Pa e ndier as kërkëllimën e portës, as hapat e njerëzve, ai pa përnjëherë një dritë të zbehtë në katin e dytë, te zoti Votrën.

"Ç'mistere paska në këtë pension!" - tha me vete.

Zbriti disa shkallë, ndenji të përgjonte dhe i zuri veshi tingullin e floririt. Sakaq drita u shua dhe të dyja frymëmarrjet u dëgjuan sërishmi, pa u ndier krisma e derës. Pastaj, të dy njerëzit zbritën poshtë, zhurma nisi të mekej.

- Kush është? - thirri zonja Voker, duke hapur dritaren e dhomës së saj.

- Jam unë, mama Voker, posa erdha, - tha Votrëni me zërin e tij të trashë.

"Çudi! Po Kristofi i kishte vënë llozin e portës" tha me vete Eugjeni, duke hyrë në dhomën e tij. "Duhen bërë sytë katër, që të marrësh vesh se ç'ndodh rreth e rrotull teje në Paris".

Këto ngjarje e shkëputën atë nga mendimet e thella të një

dashurie ambicioze dhe iu përvesh punës. I shqetësuar nga dyshimet që e brenin për xha Gorionë dhe më i shqetësuar akoma nga fytyra e zonjës Dë Resto, që i dilte përpara herë pas here si lajmëtarja e një të ardhmeje të shkëlqyer, e kapiti, më në fund, gjumi dhe fjeti me duart të shtrënguara grusht. Ndër dhjetë net që premtojnë të rinjtë t'ia kushtojnë studimit, shtatë i shkojnë me gjumë. Duhet të jesh më i madh se njëzet vjeç, që ta gdhish natën mbi librat.

Të nesërmen në mëngjes, Parisin e kishte mbuluar një nga ato mjegullat e dendura që e mbështjellin dhe e errësojnë aq shumë, saqë edhe ata më të përpiktët nuk mund ta marrin dot me mend se ç'kohë është. Njerëzit humbasin pikëpjekjet që kanë lënë për punët e tyre. Ka vajtur dreka dhe të duket sikur është ora tetë e mëngjesit. Ishte ora nëntë e gjysmë dhe zonja Voker akoma s'kishte lëvizur nga dysheku. Edhe Kristofi me Silvien trashaluqe ishin ngritur vonë dhe po pinin rehat- rehat kafenë me ajkën e qumështit që u ndahej qiraxhinjve e që Silvia e ziente një copë herë të madhe, gjersa të zinte përsëri cipë e të mos i binte në sy zonjës Voker vjelja ilegale e kësaj të dhjete.

- Silvia, - tha Kristofi duke njomur një copë bukë të thekur, - burrë i mirë ky zoti Votrën, po gjene i erdhën dy njerëz sonte. Po të të pyesë zonja, mos i thuaj gjë, dëgjon?

- Të dha gjë ty?

- Më dha njëqind solda për një muaj, sikur të donte të më thoshte: "Hesht!"

- Përveç atij dhe zonjës Kutyrë, që nuk janë aspak dorështrënguar, të gjithë të tjerët do të donin të na zhvatnin me dorën e mëngjër ato që na japin me të djathtën ditën e Vitit të Ri, - tha Silvia.

- E ç'na japin, se? - ia bëri Kristofi, - njëqind solda të qelbura. Ka dy vjet që xha Gorioi i lustron vetë këpucët. Ai koprraci Puare as që i fshin fare dhe preferon më mirë t'i pijë ato që do të japë për të lustruar këpucët. Kurse ai studenti lakuriq më jep dyzet solda. Dyzet solda nuk më dalin as për furçat; le gjithë e gjithë, po edhe rrobat e tij të vjetra i shet. Na ruat puna që bëjmë!

- Bah! - ia bëri Silvia, duke pirë kafenë me gllënjka të vogla, - sidoqoftë vendet tona këtu janë akoma nga më të mirat e lagjes: rrojmë mirë. Po meqë ra fjala, Kristof, a të kanë thënë ndonjë gjë për xha Votrënin?

- Po. S'ka shumë ditë që takova një zotëri në rrugë, i cili më tha: "A nuk banon te ju një zotëri trashaman me favorite, që i ngjyen me bojë?" Unë iu përgjigja: "Jo, zotëri, ai nuk i ngjyen. Një burrë i gëzuar e i qeshur siç është ai s'ka kohë të merret me ato punë." Unë këto ia thashë edhe zotit Votrën e ai m'u përgjigj: "Mirë ia bëre, biri im! Kështu përgjigju gjithnjë. S'ka gjë më të shëmtuar sesa t'u tregojmë të tjerëve noksanllëqet tona. Ato mund të prishin edhe krushqinë".

- Posi, edhe mua në pazar zunë të më merrnin me lajka që t'u thosha nëse e kisha parë ndonjëherë kur ndërrohej. Mos qesh, pastaj!... Uu, - ia bëri ajo, duke e prerë fjalën përgjysmë, - sahati i madh i Val-dë-Grasit ra dhjetë pa një çerek dhe asnjeri s'po lëviz nga dysheku.

- Ohu! ata kanë dalë të gjithë. Zonja Kutyrë bashkë me atë çupën që mban në shtëpi shkuan të falen në Sent-Etienë, që më ora tetë. Xha Gorioi doli me një pako. Studenti do të kthehet pas kursit, më ora dhjetë. I pashë të shkonin kur po fshija shkallët. Bile xha Gorioi u përplas pas meje, se ç'djall e kishte atë gjë të fortë si hekur. Ku ta dish se ç'bën ai bablok! Të tjerët e marrin për budalla, po ai është burrë i mirë, për besë, më i mirë se të gjithë ata që e tallin. Nuk të jep ndonjë gjë të madhe, po ato zonjat, te të cilat më dërgon ngandonjëherë, të darovitin mirë dhe janë të nisura e të pispillosura që ç'ke me të.

- Ato që i heq si të bijat? Ato janë një duzinë!

- Unë vetëm te dy kam vajtur, tek ato që kanë ardhur këtu.

- Po dëgjohen këmbët e zonjës; do të zërë të shahet; duhet të shkoj ta shoh. Ruaj qumështin, Kristof, shiko se mos vejë maçoku.

Silvia u ngjit tek e zonja.

"Po ku i ke mendtë, mos Silvia, ora ka vajtur dhjetë pa një çerek dhe më ke lënë të fle gjer tani! S'më ka ndodhur kurrë një gjë e tillë.

- I ka fajet kjo mjegull e dendur, zonjë, që na hutoi fare.
- Po mëngjesin?
- Bah! qiraxhinjve sikur u kishte hyrë djalli përbrenda sot, ata shkuan që pa dirë.
- Fol mirë, Silvia, - ia priti zonja Voker, - që pa gdhin, thuaj.
- Ah! zonjë, them si të doni. Po aq pak kanë mbetur, sa mund të hani mëngjesin edhe në ora dhjetë. Mishoneta dhe Puareja s'kanë lëvizur nga vendi. Vetëm ata kanë mbetur në shtëpi dhe i ka zënë një gjumë, që as topi s'i zgjon.
- Moj Silvia, po ti i vë të dy bashkë, sikur të ishin..,
- Sikur të ishin çfarë? - përsëriti Silvia dhe ia plasi gazit me të madhe. - Që të dy venë deng.
- Çudi, Silvia, po si hyri. mbrëmë zoti Votrën? Kristofi i kishte vënë llozin portës!
- Jo, zonjë. Kristofi e dëgjoi zotin Votrën dhe zbriti i hapi portën. Ashtu ju është dukur...
- Nëm fustanin dhe shko shpejt përgatit mëngjesin. Gatuaje me patate atë copën e dashit që ka mbetur dhe jepu dardha të ziera, nga ato që bleve dy liarda copën.

Nuk shkoi shumë dhe zonja Voker zbriti, tamam në kohën kur maçoku i saj përmbysi me një të rënë me këmbë pjatën me të cilën qe mbuluar një tas me qumësht dhe nisi ta lëpinte shpejt e shpejt.

- Çit, mor kobash! - thirri ajo.

Maçoku fryu, pastaj u kthye përsëri e shkoi u fërkua pas këmbëve të saj.

- Po, po, bëhu plloçë tani, frikacak i ndyrë! - i tha ajo.
- Silvia! Silvia!
- Silvia! Silvia!

- Urdhëro, zonjë?
- Shiko, moj, se ç'piu maçoku.
- I ka fajet ai ujku, Kristofi, zonjë, se i thashë që të shtronte tryezën, po s'më dëgjoi. Po ku në djall shkoi? Mos u bëj merak, zonjë, atë tas do t'ia vë xha Gorioit. Ia mbush me ujë dhe s'ka për ta kuptuar fare. Ai kurrë s'bën fjalë, as që shikon se ç'ha.
- Po ku ka shkuar ai gjytyrym? - pyeti zonja Voker, duke vënë pjatat në tryezë.
- E ku ta dish? Ai bën dallavere me pesëqind djaj.
- Fjeta shumë, - tha zonja Voker.
- Po gjene e freskët si trëndafile jeni, zonjë..

Në këto fjalë e sipër u dëgjua zilja e portës dhe Votrëni hyri në dhomën e bukës, duke kënduar me atë zërin e tij të trashë:

Vite e vite u enda botës
dhe kudo më panë mua...

- Mama, kam parë një gjë të çuditshme... të dua.
- Çfarë? - pyeti e veja.
- Më ora tetë e gjysmë, xha Gorioi ishte në rrugën Dofinë, te ai argjendari që blen servise të moçme dhe shirita ari e argjendi. Babloku i shiti tregtarit për një shumë të mirë të hollash një tas argjendi të përdredhur aq bukur, saqë s'ma priste mendja të ishte kaq i shkathët plaku.
- Vërtet?
- Po. Tek po kthehesha këtu, pasi përcolla një shokun tim që u largua nga Franca nëpërmjet Mesagjerisë Mbretërore, e prita xha Gorionë që ta shikoja: kot sa për t'u tallur. Ai u ngjit në këtë lagjen këtu, në rrugën e Greve, dhe hyri në shtëpinë e një fajdexhiut me nam, që quhet Gobsek, një matrapaz që s'ka shok, i zoti të bëjë gurë dominoje me kockat e t'et; një çifut, një arab, një grek, një arixhi, një njeri që s'ia gjen dot anën ta vjedhësh, se i vë florinjtë në bankë.

- Epo, ç'bën ky xha Gorioi?
- Ai s'bën asgjë, - tha Votrëni, - po i ksebën të gjitha. Është një budalla që s'ha morra, ai po shkatërrohet nga dashuria për vajzat që...
- Ja ku erdhi! - tha Silvia.
- Kristof, - thirri xha Gorioi, - eja lart me mua.
Kristofi shkoi pas xha Gorioit dhe sakaq zbriti përsëri.
- Ku shkon? - e pyeti zonja Voker shërbëtorin.
- T'i mbaroj një porosi zotit Gorio.
- Ç'është kjo? - tha Votrëni, duke rrëmbyer nga duart e Kristofit një letër, mbi të cilën lexoi: Zonjës Konteshë Anastasi dë Resto. - Dhe po shkon...? - e pyeti ai Kristofin, duke ia dhënë përsëri letrën.
- Në rrugën e Helderit. Jam urdhëruar që t'ia dorëzoj këtë letër në dorë zonjës konteshë.
- Ç'ka brenda? - tha Votrëni, duke e ngritur letrën nga drita - Para? Jo. - E hapi pak zarfin. - Një çek, - thirri. - Hej, djall i madh, qenka xhymert plakushi. Shko, mor pucarak, - i tha ai Kristofit, duke ia mbështjellë gjithë kokën me dorën e tij të madhe e duke e rrotulluar të tërin në vend si një zar, - do të kesh një bakshish të mirë.
Tryeza qe shtruar. Silvia po ziente qumështin. Zonja Voker ndezi shporetin, e ndihmuar nga Votrëni, që s'pushonte së kënduari:

*Vite e vite u enda botës
dhe kudo më panë mua...*

Kur u bënë të gjitha gati, erdhën edhe zonja Kutyrë me zonjushën Tajëfer.
- Nga keni qenë kështu që me mëngjes, e dashur zonjë? - pyeti zonja Voker zonjën Kutyrë.
- Vajtëm u falëm në Sent-Etienë dy Mon; sot është dita që do të vemi te zoti Tajëfer! E gjora vogëlushe, dridhet si purteka, - vazhdoi zonja Kutyrë, duke u ulur pranë shporetit,

te dera e të cilit mbështeti këpucët që i nxorën avull.

— Ngrohu de, Viktorinë, — tha Zonja Voker.

— Nuk është keq, zonjushë, t'i luteni zotit që ta bëjë të preket zemrën e atit tuaj, — tha Votrëni, duke i afruar një fron jetimes. — Po kjo nuk mjafton. Ju duhet edlie një mik që të marrë përsipër t'ia tregojë qejfin atij të pashpirti, atij derri të egër që, siç thonë, i ka nja tre milionë dhe nuk të jep prikë. Edhe një vajzë e bukur ka nevojë për prikë në këto kohë.

— E gjora vajzë! — tha zonja Voker. — Eh, moj guguçja ime, babai yt është një përbindësh. Ai po e ndjell vetë të keqen.

Kur dëgjoi këto fjalë, Viktorinës iu mbushën sytë me lot, dhe e veja nuk e zgjati më, tek vuri re zonjën Kutyrë që ia bëri me shenjë.

— Ah, sikur ta takonim! Doja t'i thosha vetëm dy fjalë dhe t'i dorëzoja letrën e fundit të së shoqes, — vazhdoi e veja e administratorit. — S'kam guxuar kurrë t'ia dërgoj me postë; ai ma njeh shkrimin...

— O gra të pafajshme, fatzeza dhe të persekutuara! — thirri Votrëni, duke ia prerë fjalën, — si jeni katandisur kështu! Këto ditë do të vë vetë dorë në punët tuaja dhe të gjitha do të rregullohen.

— Oh, zotëri, — tha Viktorina, duke e vështruar me sy të përlotur e të ndritur Votrënin, që nuk u prek fare, — në qoftë se do të keni mundësi t'i flisni atit tim, i thoni, ju lutem, se dashuria e tij dhe nderi i nënës sime janë më të çmuara për mua se të gjitha pasuritë e botës. Në qoftë se do të arrini ta zbutni atë, unë s'do t'jua harroj kurrë. Të jeni i sigurt për mirënjohjen...

— Vite e vit'u enda botës", — këndoi Votrëni me një zë ironik.

Në këtë kohë zbritën Gorioi, zonjusha Mishono dhe Puareka, që i kishte tërhequr ndoshta aroma e salcës që po përgatiste Silvia për të gatuar mishin e dashit. Në çastin që u ulën në tryezë të shtatë qiraxhinjtë dhe përshëndetën njëri-tjetrin, ra ora dhjetë: në rrugë u dëgjuan këmbët e studentit.

— Oh! Sa mirë, zoti Eugjen, — tha Silvia, — sot do të hamë

45

bashkë me të tjerët.

Studenti përshëndeti qiraxhinjtë dhe u ul pranë xha Gorioit.

- Më ka ndodhur një aventurë e çuditshme, - tha duke marrë një thelë të madhe me mish e duke prerë një copë bukë, që zonja Voker po e peshonte me sy.

- Një aventurë? - pyeti Puareja.

- E pse çuditesh, mor matuf ? - i tha Votrëni Puaresë. - Doemos që i ndodhin aventura një zotërie si ai.

Zonjusha Tajëfer e vështroi me druajtje studentin e ri.

- Na e tregoni aventurën, - i tha zonja Voker.

- Dje isha në ballo te zonja viskonteshë Dë Bosean, një kushërira ime, që ka një shtëpi të mrekullueshme me dhoma të veshura në mëndafsh dhe që na bëri një festë të shkëlqyer, ku u zbavita si një mbret...

- *tuc*, - ia bëri Votrëni, duke i prerë fjalën.

- Ç'doni të thoni, zotëri? - pyeti me rrëmbim Eugjeni.

- Them mbretuc, sepse mbretucët e mbretërit e vegjël bëjnë shumë më tepër qejf nga mbretërit.

- Vërtet, mua do të më pëlqente më shumë të isha një mbretuc i shkujdesur sesa mbret, sepse..., - ia bëri Puare idemisti.

- E, që thoni ju, - vazhdoi studenti, duke i prerë fjalën Puaresë, kërceva me një nga gratë më të bukura të ballos, me një konteshë hamgjitëse, më e hijshmja krijesë që kam parë gjer më sot. Kishte vënë në kokë një kurorë me lule pjeshke dhe në bel buqetën më të bukur me lule, lule natyrale, që të dehnin me aromën e tyre; po jo, duhej ta kishit parë vetë, është e pamundur të përshkruash një grua të frymëzuar nga të vallëzuarit E pra, sot në mëngjes, e takova këtë konteshë hyjnore aty nga ora nëntë, më këmbë, në rrugën e Greve. Oh, si më luftoi zemra, m'u duk...

- Sikur po vinte këtu, - ia preu fjalën Votrëni, duke i hedhur një vështrim të thellë studentit. - S'ka dyshim se ajo shkonte te xha Gobseku, te ai fajdexhiu. Po t'ua çanit zemrën grave të Parisit, do të gjenit aty më përpara, fajdexhinë, pastaj dashnorin. Kontesha juaj quhet Anastasi dë Resto dhe banon në rrugën Helder.

Kur dëgjoi këtë emër, studenti e vështroi Votrënin drejt në sy. Xha Gorioi ngriti kokën menjëherë dhe u hodhi që të dyve një vështrim të zjarrtë e plot shqetësim që i çuditi qiraxhinjtë.

- Kristofi ka arritur tepër vonë, ajo do të ketë vajtur atje, - thirri me dëshpërim Gorioi.

- I rashë më të, - i tha Votrëni në vesh zonjës Voker.

Gorioi po hante pa qenë në vete dhe pa kuptuar se ç'po hante. Kurrë s'qe dukur aq i shushatur e aq i zhytur në mendime sa atë çast.

- Po kush djali jua ka thënë emrin e saj, zoti Votrën? - pyeti Eugjeni.

- Ha! ha! po ja, - u përgjigj Votrëni, - xha Gorioi e dinte! E unë pse të mos e dija?

- Zoti Gorio? - thirri studenti.

- Si! - tha plaku i gjorë. - Vërtet ishte aq e bukur dje?

- Kush?

- Zonja Dë Resto.

- Shikojeni ujkun plak, - i tha zonja Voker Votrënit, - si zunë t'i ndritin sytë!

- Mos e ka mantenutë? - i tha me zë të ulët zonjusha Mishono studentit.

- Oh! posi, ajo qe bukuria vetë, - përsëriste Eugjeni, të cilin xha Gorioi e vështronte sikur po ia përpinte fjalët. - Po të mos ishte aty zonja Dë Bosean, kontesha ime hyjnore do të kishte qenë mbretëresha e ballos; tek ajo u mbetën sytë gjithë djemve, unë isha shënuar i dymbëdhjeti në listën e kavalierëve të saj, ajo vallëzonte të gjitha kontrëdanset. Gratë e tjera sa s'tërboheshin. Në qoftë se ka pasur krijesë të lumtur dje, ka qenë pikërisht ajo. Kanë shumë të drejtë ata që thonë se s'ka gjë më të bukur se anija me vela në lundrim, se kali që ecën me të katra dhe se gruaja që vallëzon.

- Dje, në kulmin e lumturisë, tek një dukeshë, - tha Votrëni; - sot në mëngjes, në kulmin e fatkeqësisë, te një fajdexhi; kështu janë parizianet. Në qoftë se burrat nuk ua përballojnë dot luksin e tyre të shfrenuar, ato shiten. Në qoftë se nuk dinë të shiten, janë të zonjat t'u hapin edhe barkun nënave të tyre për t'u shkulur diç që të shkëlqejnë në shoqëri. Me një fjalë, ato i bëjnë të nëntëdhjetenëntat. I dimë, i dimë!

Fytyra e xha Gorioit që kishte shkëlqyer si dielli i një dite të bukur duke dëgjuar studentin, u ngrys kur dëgjoi këtë vërejtje mizore të Votrënit.

- E po, ku është aventura që ju ka ndodhur? - pyeti zonja Voker. U fjalosët me të? E pyetët mos ka gjë ndër mend të ndjekë Universitetin e Drejtësisë?

- Ajo nuk më pa, - tha Eugjeni. - Po a nuk është për t'u çuditur të takosh një nga gratë më të bukura të Parisit në rrugën e Greve, më ora nëntë të mëngjesit, një grua që është kthyer nga baloja në ora dy pas mesnate? Vetëm në Paris mund të ndodhin të tilla aventura!

- Ehu! Ka të tjera akoma më të çuditshme, - thirri Votrëni.

Zonjusha Tajëfer kishte 'rënë në mendime aq të thella për takimin e saj me t'anë, saqë nuk i dëgjoi mirë këto fjalë. Zonja Kutyrë i bëri shenjë që të ngrihej e të shkonte të vishej. Me të dalë të dyja gratë, u ngrit edhe xha Gorioi.

- E, e patë? - u tha zonja Voker Votrënit dhe qiraxhinjve të tjerë. - Duket sheshit që ai është shkatërruar për ato gra.

- Nuk më mbushet mendja kurrë që konteshën e bukur Dë Resto ta ketë hedhur në dorë xha Gorioi, - thirri studenti.

- Po ne s'kemi ndër mend t'ju mbushim mendjen, - i tha Votrëni, duke i prerë fjalën. -Ju jeni akoma shumë i ri dhe s'e njihni mirë Parisin; do të mësoni më vonë se këtu ka nga |ta njerëz që quhen burra me pasione...

Në këto fjalë, zonjusha Mishono e vështroi Votrënin me syrin pishë. Atë çast ajo i ngjante atij kalit të regjimentit, kur dëgjon zërin e trumbetës.

- Ah! Ah! - ia bëri Votrëni, që e preu fjalën përgjysmë dhe

i hodhi asaj një vështrim të thellë, duke i thënë: - A nuk kemi edhe ne pasionet tona të vockla?

Nënolja uli sytë si një murgeshë që shikon statuja lakuriqe.

- E pra, - vazhdoi ai, - këtyre njerëzve u ngulet një gjë ndër mend dhe s'heqin dorë prej saj sikur bota të përmbyset. Ata janë të etur për një ujë që gjendet në një farë burimi dhe shpesh ky është një ujë i fjetur, i qelbur; ata janë gati të shesin edhe gratë, edhe fëmijët e tyre, po veç të pinë nga ky ujë. Janë gati t'i shesin edhe shpirtin djallit. Për ca, ky burim është kumari, bursa, një koleksion pikturash ose insektesh, muzika; për ca të tjerë, është një grua që di t'u gatuajë ëmbëlsira. Jepuni atyre të gjitha gratë e botës dhe keni për të parë që nuk do t'i pranojnë, nuk u hyjnë në sy, ata duan vetëm atë që u kënaq pasionin e tyre. Shpesh kjo grua nuk i do aspak, sillet keq me ta, ua shet shumë shtrenjtë ato thërrime kënaqësie, po megjithatë ata s'heqin dorë nga ajo dhe janë gati të lënë peng edhe pallton e trupit që t'i shpien asaj dhjetëshin e tyre të fundit. Një nga këta është edhe xha Gorioi. Kontesha e rrjep, sepse ai s'nxjerr fjalë. E tillë është shoqëria e lartë! Bablokut të gjorë vetëm te ajo i punon mendja. Jashtë pasionit të tij, siç e shihni, ai s'është tjetër veçse një shtazë e matufepsur. Me t'i folur për të, zënë e i xixëllojnë sytë si diamant. S'është zor ta zbulosh këtë të fshehtë. Sot në mëngjes ai shpuri sende të argjendta për t' shkrirë dhe unë e pashë që hyri te xha Gobseku, në rrugën e Greve. Vëruni veshin mirë fjalëve të mia. Kur u kthye këtu, ai dërgoi te kontesha Resto atë tarallakun Kristof, që na tregoj drejtimin e letrës, brenda në të cilën kishte një kambial të paguar. Kuptohet fare mirë se gjersa edhe kontesha po shkonte te fajdexhiu plak, do të thotë se s'priste puna. Xha Gorioi pagoi me bujari për të. Nuk duhet ta vrasësh shumë mendjen që t'i kuptosh këto gjëra. Kjo provon, miku im, - i tha ai studentit, - se ndërsa kontesha juaj qeshte, vallëzonte, ngërdheshej, tundte lulet e saj të pjeshkës dhe ngrinte fundin i fustanit, ajo ishte si mbi gjemba, se mendonte për kambialet e saj të protestuara ose për ato të dashnorit.

- Po më ndillni një kureshtje të madhe për të mësuar të vërtetën. Nesër do të shkoj te kontesha Dë Resto.

- Po, - ia bëri Puareja, - nesër duhet të shkoni te zonja Dë Resto.

- Ndoshta do të gjeni aty edhe xha Gorionë, që do tc vejë të marrë shpërblimin për bujarinë e tij.

- Po atëherë Parisi juaj qenka një batak? - tha Eugjeni me neveri.

- E çfarë bataku se, - vijoi Votrëni. - Ata që zhgërryhen në këtë batak me karrocat e tyre luksoze janë njerëz të ndershëm, ata që zhgërruhen në këmbë, janë maskarenj. Po të keni fatkeqësinë të vidhni ndonjë gjë të vogël, ju tregojnë si një kuriozitet në Pallatin e Drejtësisë. Po të vidhni një milion, ju tregojnë me gisht nëpër sallone, sikur jeni virtyti vetë. Dhe për të mbajtur këtë lloj morali i paguani tridhjetë milionë në vit xhandarmërisë dhe drejtësisë... Sa bukur!

- Si, - thirri me habi zonja Voker, - xha Gorioi paska shkrirë servisin e tij prej argjendi të larë me flori?

- A nuk kishte dy turtulleshka te kapaku? - pyeti Eugjeni.

- Tamam ai ka qenë.

- E ka dashur shumë, si duket, se qau kur prishi tasin dhe pjatën. E pashë vetë rastësisht, - tha Eugjeni.

-I donte një me xhanin, - u përgjigj e veja.

- E shikoni se sa i pasionuar që është babloku! - ia bëri Votrëni. - Ajo grua di ta gudulisë atje ku duhet.

Studenti u ngjit në dhomën e vet. Votrëni doli jashtë. Pas disa çastesh, zonja Kutyrë dhe Viktorina hipën në karrocën qe u kishte sjellë Silvia. Puareja i dha krahun zonjushës Mishono dhe që të dy shkuan të kalonin në Kopshtin e Bimëve nja dy orë të asaj dite të bukur.

-Ja, tani janë pothuajse të martuar, - tha Silvia trashaluqe. - Sot ata dolën bashkë për të parën herë. Janë aq të thatë që të dy, saqë, në u përpjekshin me njëri-tjetrin, do të lëshojnë xixa si stralli me masatin.

- Iku shalli i zonjushës Mishono, - tha duke qeshur zonja Voker, - do të digjet si eshkë.

Më ora katër pasdreke, kur u kthye në shtëpi, Gorioi pa Viktorinën me sy të skuqur në dritën e dy llambave që nxirrnin tym. Zonja Voker dëgjonte tregimin për vizitën e pafrytshme që i kishin bërë në mëngjes zotit Tajëfer. I mërzitur që do t'i venin në shtëpi e bija me atë plakën, Tajëferi kishte vendosur t'i priste që të shpjegohej me to.

- Mendo, e dashur, - i thoshte zonja Kutyrë zonjës Voker, - se ai nuk i tha as të ulej Viktorinës dhe, sa ndenjëm aty, e la të rrinte më këmbë. Mua më tha pa të keq dhe pa u prekur fare që të mos merrnim më prapë mundimin e të venim te ai; se zonjusha (nuk tha "ime bijë") gabohej që e shqetësonte (një herë në vit, përbindëshin!); se meqë e ëma e Viktorinës ishte martuar pa prikë, ajo s'kishte se ç't'i kërkonte; me një fjalë, ai s'la gjë pa vjellë, gjersa e bëri vogëlushen e gjorë të mbytej në lot. Atëherë ajo i ra t'et më gjunjë dhe i tha me guxim se po ngulte kaq shumë këmbë vetëm për hatër të s'ëmës dhe se ajo do t'u bindej pa nxjerrë zë të gjitha dëshirave të tij, po vetëm e luste të lexonte testamentin e së ndjerës; mori letrën dhe ia zgjati me fjalët më të mira e më prekëse që mund të thuhen, as unë nuk di se ku i ka mësuar; patjetër zoti ia diktonte, sepse fëmija e gjorë qe frymëzuar aq shumë, saqë edhe mua çurk më venin lotët, tek e dëgjoja. Po ai paskësh qenë maskara burrë! E dini se ç'bënte? Priste thonjtë! E mori atë letë që e kishte larë me lot e gjora zonjë Tajëfer dhe e hodhi mbi oxhak, duke thënë: "Mirë!" Deshi ta ngrinte të bijën, që i mori duart t'ia puthte, po ai nuk ia dha. A ka gjë më shtazarake? Ai guaku, i biri, hyri brenda dhe as që e përshëndeti fare të motrën.

- Po ata qenkan përbindësha! - tha xha Gorioi.

- Pastaj, - tha zonja Kutyrë, pa ia vënë veshin plakut, që ishte habitur, - atë e bir shkuan duke më përshëndetur e duke m'u lutur që t'i falja se kishin punë të ngutshme. Ky qe rezultati i vizitës sonë. Të paktën ai e pa të bijën. Unë nuk e di se si mund ta mohojë atë! Atë e bijë ngjajnë me njëri-tjetrin si dy pika ujë.

Një nga një erdhën të gjithë qiraxhinjtë, të brendshëm e të jashtëm. Ata i uruan njëri-tjetrit ditën e mirë dhe zunë të flisnin për gjëra fare pa rëndësi, që te disa shtresa të shoqërisë pariziane përbëjnë atë shpirtin komik, ku hyn si element kryesor budallallëku dhe merita e të cilit qëndron sidomos në gjestin ose shqiptimin. Ky lloj zhargoni ndryshon vazhdimisht. Tallja, që është thelbi i tij, nuk zgjat kurrë më shumë se një muaj. Një ngjarje politike, një proces gjyqësor, një këngë rrugësh, gjestet komike të një aktori, të gjitha këto shërbejnë për të ushqyer atë lodër fjalësh që qëndron sidomos në të hedhurit e të priturit e mendimeve dhe të fjalëve, si ata topat e tenisit, që përcillen nga një raketë te tjetra. Shpikja e fundit, ajo e dioramës, që e ngrinte iluzionin e optikës në një shkallë më të lartë se në panoramatë, kishte shkaktuar që në disa atelie të pikturës të talleshin duke i ngjitur çdo fjale prapashtesën *rama* dhe këtë mënyrë të foluri e kishte sjellë gjer në shtëpinë Voker një piktor i ri, që vinte shpesh në pension.

"E zoti Puare, - tha nëpunësi i muzeumit, - si jeni me shëndetrama?"

Pastaj, pa pritur përgjigje:

"Po ju, moj zonja, pse jeni kaq të pikëlluara? - pyeti ai zonjën Kutyrë dhe Viktorinën.

- Do të hamë drekë apo jo? - thirri Horas Bianshoni, një student në mjekësi, shok i Rastinjakut, - mua më ka rënë stomaku *usque ad talones*.

- Ama të tillë *ngricërama* si sot s'kemi ndier ndonjëherë! - tha Votrëni. - Shtyhu, de, ca më tutje, xha Gorio! Ç'djall pune është kjo! Na e ke zënë gjithë shporetin me ato këmbë.

-I ndrituri zoti Votrën, - ia priti Bianshoni, - pse thoni *ngricërama*? E keni gabim. Duhet thënë *ftohtërama*.

- Jo, - tha nëpunësi i muzeut, - *ngricërama* duhet thënë, sipas shprehjes: "Më ngrinë këmbët."

- Ha! ha!

- Ja shkëlqesia e tij markezi Dë Rastinjak, doktor në drejtësinë e shtrembër, - thirri Bianshoni, duke e kapur Eugjenin për zverku e duke e shtrënguar sikur të donte ta mbyste. - Oj, ja ku erdhën edhe të tjerët!

Zonjusha Mishono hyri me ngadalë, përshëndeti me kokë qiraxhinjtë pa nxjerrë zë dhe shkoi e u ul pranë të tria grave.

- Sa herë që e shoh, më shtie ethet kjo lakuriqe plakë e natës, - i tha Bianshoni Votrënit me zë të ulët, duke i treguar zonjushën Mishono.

- E keni njohur? - pyeti Votrëni.

- E kush s'e ka njohur atë! - u përgjigj Bianshoni. - Për fjalën e nderit, kjo nënole më duket si ata krimbat e gjatë që brejnë një tra të tërë.

- Ja se ç'është, or djalë, - tha dyzetvjeçari, duke krehur favoritet e tij.

Dhe, si trëndafil,
rrojti sa rrojnë trëndafilat,
vetëm një mëngjes.

- Ah! Ah! Ja një *supërama* e famshme, - tha Puareja, kur pa Kristofin që po hynte duke mbajtur me respekt tasin me supë.

- Më falni, zotëri, - tha zonja Voker, - kjo është një supëlakra.

Të gjithë djemtë ia dhanë gazit.

- Ta hodhi, Puare!

- Puarrrre, ta hodhi!

- Shënoni dy pika në favor të mama Vokerit, - thirri Votrëni.

- E patë mjegullën që kishte rënë sot në mëngjes? - pyeti nëpunësi.

- Ajo, - tha Bianshoni, - qe një mjegull e shkalluar dhe pa shembull, një mjegull e përmortshme, melakolike, e gjelbër, mbytëse, një mjegull Gorio.

- Goriorama, - tha piktori, - sepse nuk të linte të shikoje fare.

- Hej! Milord Goriot, për ju bëhet fjalë.

I ulur andej nga fundi i tryezës, pranë derës së kuzhinës, xha Gorioi ngriti kokën, pasi i mori erë një copë buke që kishte nën pecetë. Ky ishte një zakon i vjetër prej tregtari, që i kishte mbetur e që e kujtonte ngandonjëherë.

- E, - i thirri me inat zonja Voker me një zë që mbuloi zhurmën e lugëve, të pjatave dhe të zërave të tjerë, - nuk të pëlqen buka?

- Përkundrazi, zonjë, - u përgjigj ai, - kjo bukë është bërë me miell Etampe, të kualitetit të parë.

- Nga e kuptoni? - e pyeti Eugjeni.

- Nga ngjyra e bardhë, nga shija.

- Nga shija e hundës, sepse po e nuhatni, - tha zonja Voker. - Po bëheni aq koprac, saqë ndonjë ditë do të gjeni mënyrën që të ushqeheni vetëm duke i marrë erë kuzhinës.

- Atëherë do të merrni edhe një patentë shpikjeje, - thirri nëpunësi i muzeumit, - do të bëheni shumë të pasur.

- Mor, po lëreni rehat, ashtu bën ai që të na mbushë mendjen se ka qenë fabrikant fidesh, - tha piktori.

- Po pse, karabush qenka hunda juaj? - pyeti përsëri nëpunësi i muzeumit.

- Ka - çfarë? - ia bëri Bianshoni.

- Ka-stravec.

- Ka-rrule.

- Ka-vall.

- Ka-rakatinë.

- Ka-rrem.

- Ka-rkanaqe.

- Ka-rabushorama.

Këto tetë përgjigje shpërthyen nga të katër anët e sallës me shpejtësinë e zjarrit të shumë pushkëve që shiten të gjitha në një kohë dhe i bënë të tërë të gajaseshin aq shumë, saqë xha Gorioi i vështronte qiraxhinjtë si i shushatur, si një njeri që përpiqet të kuptojë një gjuhë të huaj.

- Ka...? - pyeti ai Votrënin që kishte pranë.

- Kallo në këmbë, or mik! - iu përgjigj Votrëni, duke i dhënë xha Gorioit një shuplakë në kokë, sa ia nguli kapelën gjer mbi sy.

Plaku i shkretë, i hutuar nga kjo e goditur në befasi, ndenji një çast si i ngrirë në vend. Kristofi pandehu se ai e kishte mbaruar supën dhe ia mori lugën, po kur pa që s'kishte i gjë përpara, i ra tryezës me grusht. Të gjithë qiraxhinjtë ia plasën gazit.

- Zotëri, - tha plaku, - e tepruat zullumin dhe, në qoftë se do të guxoni të më godisni prapë...

- E çfarë, xhaxho? - pyeti Votrëni, duke ia prerë fjalën.

- Do ta paguani shumë shtrenjtë një ditë...

- Në skëterrë? - tha piktori, - në atë qoshen e errët ku vënë fëmijët e këqij!

- Po ju, zonjushë, - pyeti Votrëni Viktorinën, - nuk po hani? Babai u soll keq, hë?

- Aman o perëndi! - tha zonja Kutyrë.

- Duhet sjellë në vete, - vijoi Votrëni.

- Po zonjusha, - tha Rastinjaku, që rrinte fare afër Bianshonit, - mund të hapë gjyq që t'i kthehen paratë që ka j paguar për ushqim. Ajo nuk po ha fare. Oj! Oj! Pa shikoni si j e vështron xha Gorioi zonjushën Viktorinë.

Plaku kishte harruar fare të hante duke soditur vajzën e gjorë, në tiparet e së cilës pasqyrohej një dhembje e thellë, dhembje e fëmijës së mohuar që e do t'anë.

- Jemi gabuar për xha Gorionë, miku im, - tha Eugjeni me zë të ulët. - Ai s'është as budalla, as njeri pa nerva. Po të duash, bëj një provë tek ai dhe eja më thuaj se si do të duket.

E pashë mbrëmë të përdridhte një pjatë prej argjendi si të ishte prej dylli dhe atë çast fytyra e tij shprehte ndjenja të çuditshme. Jeta e tij më duket tepër misterioze dhe e vlen barra qiranë që të studiohet. Qesh ti, Bianshon, qesh, po unë

55

e kam me gjithë mend.

- I atij mendimi jam edhe unë, ky njeri është një rast interesant për mjekësinë, - tha Bianshoni; - unë jam gati t'i bëj autopsinë, po të dojë.

- Jo, vëri dorën në kokë ta shohësh.

- Ik ore, mund të jetë ngjitës budallallëku i tij.

Të nesërmen Rastinjaku u vesh shumë shik dhe andej nga ora tre pasdreke shkoi në shtëpinë e zonjës Dë Resto, duke ushqyer gjithë rrugës shpresat më të çmendura që e bëjnë aq të bukur dhe plot emocione jetën e të rinjve. Atyre nuk u trembet syri as nga pengesat, as nga rreziqet, të gjitha u duken fushë me lule, poetizojnë jetën e tyre vetëm me ëndërrime dhe bëhen fatkeq ose dëshpërohen nga përmbysja e planeve që nuk jetonin veçse në dëshirat e tyre të shfrenuara. Po të mos ishin pa përvojë dhe të druajtur, do të ishte e vështirë të ruhej rendi shoqëror. Eugjeni ecte me vëmendje të madhe, që të mos bëhej me baltë; po ecte duke menduar se ç'do t'i thoshte zonjës Dë Resto, vuri në veprim inteligjencën, vriste mendjen, duke u marrë me një bisedë imagjinare, si do të përgjigjej aty për aty në këtë ose atë rast, përgatiste fjalë të zgjedhura, fraza si ato të Talejrandit, duke marrë me mend gjithfarë rrethanash të favorshme për dashurinë që do t'i shfaqte asaj dhe mbi të cilën mbështeste të ardhmen e tij. Vetëm se, duke ecur, ai u bë me baltë dhe u detyrua të shkonte t'i lustronin këpucët e t'i fshinin pantallonat në rrugën "Pallati Mbretëror".

"Sikur të isha i pasur, - tha me vete, duke prishur një njëqindsoldëshe, që kishte marrë t'i hidhej në rast nevoje, - do të kisha ardhur me karrocë, ashtu do të kisha pasur mundësi të mendohesha rehat-rehat".

Më në fund arriti në rrugën e Helderit dhe kërkoi konteshën Dë Resto. Duke qenë i sigurt se një ditë do të triumfonte, ai e priti me një zemërim të heshtur, por me gjakftohtësi vështrimin përbuzës të atyre që e panë të shkonte përmes oborrit më këmbë, pa dëgjuar zhurmën e ndonjë karroce te porta. Këtë vështrim e ndjeu akoma më thellë, kur kuptoi inferioritetin e tij, duke hyrë në atë oborr, ku rrihte tokën me këmbët e para një kalë azgan, i mbrehur me takëme të kushtuara te një nga ato kaleshinat e bukura që dëshmojnë luksin e një jete me shpenzime të mëdha e të kota dhe nënkuptojnë zakonin e të gjitha argëtimeve pariziane. Dhe sakaq, atij iu prish gjithë qejfi. Sirtarët e hapur në trurin e tij dhe që besonte se do t'i gjente plot me mendime, u mbyllën, e humbi fare toruan. Duke pritur përgjigjen e konteshës, së cilës një ushak do të shkonte t'i thoshte emrat e vizitorëve, Eugjeni qëndroi përpara një dritareje të dhomës ngjitur me atë të pritjes, mbështeti bërrylin te doreza e kanatit dhe vështroi në oborr pa e pasur aty mendjen. I dukej sikur s'shkonte koha fare, do të kishte ikur, po të mos kishte qenë i pajisur me atë këmbënguljen e njerëzve të Jugut, që bëjnë mrekulli, kur vendosin t'ia arrijnë qëllimit.

- Zotëri, - tha ushaku, - zonja është tepër e zënë në dhomën e saj, ajo nuk m'u përgjigj; po në qoftë se dëshironi ta prisni në sallën e pritjes, urdhëroni, aty po e pret edhe një zotëri tjetër.

I mahnitur nga zotësia e madhe e këtyre njerëzve, të cilët, vetëm me një fjalë, akuzojnë ose gjykojnë të zotërit, Rastinjaku hapi pa të keq derën nga kishte dalë ushaku, me qëllim që t'u jepte të kuptonin këtyre ushakëve të paturpshëm se ai i njihte të zotët e shtëpisë; po u gjend krejt i turbulluar në një të ndarë ku ishin llambat, bufetë, një aparat për të tharë peshqirët e leshtë të banjës; kjo e ndarë të nxirrte njëkohësisht, në një korridor të errët dhe në një shkallë të fshehtë. Hutimi i tij arriti kulmin, kur dëgjoi që qeshnin me të në dhomën e pritjes.

- Zotëri, salla e pritjes është këtej, - i tha ushaku me atë respektin fallco që tingëlloi si një tallje tjetër.

Eugjeni u kthye prapa aq me nxitim, saqë u përpoq te një vaskë banje, po gjene iu dha dhe e priti kapelën që mend i ra brenda në ujë. Atë çast u hap një derë në fund të korridorit të

57

gjatë të ndriçuar nga një llambë e vogël dhe Rastinjaku dëgjoi zërin e zonjës Dë Resto, atë të xha Gorioit dhe një të puthur. Hyri përsëri në dhomën e bukës, shkoi pas ushakut dhe doli në një dhomë pritjeje, ku ndenji më këmbë pranë dritares që binte mbi oborr. Donte të shikonte nëse ky xha Gorioi ishte me të vërtetë xha Gorioi që njihte ai. Zemra i luftonte shumë, i kujtoheshin fjalët e llahtarshme të Votrënit. Ushaku po e priste Eugjenin te dera e sallonit, po sakaq doli andej një djalë elegant që tha me padurim:

- Po shkoj, Moris. I thoni zonjës konteshë që e prita më shumë se gjysmë ore.

Ky djalë i pasjellshëm, që padyshim kishte të drejtë të ishte i tillë, ia mori një kënge italiane, duke u drejtuar nga dritarja, ku kishte qëndruar Eugjeni; më tepër për të parë fytyrën e studentit sesa për të shikuar në oborr.

- Po zoti kont do të bënte mirë sikur të priste edhe pak; zonja mbaroi tani, - u përgjigj Morisi, që ishte kthyer në dhomën e pritjes.

Në këtë kohë, xha Gorioi zbriti nga shkalla e vogël dhe mori të dilte nga deriçka. Plaku ngriti ombrellën dhe zuri ta hapte, pa vënë re portën e madhe që ishte çelur më kanate, se po hynte një kaleshinë që e ngiste një djalë që kishte disa dekorata mbi xhaketë. Xha Gorioit iu dha e bëri prapa, se mend ia hipën rrotat sipër. Kali, që ishte trembur nga taftaja e ombrellës, bëri mënjanë dhe u turr nga shkallët. Djali ktheu kokën, i inatosur, vështroi xha Gorionë dhe, përpara se të dilte, e përshëndeti me atë respektin e detyrueshëm që u bëjmë fajdexhinjve, të cilëve u kemi nevojën, ose me atë respektin e detyruar nga rrethanat për një njeri të korruptuar, po që më vonë të bën të skuqesh. Xha Gorioi u përgjigj me një nderim të lehtë miqësor, plot dashamirësi. Të gjitha këto ndodhën sa çel e mbyll sytë. Eugjeni e kishte përqendruar gjithë vëmendjen në këtë skenë dhe u kujtua se nuk ishte vetëm, kur dëgjoi papritur zërin e konteshës Dë Resto.

- Si, po shkoni, Maksim? - tha ajo me një zë qortues, po

edhe me keqardhje.

Kontesha nuk e kishte vënë re kaleshinën që kishte hyrë. Rastinjaku u kthye menjëherë dhe pa konteshën veshur si koketë me një penjuar prej kazmiri të bardhë me xhufka trëndafili dhe krehur ashtu shpejt e shpejt, si bëjnë gratë e Parisit në mëngjes; mbante erë të mirë, pa dyshim që posa do të kishte dalë nga banja dhe bukuria që i kishte rënë pas të larit e bënte akoma më tërheqëse, më voluptuoze; sytë i kishte të njomë. Syri i djemve di t'i shohë të gjitha: shpirti i tyre i përpin rrezet e bukurisë që shpërthejnë nga një grua, ashtu si thith bima në ajër substancat që i duhen. Eugjeni e ndjeu freskinë e këndshme të duarve të kësaj gruaje pa pasur nevojë që t'i prekte. Ai shikonte përmes kazmirit ngjyrat e trëndafilta të gjoksit, që i dukej nga penjuari pak i hapur, ku i kishin mbetur sytë. Kontesha s'kishte nevojë për korse, mjaftonte brezi për të treguar shtatin e saj të zhdërvjellët, qafa e saj të ndizte epshin, këmbët, ashtu me pantofla, i kishin shumë lezet. Kur i moti I dorën Maksimi, që t'ia puthte, atëherë Eugjeni pa Maksimin dhe kontesha pa Eugjenin.

- Ah, ju jeni zoti Dë Rastinjak! Gëzohem shumë që po ju shoh, - tha ajo me një zë, të cilit dinë t'i binden njerëzit e zgjuar.

Maksimi vështronte herë Eugjenin, herë konteshën në një mënyrë mjaft kuptimplote për ta bërë rivalin e tij të shkonte nga kishte ardhur.

"Shpresoj, e dashur, se do t'i japësh udhët këtij palaçoje".

- Kjo frazë ishte shprehja e saktë dhe e qartë e vështrimit të atij të riu kapadai e të pasjellshëm, që kontesha Anastasi e kishte thirrur Maksim dhe të cilit ajo po ia gjurmonte fytyrën me një gatishmëri që zbulon të gjitha të fshehtat e një gruaje, pa e kuptuar ajo vetë. Rastinjaku ndjeu një urrejtje të thellë për këtë djalë. Së pari, flokët e bukur e kaçurrelë të Maksimit i treguan se sa të përçmuar ishin flokët e tij; pastaj Maksimi kishte çizme nga më të mirat, që shkëlqenin, kurse të tijat, me gjithë kujdesin që pati treguar rrugës, kishin zënë një shtresë të hollë pluhuri; më në fund, Maksimi kishte edhe një redingotë që i puthitej pas trupit dhe e tregonte si një grua të bukur, kurse Eugjeni qe veshur me frak, tani që ora ishte akoma dy e gjysmë pasdite. Djaloshi i mënçur nga Sharanta e ndjeu epërsinë që kishte në të veshur ky spitullak i hollë e shtatlartë, me syrin e çelur e fytyrën pak të zbehtë, një nga ata njerëz që janë të zot të vjedhin edhe jetimët. Pa pritur përgjigjen e Eugjenit, zonja Dë Resto hyri fluturimthi në dhomën tjetër, duke lënë të valëviteshin kindat e penjuarit, që ngriheshin e uleshin si krahët e një fluture; dhe Maksimi i ra pas. Eugjeni, i inatosur, shkoi pas Maksimit dhe konteshës. Që të tre u ndodhën kështu ballë për ballë në mes të dhomës së madhe të pritjes, karshi oxhakut. Studenti e dinte mirë që do t'i bëhej ferrë atij Maksimit të urryer; po duke marrë në sy rrezikun se mund t'i mërzitej zonjës Dë Resto, deshi t'i binte më qafe këtij spitullaku. Sakaq iu kujtua se e kishte parë atë njeri në ballon e zonjës Dë Bosean dhe e mori me mend se ç'qe Maksimi për zonjën Dë Resto; dhe me atë guximin djaloshar që të shtyn të bësh marrëzira të mëdha ose të arrish suksese të mëdha, tha me vete:

— Është rivali im, dua të triumfoj mbi të.

I gjori djalë! Nuk e dinte që konti Maksim dë Trajë i linte me qëllim të tjerët që ta fyenin, shtinte i pari dhe e vriste kundërshtarin. Eugjeni ishte një gjuajtës i shkathët, po ende s'kishte goditur në nishan njëzet kukulla ndër njëzet e dy. Konti u ul në një kolltuk pranë zjarrit, mori mashën dhe nisi të shkrepte urët aq me fort e aq me inat, saqë fytyra e bukur e Anastasisë u trishtua menjëherë. Ajo u kthye nga Eugjeni dhe i hodhi atij një nga ato vështrimet e ftohta pyetëse që thonë në mënyrë aq të qartë: "Pse nuk shkoni?", saqë njerëzit me edukatë dinë të thurin aty për aty nga ato frazat që duhen quajtur fraza lamtumire.

Eugjeni mori një pamje të gëzuar e tha:

— Zonjë, nxitohesha t'ju takoja se...

I mbeti fjala përgjysmë. U hap një derë. Papritur u dha te pragu zotëria që ngiste kaleshinën, ishte pa kapelë, nuk e përshëndeti konteshën, vështroi i shqetësuar Eugjenin, dhe i dha dorën Maksimit, duke i thënë: "Mirëdita", me një shprehje vëllazërore që e çuditi shumë Eugjenin. Të rinjtë e provincës nuk e dinë se sa e ëmbël është jeta vetë i tretë.

- Zoti Dë Resto, - i tha kontesha studentit, duke i treguar të shoqin.

Eugjeni bëri një përkulje të thellë.

- Zotëria, - tha ajo duke vazhduar e duke i prezantuar Eugjenin kontit Dë Resto, - është zoti Dë Rastinjak, kushëriri i zonjës viskonteshë Dë Bosean nga Marsijakët, të cilin pata fatin ta takoja në ballon e saj të fundit.

Kushëriri i zonjës viskonteshë Dë Bosean nga Marsijakët! Këto fjalë, që kontesha i tha gati me emfazë, nga ajo krenaria që ndjen një zonjë shtëpie kur provon se nuk e vizitojnë veçse njerëzit e shquar, bënë një efekt magjik: konti u çel në fytyrë dhe përshëndeti studentin.

- Gëzohem shumë që ju njoha, zotëri, - tha ai.

Edhe konti Maksim dë Trajë vështroi me shqetësim Eugjenin dhe ndërroi menjëherë qëndrim. Ky ndryshim, si me anën e një shkopi magjik, që i detyrohej ndërhyrjes së fuqishme të një emri, hapi tridhjetë syza në trurin e meridionalit dhe i ktheu atij gjithë mendjehollësinë. Një dritë e befasishme e bëri të shikonte kthjellët në atmosferën e shoqërisë së lartë pariziane, ende misterioze për të. Atë çast, shtëpia Voker dhe xha Gorioi i kishin dalë fare nga mendja.

- Kisha pandehur se s'kishte mbetur njeri nga Marsijakët - i tha konti Dë Resto Eugjenit.

- Po, zotëri, iu përgjigj ai. - Daja i nënës sime, kalorësi Dë Rastinjak, pati qenë martuar me trashëgimtaren e familjes Dë Marsijak. Ai ka pasur vetëm një vajzë, e cila u martua me mareshalin Dë Klarembo, gjysh i zonjës Dë Bosean nga nëna. Ne jemi pasardhësit e degës së dytë të kësaj familjeje, pasardhës të varfër, sepse daja i nënës sime, nënadmirali,

61

e humbi gjithë pasurinë, kur ishte në shërbim të mbretit. Qeveria revolucionare nuk deshi ta pranonte borxhin tonë, kur bëri likuidimin e Shoqërisë së Indisë.

- Mos komandonte vaporin Hakmarrja daja i nënës suaj përpara vitit 1789?
- Pikërisht.
- Atëherë, ai ka njohur gjyshin tim që komandonte vaporin Varvik.

Maksimi ngriti lehtë supet, duke vështruar zonjën Dë Resto, sikur të donte t'i thoshte: "Në qoftë se vazhdon të bisedojë me të për marinën, e mori lumi punën tonë". Anastasia e kuptoi vështrimin e zotit Dë Trajë. Me atë fuqinë mahnitëse që kanë gratë, ajo vuri buzën në gaz e tha:

- Ejani, Maksim, kam një fjalë me ju, - Zotërinj, do t'ju lëmë të lundroni bashkë me Varvikun dhe Hakmarrjen.

U ngrit duke i bërë shenjë Maksimit që të çohej edhe ai. Që të dy u drejtuan për në dhomën tjetër. Po me të vajtur te dera çifti *morganatik*, shprehje e bukur gjermane që s'i gjendet shoqja në gjuhën tonë, konti e preu bisedën me Eugjenin.

- Anastasi! Rrini, pra, e dashur! - thirri ai, i pakënaqur, - ju e dini mirë se...
- Erdha, erdha, - tha ajo duke e prerë fjalën; - vetëm një minutë sa të porosit Maksimin për një gjë.

Ajo u kthye shpejt. Si të gjitha gratë, që, duan s'duan, u venë pas ujërave burrave të tyre për të vepruar pastaj ashtu si u pëlqen dhe dinë të kuptojnë se gjer ku mund të shkojnë për të mos e humbur besimin e çmuar të bashkëshortëve, të cilëve nuk ua prishin kurrë në gjërat e vogla të jetës, kontesha e kishte kuptuar sakaq nga ndryshimi i zërit të kontit se nuk do të ishte aspak e sigurt, po të mbyllej në dhomën tjetër me Maksimin. Shkaku i tërë këtyre ngatërresave ishte Eugjeni, ndaj dhe kontesha ia tregoi me një gjest plot zemërim studentin Maksimit, i cili u tha me tallje kontit, së shoqes dhe Eugjenit:

- Ju jeni zënë me punë serioze, nuk dua t'ju shqetësoj;

tungjatjeta!
Dhe iku.
- Rrini, pra, Maksim! - thirri konti.
- Ejani për darkë, - tha kontesha, që e la prapë Eugjenin me kontin dhe shkoi pas Maksimit në sallën ngjitur me dhomën e pritjes, ku ndenjën bashkë aq shumë, saqë, sipas tyre, zoti Dë Resto duhej ta kishte përcjellë Eugjenin.

Rastinjaku i dëgjonte që herë gajaseshin, herë bisedonin, herë pushonin; po studenti finok e kishte marrë shtruar muhabetin me zotin Dë Resto, i bënte lajka ose hapte me të biseda të gjata, me qëllim që ta shikonte përsëri konteshën dhe të merrte vesh se ç'lidhje kishte ajo me xha Gorionë. Kjo grua, që shihej qartë se e dashuronte Maksimin, kjo grua, që e hiqte të shoqin për hunde dhe kishte lidhje të fshehta me fabrikantin plak të fideve, ishte një mister për Eugjenin. Ai donte ta zbulonte këtë mister, duke shpresuar kështu se do të sundonte si sovran mbi këtë grua pariziane nga koka te këmbët.

- Anastasi! - tha konti, duke e thirrur përsëri të shoqen.
- Shko, i dashur Maksim, - i tha ajo dashnorit, - s'kemi ç'bëjmë. Ë lëmë për sonte...
- Nasi, - i tha ai në vesh, - besoj se do t'ia tregosh vendin atij mistrecit që i lëshonin sytë flakë, kur të hapej pakëz penjuari. Ai do të të shfaqë dashurinë, do të të kompromentojë dhe do të më detyrosh që ta vras.
- Mos u çmende, Maksim? - i tha ajo. - Nuk e di ti që këta studentë, përkundrazi, janë rrufepritës të shkëlqyer? Unë do ta bëj, patjetër, që t'i neveritet Restoit.

Maksimi ia plasi gazit dhe doli i përcjellë nga kontesha, që shkoi në dritare ta shikonte kur të hipte në karrocë, t'i tërhiqte frenë kalit e të kërciste kamxhikun. Ajo u kthye vetëm pasi u mbyll porta e madhe.

- E di ti, e dashur, - i thirri asaj konti, kur hyri brenda, - se vendi ku banon familja e zotërisë nuk është larg nga Vertëji, buzë Sharantës. Daja i nënës së zotërisë dhe gjyshi im njiheshin.

- Gëzohem shumë që jemi fqinjë, - tha kontesha me mendjen gjetkë.

- Bile më tepër nga ç'e pandehni, - tha me zë të ulët Eugjeni.

- Si? - pyeti ajo me interesim.

- Po unë, - vazhdoi studenti, - pashë qëpari të dilte nga shtëpia juaj një zotëri që banon në një pension me mua, në një dhomë ngjitur me dhomën time, xha Gorionë.

Me të dëgjuar këtë emër të zbukuruar me fjalën xha përpara, konti që po shkrepte urët, e hodhi mashën në zjarr, sikur t'i kishte djegur dorën dhe brofi, më këmbë.

- Zotëri, mund të thoshit zoti Gorio! - thirri ai.

Në fillim, kontesha u zbeh, kur pa që i shoqi e humbi durimin, pastaj u skuq dhe dukej që s'dinte nga t'ia mbante; ajo u përgjigj me një zë që u përpoq ta bënte të natyrshëm, duke thënë si pa të keq.

- S'ka njeri, të cilin ta donim kaq shumë...

E preu fjalën përgjysmë, i hodhi sytë pianos, sikur t'i qe kujtuar një këngë, dhe tha:

- Ju pëlqen muzika, zotëri!

- Shumë, - u përgjigj Eugjeni, i skuqur e i turbulluar, tek mendonte se mos kishte bërë ndonjë budallallëk me brirë.

- Këndoni? - pyeti ajo duke shkuar te pianoja e duke i mëshuar me forcë gjithë tastierës që nga do-ja e poshtme gjer te fa-ja e sipërme. Rrrrah!

- Jo, zonjë.

Konti Dë Resto vente e vinte nëpër dhomë.

- Mëkat që ju munguaka një mjet i fuqishëm suksesi. - Ka-aro, Ka-a-a-ro, ka-a-a-a-ro, non du-bi-ta-re, - këndoi kontesha.

Duke përmendur emrin e Xha Gorioit, Eugjeni kishte luajtur shkopin magjik, po kësaj here efekti ishte i kundërt me atë që kishin bërë fjalët; "Kushëriri i zonjës DëBosean". Tani ai e ndiente veten si një njeri që kishte hyrë si i favorizuar në shtëpinë e një koleksionisti kuriozitetesh, ku, duke prekur nga pakujdesia një raft plot me figura të skulpturuara, rrëzon poshtë tri-katër kokë të pangjitura mirë. "Hapu dhe të futem!" thoshte me vete.

Fytyra e zonjës De Resto ishte e thatë, e ftohtë, sytë e saj ishin bërë indiferentë dhe nuk e shikonin më drejt studentin e pafat.

- Zonjë, - tha ai, - ju keni për të biseduar me zotin Dë Resto, pranoni, ju lutem, nderimet e mia dhe më jepni leje...

- Sa herë që do të vini ndër ne, - tha me të shpejtë kontesha, duke e ndalur Eugjenin me një gjest, - të jeni të sigurt se do të na e bëni qejfin shumë, si mua, ashtu edhe zotit Dë Resto.

Eugjeni i përshëndeti duke u përkulur thellë dhe doli i përcjellë nga zoti Dë Resto, i cili, me gjithë lutjet e studentit e shoqëroi atë gjer në korridor.

- Sa herë që të vijë zotëria, - i tha konti Morisit, - as zonja, as unë s'jemi këtu.

Kur doli në krye të shkallëve të jashtme, Eugjeni pa se po binte shi.

- Eh! - tha me vete, - erdha sa për të bërë një gafë që s'e di pse i preku aq e se gjer ku do të arrijë, le gjithë e gjithë, po do të më prishen edhe rrobat, edhe kapelia. Do të kisha bërë shumë më mirë sikur të isha strukur në një qoshe të dhomës sime, të merresha me librat e drejtësisë dhe të mendoja vetëm për t'u bërë një gjykatës i vrazhdë. Ku jam unë për sallone! Ata që ndjekin sallonet kanë një radhë karrocash, kushedi se sa palë çizme lustrina e gjëra të tjera të domosdoshme, si: zinxhirë floriri, dorashka të bardha lëkure nga ato që mbahen në mëngjes e që kushtojnë gjashtë franga pala dhe dorashka të verdha për mbrëmje. Deh, or xha Gorio, deh!

Kur arriti te dera e jashtme, karrocieri i një llandoni nga ata që merren me qira e që, nga sa dukej, do të kishte qenë në një dasmë dhe tani shikonte si e si t'i vidhte të zot të hollat që mund të nxirrte nga ndonjë udhëtim kontrabandë, i bëri një shenjë Eugjenit, tek e pa ashtu pa ombrellë, me rroba të zeza, jelek të bardhë, dorashka të verdha e çizme të llustrosura, Eugjenit i kishte hipur një nga ato inatet që i shtyjnë të rinjtë të kridhen gjithnjë e më thellë në humnerën që kanë lënë, sikur të shpresonin të gjenin aty një shteg shpëtimi. Shenjës që i bëri karrocieri ai iu përgjigj duke përkulur kokën. Hipi në karrocë, ku kishin mbetur ende ca lule e tela nusërie, që dëshmonin se aty kishin ndenjur pak më parë dhëndri me nusen.

- Ku dëshiron të shkojë zotëria? - pyeti karrocieri, që i kishte hequr tani dorashkat e tij të bardha.
- Djalli ta marrë punën time! - tha me vete Eugjeni, - gjersa i hyra kësaj valleje s'duhet të dal fare duarthatë. - Në shtëpinë Dë Bosean! - i thirri ai karrocierit me zë të lartë.
- Te cila? - pyeti karrocieri.

Kjo pyetje ia prishi mendjen Eugjenit. Ky djalë i panjohur elegant nuk e dinte që kishte dy shtëpi Dë Bosean, nuk e dinte që kishte plot kushërinj të cilët s'bëheshin merak për të.

- Te vikonti Dë Bosean, në rrugën...
- Dë Grënelë, - tha karrocieri, duke tundur kokën e duke ia prerë fjalën. - E shikoni, është edhe shtëpia e kontit, edhe e markezit Dë Bosean, në rrugën Sen-Dominikë, - shtoi ai, duke ngritur shkallën e vogël të karrocës.
- E di, e di, - u përgjigj Eugjeni si me inat. - Të gjithë tallen me mua sot! - tha duke hedhur kapelën mbi jastëkët që kishte përpara. Kjo shëtitje do të më kushtojë një djall e gjysmë. Po të paktën do t'i bëj një vizitë së ashtuquajturës kushërirës sime në një mënyrë me të vërtetë aristokratike. Xha Gorioi po më kushton dhjetë franga, i mallkuari! Besa s'rri pa ia treguar historinë time zonjës Dë Bosean, ndoshta do ta bëj të qeshë. Ajo s'është e mundur të mos e dijë misterin e lidhjeve kriminale të këtij miu plak pa bisht me atë grua të bukur. Më mirë t'i hyj në zemër kushërirës sime, sesa të mpleksem me atë grua imorale, që do të më kushtojë shumë, me sa më duket mua. Gjersa emri i viskonteshës së bukur është aq i fuqishëm, kushedi se ç'rëndësi të madhe që ka ajo vetë! Më

mirë ta kapim nga lart. Kur sulmon qiellin, duhet të marrësh në shenjë vetë zotin!

Këto fjalë janë një përmbledhje e shkurtër e një mijë e një mendimeve midis të cilave lundronte studenti. Sikur u qetësua dhe u sigurua pak, kur pa që zuri shi. Ai tha me vete se ato dy nga njëqindsoldëshet e çmuara që do t'i shpenzonte, nuk do t'i shpenzonte më kot, pasi kështu do të ruante rrobat, çizmet dhe kapelën. I erdhi për të qeshur kur dëgjoi karrocierin që thirri: "Hapni portën, ju lutem!" Një zviceran me rroba të kuqe e të praruara hapi më kanate portën e madhe dhe Rastinjaku ndjeu një kënaqësi të thellë, kur karroca e tij u fut nën harkun e hyrjes, erdhi rrotull nëpër oborr dhe qëndroi përpara shkallëve, mbuluar nga një strehë e madhe. Karrocieri me pelerinë të gjerë blu me një vijë të kuqe anës, erdhi të lëshonte shkallën e karrocës. Kur zbriti nga karroca, Eugjeni dëgjoi ca të qeshura mbyturazi që vinin andej nga nënveranda. Tre a katër ushakë ishin tallur me atë karrocë të rëndomtë dasmorësh. Të qeshurat e tyre studenti i kuptoi kur e krahasoi këtë karrocë me një nga kupetë më elegante të Parisit, ku ishin mbrehur dy kuaj azganë të stolisur me trëndafila mbi veshë, kafshë të hazdisura që kafshonin frerin e që mezi i mbante një karrocier i pudrosur dhe me kravatë. Në Bulevardin D'Antën, zonja Dë Resto kishte në oborrin e saj karrocën e bukur të djaloshit njëzetegjashtëvjeçar. Në lagjen Sen-Zhermen, një karrocë që kushtonte me siguri më shumë se tridhjetë mijë franga, dëshmonte për luksin e një zotërie të madh.

- Kush të jetë atje? — pyeti me vete Eugjeni, duke e kuptuar vonë se rrallë mund të gjesh gra në Paris që të mos jenë të zëna dhe se, që të fitosh zemrën e njërës prej këtyre mbretëreshave, duhet të derdhësh diçka më tepër se gjak.
— Djalli ta marrë! Edhe kushërira ime do të ketë patjetër Maksimin e saj.

-Ngjiti shkallët pikë e vrer. Me të arritur në krye, dera e xhamtë u hap; ushakët i gjeti seriozë si gomarët kur kashaisen.

Festa, ku pati marrë pjesë, qe bërë në sallat e mëdha të pritjes që ndodheshin në katin e poshtëm të shtëpisë Bosean. Meqë s'kishte pasur kohë t'i bënte një vizitë kushërirës së tij prej ditës që ishte ftuar e gjersa u dha balloja, ai nuk qe futur ende në dhomat e zonjës Dë Bosean; tani do t'i shihte për të parën herë mrekullitë e kësaj elegance personale, që tregon shpirtin dhe zakonet e një gruaje të shquar. I ngjallej një kureshtje akoma më e madhe, kur i krahasonte këto sallone me sallonin e zonjës Dë Resto.

Viskontesha priste vizita vetëm në orën katër e gjysmë. Në qoftë se kushëriri i saj do të kishte ardhur pesë minuta përpara, ajo nuk do ta kishte pritur. Eugjenin, që nuk i dinte etiketat e ndryshme pariziane, e ngjitën te zonja Dë Bosean nëpër një shkallë të madhe plot lule, që ishte e bardhë, me patmakë të praruar, e me qilim të kuq; biografia e' kësaj gruaje kalonte gojë më gojë, ajo ishte bërë një nga ato historitë që ndryshohen, duke u treguar çdo mbrëmje vesh më vesh në sallonet e Parisit, po ai nuk e kishte dëgjuar.

Që prej tre vjetësh, viskontesha kishte lidhje me një nga zotërinjtë më të dëgjuar e më të pasur portugezë, me markezin D'Azhyda Pinto. Ishte një nga ato lidhjet e pafajshme që i josh aq shumë ata që lidhen në këtë mënyrë, saqë nuk mund të durojnë pranë tyre një person të tretë. Ndaj dhe vikonti Dë Bosean ua kishte dhënë vetë shembullin të tjerëve, duke respektuar, dashur pa dashur, këtë bashkim *morganatik*. Ditët e para të kësaj miqësie, njerëzit që patën shkuar ta vizitonin viskonteshën në ora dy, kishin gjetur aty markezin D'Azhyda Pinto. Zonja Dë Bosean s'mund t'ua mbyllte portën këtyre vizitorëve, sepse kjo nuk do të ishte aspak e hijshme, po i priste aq ftohtë dhe aq shumë i mbante sytë të perënduar në tavan, saqë të gjithë e kuptuan që po i binin më qafë.

Kur e morën vesh në Paris se e shqetësonin zonjën Dë Bosean po të shkonin ta vizitonin nga dy e gjer në katër, e lanë në vetmi të plotë. Ajo shkonte te Bufonët ose në Opera bashkë me zotin Dë Bosean dhe me zotin D'Azhyda Pinto; po meqë zoti Dë Bosean ishte njeri që dinte të sillej, i shoqëronte gjer në lozhë, pastaj ikte dhe e linte të shoqen me portugezin. Zoti D'Azhyda do të martohej. Ai do të merrte një zonjushë nga familja Roshëfidë. Në gjithë shoqërinë e lartë vetëm një njeri s'kishte dëgjuar akoma për këtë martesë, kjo qe zonja Dë Bosean. Disa nga shoqet e saj ia kishin thënë një çikë ashtu larg e larg, po kjo kishte qeshur duke pandehur se shoqet donin t'i prishnin lumturinë që ia kishin zili. Ndërkaq, dita që do të viheshin shpalljet po afrohej. Megjithëse kishte ardhur ta vinte viskonteshën në dijeni të kësaj martese, portugezi i pashëm s'kishte pasur guximin të thoshte qoftë edhe gjysmë fjale. Pse? Sepsë, pa dyshim, s'ka gjë më të vështirë sesa t'i bësh të ditur një gruaje një ultimatum të tillë. Disa burra preferojnë më mirë të jenë në sheshin e duelit, përpara një njeriu që u kanoset me këllëç mbi zemër, sesa përpara një gruaje që, pasi ka qarë e ka vajtuar dy orë resht, shtiret si e vdekur dhe kërkon eter që të përmendet. Në këtë çast, pra, zoti D'Azhyda Pinto ishte si mbi gjemba dhe donte të shkonte, duke thënë me vete se zonja Dë Bosean do ta merrte vesh këtë lajm, ai do t'i shkruante dhe do të ishte më mirë të kryhej me korrespondencë kjo goditje për vdekje sesa me gojë. Markezit D'Azhyda Pinto i gufoi zemra nga gëzimi, kur dëgjoi ushakun e viskonteshës që lajmëronte ardhjen e zotit Eugjen Dë Rastinjak. Ta dini mirë se një grua që dashuron është shumë më tepër e aftë për të krijuar dyshime në kokë të saj nga ç'është e shkathët për t'i pëlqyer gjithnjë dashnorit me mënyra të ndryshme. Kur është duke u braktisur prej tij, ajo e merr më shpejt me mend kuptimin e një gjesti nga ç'u merr erë për së largu Kali i Virgjilit shenjave më të vogla që i lajmërojnë dashurinë. Kështu që edhe zonja Dë Bosean e kuptoi menjëherë atë të rrëqethur padashur, të lehtë, po edhe të llahtarshme. Eugjeni nuk e dinte që në Paris nuk duhet të shkosh kurrë në shtëpinë e cilitdo qoftë, pa mësuar që më parë nga miqtë e asaj shtëpie historinë e burrit, atë të gruas, ose të fëmijëve, që të mos bësh ndonjë nga ato marrëzitë për të cilat në Ploni thuhet aq me lezet *Mbrehini qerres pesë qe!* - pa dyshim, që t'ju nxjerrin nga balta. Nëse këtyre gafave të bisedimit nuk u kanë vënë ende asnjë emër në Francë, kjo Vjen patjetër ngaqë në Francë pandehin se ato janë të pamundura, për shkak se thashethemet përhapen shumë e s'mbetet gjë e fshehtë. Pasi shkeli në dërrasë të kalbur te zonja Dë Resto, e cila s'i kishte lënë kohë që t'i mbrehte qerres së tij të pesë qetë, Eugjeni mund të binte edhe një herë brenda, kur të shkonte te zonja Dë Bosean. Po nëse zonjën Dë Resto dhe zotin Dë Trajë ai i kishte shqetësuar tmerrësisht, zotin D'Azhyda, përkundrazi, po e shpëtonte nga një siklet i madh.

- Lamtumirë, - tha portugezi, duke u drejtuar me nxitim nga dera, kur hyri Eugjeni në një sallon të vogël të lezetshëm, në ngjyrë bojë hiri e trëndafili, ku luksi s'dukej të ishte veçse elegancë.

- Po do të takohemi sonte, - tha zonja Dë Bosean, duke kthyer kokën e duke i hedhur një vështrim markezit. - Nuk do të shkojmë te Bufonët?

- Nuk mundem, - tha ai dhe kapi dorezën e derës.

Zonja Dë Bosean u ngrit, e durri pranë saj, pa ia vënë veshin aspak Eugjenit, që rrinte më këmbë, i mahnitur nga shkëlqimet e kësaj pasurie të mrekullueshme, gati të bindej për vërtetësinë e përrallave arabe dhe s'dinte ku të futej duke u ndodhur përpara kësaj gruaje, e cila as që e kishte vënë re fare. Viskontesha kishte ngritur gishtin e dorës së djathtë dhe me një lëvizje të bukur i tregonte markezit një vend pranë saj. Në këtë gjest pati një të tillë fuqi despotike pasioni, saqë markezi e la dorezën e derës dhe shkoi pranë saj. Eugjeni e vështroi me zili.

"Ja njeriu i karrocës kupe! - tha ai me vete të tij. - U dashka, pra, të kesh kuaj të hazdisur, shërbëtorë me uniformë dhe flori me thasë që të të hedhë sytë një grua në Paris?"

Demoni i luksit e kafshoi në zemër. Etja për të fituar e pushtoi të tërin. Etja për flori i thau gurmazin. Ai merrte nga shtëpia njëqind e tridhjetë franga në tre muaj. I ati, e ëma, të vëllezërit, të motrat, tetoja, të gjithë së bashku nuk shpenzonin as dyqind franga në muaj. Mbeti si i shastisur nga krahasimi i shpejtë që bëri në mes të gjendjes së tij të tanishme dhe qëllimit që duhej të arrinte.

- Pse nuk mundeni të vini te Italianët? - e pyeti viskontesha portugezin duke qeshur.
- Kam punë! Jam për darkë te ambasadori i Anglisë.
- Lërini punët.

Kur zë të gënjejë njeriu, është i detyruar të lëshojë gënjeshtër pas gënjeshtre. Zoti D'Azhyda tha duke qeshur;
- Ngulmoni?
- Po, sigurisht.
- Këtë desha të më thoshit, - u përgjigj ai, duke i hedhur një vështrim nga ato vështrimet e ëmbla që do ta kishin siguruar çdo grua tjetër.

I mori dorën viskonteshës, ia puthi dhe iku.

- Eugjeni u shkoi një herë dorën flokëve dhe u përkul që të përshëndeste, duke pandehur se tani zonja Dë Bosean do të mendonte për të; kurse ajo turret, nxiton në verandë, rend te dritarja dhe shikon zotin D'Azhyda tek po hipte në karrocë; i vë veshin urdhrit dhe dëgjon ushakun t'i përsëritë karrocierit:
- Në shtëpinë e zotit Dë Roshefidë.

Këto fjalë dhe mënyra se si u hodh zoti D'Azhyda në karrocën e tij qenë për këtë grua edhe vetëtimë, edhe rrufe; atë e pushtoi një frikë për vdekje. Në shoqërinë e lart katastrofat më të llahtarshme këto janë. Viskontesha hyri në dhomën e saj të gjumit, u ul pranë një tryeze, mori një letër të bukur dhe shkroi:

"Gjersa jeni për darkë te Roshëfidët dhe jo në ambasadën angleze, duhet të vini të shpjegoheni me mua, ju pres".

Si ndreqi ca gërma të shkarravitura nga të dridhurit e dorës prej nervozitetit, vuri në fund një K, që donte të thoshte: "Klarë dë Burgonjë", dhe i ra ziles.

- Zhak, - i thirri ajo shërbëtorit të saj, që erdhi menjëherë,

- në ora shtatë e gjysmë do të shkosh në shtëpinë e zotit Dë Roshëfidë dhe do të kërkosh markezin D'Azhyda. Në qoftë se është aty markezi, dërgoja këtë pusullë dhe mos prit përgjigje; po të mos jetë, kthehu dhe sillma letrën.

- Dikush po ju pret në sallon, zonja viskonteshë.

- Ah! vërtet, - tha ajo, duke shtyrë derën.

Eugjeni kishte filluar ta ndiente veten shumë ngushtë; më në fund ai pa viskonteshën, e cila i tha me një zë që e preku thellë në zemër:

- Më falni, zotëri, kisha për të shkruar një letër; tani jam e tëra juaja.

Ajo nuk dinte se ç'thoshte, sepse e brente ky mendim: "Ah! Ai kërkon të martohet me zonjushën Dë Roshëfidë! E kush e lë? Ja prishet që sonte kjo martesë, ja po unë... Le që nesër as që do të bëhet më fjalë për këtë".

- Kushërirë..., - filloi Eugjeni.

- Hëëë? - ia bëri viskontesha, duke i hedhur një vështrim të ashpër që e ngriu në vend studentin.

Eugjeni e kuptoi fare mirë këtë hëëë? Këto tri orë ai kishte mësuar aq shumë gjëra, saqë tani ishte bërë gati për çdo të papritur.

- Zonjë..., - tha duke u skuqur.

Ngurroi, pastaj tha duke vazhduar:

- Më falni; kam kaq shumë nevojë për një përkrahje, saqë një fije kushërillëku nga ana juaj nuk do të prishte punë.

Zonja Dë Bosean bëri buzën në gaz me trishtim: në horizontin e saj kishin filluar të dëgjoheshin gjëmimet e shtrëngatës.

- Po ta dinit se në ç'gjendje ndodhet familja ime, - vazhdoi ai, - nuk do të ngurronit të bëheshit për mua një nga ato vitoret mirëbërëse që kujdesen e i ruajnë nga çdo rrezik të pagëzuarit e tyre.

- Mirë, pra, kushëriri im, - tha ajo duke qeshur, - ç'mund të bëj për ju?

- Po ku ta di unë? Edhe një lidhje të largët kushërillëku

të ketë njeriu me ju, është një fat i madh. Ju më turbulluat dhe tani nuk më kujtohet se ç'doja t'ju thosha. Jeni e vetmja grua që njoh në Paris... Ah! Desha të merrja mendimin tuaj duke ju lutur të më pranoni si një fëmijë të gjorë që dëshiron të kapet pas fundit tuaj e që do të ishte gati të vdiste për ju.

- Do ta vrisni një njeri për mua?
- Do të vrisja dy, - tha Eugjeni.
- Fëmijë! Po, ju jeni fëmijë, - tha ajo duke mbajtur lotët: - Ja kush di të dashurojë me zemër në dorë!
- Oh! - ia bëri ai duke tundur kokën.

Viskontesha u interesua gjallërisht për studentin, si moti atë përgjigje prej ambicozi. Ishte hera e parë që meridionali foli me paramendim. Që nga dhoma e kaltër e zonjës Dë Resto e gjer te salloni trëndafili i zonjës Dë Bosean kishte bërë tre vjet të asaj drejtësie parizjane për të cilën nuk flitet, megjithëse përbën një jurisprudencë të lartë shoqërore, që, po ta mësosh mirë e po ta zbatosh mirë, t'i hap të gjitha dyert.

- Ah! M'u kujtua, - tha Eugjeni. - Pashë zonjën Dë Resto në ballon që dhatë ju dhe sot në mëngjes i vajta në shtëpi.
- Patjetër që do t'i keni rënë më qafë, - tha duke bërë buzën në gaz zonja De Bosean.
- Oh! E di, unë jam aq injorant, sa do t'i bëj të gjithë kundër, në qoftë se do të më ndihmoni ju. Besoj se është shumë zor të gjendet në Paris një grua e re, e pasur, elegante që të mos jetë e zënë; dhe mua më duhet një që të më mësojë atë që ju gratë dini ta shpjegoni aq mirë: shkencën e jetës. Unë do të gjej kudo një zoti Dë Trajë. Ndaj erdha te ju që t'ju lutesha të më ndihmonit të zgjidh një enigmë dhe të më thoni i ç'natyre është budallallëku që kam bërë. Unë fola për një xha...
- Zonja dukeshë Dë Lanzhe, - tha Zhaku, duke i prerë fjalën studentit, që bëri një gjest sikur donte të thoshte: ku e gjeti kohën që e soli kokën.
- Në qoftë se doni të keni sukses, - tha viskontesha me zë të ulët, - përpara së gjithash nuk duhet të tregoheni kaq i sinqertë.

- Oh, mirëdita, e dashur, - thirri ajo dhe u ngrit e i doli përpara dukeshës, së cilës i shtrëngoi duart me të njëjtën dashuri e ngrohtësi që do të kishte treguar edhe për një motër. Kësaj dashurie dukesha iu përgjigj me përkëdheljet më të bukura.

"Ja dy shoqe të ngushta, - tha me vete Rastinjaku. - Unë do të kem tani dy mbështetje; këto dy gra duhet të ndiejnë njësoj dhe s'ka dyshim se edhe kjo do të interesohet për mua".

- Ç'e mirë ju solli, e dashur Antuanetë, që më gëzuat kaq shumë? - e pyeti Zonja Dë Bosean.

- Po unë pashë zotin D'Azhyda Pinto që hyri në shtëpinë e zotit Dë Roshëfidë dhe mendova se do të ishit vetëm.

Zonja Dë Bosean nuk i kafshoi aspak buzët, ajo nuk u skuq fare, sytë nuk iu turbulluan, balli sikur iu kthjellua kur dëgjoi nga dukesha këto fjalë fatale.

- Po ta kisha ditur se ishit e zënë.- shtoi dukesha duke u kthyer nga Eugjeni.

- Zotëria është zoti Eugjen dë Rastinjak, një kushëriri im, - tha viskontesha. - Keni marrë ndonjë lajm nga gjeneral Dë Monrivoi? - pyeti ajo. - Serizi më tha dje se ai nuk dukej gjëkundi; mos ishte te ju sot?

Dukesha, për të cilën flitej se qe braktisur nga zoti Dë Monrivo, që e donte si e çmendur, u prek thellë nga kjo pyetje dhe u përgjigj duke u skuqur:

- Ai ishte dje në Pallatin Elize.

- Me shërbim? - pyeti zonja Dë Bosean.

- Klara, ju e dini, pa dyshim, - vazhdoi dukesha me atë djallëzi që i derdhej valë-valë nga sytë, - se nesër dalin shpalljet e martesës së zotit D'Azhyda Pinto dhe të zonjushës Roshefidë.

Kjo goditje ishte tepër e fortë, viskontesha u zbeh dhe u përgjigj duke qeshur:

- Këto fjalë i hapin budallenjtë që s'kanë me se të merren. E ç'e detyroi zotin D'Azhyda te bashkojë një nga emrat më të bukur të Portugalisë me atë të Roshëfidëve?

Roshëfidët tani vonë janë bërë fisnikë.

- Po thonë se Berta do të ketë një të ardhur prej dyqind mijë livrash.

- Zoti D'Azhyda është aq i pasur, saqë s'mund të bëjë të tilla hesape.

- Po, shikoni, e dashur, zonjusha Dë Roshefidë është shumë e bukur.

- Ah!

- Sidoqoftë, ai sot është për darkë atje dhe kjo do të thotë se puna ka marrë fund. Ju po më çuditni pa masë që s'i paski marrë vesh tërë këto!

- Çfarë budallallëku paski bërë, zotëri? - e pyeti zonja Dë Bosean Eugjenin - Ky fëmijë i gjorë ka aq pak kohë që ka hyrë në shoqëri, e dashur Antuanetë, saqë s'kupton asgjë nga këto që themi ne. Kini mëshirë për të, le ta lëmë për nesër këtë bisedë. Nesër, pa dyshim, të gjitha këto do të merren vesh zyrtarisht, atëherë edhe ju mund të flisni zyrtarisht, duke qenë e sigurt në ato që thoni.

Dukesha i hodhi Eugjenit një nga ato vështrimet me bisht të syrit, plot përbuzje, që e matin njeriun nga koka në këmbë, e bëjnë petë dhe e asgjësojnë fare.

- Zonjë, pa e ditur, unë i ngula një thikë në zemër zonjës Dë Resto. Pa e ditur, këtu është gabimi im. - tha Eugjeni, i cili kishte aq mend sa të kuptonte se ç'thumba të helmatisur fshiheshin në këto fjalë miqësore të të dy zonjave. - Ju vazhdoni të keni hyrje-dalje me njerëzit e vetëdijshëm për të keqen që ju bëjnë dhe u druheni atyre, ndërsa ai që plagos pa e ditur se sa e thellë është plaga që hap shikohet si budalla, si njeri i trashë, që s'di të përfitojë nga asgjë dhe të gjithë e përbuzin.

Zonja Dë Bosean i hodhi studentit një nga ato vështrimet e thella, me të cilat njerëzit shpirtmëdhenj dinë të shprehin njëkohësisht mirënjohje dhe dinjitet. Ky vështrim qe si një balsam për plagën që kishte hapur në zemrën e studentit syri plot përbuzje që i kishte hedhur.

— Merrni me mend, - tha Eugjeni duke vazhduar, - se po i fitoja zemrën kontit De Resto, sepse, - tha ai duke u kthyer nga dukesha në një mënyrë hem të përulur, hem djallëzore, - duhet t'ju them, zonjë, se unë nuk jam akoma veçse një student i gjorë, pa njeri, pa pasuri...

— Mos flisni ashtu, zoti De Rastinjak. Ne, gratë, s'ia hedhim sytë kurrë atij që s'e përfill njeri.

— Bah! - ia bëri Eugjeni, - unë nuk jam veçse njëzet e dy vjeç, duhet të dish t'u bësh ballë fatkeqësive të kësaj moshe. Veç kësaj, unë jam duke u rrëfyer dhe është e pamundur të gjesh rrëfyetore më të bukur se kjo për t'u gjunjëzuar; e vërteta është se në të tilla rrëfyetore bëjmë ato mëkate për të cilat e kemi njohur veten fajtor në të tjerat.

Dukeshës iu neverit kjo bisedë antifetare, tonin e keq të së cilës e dënoi duke i thënë viskonteshës:

— Zotëria vjen...

Zonja Dë Bosean nisi të qeshte me gjithë shpirt edhe me kushëririn e saj, edhe me dukeshën.

— Po, e dashur, vjen dhe kërkon një mësuese që t'i mësojë si të sillet në shoqëri.

— Zonja dukeshë, - vazhdoi Eugjeni, - a nuk është e natyrshme të duash të mësosh të fshehtat e diçkaje që na tërheq? - Eh, tha me vete ai, - jam i sigurt që po ju flas si ndonjë hamall.

— Po mua më duket se zonja Dë Resto është nxënësja e zotit Dë Trajë, - tha dukesha.

— Unë s'dija gjë fare, zonjë, - vazhdoi studenti. - Dhe u futa si qorr në mes të tyre. Më në fund, me të shoqin e shtruam mirë muhabetin, edhe ajo nuk po ma prishte, po se ç'më shtyu t'u thosha se njihja një njeri që e pashë të dilte nga një shkallë e fshehtë e të puthte konteshën në fund të një korridori.

— Kush është ai? - pyetën të dyja gratë.

— Një plak që rron me dy florinj në muaj, në fund të lagjes

Sen-Marso, njësoj si unë që jam një student i varfër; është një fatkeq, me të cilin tallen të gjithë dhe e thërresin xha Gorio!

- Oh, sa kalama që jeni, - thirri viskontesha, - po zonja Dë Resto është bijë nga familja Gorio.

- E bija e një fabrikanti fidesh, - vazhdoi dukesha, - një pispilluqe që ia prezantuan mbretit po atë ditë që i prezantuan edhe një vajzë pasticieri. Nuk ju kujtohet, Klara? Mbreti zuri të qeshte dhe tha latinisht një shaka në lidhje me miellin. Njerëz... si tha? njerëz...

- I njëjti vakt, - tha Eugjeni.

- Tamam ashtu tha, - ia bëri dukesha.

- Ah! Qenka i ati! - vazhdoi studenti, i tmerruar.

- Posi; ky bablok kishte dy vajza, për të cilat është bërë si çmendur, megjithëse ato, si njëra, ashtu dhe tjetra, pothuajse nuk e njohin fare për baba.

- Vajza e dytë, - tha viskontesha, duke shikuar zonjën Dë Lanzhe, - mos është martuar me një bankier që ka një emër gjermanisht, një baron Dë Nysingen? A nuk quhet Delfinë? Nuk është një leshverdhë që ka një lozhë nga ato të anës në Opera, që vjen edhe te Bufonët dhe që qesh me zë të lartë që të bjerë në sy?

Dukesha bëri buzën në gaz e tha:

- Sa e çuditshme që jeni, e dashur. E përse merreni kaq shumë me ata njerëz? Vetëm një dashnor i çmendur siç qe Restoi mund të verbohej pas zonjushës Anastasi. Oh! Ai s'ka për të parë ditë të bardhë me të! Ajo ka rënë në kthetrat e zotit Dë Trajë, që do ta marrë më qafë.

- Nuk e njohin fare për baba! - përsëriste Eugjeni.

- Po, pra, babanë e tyre, babanë, një baba, - vazhdoi viskontesha, - një baba të mirë që u ka dhënë, siç 'thonë, secilës pesë a gjashtëqind mijë franga prikë, për t'i bërë të lumtura, duke i martuar në dyer të mira, e që s'kishte mbajtur për vete të tij veçse tetë a dhjetë mijë livra të ardhura në vit, se e kishte gënjyer mendja e pandehte se të bijat do ta donin e do ta nderonin si baba që e kishin, kujtonte se kishte krijuar dy vatra, dy shtëpi ku do ta prisnin si jo më mirë e do të kujdeseshin fort për të. Po nuk shkuan as dy vjet dhe dhëndurët e dëbuan atë nga rrethi i tyre si njeriun më të përbuzur...

Eugjenit iu mbushën sytë me lot; ai posa qe kthyer nga familja me ndjenjat më të pastra e më të shenjta, ishte ende i joshur nga besimi djaloshar ndaj mirësisë dhe kjo nuk ishte veçse dita e parë që ai ndodhej në fushën e luftës së qytetërimit parizian.

Emocionet e vërteta janë aq komunikative, saqë këta tre veta vështruan një çast njëri-tjetrin pa bërë zë.

- Eh! - ia bëri zonja Dë Lanzhe, - Vërtet, është për të qarë me lot e megjithatë të tilla gjëra po i shikojmë përditë. Po vallë ç'e shkakton këtë? Nuk më thoni, e dashur, a keni menduar ndonjëherë se ç'është dhëndri? Dhëndri është një njeri. për të cilin, ju ose unë, do të rritim një krijesë të dashur, me të cilën do të jemi mish e thua dhe që për shtatëmbëdhjetë vjet rresht do të jetë gëzimi i familjes, shpirti i saj i bardhë, do të thoshte Lamartini, e që do të bëhet murtaja e saj. Kur të na e ketë marrë ai burrë, do të fillojë ta përdorë dashurinë e tij si sëpatë, me qëllim që të presë thellë në zemrën e këtij engjëlli të gjitha ndjenjat që e lidhin me familjen e saj. Dje, vajza jonë ishte gjithçka për ne dhe ne ishim gjithçka për të; të nesërmen, ajo bëhet armikja jonë. A nuk po e shikojmë përditë këtë tragjedi? Këtej, nusja s'i lë gjë pa thënë të vjehrrit, që ka sakrifikuar çdo gjë për të birin. Andej, një dhëndër dëbon nga shtëpia të vjehrrën. Edhe pyesin e thonë pastaj se çfarë ka dramatike në shoqërinë e sotme; po drama e dhëndrit është e llahtarshme, pa përmendur martesat tona që janë bërë krejt qesharake. Unë e kuptoj fare mirë atë që i ka ndodhur atij fabrikanti plak të fideve. Me sa mbaj mend unë, ai Forioi...

- Gorioi, zonjë.

- Po, ai Morioi ka qenë kryetar i seksionit të drithit në kohën e Revolucionit, e dinte mirë sekretin e zisë së bukës dhe nisi të bëhej i pasur, duke e shitur miellin në ato kohë dhjetë herë më shtrenjtë nga ç'e kishte blerë. Ai pati miell atëherë sa deshi. Intendenti i gjyshes sime i shiti miell në sasi shumë të mëdha. Ky Norioi, si gjithë shokët e kallëpit të tij, pa dyshim që i ndante me ata të Komitetit të Shpëtimit të Popullit. E mbaj mend si sot kur i thoshte intendenti sime gjysheje se ajo mund të rrinte në Granvilie duke qenë krejt e sigurt, sepse grynjërat e saj ishin një dëshmi e shkëlqyer. E pra, ky Lorioi, që u shiste grurë xhelatëve, ka pasur vetëm një pasion. Adhuron të bijat, thonë. Të madhen e hipi në shtëpinë e Restoit dhe tjetrën e shartoi me baron Dë Nysingenin, një bankier pasanik, që hiqet si ruajalist. Ju e kuptoni se në kohën e Perandorisë të dy dhëndurët nuk bënin fort naze për ta mbajtur në shtëpi të tyre këtë Nëntëdhjetetresh plak; në kohën e Bonapartit, ai mund të rrinte me ta. Po kur u kthyen Burbonët, plaku u bë i bezdisshëm për zotin Dë Resto dhe aq më tepër për bankierin. Vajzat, që ndoshta e donin akoma t'anë, u përpoqën si e si që mishi të piqej dhe helli të mos digjej; të mos ia prishnin as atij, as burrave. Ato e prisnin në shtëpi Torionë, kur nuk i vizitonte njeri, dhe thoshin se s'mund të rronin dot larg tij: "Eja, baba, më mirë kështu, se do të jemi vetëm! etj.". Unë, e dashur, besoj se ndjenjat e vërteta kanë sy e mendje: zemra e këtij Nëntëdhjetetreshi të gjorë kulloi gjak. Ai e pa se të bijat i zinte turpi për të; në qoftë se ato i donin burrat e tyre, ai u prishte punë dhëndurëve. Duhej pra, të sakrifikohej. Dhe u sakrifikua, sepse ishte baba; iku vetë. Kur pa se të bijat u kënaqën, e kuptoi që kishte bërë mirë. Në këtë krim të vogël në familje kanë pasur gisht si babai, ashtu edhe të bijat. Këto gjëra i shohim kudo. A nuk do të kishte qenë ky xha Gorioi një njollë lyre në sallonin e të bijave? Ai do ta ndiente veten atje si mbi gjemba, do të mërzitej. Ajo që i ndodh këtij babai mund t'i ndodhë gruas më të bukur me burrin që do më shumë: në qoftë se ajo e mërzit me dashurinë e saj, ai ikën, s'lë poshtërsi pa bërë për ta braktisur. Të gjitha ndjenjat njëlloj janë. Zemra jonë është një thesar, zbrazeni atë me një frymë dhe do të mbeteni me gisht në gojë. Aq sa mund t'ia falim një njeriu që s'ka asnjë dhjetësh të vetin, aq mund t'ia falim edhe një ndjenje që është shfaqur krejt. Ky atë i kishte shkrirë të gjitha. Ai kishte dhënë njëzet vjet rresht shpirtin dhe dashurinë e tij, kurse pasurinë e dha në një ditë. Si e shtrydhën mirë limonin, të bijat e flakën ceflën në rrugë.

-Sa e poshtër është bota! - tha viskontesha duke shthurur me nervozitet fijet e shallit dhe pa ngritur sytë, sepse i dogjën keq fjalët që kishte hedhur për të zonja Dë Lanzhe, duke treguar këtë histori.

- E poshtër? Jo, - tha dukesha; - ajo vazhdon udhën e saj, e asgjë tjetër. Në qoftë se ju flas kështu, ju flas vetëm e vetëm që t'ju tregoj se mua s'më hedhin dot hi syve të tjerët. Jam në një mendje me ju, - tha ajo, duke i shtrënguar dorën viskonteshës. - Bota është një batak, le të përpiqemi të qëndrojmë lart.

U ngrit, e puthi në ballë zonjën Dë Bosean dhe i tha:

- Sa e bukur që më dukeni tani, e dashur! Ju ka rënë një nur që s'e kam parë kurrë në jetën time.

Pastaj, si përkuli lehtë kokën duke parë kushëririn, doli jashtë.

- Xha Gorioi është njeri. shumë i lartë! - tha Eugjeni, duke sjellë ndër mend natën që e kishte parë të prishte enët e tij të argjendta.

Zonja Dë Bosean nuk dëgjoi, ajo qe kredhur në mendime. Pllakosi një heshtje që vazhdoi disa çaste, dhe studenti i gjorë, që kishte mbetur si i mpirë nga turpi, nuk guxonte as të shkonte, as të rrinte, as të fliste.

- Bota është e poshtër dhe e ndyrë, - tha më në fund viskontesha. - Posa na ndodh një fatkeqësi, do të dalë gjithmonë një mik që të vijë të na e thotë e të na rrëmojë zemrën me thikë, duke na bërë që të soditim dorezën. Që tani nisën sarkazmat, që tani nisën të tallurat! Ah! Po unë s'e kam për të lënë veten të më shkelin.

Ngriti kokën si zonjë e madhe që ishte dhe sytë e saj krenarë llamburitën.
- Ah! - ia bëri ajo,- duke shikuar Eugjenin, - këtu jeni ju!
- Akoma, - tha ai me një zë që ndillte mëshirë.
- E pra, zoti Dë Rastinjak, silluni ndaj kësaj bote ashtu si e meriton. Ju doni të siguroni një pozitë për veten tuaj, unë do t'ju ndihmoj. Do të shikoni se sa i thellë është korrupsioni i grave, do të vëreni se sa e madhe është kotësia e urryer e burrave. Megjithëse e kam lexuar me vëmendje librin e jetës, prapë se prapë ka pasur faqe për të cilat s'kisha dijeni. Tani i di të gjitha. Sa më me gjakftohtësi që të Logaritni, aq më përpara do të shkoni. Goditni pa mëshirë dhe do t'jua kenë frikën. Shikojini burrat dhe gratë vetëm si kuaj karroce, ngajini pa mëshirë, ndërrojini në çdo han dhe do të arrini kulmin e dëshirave tuaja. Mos harroni, këtu nuk do të jeni asgjë po të mos keni një grua që të interesohet për ju. Keni nevojë për një grua të re, të pasur, elegante. Po në qoftë se keni ndonjë ndjenjë të vërtetë, fshiheni si një thesar. Mos i lini kurrë të tjerët të dyshojnë për të, përndryshe ju mori lumi. Nuk do të jeni më xhelati, po viktima. Në qoftë se ju qëllon të dashuroni, ruajeni mirë sekretin tuaj! Mos e shfaqni përpara se ta merrni vesh mirë kujt po ia hapni zemrën. Për ta mbrojtur me kohë nga çdo rrezik këtë dashuri që ende nuk ekziston, mësoni të mos i zini shumë besë kësaj bote. Dëgjomëni mua Migel... (ajo po gabonte emrin pa e kuptuar.) Ka diçka më të keqe nga ç'është braktisja e babait nga të dy të bijat, që lutin vdekjen e tij: është rivaliteti i të dy motrave në mes të tyre. Restoi rrjedh nga një familje fisnikësh, e shoqja është pranuar në shoqërinë e lartë dhe ka qenë prezantuar në oborrin mbretëror; dhe për këtë shkak, motra e saj e pasur, e bukura zonja Delfinë dë Nysingen, e shoqja e një pasaniku të madh, po vdes nga dëshpërimi, po e ha zilia përbrenda; kontesha Dë Resto u ngjit shumë më lart se e motra; motra e saj nuk është më e motra; këto dy gra mohojnë njëra-tjetrën, ashtu siç mohojnë t'anë. Prandaj, zonja Dë Nysingen është

gati të lëpijë gjithë baltën që nga rruga Sen-Lazarë gjer te rruga Grënelë, që të hyjë në sallonin tim. Ajo pandehu se me anën e Dë Marsajit do t'ia arrinte këtij qëllimi dhe u bë skllave e Dë Marsajit; ajo po e bezdis Dë Marsajin. Dë Marsaji nuk çan fort kokën për të. Në qoftë se ma prezantoni ju, do të jeni benjamini i saj, ajo do t'ju adhurojë. Pastaj, po të doni, dashurojeni, po të doni përdoreni për qëllimin tuaj. Unë do ta shoh një herë ose dy në një mbrëmje të madhe, në mes të turmës, në rrëmujë, po nuk do ta pres kurrë ditën. Do të përshëndetem me të, vetëm kaq. Duke zënë në gojë emrin e xha Gorioit, u bëtë shkak që t'ju mbyllet dera e shtëpisë së konteshës. Po, i dashur, ju mund të shkoni njëzet herë te zonja Dë Resto dhe të njëzet herët nuk do ta gjeni aty. Ajo ka urdhëruar që të mos ju futin brenda. E pra, le të shërbejë emri i xha Gorioit për t'ju futur te zonja Delfinë dë Nysingen. Bukuroshja Dë Nysingen do t'ju shërbejë si një pasaportë. Bëhuni i zgjedhuri i saj dhe gratë do të çmenden pas jush. Rivalet e saj, shoqet e saj, bile dhe shoqet e saj më të mira, do të përpiqen si e si t'ju rrëmbejnë nga ajo. Ka gra që duan burrin të cilin posa e ka zgjedhur një tjetër, ashtu siç ka edhe borgjeze të gjora, që, duke vënë në kokë kapela si ato që vëmë ne, pandehin se kanë fituar edhe mënyrat tona. Ju do të keni sukses. Në Paris, suksesi është gjithçka, ai është çelësi i pushtetit. Posa t'ju çmojnë gratë për njeri me mendje e me talent, këtë do ta besojnë edhe burrat, në qoftë se ju nuk do t'i lini të dyshojnë. Atëherë mund të kërkoni ç'të doni, të gjitha dëshirat do t'ju plotësohen. Atëherë ju do të mësoni se bota është një grumbull syleshësh e gënjeshtarësh. Ju mos bëni pjesë as në të parët, as në të dytët. Unë po ju jap emrin tim si perin e Arianës, që të mos ngatërroheni në këtë labirint. Mos e njollosni, - shtoi ajo duke përkulur qafën e duke i hedhur studentit një vështrim mbretëreshe, - kthemani përsëri të pastër. Hajde, shkoni tani. Lërmëni vetëm: Edhe ne gratë kemi betejat tona.

- Në qoftë se do t'ju duhej një njeri që të ishte gati për

hatër tuaj të hidhte në erë një minierë... - e ndërpreu Eugjeni.
- E çfarë? - pyeti ajo.
Ai i ra gjoksit, i buzëqeshi së kushërirës dhe doli. Ishte ora pesë. Eugjenin e kishte marrë uria, nisi të shqetësohej se mos nuk arrinte në kohë për drekë. Në saje të këtij shqetësimi, ai mësoi se ç'kënaqësi ndjen njeriu duke vrapuar me karrocë përmes Parisit. Kjo kënaqësi fizike nuk e pengoi aspak që t'u kushtohej i tëri mendimeve që i zienin në kokë. Kur përbuzet një djalë në moshë të tij, inatoset, xhindoset, i kanoset me grusht gjithë shoqërisë, do të marrë hak, po dyshon edhe për veten e tij. Atë çast Rastinjakun e mundonin këto fjalë: *U bëtë shkak që t'ju mbyllet dera e shtëpisë së konteshës.*

"Po unë do të shkoj!" tha ai me vete të ti", "Dhe në qoftë se zonja Dë Bosean ka të drejtë, në qoftë se më dëbojnë... atëherë... atëherë në të gjitha sallonet ku shkon zonja Dë Resto do të më gjejë edhe mua. Do të mësoj përdorimin e armëve, do të mësoj të shtie me pisqollë, do t'ia vras Maksimin e saj!"

"Po para, ku do të gjesh?" i thërriste zëri i ndërgjegjes së tij.

Sakaq i shkëlqeu përpara syve tërë pasuria e shtëpisë së konteshës Dë Resto. Ai kishte parë aty atë luks që e pati bërë për vete zonjushën Gorio, sende të praruara, gjëra të vyera, luksin e çmendur të një njeriu të pasuruar rishtas, shpenzimet e mëdha e të kota të gruas që i plotësohen të gjitha dëshirat. Kjo pamje magjepsëse u errësua përnjëherësh nga pallati i madhërishëm Dë Bosean. Fantazia Eugjenit, që endej në sferat e larta të shoqërisë pariziane, i ndolli një mijë mendime të këqija, duke i zgjeruar mendjen dhe vetëdijen. Ai e pa botën ashtu si është: ligjet dhe moralin të pafuqishëm te të pasurit, dhe te pasuria pa '*ultima ratio mundi*'.

"Votrëni ka të drejtë, pasuria është virtyti!" - tha ai me vete.

Me të arritur në rrugën Nëvë-Sent-Zhënëvievë, u ngjit shpejt në dhomën e tij, zbriti, i dha dhjetë franga karrocierit dhe shkoi në atë dhomën e bukës që të kallte datën, ku pa të tetëmbëdhjetë qiraxhinjtë që po hanin si kafshët në grazhd. Pamja e shëmtuar e tërë këtij mjerimi dhe e kësaj salle e tmerruan. Kalimi tepër i shpejtë prej atyre që kishte parë në këto që po shikonte dhe kontrasti tepër i madh nuk mund të mos ia zhvillonin në kulm ndjenjën e ambicies. Andej figurat më të freskëta e më hamgjitëse të shoqërisë së zgjedhur dhe elegante, gra të reja, të gjalla, në mes të mrekullive të artit e të luksit, fytyra të pasionuara, poetike; këtej pamje të kobshme në mes të llumit dhe surretë ku pasionet s'kishin lënë gjë tjetër përveç telave dhe mekanizmit të tyre. Iu kujtuan mësimet që i kishte dhënë zonja Dë Bosean me inatin e një gruaje të braktisur, iu kujtuan propozimet e saj tunduese, dhe mjerimi ia bëri të gjalla. Rastinjaku vendosi të hapte dy llogore paralele për të arritur te pasuria, të mbështetej te shkenca dhe te dashuria, të bëhej një doktor i ditur i shkencave juridike dhe një njeri i modës. Ai qe ende fare kalama! Këto dy vija janë asimtota që s'mund të bashkohen kurrë.

- Jeni shumë i trishtuar, zoti markez, - i tha Votrëni, që i hodhi një nga ato vështrimet me të cilat dukej sikur ky njeri zbulonte të fshehtat më të thella të zemrës.

- Nuk jam në gjendje të duroj të tallurat e atyre që më thërresin "zoti markez", - u përgjigj ai. - Që të jesh me të vërtetë markez, në Paris, duhet të kesh njëqind mijë livra të ardhura në vit, kurse ai që rron në shtëpinë Voker, nuk mund të jetë aspak i zgjedhuri i Fatit.

Votrëni e vështroi Rastinjakun në një mënyrë atërore dhe mospërfillëse, sikur donte t'i thoshte: "Një kafshatë je për mua, o kërmill!". Pastaj u përgjigj:

- Nuk jeni më qejf, se ndoshta s'keni pasur sukses te kontesha e bukur Dë Resto.

- Ajo më mbylli derën, sepse i thashë që i ati hante në një tryezë me ne, - thirri Rastinjaku.

Të gjithë qiraxhinjtë vështruan njëri-tjetrin. Xha Gorioi

uli sytë dhe u kthye pak mënjanë që t'i fshinte.

- Më hodhët duhan në sy, - i tha ai shokut që kishte në krah.

- Ai që do t'i bjerë më qafë xha Gorioit këtej e tutje, do të ketë të bëjë me mua, - u hodh e tha Eugjeni, duke shikuar shokun e krahut të ish-frabrikantit të fideve; ai është më i mirë nga ne të gjithë. Nuk flas për gratë, - shtoi ai, duke u kthyer nga zonjusha Tajëfer.

Këto fjalë ranë si bombë; Eugjeni i tha me një zë që i bëri qiraxhinjtë të heshtnin. Vetëm Votrëni i tha me qesëndi:

- Për ta marrë xha Gorionë në mbrojtje dhe për t'u shpallur botuesi i tij përgjegjës, duhet të dini të përdorni mirë shpatën dhe të shtini mirë me pisqollë.

- Ashtu do të bëj edhe unë, - tha Eugjeni.

- Domethënë që sot keni vendosur të filloni luftën?

- Ndoshta, - u përgjigj Rastinjaku. Po nuk do t'i jap hesap asnjeriu për punët e mia, ashtu si nuk bëhem merak as për punët që bëjnë të tjerët natën.

Votrëni e vështroi Rastinjakun me inat..

- Biri im, po të mos duam që të na gënjejnë sytë, duhet t'i hapim mirë, kur shohim ndonjë gjë, dhe të mos e shohim nga të çarat e derës. Mjaft e zgjatëm, - shtoi ai, kur pa Eugjenin gati t'i kundërshtonte. - Prapë bëjmë një bisedë të vogël bashkë, kur të doni.

Dreka u bë e zymtë dhe e ftohtë. Xha Gorioi, i pushtuar nga dhembja e thellë që i kishin shkaktuar fjalët e studentit, nuk e kuptoi se tani të gjithë kishin ndërruar mendim për të dhe se i kishte dalë krah një djalë i ri, i zoti t'u mbyllte gojën atyre që e persekutonin.

- Të jetë vërtet zoti Gorio i ati i një konteshe? - tha me zë të ulët zonja Yoker.

- Edhe i një baroneshe, - iu përgjigj Rastinjaku.

- Vetëm për këtë është i aftë, - i tha Bianshoni Rastinjakut.

Eugjeni ishte tepër serioz, kështu që tallja e Bianshonit s'mundi ta bënte të qeshte. Ai donte të përfitonte nga këshillat e zonjës Dë Bosean dhe jepte e merrte me vete të tij se ku dhe si do të gjente të holla. I hipi një shqetësim kur zunë t'i kalonin përpara syve luadhet pa fund të botës herë bosh e , herë plot; kur mbaruan së ngrëni drekën, një nga një të gjithë u ngritën të shkonin duke e lënë atë vetëm, në dhomën e bukës.

- E patë vajzën time? - e pyeti Gorioi, i mallëngjyer.

Zëri i plakut e solli në vete. Eugjeni i mori dorën dhe, duke e soditur, tha me një farë përgjërimi:

- Ju jeni një burrë i mirë e i denjë. Do të bisedojmë më vonë për vajzat tuaja.

U ngrit pa dashur ta dëgjonte xha Gorionë dhe u ngjit në dhomën e tij, ku i shkroi s'ëmës këtë letër:

"E dashur nënë, dy gjinj fi kam pirë, po shiko se mos ke edhe ndonjë tjetër ta shtrydhësh për mua. Jam në një gjendje që shpejt mund të bëhem i pasur. Kam nevojë për njëmijë e dyqind franga, dhe më duhen me çdo kusht. Mos i bëj zë babait për këto që të kërkoj, ai mund të kundërshtojë, dhe në qoftë se nuk i marr këto të holla, ta dish se do të dëshpërohem aq shumë, sa do t'i jap fund jetës. Kur të takohemi, do të t'i shpjegoj të gjitha, sepse duhej të të shkruaja vëllime të tëra që të të jepja të kuptoje se në ç'gjendje jam. Nuk kam laujtur kumar, e dashur nënë, dhe as kam hyrë në borxh; po në qoftë se do që unë ta gëzoj jetën që më ke dhënë, duhet të magjesh këtë shumë. Më në fund, po shkoj te viskontesha Dë Bosean, që m'u bë krah. Duhet të hyj në shoqërinë e lartë dhe s 'kam asnjë dhjetësh për të blerë dorashka të reja. Vetëm me bukë thatë e me ujë do ta mbaj shpirtin, edhe pa ngrënë do të rri, po të jetë nevoja, po s'mund të bëj dot pa veglat me të cilat punohet vreshta këtu në Paris. Dy rrugë ka për mua: ose të shkoj përpara, ose të mbetem në baltë. I di të gjitha shpresat që ke mbështetur tek unë dhe dua t'i realizoj sa më parë. E dashur nënë, shit disa nga stolitë e tua të moçme, unë do të t'i zëvendësoj shumë shpejt. Nuk mund të mos e çmoj një sakrificë të tillë, se e di fare mirë në ç'gjendje është familja ime dhe ti duhet të më besosh se nuk do të të shkojë kot, përndryshe do të isha një përbindësh. Dëgjoma këtë lutje si britmën e një nevoje të ngutshme. Gjithë e ardhmja jonë qëndron në këtë ndihmë, me të cilën do të hap betejën; sepse kjo jeta e Parisit është një luftë e paprerë. Në qoftë se s'gjen burime të tjera për ta plotësuar këtë shumë veçse duke shitur dantellat e tetos, thuaji asaj se unë do t'ia blej më të bukura, etj."

U shkroi edhe të motrave veç e veç, u kërkoi kursimet e tyre dhe, që të mos e zinin në gojë këtë sakrificë që do të bënin me gjithë qejf për të vëllanë, preku telat e nderit që janë aq shumë të ndehura dhe tingëllojnë aq fort në zemrat e njoma. Po prapëseprapë, edhe si i shkroi këto letra, e përshkoi padashur një e rrëqethur, zemra i rrahu më fort, u trondit thellë. Ky djalosh ambicioz e dinte se sa fisnike dhe të papërlyera ishin ato shpirtra të ndrydhura në vetmi, e dinte se sa do t'i pikëllonte të motrat dhe me sa gëzim do të bisedonin ato fshehurazi për vëllanë e dashur, atje thellë në fshatin e tyre. Ndërgjegjja e tij llamburiti dhe ia tregoi të motrat në çastin kur po numëronin tinëz pasurinë e tyre të vogël: i pa të përdornin zgjuarsinë e djallëzuar të të rejave për t'ia dërguar incognito këto të holla, duke u orvatur të gënjenin për të parën herë që të shfaqnin shpirtmadhërinë e tyre.

"Zemra e një motre është një xhevahir i kulluar, një det dhembshurie!" - mendoi ai.

I vinte turp që u shkroi. Sa të fuqishme do të ishin urimet e tyre, sa i pastër do të ishte vrulli i shpirtrave të tyre drejt qiellit! Sa me kënaqësi që do të sakrifikoheshin ato! Sa e madhe do të ishte dhembja e s'ëmës, sikur të mos kishte mundësi t'ia dërgonte gjithë shumën! Këto ndjenja të bukura, këto sakrifica të llahtarshme, do t'i shërbenin atij si shkallë për t'u ngjitur te Delfina dë Nysingen. I rrodhën ca pika lot, thërrime të fundit temjani në altarin e shenjtë të familjes. Nisi të vente e të vinte nëpër dhomë, i tronditur e i dëshpëruar.

Xha Gorioi, tek e pa ashtu nga dera që kishte mbetur pak e hapur, hyri dhe e pyeti:

- Ç'keni, zotëri?

- Ah! O fqinji im i mirë, edhe unë jam bir e vëlla si dhe ju që jeni baba. Keni të drejtë të tronditeni për konteshën Anastasi: ajo është dashnorja e një zoti Maksim dë Trajë, që do ta marrë më qafë.

Xha Gorioi u largua duke belbëzuar ca fjalë që Eugjeni nuk i kuptoi. Të nesërmen, Rastinjaku shkoi të hidhte letrat në postë. Ngurroi gjer në minutën e fundit, pastaj i lëshoi në kuti, duke thënë; "Do të fitoj!" Këto janë fjalët e kumarxhiut, fjalët e kapitenit të madh, fjalë fataliste që humbasin më tepër njerëz nga ç'shpëtojnë.

Disa ditë më pas, Eugjeni shkoi te zonja Dë Resto, po nuk e pranuan. Vajti edhe tri herë të tjera dhe të tri herët e gjeti portën të mbyllur, megjithëse shkonte në ato orë kur konti Maksim dë Trajë nuk ishte aty. Vikontesha kishte pasur të drejtë. Studenti nuk studjoi më. Shkonte në fakultet vetëm sa për t'u përgjigjur kur bëhej apeli, dhe menjëherë pas apelit kriste e ikte. Ai shkonte me atë mendje që shkojnë pjesa më e madhe e studentëve: do të studionte kur të afrohej koha e provimeve; kishte vendosur të grumbullonte provimet e klasës së dytë e të tretë, pastaj t'i futej drejtësisë seriozisht dhe kështu t'ia dilte mbanë. I mbeteshin pesëmbëdhjetë muaj të tërë për të lundruar në oqeanin e Parisit, për t'u hedhur në ndjekjen e grave ose për të peshkuar pasurinë. Gjatë kësaj jave ai e pa dy herë zonjën Dë Bosean, tek e cila vente vetëm kur dilte që andej karroca e markezit D'Azhyda. Edhe për disa ditë të tjera, kjo grua e shquar, figura më poetike e Sen-Zhermenit, diti të qëndronte në fushën e luftës dhe mundi ta shtynte martesën e zonjushës Dë Roshëfidë me markezin D'Azhyda Pinto. Po këto ditët e fundit, të cilat, nga frika se mos humbiste lumturinë e saj, patën qenë ditët më të zjarrta për të, po e shpejtonin katastrofën, me sa dukej. Markezi

D'Azhyda, në një mendje me Roshëfidët e kishte konsideruar këtë zënkë dhe këtë pajtim si një rrethanë të favorshme: ata shpresonin se zonja Dë Bosean do të bindej dalëngadalë për këtë martesë dhe do të arrinte më në fund t'i sakrifikonte vizitat e saj të mëngjesit për hir të ngjarjes së parashikuar nga vetë natyra në jetën e njeriut. Me gjithë premtimet më të shenjta që përsëriste ditë për ditë, zoti D'Azhyda vazhdonte të luante komedinë dhe viskonteshës i pëlqente që ai ta gënjente. "Në vend që të hidhet ndershmërisht nga dritarja, ajo po rrokulliset lehtë nëpër shkallë!" thoshte për të dukesha Dë Lanzhe, mikja e saj më e ngushtë. Megjithatë, këto drita të fundme vezulluan në kohë mjaft të gjatë, kështu që viskontesha ndenji në Paris dhe i ndihmoi kushëririt të saj të ri, për të cilin ndiente një farë dhembshurie supersticioze. Eugjeni qe treguar shumë i devotshëm ndaj saj, në një rrethanë kur gratë nuk gjejnë mëshirë dhe as ngushëllim të vërtetë në vështrimin e asnjë njeriu. Në qoftë se atëherë një burrë u thotë atyre fjalë të ëmbla, ai ua thotë me të vetmin qëllim që të spekulojë.

Duke dashur ta njohë mirë vendosjen e figurave në fushën e shahut përpara se të sulmonte shtëpinë Dë Nysingen, Rastinjaku mblodhi këto informata të sigurta për të kaluarën e xha Gorioit:

Përpara Revolucionit, Zhan Zhoashim Gorioi ishte një punëtor i thjeshtë fidesh, i shkathët, i kursyer dhe aq i hedhur, saqë mundi të blinte pasurinë e të zot, i cili ra viktimë e kryengritjes së parë të vitit 1789. Ishte vendosur në rrugën e Zhysienës, pranë pazarit të drithit, dhe kishte pasur zgjuarsinë të pranonte të bëhej kryetar i seksionit të drithit, me qëllim që ta mbronte tregtinë me anën e njerëzve më me influencë të asaj epoke të rrezikshme. Kjo urtësi pati qenë baza e pasurimit të tij, që filloi në kohër e zisë së bukës, qoftë kjo e rreme apo e vërtetë, për shkak të së cilës çmimi i drithërave u ngrit shumë në Paris. Populli vritej në dyert e furrave, ndërsa disa njerëz gjenin pa u përleshur makarona të bardha nëpër tregtarët. Atë vit Gorioi grumbulloi kapitale, që më vonë i shërbyen për të bërë tregti me tërë epërsinë që i jep një shumë e madhe të hollash atij që e zotëron; atij i ndodhi ajo që u ndodh gjithë njerëzve që s'kanë veçse një aftësi të zakonshme: mediokriteti i shpëtoi jetën. Veç kësaj, meqë pasurinë e tij e morën vesh të tjerët në një kohë kur s'kishte më rrezik të ishe i pasur, asnjeri nuk e pati zili. Tregtia e drithërave dukej sikur i kishte thithur gjithë zgjuarsinë. Kur ishte fjala për grurë, për miellra, për elb e tërshërë, për të njohur cilësinë dhe prejardhjen e tyre, për t'i ruajtur që të mos dëmtohen, për të parashikuar ngritjen e çmimit të tyre, për të gjetur drithëra me çmim të lirë, për të marrë me mend bollëkun ose mungesën e tyre, për t" blerë në Sicili ose në Ukrainë, Gorioit s'i gjendej shoku. Tek e shikoje të merrej me tregtitë e tij, të shpjegonte ligjet mbi eksportimin dhe importimin e drithërave, t'i studionte me themel, të dallonte të metat e tyre, dukej si një njeri i aftë për t'u bërë ministër shteti. I duruar, i gjallë, energjik, i palodhur, i shpejtë në veprime, ai kishte një vështrim shqiponje, parashikonte gjithçka, i merrte me mend të gjitha, i dinte të gjitha, i fshihte të gjitha; ishte diplomat në të kuptuar dhe ushtar në të zbatuar. Jashtë specialitetit të tij, jashtë dyqanit të tij të thjeshtë e të errët, në pragun e të cilit rrinte në orët e lira, me supin të mbështetur te kanati i derës, bëhej përsëri ai punëtori i ngathët e i pagdhendur, njeriu që s'është i zoti të kuptojë asgjë, i pandjeshëm ndaj gjithë gëzimeve shpirtërore, njeriu që dremit në teatër, një nga ata Dolibanët parizianë, që janë të fortë vetëm në budallallëqe. Pothuajse të gjitha këto natyra përngjasin me njëra-tjetrën. Pothuajse në të gjitha do të gjeni një ndjenjë shumë të lartë. Po vetëm dy ndjenja e kishin mbushur zemrën e fabrikantit të fideve dhe i kishin thithur asaj çdo veti, ashtu sikundër dhe tregtia e drithërave që i kishte rrëmbyer gjithë zgjuarsinë mendjes së tij. E shoqja, vajzë e vetme e një fermeri të pasur nga Briu, pati qenë për të objekt i një adhurimi të madh, i një dashurie të pakufishme. Gorioi e kishte adhuruar atë si një natyrë delikate e të fortë, të ndjeshme e të bukur, që bënte kontrast të madh me natyrën e tij. Në qoftë se ka në zemrën e njeriut një ndjenjë që ka lindur bashkë me të, a nuk është kjo krenaria e mbrojtjes që ushtrohet vazhdimisht në favor të një krijese të dobët? I shtoni kësaj ndjenje dashurinë, këtë mirënjohje të zjarrtë të të gjitha shpirtrave të sinqerta për burimin e kënaqësive të tyre, dhe do ta kuptoni një tok shfaqjesh të çuditshme morale. Pas shtatë vjet lumturie të kulluar, Gorioit, për fatin e tij të keq, i vdiq e shoqja: ajo kishte filluar të fitonte një farë autoriteti mbi të, jashtë sferës së ndjenjave. Ndoshta ajo do ta kishte gjallëruar këtë natyrë të mpitë; ndoshta do ta kishte bërë atë t'i shikonte ndryshe gjërat dhe jetën. Në këtë gjendje, ndjenja e atësisë u zhvillua te Gorioi gjer në marrëzi. Gjithë dashurinë që kishte pasur për të shoqen e hodhi mbi dy të bijat, të cilat që në fillim i kënaqën plotësisht të gjitha ndjenjat e tij. Sado që iu bënë propozime të shkëlqyera nga tregtarë dhe fermerë, që dëshironin kush e kush t'i jepte vajzën e tij, ai deshi të mbetej i ve. I vjehrri, i vetmi njeri që kishte dashur, thoshte se e dinte me siguri që Gorioi ishte betuar t'i qëndronte besnik së shoqes edhe tani pas vdekjes. Njerëzit e pazarit të drithit, që s'mund ta kuptonin këtë marrëzi sublime, u tallën e i ngjitën Gorioit një ofiq qesharak. Por pari që guxoi t'ia thoshte në sy, tek po pinte verë në pazar, hëngri një grusht kurrizit aq të fortë nga fabrikanti i fideve, saqë ra me hundë mbi një gur të rrugës Oblën. S'kishte mbetur njeri pa e marrë vesh që Gorioi i donte aq shumë të bijat, saqë luante mendsh për to. Një ditë, një nga konkurrentët e tij, duke dashur ta përzinte nga pazari, që të mbetej vetë zot, i tha se Delfinën e kishte shtypur një karrocë. Fabrikanti i fideve u zbeh e u pre në fytyrë dhe u largua menjëherë nga pazari i drithit. Ditë me radhë mbeti i sëmurë nga kjo përleshje ndjenjash të kundërta që iu shkaktuan prej alarmit të rremë. Nuk ia dërrmoi kurrizin me grushtin e tij të fortë atij që i punoi këtë reng, po e përzuri nga pazari i drithit, duke e detyruar të falimentonte në një rrethanë kritike.

Të dy të bijat morën natyrisht një edukatë të lëshuar. Gorioi kishte gjashtëdhjetë mijë franga të ardhura në vit dhe nuk shpenzonte për vete veçse një mijë e dyqind franga; gjithë lumturia e tij ishte të kënaqte tekat e të bijave. U ngarkuan mjeshtrit më të zot për t'i pajisur ato me talentet që dëshmojnë një edukim të mirë; ato patën edhe një zonjushë që i shoqëronte dhe që, për fat të tyre, ndodhi grua me mend e me prirje. Shëtisnin me kalë, kishin karrocë, me një fjalë rronin siç do të rronin mantenutat e një zotërie plak të pasur; mjaftonte të shprehnin dëshirën për çfarëdo gjë të kushtueshme, që i ati t'ua plotësonte menjëherë; si shpërblim të dhuratave të tij, ai nuk u kërkonte atyre veçse një përkëdhelje. Gorioi i vinte të bijat në një radhë me engjëjt, dhe' doemos më lart nga vetja e tij. I shkreti, arrinte gjer në atë pikë sa donte edhe të keqen që i bënin ato! Kur u rritën të bijat e u bënë për të martuar, mundën t'i zgjidhnin burrat sipas gustos së tyre: secila syresh do të kishte prikë gjysmën e pasurisë së t'et. Konti Dë Resto ia kishte ngritur në qiell bukurinë Anastasisë, dhe, meqë kësaj i pëlqente jeta aristokratike, shpejt e la shtëpinë atërore dhe u hodh në sferat e shoqërisë së lartë. Delfina donte paranë: ajo u martua me Nysingenin, një bankier me origjinë gjermane, që u bë baron i Perandorisë së Shenjtë. Gorioi mbeti fabrikant fidesh. Të bijat dhe dhëndurët e tij nuk mund të duronin më që ai ta vazhdonte këtë tregti, megjithëse e kishte bërë tërë jetën e tij. Pasi u qëndroi pesë vjet ngulmimeve të tyre, pranoi më në fund të tërhiqej e të rronte me të ardhurat e tregtisë dhe me fitimet e këtyre viteve të fundit: kapital ky që zonja Voker, tek e cila kishte ardhur të banonte, e kishte llogaritur me një'të ardhur prej tetë gjer në dhjetë mijë livrash në vit. Ai kishte përfunduar në atë pension nga dëshpërimi që e kishte kapur kur kishte parë se të bijat, të shtrënguara nga burrat e tyre, jo vetëm s'kishin pranuar ta merrnin në shtëpi, po as ta pritnin në sy të botës.

Këto ishin gjithë sa dinte një farë zoti Myre për xha Gorionë, të cilit i kishte blerë firmën tregtare. Kështu vërtetoheshin edhe supozimet që kishte dëgjuar Rastinjaku nga dukesha Dë Lanzhe. Këtu mbaron paraqitja e kësaj tragjedie pariziane të panjohur, po të llahtarshme.

Andej nga fundi i javës së parë të dhjetorit, Rastinjaku mori dy letra, njërën nga e ëma dhe tjetrën nga motra e tij e madhe. Këto shkrime aq të njohura e bënë të fluturonte nga gëzimi, po dhe të dridhej nga frika. Këto dy letra delikate përmbanin një vendim jete a vdekje për shpresat e tij. Në qoftë se ndiente një farë frike, duke sjellë ndër mend varfërinë e prindërve të tij, ai e kishte provuar dhe e dinte mirë se sa e donin ata, ndaj ishte i sigurt se u kishte thithur pikat e fundit të gjakut. Ja letra që i dërgonte e ëma.

"Biri im i dashur, po të dërgoj ato që më kërkove. Përdori me vend këto të holla; nuk do të mund të të gjeja prapë një shumë kaq të madhe, edhe sikur të vinte puna për të të shpëtuar jetën, pa ia bërë të ditur tyt eti, gjë që do ta turbullonte harmoninë e familjes sonë. Për të gjetur një shumë të tillë, do të detyroheshim të linim peng tokën tonë. Unë nuk mund të çmoj se sa të dobishme janë planet e tua, sepse nuk i di; po çfarë planesh të jenë vallë që s'paske besim të m'i tregosh? Ky shpjegim nuk donte vëllime, ne nënave na mjafton vetëm një falë dhe kjo falë do të më kishte shpëtuar nga ankthi i pasigurisë. Nuk mund të ta fsheh dhembjen e madhe që ndjeva kur lexova letrën tënde. Po çfarë ndjenje të detyroi, o bir, që të më fufësh një llaharë të tillë në zemër? Ti do të kesh vuajtur shumë, kur më ke shkruar, sepse edhe unë vuajta shumë kur të lexova. Vallë ç'rruge të vështirë i ke hyrë? Jeta jote, lumturia jote, dashkan që ti të dukesh ashtu si nuk je, të shkosh në një shoqëri, ku ti s'ke si vete pa bërë shpenzime që s'mund t'i përballosh, pa humbur kohën aq të çmuar për studimet e tua? Eugjen, shpirti im, besoji këto që të thotë zemra e nënës sate, rrugët e shtrembra nuk të nxjerrin kurrë faqebardhë. Durimi dhe nënshtrimi ndaj fatit duhet të jenë virtytet e djemve që janë në kushtet e tua. Nuk po të qortoj, nuk dua ta shoqëroj me asnjë keqardhje dhuratën që të bëmë. Fjalët e mia janë fjalët e një nëne që ka besim, po që edhe parashikon. Në qoftë se ti e di se cilat janë detyrimet e tua, edhe unë e di se sa e pastër është zemra jote, sa të shkëlqyera janë qëllimet e tua. Për këtë mund të të them pa frikë: Shko, o bir, ec, shpirti i nënës! Unë dridhem sepse jam nënë, po çdo hap i yt do të shoqërohet me dhimbshuri nga urimet dhe bekimet tona. Hap sytë, djalë i nënës. Ti duhet të jesh i urtë si një burrë i pjekur, te ty qëndron fati i pesë vetave, i pesë të dashurve të tu. Po, të gjitha shpresat tona te ti janë dhe lumturia jote është lumturia jonë. Të gjithë i lutemi zotit që të të ndihmojë në ndërmarrjet e tua. S'të them dot se sa e mirë u tregua tetoja jote Marsijak me këtë rast: ajo arriti të kuptonte edhe ato që më thoshe për dorashkat e tua. "Po unë e dua një çikë më shumë nipin e madh", thoshte ajo me gëzim. Eugjen, duaje shumë teton tënde, o bir; vetëm kur të kesh fituar, do të të them se ç'ka bërë ajo për ty; përndryshe, të hollat e saj do të të digjnin duart. Ju nuk e dini, fëmijë, se ç'do të thotë të sakrifikosh kujtimet! Po ç'nuk do të sakrifikonim ne për ju? Ajo më tha të të shkruaj se të puth në ballë dhe bashkë me këtë të puthur, do të dëshironte të të jepte edhe forcën për të qenë shpesh i lumtur. Kjo grua e mirë që s'e ka shoqen do të të kishte shkruar vetë, po të mos ia kishte zënë përdhesi gishtërinjtë. Yt atë është mirë. Të korrat e 1819-s janë shumë më të mbara nga ç'shpresonim. Lamtumirë, o shpirt; për motrat nuk të them asgjë: Laura do të të shkruajë vetë. Po e lë të gëzohet duke të treguar ngjarjet e përditshme të familjes sonë. Dhëntë zoti e dalç faqebardhe! Oh! Fito, Eugjen i nënës, ti më shkaktove një dhembje aq të madhe, sa nuk do të mund ta duroja për së dyti. E kuptova se ç'do të thotë të jesh e varfër, duke dëshiruar pasurinë për t'ia *dhënë djalit tënd. Hajde, lamtumirë! Mos na lër pa letra. Nëna jote që të puth me mall".*

Kur e mbaroi Eugjeni letrën së lexuari, lotët i kishin qullur faqet, mendonte xha Gorionë duke prishur tasin e argjendtë të larë me flori e duke e shitur për të paguar kambialin e së bijës.

- Jot ëmë ka prishur stolitë e saj! — thoshte ai me vete. - Tetoja jote pa dyshim që ka qarë kur shiti disa nga relikat e saj! Me ç'të drejtë do të mallkoje ti Anastasinë? Për egoizmin e avenirit tënd, ti ke bërë atë që ka bërë edhe ajo për dashnorin e saj! Kush është më i mirë ti apo ajo?

Studenti ndjeu ta përvëlonte përbrenda një afsh i padurueshëm. Donte të mos përfillte shoqërinë e lartë, nuk donte t'i merrte këto të holla. Ai ndjeu atë pendimin fisnik që gufon nga thellësia e ndërgjegjes dhe që rrallë çmohet nga njerëzit kur gjykojnë të afërmit e tyre, atë pendim për të cilin engjëjt e qiellit ia falin mëkatet kriminelit të dënuar nga gjykatësit e tokës. Rastinjaku hapi letrën e së motrës, që i freskoi zemrën me shprehjet e saj fisnike e të padjallëzuara:

"I dashur vëlla. Letra jote erdhi pikërisht në kohën e duhur. Agathia dhe unë kishim rënë në hall për kursimet tona, se s'dinim ç'të blinim më parë. Ti bëre si shërbëtori i mbretit të Spanjës, që i ktheu të gjithë sahatët e të zot, na bëre të dyjave të një mendjeje. Me të vërtetë që silleshim orë e çast se cila nga dëshirat tona do të triumfonte dhe nuk e kishim gjetur dot me mend, i dashur Eugjen, atë gjë që i përmblidhte të gjitha dëshirat tona. Agathia u hodh përpjetë nga gëzimi. Me një fjalë, kemi qenë gjithë atë ditë si budallaçka; po aq budallaçka saqë nëna na thoshte me inat: "Po ç'keni kështu, moj vajza? Sikur të na kishin qortuar pak, besoj se do të kishim çenë akoma më të kënaqura. S'paska kënaqësi më të madhe për gruan, kur vuan për atë që dashuron! Po në mes të gëzimit, mua më

pushtonte një shqetësim e një trishtim. Me siguri që do të bëhem një amvisë e keqe, unë jam shumë dorëhapur. Kisha blerë dy breza dhe një brimabërëse shumë të mirë për të hapur sythet e korseve të mia, gjëra të kota me një fjalë, kështu që unë kisha më pak të holla se Agathia bullafiqe, që është e kursyer dhe m'i grumbullon florinjtë si laraskë. Ajo kishte dyqind franga! Mua, o vëllaçko, nuk më kishin mbetur veçse njëqind e pesëdhjetë. U dënova keq, më vjen ta hedh në pus brezin, kurrë nuk do të më bëjë zemra ta ve. Më duket sikur t'i vodha ty ato të holla. Agathia fluturonte nga gëzimi. Ajo më tha: "Hajde t'i bëjmë bashkë të treqind e pesëdhjetë frangat dhe t'ia dërgojmë!" Po mua s'më rrihej pa t'i treguar të gjitha ashtu si kanë ndodhur. E di se ç'bëmë për t'iu bindur porosive të tua? I morëm paratë tona të lavdishme, shkuam të shëtisnim të dyja bashkë dhe, me të arritur në xhade, rendëm për në Pyfek, ku ia dhamë shumën zotit Grimber, që punon në zyrat e Mesagjerive Mbretërore! Kur u kthyem në shtëpi, ishim të lehta si dallëndyshe. Mos vallë na lehtëson lumturia?" më tha Agathia. Ne thamë një mijë e një gjëra që nuk do t'ju a përsërit, zoti parizian; s'ju kemi lëshuar nga goja. Oh, i dashur vëlla, të duam shumë ja, në këto dy fjalë mund të përmblidhen të gjitha. Sa për të mbajtur të fshehtën, siç thotë dhe tetoja jonë, hipokritet e vogla si ne janë të zonjat për gjithçka, edhe për të mos nxjerrë fjalë. Nëna shkoi tinëz në Angulemë bashkë me teton dhe që të dyja nuk thanë as gjysmë fjalë mbi politikën e lartë të udhëtimit të tyre, që u shoqërua me konferenca të gjata, nga të cilat ishim përjashtuar edhe ne, edhe zoti baron. Për gjendjen e Rastinjakut njerëzve zien koka nga gjithfarë hamendjesh. Fustani prej tyli me lule-azhur që po e qëndisnin infantet për lartmadhëninë e saj mbretëreshën po mbarohet në fshehtësinë më të madhe. Kanë mbetur vetëm dy qoshe. U vendos që të mos ngrihet mur nga ana e Vërtejit, do të bëhet vetëm një gardh. Familjet e varfra do të humbasin aty frutat nga pemët, po do të hapet një pamje e bukur për të huajt. Në qoftë se princi trashëgimtar ka nevojë për shami, le të mësojë se e veja Dë Marsijak, duke kërkuar nëpër thesaret dhe sëndukët e saj, që mbajnë emrat e Pompeit dhe të Herkulanumit, gjeti një copë të bukur prej bezeje holandeze, që as e dinte fare; princeshat Agathi dhe Laura vënë nën urdhrat e tij perin, gjilpërën dhe duart e tyre gjithmonë pak si tepër të kuqe. Të dy princat e rinj Don Anri dhe Don Gabriel nuk i kanë prerë zakonet e tyre të këqija: s'ngopen kurrë me musht, i bëjnë të motrat të xhindosen, s'duan t'u shtrohen mësimeve, u pëlqen vetëm të bredhin e të zbulojnë fole zogjsh, të bëjnë zhurmë e të presin degët e shelgjeve për të bërë shufra. Nunci i papës, që quhet në mënyrë të rëndomtë zoti Prift, thotë se do t'i çkishërojë, po të vazhdojnë të lënë rregullat e gramatikës e të zihen me shufra shtogu. Lamtumirë, i dashur vëlla! Kurrë s'mund të ketë pasur letër me kaq urime për lumturinë tënde, as me kaq dashuri të shprehur hapur. Ti do të na tregosh shumë gjëra, kur të vish! Do të m'i thuash të gjitha mua, se jam më e madhja. Tetoja na bëri të mendojmë se ti ke pasur sukses në shoqërinë e lartë.

Veç për një zonjë flitet, s'bëhet fjalë për të tjerat... Me ne, natyrisht! Na thuaj, Eugjen, po të duash ne i lëmë fare shamirat dhe fillojmë të qepim këmishët e tua. Përgjigjmu shpejt për këto që të shkruaj. Në qoftë se të duhen shpejt këmishë të bukura të qepura mirë, të mos e lëmë punën me sot, me nesër, po t'u vihemi e t'i mbarojmë sa më parë; dhe po të ketë në Paris ndonjë modë që nuk e dimë ne, na dërgo një model, sidomos për kapakët e mëngëve. Lamtumirë, lamtumirë! Të puth në ballë nga ana e mëngjër, te tëmthi që më përket vetëm mua... Agathisë po i lë faqen tjetër të letrës që të shkruajë. Ajo m'u betua se nuk do t'i lexojë këto që të shkrova unë. Po për të qenë më e sigurt, do të rri pranë saj gjersa të mbarojë së shkruari. Motra jote që të do.

Laura dë Rastinjak"

- Oh! Po, po, - tha me vete Eugjeni. — Pasuria me çdo kusht! Ky përgjërim nuk paguhet as me thesare. Oh, sa do të dëshiroja t'i bëja ato të lumtura! Një mijë e pesëqind e pesëdhjetë franga! — tha përsëri me vete si heshti pak. — Duhet që çdo frangë të bëjë efektin e saj! Laura ka të drejtë. Shejtan vajzë! Vërtet që unë kam vetëm një këmishë prej bezeje të trashë. Për lumturinë e një tjetri, një vajzë bëhet aq dinake sa edhe një hajdut. E padjallëzuar për vete të saj dhe parashikuese për mua, ajo është si ai engjëlli i qiellit që i fal mëkatet e tokës pa i kuptuar.

Tani gjithë bota ishte e tij! Thirri pa humbur kohë rrobaqepësin, u këshillua me të dhe e bëri për vete. Kur pa zotin Dë Trajë, Rastinjaku e kishte kuptuar se çfarë ndikimi ushtrojnë rrobaqepësit në jetën e të rinjve. Mjerisht, s'ka rrugë të mesme midis këtyre dy fjalëve: rrobaqepësi, duke e gjykuar nga puna që bën, është ose mik, ose armik për vdekje. Eugjeni gjeti në personin e rrobaqepësit të tij një njeri që e kishte kuptuar si prind mendimin e tij dhe që e hiqte veten si një ndërlidhës në mes të së tashmes dhe të së ardhmes së të rinjve. Dhe Rastinjaku, mirënjohës, që shkëlqeu më vonë për mëndjemprehtësinë e tij, e bëri atë të pasur vetëm me një shprehje:

- Nuk do t'i harroj ato dy palë pantallona të qepura prej tij, - thoshte ai, - që bënë dy martesa, të cilat sollën njëzet mijë livra të ardhura në vit.

Një mijë e pesëqind franga dhe rroba sa të duash! Tani meridionali i gjorë nuk dyshoi më për asgjë dhe zbriti të hante mëngjesin me atë pamjen e përcaktuar që merr një i ri, kur ka në xhep një çfarëdo shumë të hollash. Me të rënë të holla në xhepin e një studenti, gjendja e tij shpirtërore ngrihet si një shtyllë fantastike dhe ai qëndron mbi këtë piedestal me sigurinë më të madhe. Ecën më mirë se më parë dhe ndien se tani ka një pikëmbështetje për veprimet e tij, syrin e ka të çelur dhe lëvizjet më të shkathëta; dje, i përulur e i druajtur, kushdo mund ta godiste, kurse sot ai mund të godasë edhe kryeministrin. Përbrenda tij ndodhin fenomene të pashëmbullta: ai i do të gjitha dhe është i zoti për gjithçka, dëshiron pa dallim, është i gëzuar, bujar, i dashur, me një fjalë zogu dikur pa krahë, tani u bë me flatra të zhdërvjellëta. Studenti pa para në xhep rrallë gjen ndonjë kënaqësi, si ai qeni që vjedh një kockë në mes të një mijë rreziqeve, e dërrmon me dhëmbë, i thith palcën dhe vrapon tutje; po i riu që tringëllin në xhep disa florinj që ikin shpejt, e shijon kënaqësinë e tij, e zgjat, gëzohet, rron në qiej dhe harron se ç'do të thotë fjala varfëri. Parisi është i tëri i tij. O rini! Kohë kur të gjitha shkëlqejnë, të gjitha xixëllojnë e vetëtijnë! Kohë e dëfrimeve të pakufishme që humbet kot e që nuk çmohet, as nga burrat, as nga gratë! Kohë e borxheve dhe e druajtjeve të përjetshme, që i bëjnë akoma më të mëdha të gjitha kënaqësitë! Ai që s'ka shkuar në bregun e majtë të lumit Senë, midis rrugës Zen-Zhakë dhe Sen-Per, s'kupton asgjë nga jeta e njeriut!

- Ah Sikur ta dinin gratë e Parisit! — thoshte me vete Rastinjaku, duke ngrënë dardhat e ziera, dy liarda copa, që u jepte zonja Voker, - do të vinin këtu të dashuroheshin.

Atë çast, një shpërndarës i Mesagjerve Mbretërore i ra ziles së portës-kafaz dhe hyri në sallën e bukës. Ai kërkoi zotin Eugjen Dë Rastënjak, të cilit i dha dy qeska dhe një regjistër për të firmosur. Atëherë Rastinjakun sikur e fshikulloi me një të rënë kamxhiku vështrimi i thellë që i hodhi Votrëni.

- Tani keni t'i paguani mësimet që do t'ju japin për përdorimin e armëve dhe qitjen me pisqollë, - i tha ai.

- Arritën galionat, - i tha zonja Voker, duke shikuar qeskat me para.

Zonjusha Mishono druhej t'u hidhte sytë parave, nga frika se mos tregonte lakminë e saj.

- Keni nënë të mirë, - tha zonja Kutyrë.

- Zotëria ka nënë të mirë, - përsëriti Puareja.

- Po, nëna dha gjakun e saj, - tha Votrëni. — Tani mund t'i provoni të gjitha: të shkoni në shoqërinë e lartë, të peshkoni aty prikëra dhe të vallëzoni me kontesha që kanë lule pjeshke në kokë. Po dëgjomëni mua, djalosh, shkoni më shpesh pa qitje.

Votrëni bëri atë gjestin që bën njeriu kur merr në shenje kundërshtarin. Rastinjaku deshi t'i jepte një bakshish postierit, po s'gjeti asgjë në xhepa. Votrëni kërkoi në xhepin e tij dhe i hodhi një njëzetsoldëshe.

- Për ju kredia është gjithmonë e çelur, - vazhdoi ai, duke vështruar studentin.

Rastinjaku u detyrua ta falënderonte, megjithëse nuk e shikonte dot me sy këtë njeri që prej ditës që shkëmbyen ato fjalët e ashpra, kur u kthye në pension nga shtëpia e zonjës Dë Bosean. Tetë ditët e fundit Eugjeni dhe Votrëni s'kishin folur me gojë dhe e kishin vështruar shoku-shokun me bisht të syrit. Më kot studenti jepte e merrte me vete të tij të gjente se cili ishte shkaku. Pa dyshim që mendimet vërviten në përpjesëtim me forcën që i lind dhe rrahin në atë pikë që i dërgon truri, sipas një ligji të matematikës që i ngjan atij që drejton predhën, kur del nga mortaja. Rezultatet e veprimeve të tyre janë të ndryshme. Vërtet që ka natyra të buta, ku idetë futen e i shkatërrojnë, po ka edhe natyra të mbrojtura fort, kafka të veshura me tunxh, te të cilat dëshirat e të tjerëve bëhen petë e bien përdhe si plumbat kur zënë në një mur prej guri; pastaj, ka edhe natyra të fiashkëta e qulle, ku mendimet e të tjerëve shkojnë fuq, si ato gjylet që ngulen në tokën e butë të llogoreve e nuk shpërthejnë. Rastinjaku kishte një nga ato kokat që janë plot me barut dhe gati të pëlcasin nga shkëndija më e vogël. Ai ishte një i ri aq tepër i zjarrtë, saqë nuk mund të ishte i paprekshëm nga ajo vërvitje e mendimeve, nga ajo molepsje e ndjenjave, shumë shfaqje të çuditshme të të cilave na pushtojnë pa e kuptuar as ne vetë.

Mprehtësia e pjekurisë së tij shpirtërore nuk mbetej pas nga sytë e tij të zjarrtë e depërtues prej luqerbulli. Secila nga shqisat e tij të dyfishta, mendje e ndjenjë kishte atë gjatësinë misterioze dhe atë të përkulur me të cilën na habisin njerëzit e pajisur nga natyra me dhunti të jashtëzakonshme si, për shembull, kordhëtarët e zot që gjejnë pikën e dobët në të gjitha parzmoret. Që prej një muaji, përveç këtyre, ishin zhvilluar tek Eugjeni aq cilësi sa edhe të meta. Të metat e tij shkaktoheshin nga kërkesat e jetës mondane dhe nga përmbushja e dëshirave të tij që rriteshin gjithnjë e më shumë. Ndër cilësitë e tij ishte edhe ajo gjallëri e njerëzve të Jugut, që të shtyn të shkosh drejt vështirësive për t'i kapërcyer, e që nuk i lejon një njeriu të përtej Luarit të mbetet në vend, në një çfarëdo gjendje pasigurie; cilësi kjo që njerëzit e veriut e quajnë të metë: sipas mendimit të tyre, megjithëse kjo cilësi vendosi fillimin e ngritjes së Muratit, u bë shkak edhe i vdekjes së tij. Këtej mund të nxjerrim këtë përfundim: kur një njeri i jugut di të bashkojë dinakërinë e njerëzve të Veriut me guximin e njerëzve të përtej Luarit, atëherë atij nuk i mungon asgjë dhe mbetet mbret i Suedisë. Kështu, Rastinjaku nuk mund të qëndronte për një kohë të gjatë nën zjarrin e baterive të Votrënit pa ditur nëse ky njeri ishte mik apo armik i tij. Herë-herë i dukej sikur ky njeri i çuditshëm i kuptonte pasionet e tij dhe ia lexonte të gjitha ato që kishte në zemër, kurse tek ai gjithçka ishte kyçur aq mirë, saqë dukej sikur kishte atë thellësinë e gurtë të një sfinksi, që i di e i shikon të gjitha dhe s'thotë asgjë. Duke i ndier xhepat plot, Eugjeni ngriti krye..

- Prisni pak, ju lutem, - i tha ai Votrënit, që u ngrit të dilte pasi shijoi gllënjkat e fundit të kafesë.

- Pse? — u përgjigj dyzetvjeçari duke vënë në kokë kapelën me strehë të gjerë e duke marrë bastunin e tij të hekurt, me të cilin bënte shpesh rrotullame rreth vetes, si njeri që nuk do t'i trembej syri jo nga një, po as nga katër hajdutë, sikur ta sulmonin.

- Do t'ju kthej atë borxhin që ju kam, - vijoi Rastinjaku dhe hapi shpejt e shpejt një qese e i numëroi njëqind e dyzet franga zonjës Voker. - Të qërojmë hesapet, që të mbetemi miq, - i tha ai vejushës. — Ju kam paguar gjer në shën

Silvestër. Thyemani dhe këtë njëqindsoldëshen.

- Të lajmë hesapet, që të mbetemi miq, - përsëriti Puareja, duke shikuar Votrënin.

- Ja të njëzet soldat që ju kam, - tha Rastinjaku, duke i zgjatur një monedhë sfinksit me parukë.

- Duket sikur keni frikë të më mbeteni borxh mua! - thirri Votrëni, duke ngulur një vështrim depërtues në zemrën e djaloshit, të cilit i buzëqeshi me ironi dhe në një mënyrë aq diogjenike, saqë Eugjenit po i hipte gjaku në kokë.

- Po... ashtu është, - u përgjigj studenti, që mbante të dyja qeset në dorë dhe ishte ngritur të ngjitej në dhomën e tij.

Votrëni po dilte nga dera që të nxirrte në sallon dhe studenti po bëhej gati të shkonte nga ajo që të shpinte te shkallët e katit të sipërm.

- E dini ju, zoti markez Dë *Rastinjakorama* se ato që thatë nuk janë aspak të hijshme?... - tha Votrëni, duke fshikulluar derën e sallonit e duke iu afruar studentit, që e shikonte ftohtë.

Rastinjaku mbylli derën e dhomës së bukës dhe e tërhoqi Votrënin pranë shkallëve, te kthina e vogël që ndante dhomën e bukës nga kuzhina, ku ishte një portë që të nxirrte në kopsht dhe mbi të një dritare e gjatë me hekura. Aty studenti tha përpara Silvies, që po dilte nga kuzhina:

- Zoti Votrën, unë s'jam markez dhe nuk më quajnë *Rastinjakorama*.

- Do të bëjnë duel, - tha zonjusha Mishono, pa u bërë merak.

- Do të bëjnë duel! — përsëriti Puareja.

- Ç'është ai duel! — u përgjigj zonja Voker, duke përkëdhelur fishekun me florinj.

- Po ja ku po shkojnë nën blirët, - thirri zonjusha Viktorinë, që u ngrit të shkonte në kopsht, - E megjithatë, ka të drejtë i gjori djalë.

- Eja të ngjitemi në dhomën tonë, e dashur, - i tha asaj zonja Kutyrë; - s'janë punë për ne ato.

Kur u ngritën zonja Kutyrë dhe Viktorina të shkonin, takuan te dera Silvien bullafiqe, që u preu udhën.
- Ç'ka ndodhur? — pyeti ajo. — Dëgjova zotin Votrën që i tha zotit Eugjen: "Hajde të merremi vesh!" Pastaj e zuri për krahu dhe tani po shkojnë përmes angjinareve.

Atë çast u dha Votrëni.
- Mama Voket, - i tha ai, duke vënë buzën në gaz, - hiç mos u trembni, do të provoj pisqollat e mia aty nën bliret.
- Oh! Zotëri, - tha Viktorina, duke bashkuar duart, - pse doni ta vrisni zotin Eugjen?

Votrëni bëri dy hapa prapa dhe pa Viktorinën.
- Tjetër na polli këtej, - thirri ai me një zë tallës që e bëri të skuqet vajzën e gjorë. - Shumë i dashur ai djaloshi, ë? - vazhdoi ai. - Më kujtuat diçka. Do t'ju bëj të dyve të lumtur, moj bukuroshe.

Zonja Kutyrë e kishte kapur nga krahu vajzën që kishte nën mbrojtje dhe e kishte tërhequr duke i thënë në vesh:
- Viktorinë, qenke e çuditshme sot!
- Nuk dua të dëgjoj të shtëna pisqolle në shtëpinë time, - tha zonja Voker. - Ç'kërkoni të bëni? Të llahtarisni gjithë fqinjët e të na sillni këtu policinë që në mëngjes?
- Mos e prishni gjakun, mama Voker, - u përgjigj Votrëni.
- La, la, la shumë mirë. Do të bëjmë qitje.

Arriti Rastinjakun dhe e zuri miqësisht nga krahu, duke i thënë:
- Edhe sikur t'ju provoja se fut pesë plumba me radhë në një as maç, prapë nuk do ta humbisni tërë këtë kurajë që keni marrë. Duket që jeni pak inatçi sot dhe, besa, do të shkoni si qeni në vreshtë.
- S'jua mban, - tha Eugjeni.
- Mos më ndizni gjakun, - u përgjigj Votrëni. - Nuk është ftohtë sot, ejani të ulemi atje, - i tha ai, duke i treguar fronat e lyer me bojë të blertë. - Atje asnjeri s'na dëgjon. Dua të bisedoj me ju. Jeni një djalosh i mirë dhe nuk jua dua të keqen. Duhet ta dini se unë ju dua, për fjalën e nderit të

Trom...tfu! (e hëngshin një mijë dreqër), për fjalën e nderit të Votrënit. Do t'jua them edhe pse ju dua. Tani ju njoh sikur t'ju kisha bërë vetë, dhe do t'jua provoj. Lërini atje qeset, - vazhdoi ai, duke i treguar tryezën e rrumbullakët.

Rastinjaku i vuri paratë mbi tryezë dhe u ul i pushtuar nga një kureshtje që i shtohej përbrenda sa vente më shumë nga ndryshimi i menjëhershëm i sjelljes së këtij njeriu, që, pasi foli për ta vrarë, po shtihej tani si mbrojtësi i tij.

- Ju, sigurisht, dëshironi të dini cili jam unë, me se jam marrë, ç'punë bëj sot, - vijoi Votrëni. - Jeni tepër kureshtar, biri im. Mirë, qetësohuni. Do të dëgjoni gjëra të çuditshme! Nuk më ka ecur mbarë. Dëgjomëni një herë, pastaj përgjigjmuni. Ja me dy fjalë jeta ime. Kush jam unë? Votrëni. Ç'bëj? Atë që më pëlqen. Vazhdojmë. Doni të dini karakterin tim? Jam i mirë me ata që më bëjnë më të mira ose me ata që më pëlqejnë. Këta mund të më bëjnë ç'të duan, edhe me shkelm në kërci sikur të më bien, nuk u them: "Ej, mblidh mendjen!" Ama për afa që më bien më qafë a s'm'i tret midea, jam aq i keq sa edhe djallit ia kaloj. Dhe është mirë t'ju them se s'më rëndet fare të vras një njeri, ja kështu! - tha ai, duke vërtitur tej pështymën. - Vetëm se kur duhet ta vras medoemos, përpiqem ta vras paq. Unë jam ai që quhet artist. Ja, kjo kokë ka lexuar Kujtimet e Benvenuto Çelinit, dhe në italishte bile! Mësova nga ai njeri që s'e njihte frikën, të imiton zotin që na vret me të drejtë e pa të drejtë dhe të dua të bukurën kudo që të jetë. A ka rol më të bukur se sa të jesh vetëm kundër të gjithëve dhe të kesh mundësi të fitosh? Jam menduar thellë për sistemin e sotëm të kaosit tuaj shoqëror. Dueli, biri im, është lodër fëmijësh, marrëzi. Kur nga dy njerëz, njëri duhet të zhduket, duhet të jesh budalla në qoftë se mbështetesh te fati. Dueli? Kokë a pil është dueli! Asgjë më tepër. Unë fut pesë plumba rresht në një as maç dhe kam borxh t'i ngul njëri mbi tjetrin, bile në një largësi prej tridhjetë e pesë hapash! Kur është kaq i shkathët njeriu, mund ta ndiejë veten të sigurt se e vret kundërshtarin. E, pra, unë i shtira njërit njëzet hapa afër dhe s'e qëllova dot; kurse ai, megjithëse s'kishte zënë kurrë pisçollë me dorë, ja ç'më bëri! - tha ky njeri i çuditshëm duke i shkopsitur jelekun e duke treguar gjoksin e tij leshtor si kurrizin e ariut, po me qime të kuqërremta që të ndillnin një farë neverie të përzier me llahtarë.

- Ai axhamiu ma përcëlloi leshin, - shtoi duke vënë gishtin e Rastinjakut në një brimë që kishte në gji. - Po atëherë isha i papjekur, ja kështu, në moshën tuaj, njëzet e një vjeç s'i kisha mbushur. Besoja akoma në diçka, në dashurinë e një gruaje, në një tok marrëzirash, në të cilat po ngatërroheni edhe ju. Ne do t'i kishim shtënë shoku-shokut, apo jo? Ju mund të më kishit vrarë. Ja, ta zëmë sikur jam përtokë, i vdekur, po ju ku do të shkonit? Duhej të arratiseshit, të shkonit në Zvicër, të hanit paratë e babait, që s'i ka të tepërta. Jua them unë se në ç'gjendje ndodheni ju: jam rrahur me vaj e me uthull unë, u regja me punët e kësaj bote dhe e kam mbledhur mendjen top se ka vetëm dy rrugë; ose t'u shtrohesh të tjerëve si budalla, ose të ngresh krye. Unë s'i bindem asnjeriu, kuptoni? E dini çfarë ju duhet juve kështu si e keni nisur? Ju duhet një milion, dhe sa më parë; përndryshe, me këto mend që kemi mund të bëjmë një shëtitje gjer në rrjetat e Sen-Klus, për të parë se ka zot apo s'ka. Unë do t'jua jap këtë milion.

Votrëni heshti pak dhe e vështroi Eugjenin në sy.

- He, he! Nuk po e shikoni më tërë hundë e buzë xha Votrënin. Kur dëgjoni "milion", jeni si ajo vajza që i thonë: "Takohemi sonte" e që krihet e lëpihet si macja, kur pi qumësht. Shumë bukur! Hajde, pra, vazhdojmë! Tani të shohim punën tuaj, djalosh. Atje në fshat kemi babanë, nënën, teton plakë, dy motrat (njërën tetëmbëdhjetë dhe tjetrën shtatëmbëdhjetë vjeç), dy vëllezër të vegjël (pesëmbëdhjetë e dhjetë vjeç). Tetoja edukon motrat. Prifti u mëson latinishten dy vëllezërve. Familja ha më tepër qull gështenjash sesa bukë të bardhë, babai i kursen pantallonat, nëna mezi bën një fustan për verë e një për dimër, motrat bëjnë si mundin. I di të gjitha unë, se kam qenë në Jug. Kështu janë punët edhe në shtëpinë tuaj, derisa ju dërgojnë një mijë e dyqind franga në vit, dhe derisa ajo ngastër toke që keni nuk ju sjell më shumë se tri mijë franga në vit. Kemi një gjellëbërëse dhe një shërbëtor, se, helbete, jemi mësuar keq, babai është baron. Kurse ne kemi ambicie, kemi të bëjmë me Boseanët dhe ecim më këmbë, duam të jemi të pasur dhe s'kemi asnjë dhjetësh, hamë lëngurinat e mama Vokerit dhe na pëlqejnë gjellët e shijshme të lagjes Sen-Zhermen, flemë në dyshek me kashtë dhe duam një pallat! Nuk i kundërshtoj dëshirat tuaja. Ambicioz, pëllumbi im, nuk mund të jetë çdo njeri. Pyesni gratë cilët burra u pëlqejnë. Ambiciozët. Ambiciozët i kanë veshkat më të shëndosha, gjakun më të pasur në hekur dhe zemrën më të ngrohtë nga të njerëzve të tjerë. Dhe gruaja e ndien veten aq të lumtur e aq të bukur në çastet kur është e fortë, saqë ndër të gjithë burrat i pëlqen ai që ka një fuqi shumë të madhe, qoftë edhe sikur-ta dijë se është në rrezik të dërmohet prej tij. Unë radhita dëshirat tuaja, me qëllim që t'ju bëj një pyetje. Pyetja është kjo: Ne kemi një uri ujku, dhëmbët i kemi të fortë dhe duam diç të përtypim, si do t'ia bëjmë për të mbushur tenxheren? Së pari, duhet ngrënë Kodi, që s'është aspak i këndshëm dhe s'na mëson asgjë, po ai duhet. Mirë. Dalim avokatë e bëhemi ndonjë kryetar gjyqi vetëm e vetëm që të dërgojmë në internim njerëz të pafajshëm, më të mirë nga ne, pasi t'u kemi shkruar në sup me hekur të skuqur gërmat 'PD', që t'u tregojmë pasanikëve se mund të flenë me mendje të mbledhur. Kjo jo vetëm nuk është e këndshme, po është edhe një punë e gjatë. E parë e punës, duhet të presësh nja dy vjet të mira në Paris, sa të të lëshojë goja lëng nga tërë ato gjëra të shijshme pa mundur t'i prekësh me dorë. S'ka gjë më të mërzitshme sesa të dëshirosh gjithmonë e të mos i plotësosh kurrë dëshirat e tua. Po të ishit ndonjë ngordhalaq a ndonjë ligavec, atëherë mirë; po ja që neve na zien gjaku si i luanëve dhe jemi aq të urët, saqë mund të bëjmë njëzet marrëzira në ditë. Shpirti ka për t'ju dalë në këtë torturë nga më të tmerrshmet në skëterrën e të madhit zot. Ta zemë se jeni i mbarë, se pini qumësht dhe bëni elegjira; dhe si njeri bujar që jeni, si të jeni mërzitur paq e si të keni hequr të zitë e ullirit, do t'ju emërojnë zëvendës të ndonjë maskarai, në ndonjë qytet të humbur, ku qeveria do t'ju hedhë një kockë prej një mijë frangash në vit, siç i hedhim qenit të kasaphanës. Hamullit pas hajdutëve, mbro të pasurit, ço në karamanjollë njerëzit e guximshëm. Të bënë çirak! Në qoftë se s'keni ndonjë mik që t'ju përkrahë, do të kalbeni në atë gjyq province. Kur të keni mbushur të tridhjetë vjeçët, do të bëheni gjykatës me një mijë e dyqind franga në vit, po të mos e keni braktisur akoma atë profesion. Kur të mbushni të dyzetat, do të martoheni me ndonjë bijë mullisi me nja gjashtë mijë franga të ardhura në vit. Lëre mos e nga! Po të keni miq, do të bëheni prokuror i mbretit pa i mbushur të tridhjetë vjeçët, me një mijë florinj rrogë në vit, dhe do të martoheni me të bijën e kryetarit të bashkisë. Po të bëni ndonjë nga ato dallaveret e vockla, politike, si të lexosh në listën e zgjedhjeve, fjala vjen, Vilel, në vend të Manyel (mbiemrat e tyre bëjnë rimë dhe nga ky shkak ndërgjegjja mund të jetë e qetë), në dyzet vjeç do të bëheni prokuror i përgjithshëm e ndoshta edhe deputet. Mos harroni, biri im, se atëherë do ta kemi njollosur ndërgjegjen tonë të vockël, do të na ketë pikuar buza vrer njëzet vjet të tërë në mjerime të fshehta dhe motrat tona do të jenë plakur pa martuar. Veç kësaj, kam nderin t'ju përmend se në gjithë Francën nuk ka veçse njëzet prokurorë të përgjithshëm, kurse ju jeni njëzet mijë kandidatë për atë post, e midis jush ka të atillë që shesin edhe familjen e tyre për t'u ngjitur një shkallë më lart. Në qoftë se nuk ju pëlqen ky profesion, le të shohim për ndonjë tjetër. Mos vallë dëshiron të bëhet avokat baroni Dë Rastinjak? Oh! Shumë bukur! Atëherë ai duhet të vuajë dhjetë vjet të tërë, të shpenzojë një mijë franga në muaj, të ketë një bibliotekë, një zyrë, të shkojë në shoqërinë e lartë, t'i puthë këmbën një prokurori për të pasur gjyqe, të lëpijë me gjuhë Pallatin e Drejtësisë. Nuk do të kisha kundërshtim sikur t'ju sillte ndonjë përfitim ky profesion; po a mund të më gjeni në gjithë Parisin pesë avokatë që fitojnë në moshën pesëdhjetëvjeçare, më shumë se pesëdhjetë mijë franga në vit? Bah! Do të më pëlqente më mirë të bëhesha pirat, se sa t'i jepja xhanit tërë këto siklete. Le gjithë e gjithë, po ku t'i marrim të hollat? Të gjitha këto nuk janë aspak të këndshme. Kemi një burim: prikën e një gruaje. Do t'ua kishte qejfi të martoheshit? Kjo do të thoshte të lidhnit një gur në qafë; veç kësaj, në qoftë se martoheni për para, ku vete nderi ynë, fisnikëria jonë? Më mirë të fillonit që sot të ngrinit krye kundër moralit njerëzor. Të martohesh për interes, do të thotë t'i bëhesh gruas plloçë, t'i puthësh këmbën s'ëmës e të arrish në të tilla ndyrësira sa edhe derrit do t'i vinte ndot! Ptffu! Sikur të gjeje lumturinë, hajde de; po me një martesë të tillë do ta ndienit veten si ai kanali ku kalojnë fëlliqësirat. Është shumë më mirë të luftosh me burrat sesa të kacafytesh me gruan tënde. Këto janë rrugëkryqet e jetës, djalosh, zgjidhni e merrni. Le që ju keni zgjedhur: shkuat te kushërira juaj Dë Bosean dhe nuhatët aty luksin. Shkuat te zonja Dë Resto, bija e xha Gorioit, dhe nuhatët aty parizianen. Kur u kthyet këtu atë ditë, kishit të shkruar në ballë një fjalë që unë dita ta lexoja fare mirë: "Të fitoj! Të fitoj me çdo kusht!" "Bravo! - thashë me vete, - më pëlqen ky pucarak". Ju duheshin të holla. Ku t'i merrnit? U thithët gjakun motrave. Gjithë vëllezërit, kush më pak e kush më shumë, i rrjepin motrat. Të njëmijë e pesëqind frangat tuaja, që zoti e di se si i shkulët në atë vend ku ka më shumë gështenja sesa monedha njëqindsoldëshe, do të shpërndahen si ushtarët e dhënë pas plaçkës. Pastaj ç'do të bëni? Do të punoni? Po puna, ashtu si e kuptoni ju tani, mund të të japë shumë-shumë, në pleqëri, një dhomë te mama Vokeri, bile edhe njerëzve të kallëpit të Puaresë. Sot, në Paris, ka pesëdhjetë mijë të rinj që u zien koka për këtë problem: si e si të pasurohen sa më shpejt. Dhe ju jeni vetëm një nga këta. Mendoni se ç'përpjekje të mëdha dhe ç'luftë të tërbuar që duhet të bëni. Duhet të hani njëri-tjetrin, si ato merimangat e mbyllura në poçe, sepse s'ka pesëdhjetë mijë vende të mira. E dini se si e çan njeriu rrugën e tij këtu? Ose me shkëlqimin e gjenisë, ose me artin e të korruptuarit. Duhet të hysh në këtë masë njerëzish si një gjyle topi ose të depërtosh si murtajë. Ndershmëria s'pi ujë. Përpara forcës së gjenisë, të gjithë përulen, të gjithë e urrejnë dhe përpiqen t'ia nxijnë faqen, sepse gjeniu i merr të gjitha për vete; po në qoftë se ai qëndron i patundur, i bëhen plloçë, me një fjalë e adhurojnë, i bien më gjunjë, kur s'janë në gjendje ta hedhin në baltë. Korrupsioni gjendet kudo, kurse talenti është një gjë e rrallë. Korrupsioni është arma e njerëzve mediokër dhe majën e saj ju do ta ndieni kudo. Do të shikoni gra që u marrin burrat gjithsej gjashtë mijë franga në vit, kurse ato prishin më shumë se dhjetë mijë franga për tualetin e tyre. Do të shikoni nëpunës me një rrogë një mijë e dyqind franga në vit të blejnë toka. Do të shikoni gra që e japin veten vetëm e vetëm që të bëjnë një shëtitje me karrocën e të birit të një pari të Francës, që mund të rendë në Lonshan, në xhadenë qendrore. Ju e patë vetë atë lolon xha Gorio që u detyrua të paguante kambialin e firmuar nga e bija, burri i së cilës ka një të ardhur prej pesëdhjetë mijë livrash në vit. Është e pamundur të bësh dy hapa në Paris, pa ndeshur në gjithfarë manovrash djallëzore. Unë vë bast kokën time me këtë sallatë, në qoftë se ju nuk dilni të gënjyer tek e para grua që do t'ju pëlqejë, qoftë kjo e pasur, e bukur dhe e re. Ato të gjitha nuk janë në rregull me ligjin dhe janë në luftë me burrat e tyre për çdo gjë. Nuk do të mbaroja kurrë, po të nisja e t'ju tregoja dallaveret që bëhen për dashnorë, për fustane, për fëmijë, për familjen, ose për makuterinë dhe rrallë për virtytin, për këtë të jeni të sigurt. Ja sepse njeriu i ndershëm është armiku i të gjithëve. Po ç'pandehni ju të jetë njeriu i ndershëm? Njeri i ndershëm në Paris është ai që s'bën zë dhe nuk pranon të mbajë as anën e njërit, as anën e tjetrit. Nuk flas për ata idiotët e gjorë që kryejnë kudo detyrën pa u shpërblyer kurrë për punën e tyre dhe që unë i quaj vëllazëria e budallenjve të të madhit zot. Sigurisht, tek ata virtyti është në kulmin e budallallëkut, po tek ata është edhe mjerimi. Ja, mu sikur e shoh ngërdheshjen e këtyre njerëzve të mirë, sikur të bënte shaka perëndia e të mungonte ditën e gjyqit të fundit. Kështu, meqë doni të pasuroheni sa më parë, është e domosdoshme ose të jeni i pasur, ose të hiqeni si i tillë. Po në këtë rast, është si punë e bixhozit, duhet të luash pa frikë: të hedhësh shumë, që të fitosh shurrtë; përndryshe, po u tregove neqez, i lave duart. Në qoftë se ndër të njëqind profesionet që mund të përqafojë njeriu, ka dhjetë njerëz që fitojnë shpejt, publiku i quan ata hajdutë. Tani mendoni vetë. Ja jeta ashtu siç është. Nuk është më e bukur se kuzhina, qelbet sa dhe ajo dhe duhet të ndysh duart, po të duash të hash mirë, mjaft që pastaj t'i lash mirë. Këtu qëndron gjithë morali i epokës sonë. Ju flas kështu për botën, sepse ajo ma ka dhënë këtë të drejtë, e njoh. Pandehni se e shaj? Jo, aspak. Kështu ka qenë gjithmonë. Moralistët kurrë s'do ta ndryshojnë. Njeriu është i papërsosur. Herë-herë ai është më shumë ose më pak hipokrit, dhe budallenjtë llomotisin atëherë se njëri është me zakone të mira dhe tjetri me të këqija. Unë nuk akuzoj të pasurit, duke mbajtur anën e popullit të thjeshtë; njeriu është njësoj kudo: lart, poshtë, ose në mes. Në çdo milion të kësaj kopeje njerëzore, gjenden dhjetëra guximtarë që ngrihen e qëndrojnë mbi të gjitha, bile edhe përmbi ligjet; unë jam një nga këta. Ju, në qoftë se jeni një njeri i lartë, duhet të shkoni me kokën lart drejt një qëllimi të caktuar. Po duhet luftuar kundër zilisë, shpifjes, mediokritetit, kundër gjithë shoqërisë. Napoleoni gjeti belanë me një ministër lufte që quhej Obri, i cili mend e dërgoi në kolonitë. Përpiquni të njihni vetveten! Shikoni nëse mund të ngriheni çdo mëngjes me një vullnet më të madh nga ai që keni pasur në mbrëmje. Me këtë rast, unë do t'ju bëj një propozim që nuk do të hidhej poshtë prej asnjëriut.

Dëgjoni këtu. E dini, unë kam një mendim. Mendimi im është ky: të shkoj të bëj një jetë patriarkale në mes të një prone të madhe prej njëqind mijë arpantesh, për shembull, në jug të Shteteve të Bashkuara. Dua të bëhem aty një plantator i madh, të kem skllevërit e mi, të fitoj disa milionë të mirë, duke shitur qetë e mi, duhanin tim, drurët e mi, të rroj si mbret, të bëj ç'të dua, të kaloj një jetë që as mund të ëndërrohet këtu në Paris, ku njeriu mblidhet kruspull në një pëllëmbë vend. Unë jam një poet i madh. Poezitë e mia unë nuk i shkruaj: ato përbëhen prej veprimesh e ndjenjash. Tani unë kam pesëdhjetë mijë franga, me të cilat mund të blija shumë-shumë dyzet zezakë. Më duhen dyqind mijë franga sepse dua të blej dyqind zezakë, që të plotësoj dëshirat e mia për jetën patriarkale. Zezakët, shikoni, janë fëmijë që i bën si të duash dhe s'ka asnjë prokuror kureshtar të mbretit që të vijë e të kërkojë hesap. Me këtë kapital të zi, brenda dhjetë vjetësh, unë do të kem nja tre a katër milionë. Në qoftë se fitoj, asnjeri nuk do të më pyesë: "Kush je ti?" Unë do të jem zoti Katërmilionë, qytetar i Shteteve të Bashkuara. Atëherë do të jem pesëdhjetë vjeç, nuk do të jem kalbur akoma dhe do të bëj qejfin tim. Që të mos zgjatemi shumë, në qoftë se unë ju gjej një prikë prej një milion, a do të më jepni dyqind mijë franga? Si thoni? Njëzet për qind komision janë, tepër ju duket? Ju do ta bëni gruan që t'ju dojë me shpirt. Pas martesës, do të tregoheni plot shqetësim, ashtu si i penduar, do të rrini nja pesëmbëdhjetë ditë si i vrerosur. Pastaj, një natë, pas ca lajkash e ngërdheshjesh, do ta puthni gruan e do t'i tregoni se keni dyqind mijë franga borxh, duke i thënë: "Shpirtja ime!" Këtë vodevil e luajnë përditë të rinjtë më të shquar. Një grua e re nuk ia kursen qesen atij që i ka fituar zemrën. Pandehni se do të humbisni? Jo. Do ta gjeni mënyrën se si t'i fitoni përsëri të dyqind mijë frangat në një dallavere. Me paratë dhe zgjuarsinë tuaj, do të grumbulloni një pasuri aq të madhe, sa s'jua pret mendja. Ergo, brenda gjashtë muajve, ju do të keni bërë të lumtur veten tuaj, gruan tuaj të dashur dhe xha Votrënin tuaj, pa përmendur lumturinë e familjes suaj, që i ngroh duart me frymë në dimër, ngaqë s'ka dru të ndezë zjarr. Mos u çuditni as për sa ju propozoj, as për sa ju kërkoj! Ndër gjashtëdhjetë martesa të mira që bëhen këtu në Paris, nja dyzet e shtatë bëhen me pazarllëqe të tilla. Dhoma e noterëve e detyroi zotin...

- Ç'duhet të bëj? - pyeti me ankth Rastinjaku, duke i prerë fjalën Votrënit.

- Pothuajse asgjë, - u përgjigj ky me një gëzim të papërmbajtur që i ngjante asaj shprehjes së peshkatarit, kur ndien peshkun të kafshojë grepin e tij. - Dëgjomëni mirë! Zemra e një vajze të gjorë fatkeqe e të mjerë është sfungjeri më i pangopur për t'u mbushur me dashuri, një sfungjer i thatë që bymehet me t'i rënë një pikë ndjenjë. T'i vihesh pas një vajze që ndodhet në kushte vetmie, dëshpërimi dhe varfërie e që nuk e di se ç'pasuri të madhe do të gëzojë në të ardhmen! Po kësaj i thonë të kesh fllosh imperial në dorë, kësaj i thonë të dish se ç'numër do ta fitojë llotarinë ose të luash në bursë, duke ditur ngritjen dhe uljen e tregut. Do të ndërtoni mbi themele të shëndosha një martesë të pashkatërrueshme. Kësaj vajze i takojnë milionë dhe ajo do t'jua hedhë në këmbë, si të ishin guralecë: "Merri, o shpirt! Merri, Adolf! Merri, Alfred ose Eugjen!", do të thotë ajo, në qoftë se Adolfi, Alfredi ose Eugjeni kanë pasur mendjen e hairit të sakrifikoheshin për të. Ajo që kuptoj unë me fjalën sakrificë është të shesësh një palë rroba të vjetra për të vajtur në Kadran Blë, që të hani bashkë gjellë të shijshme me kërpudha; prej andej, në mbrëmje, të shkoni në teatrin Ambigy-Komik; është të lesh peng sahatin për t'i dhuruar asaj një shall. Nuk ju flas për shkarravinat e dashurisë, as për vogëlsirat që u pëlqejnë aq shumë grave, si, për shembull: ta spërkatësh me ujë letrën që i shkruan kur je larg saj, që të duket sikur e ke larë me lot; dukeni sikur e dini fare mirë zharganon e zemrës. E shikoni Parisi është si një pyll i virgjër i Amerikës së Veriut, ku lëvrijnë njëzet lloj popullsish njerëzish të egër, Ilinuatë, Hyronët, që rrojnë me prodhimin që japin klasat e ndryshme shoqërore; ju jeni një gjahtar milionësh. Për t'i kapur, përdorni kurthe, çargje, dredhira. Ka shumë mënyra të gjuajturi. Një palë gjuajnë prikë; një palë të tjerë gjuajnë ankandin; ca peshkojnë ndërgjegje, ca të tjerë i shesin të besuarit e tyre këmbë-e-duarlidhur. Ai që kthehet nga gjahu me trastën plot, përshëndetet, përgëzohet, pritet e nderohet në shoqërinë e mirë. Le t'ia njohim meritat kësaj toke mikpritëse; keni të bëni me një qytet që s'ia prish asnjeriut.

Në qoftë se aristokracitë krenare të të gjitha kryeqyteteve të Evropës nuk pranojnë të futin në rreshtat e tyre një milioner të poshtër, Parisi i shtrin krahët, rend në festat e tij, ha në tryezën e tij dhe bën "bromp!" me poshtërsinë e tij.

- Po ku të gjesh një vajzë të këtillë? - pyeti Eugjeni.
- Ajo është këtu, përpara jush!
- Zonjusha Viktorinë?
- Pikërisht!
- Po në ç'mënyrë?
- Ju dashuron, baronesha e ardhshme Dë Rastinjak.
- Po ajo s'ka asnjë dhjetësh, - ia ktheu Eugjeni, i çuditur.
- Ah! Këtu ju desha! Edhe dy fjalë, - tha Votrëni, - dhe të gjitha do të sqarohen. Ati Tajëfer është një ujk plak, për të cilin thonë se ka vrarë një nga shokët e tij në kohën e Revolucionit. Ai është një trim, si puna ime, me mendime të pavarura. Është bankier, anëtari kryesor i Shtëpisë Frederik Tajëfer e Shokë. Ka një djalë të vetëm, të cilit kërkon t'ia lërë gjithë paurinë në dëm të Viktorinës. Mua nuk më pëlqejnë këto padrejtësira. Unë jam si Don Kishoti, më pëlqen t'i dal krah të dobëtit kundër të fortit. Sikur të donte zoti t'i rrëmbente të birin, Tajëferi do ta merrte përsëri të bijën; ai do të donte një çfarëdo trashëgimtar; kjo është një lloj marrëzie e natyrshme; kurse ai s'mund të bëjë më fëmijë, këtë e di unë. Viktorina është e urtë dhe e butë, shpejt ka për ta bërë për vete t'anë dhe do ta sjellë vërdallë si një fugë Gjermanie

me kamxhikun e ndjenjës atërore! Ajo do të jetë goditur në zemër nga dashuria juaj dhe nuk do të mund t'ju harrojë, ju do të martoheni me të. Unë marr përsipër të luaj rolin e providencës, do të përmbush vullnetin e zotit. Kam një mik, një mik që më detyrohet shumë, një kolonel të armatës së Luarës, që ka hyrë tani në gardën mbretërore. Ai ma dëgjon këshillën dhe është bërë ruajalist i flaktë; nuk është nga ata budallenjtë që s'heqin dorën nga mendimet e tyre.

Dua të të jap edhe një këshillë, o pëllumbi im, të mos ngulësh këmbë as në bindjet e tua, as në fjalët e tua. Kur t'jua kërkojnë, shitini. Një njeri që mburret se s'heq dorë kurrë nga mendimet e tij, është një njeri që merr përsipër të shkojë gjithmonë drejt, një mendjelehtë që beson se është i pagabuar. S'ka parime, ka vetëm ngjarje; s'ka ligje, ka vetëm rrethana; njeriu mendjeprehtë u përshtatet ngjarjeve dhe rrethanave në mënyrë që t'i zotërojë. Po të kishte parime dhe ugje të qëndrueshme, popujt nuk do t'i ndërronin ato siç ndërrojmë ne këmishën. Një njeri s'ka pse të jetë më i mençur se një komb i tërë. Njeriu që i ka sjellë më pak shërbime Francës nderohet tani si një idhull vetëm sepse çdo gjëje i është futur me pasion, sido që ai nuk do të meritonte tjetër veçse ta vinin në mes të makinave të muzeut të industrisë me etiketën La Fajetë; nga ana tjetër secili hedh gurin kundër princit, që e përbuz njerëzimin sa i pështyn në surrat të gjitha betimet që kërkon, por që në Kongresin e Vjenës nuk e lejoi ndarjen e Francës; atë duhet ta mbulojnë me kurora, po e mbulojnë me llum. Oh! I di mirë këto punë unë! Di të fshehtat e shumë njerëzve! Mjaft! Do të kem një mendim të patundur ditën që do të takoj tri kokë që të jenë të një mendjeje mbi përdorimin, e një parimi dhe, besa, shumë kam për të pritur! Nuk gjen nëpër gjyqe tre gjykatës që të kenë të njëjtin mendim për një paragraf të ligjit. Po kthehem te njeriu im. Vetëm me një fjalë që t'i thotë xha Votrëni, ai do të përpiqet të ndezë sherrin me atë maskara që nuk i dërgon as njëqind solda motrës së tij të gjorë, dhe...

Në këto fjalë, Votrëni u ngrit dhe bëri lëvizjen e një mjeshtri armësh që mësyn.

- Dhe, hop, në botën tjetër! - shtoi ai.
- Ç'tmerr! - tha Eugjeni. - Doni të talleni, zoti Votrën?
- La la la, qetësohuni, - nisi përsëri ai. - Mos u bëni kalama; megjithatë, në qoftë se ju pëlqen, zemërohuni, inatosuni! Thoni që jam i poshtër, faqezi, i ndyrë, bandit, po mos më thërrisni as mashtrues, as spiun! Hajde, thuamëni, derdhmëni sipër një lumë të sharash! Unë do t'jua fal, një gjë e tillë është krejt e natyrshme në moshën tuaj! Edhe unë kështu kam qenë! Vetëm, mendohuni! Nesër, pasnesër do të veproni akoma më keq. Do të shkoni t'i vërtiteni ndonjë gruaje të bukur e do të mermi para prej saj. A keni menduar për një gjë të tillë? - pyeti Votrëni. - Sepse si mund të fitoni, në qoftë se nuk spekuloni dashurinë tuaj? Virtyti, i dashur student, nuk bëhet dysh: ose është, ose nuk është. Na thonë që të pendohemi për gabimet që kemi bërë. Tjetër sistem bukurosh ky, me anën e të cilit dalim të larë nga një krim që kemi bërë vetëm me një të penduar. Të mashtrosh një grua për të arritur në këtë ose atë shkallë shoqërore, të mbjellësh përçarjen ndër fëmijët e një familjeje, me një fjalë të arrish në të gjitha poshtërsitë që bëhen nën strehën e një çatie ose gjetkë me qëllim qejfi ose interesi personal; si i quani ju këto? Veprime në emër të besimit, të shpresës apo të dashurisë. Pse dënohet vetëm me dy muaj burg një fisnik që, në një natë, i heq një fëmije gjysmën e pasurisë së tij dhe pse me burgim të rëndë ai i gjori që vjedh një njëmijë frangëshe "në rrethana që rëndojnë fajin"? Të tilla janë ligjet. S'ka paragraf që të mos arrijë në budallallëk. Njeriu me dorashka të modës e me gënjeshtër në zemër ka kryer një vrasje pa derdhur gjak, me një veprim të gënjeshtërt; vrasësi ka hapur një portë me një pincë; që të dyja këto janë krime nate! Në mes të asaj që ju propozoj unë dhe të asaj që do të bëni një ditë, s'ka asnjë ndryshim, në qoftë se nuk marrim parasysh gjakun e derdhur. Besoni se ka ndonjë gjë të qëndrueshme në këtë

botë! Përbuzini, pra, njerëzit dhe shikoni të çarat nëpërmjet të cilave mund të kalohet përmes rrjetës së Kodit. Sekreti i pasurive të mëdha që nuk dihet se si u vunë është mbuluar me krim, por ai është harruar sepse është kryer pastër.

- Heshtni, zotëri! Nuk dua të dëgjoj më, do të më bëni të dyshoj edhe për veten time. Tani unë di vetëm atë që më thonë ndjenjat e mia.

- Si të doni, pëllumb. Pandeha se ishit më të fortë, - tha Votrëni. - Nuk do t'ju them më asgjë. Megjithatë, kam edhe një fjalë, fjalën e fundit.

E vështroi studentin drejt në sy dhe i tha:

- Ju e dini tani sekretin tim.

- Një djalë i ri që nuk i pranoi shërbimet tuaja, do të dijë të harrojë sekretin tuaj.

- Këtë e thatë bukur, tani ma bëtë qejfin. Shikoni, një tjetër do të jetë më pak skrupuloz. Mos e harroni atë që dua të bëj për ju. Ju jap dy javë afat. E keni vetë në dorë të thoni po ose jo.

"Ç'logjikë të hekurt ka ky njeri!" tha me vete Rastinjaku, duke vështruar Votrënin, që po shkonte qetë-qetë me bastunin nën sqetull. "Më tha troç ato që më thoshte zonja Dë Bosean, duke i veshur me një cipë të bukur. Ma copëtoi zemrën me kthetra çeliku. Pse desha të shkoja te zonja Dë Nysingen? Pa u ngjallur mirë dëshirat tek unë, ai i kuptoi. Ky brigand më tregoi me dy fjalë për virtytin shumë më tepër nga ç'më kanë treguar njerëzit me librat. Në qoftë se virtyti nuk kapitullon, atëherë paskam grabitur motrat e mia!" - tha duke hedhur qeset me para mbi tryezë.

U ul dhe ndenji aty, i kredhur në mendime që po e trullosnin.

"T'i qëndrosh besnik virtytit, do të thotë të martirizohesh në mënyrë sublime! Bah! Të gjithë besojnë në virtytin; po kush është i virtytshëm? Popujt kanë lirinë për idhull, po ku ka popull të lirë në botë? Rinia ime është ende e kthjellët si një qiell pa re: të kërkosh të jesh i madh ose i pasur, a nuk do të thotë të vendosësh të gënjesh, të përkulesh, të hiqesh zvarrë, të ngrihesh përsëri, të bësh lajka, të shtiresh? A nuk do të thotë të pranosh të bëhesh ushaku i atyre që janë gënjyer, që janë përkulur, që janë hequr zvarrë? Përpara se të bëhesh shok me ta, duhet t'u shërbesh. E pra, jo. Unë dua të punoj me nder, të jem i pastër; dua të punoj ditë e natë dhe të pasurohem vetëm me djersën e ballit. Është e vërtetë se një pasuri e tillë vihet shumë ngadalë, po do të bëj kurdoherë një gjumë të rehatshëm, të patrazuar nga mendime të këqija. A ka gjë më të bukur se të soditësh jetën tënde dhe të vëresh se ajo është e pastër si zambak? Unë dhe jeta, jemi si një i ri me të fejuarën.

Votrëni më tregoi se ç'ndodh pas dhjetë vjetësh martese. Djalli e mori! U trullosa fare. S'dua të mendoj për asgjë, do të dëgjoj vetëm zemrën time, s'ka udhëheqës më të mirë se ajo".

Eugjenin e përmendi nga kjo ëndërr zëri i Silvies trashaluqe, që i lajmëroi ardhjen e rrobaqepësit, të cilit ai i doli përpara, duke mbajtur në dorë të dy qeset me të holla, dhe iu bë qejfi që rastisi kështu. Si bëri provë rrobat e zeza të ballos, veshi përsëri kostumin e ri të mëngjesit që e ndryshonte nga koka te këmbët.

"Nuk bie më poshtë se zoti Dë Trajë, - tha me vete, - Ja, tani edhe unë dukem si fisnik!"

- Zotëri, - tha xha Gorioi, duke hyrë në dhomën e Eugjenit, - sikur më pyetët nëse i dija shtëpitë ku shkon zonja Dë Nysingen??

- Po.

- Ja, pra, të hënën që vjen, ajo do të shkojë në ballon e mareshalit Kariliano. Po patët mundësi të shkoni, do të më thoni a kanë bërë qejf vajzat e mia, si do të jenë veshur, me një fjalë do të m'i tregoni të gjitha.

- Nga e mësuat këtë, i dashur xha Gorio? - e pyeti Eugjeni, duke e ulur pranë zjarrit.

- Ma tha shërbyesja e saj. Ç'do gjë që bëjnë ato, e marr

vesh unë, se ma thonë Tereza me Konstancën, - vijoi ai me fytyrë të ndritur nga gëzimi.

Plaku i ngjante atij dashnorit ende mjaft të ri që gëzohet se ka gjetur një marifet që e lidh me dashnoren e tij pa dijeninë e saj.

- Do t'i shikoni ato? - pyeti ai, duke shprehur me naivitet një dëshirë të dhimbshme.

- Nuk e di, - u përgjigj Eugjeni. - Do të shkoj te zonja Dë Bosean t'i them nëse mund të më njohë me zonjën e mareshalit.

Eugjeni ndiente një farë gëzimi përbrenda, kur mendonte se do të shkonte në shtëpinë e viskonteshës, veshur e i krekosur, siç do të ishte këtej e tutje.

Ato që moralistët i quajnë gremina të zemrës njerëzore, në të vërtetë nuk janë tjetër veçse mendimet joshëse, synimet e vetëvetishme të interesit personal. Këto peripeci, që bëhen tema e sa e sa deklamimeve, këto dredhira të papritura, kanë një qëllim të vetëm: të kënaqesh sa më shumë. Kur pa veten të nisur e të pispillosur, me dorashka të bukura e me këpucë lustrina, Rastinjaku e harroi vendimin e virtytshëm që kishte marrë. Rinia nuk guxon të shihet në pasqyrën e ndërgjegjes, kur i kthen shpinën drejtësisë, kurse mosha e pjekur është parë në atë pasqyrë; këtu qëndron tërë ndryshimi në mes këtyre dy fazave të jetës së njeriut. Që prej disa ditësh, të dy fqinjët, Eugjeni dhe xha Gorioi, ishin bërë miq të ngushtë. Miqësia e tyre e fshehtë bazohej në arsye psikologjike, që kishin krijuar ndjenja të kundërta në mes të Votrënit dhe të studentit. Filozofi i guximshëm që do të donte t'i shikonte shkaqet e ndjenjave tona në botën fizike, do të gjente pa dyshim shumë prova të natyrës lëndore në marrëdhëniet që krijojnë ato midis nesh dhe kafshëve. Cili fizionomist është më i shpejtë se qeni për të zbuluar karakterin e një tjetri dhe për të ditur nësenjë i panjohur e do apo s'e do? *Atomet me dhembëza*, shprehje proverbiale që përdoret nga të gjithë, janë një nga këto fakte që kanë mbetur në të folur për të përgënjeshtruar marrëzitë filozofike me të cilat merren ata që duan të shpluhurosin fjalët primitive. Dashuria komunikohet. Ndjenja lë kudo vulën e saj dhe përshkon hapësirat. Një letër është një shpirt, ajo është një jehonë aq besnike e zërit që flet, saqë shpirtrat delikate e numërojnë ndër thesaret më të pasura të dashurisë. Xha Gorioit, që ndjenja instinktive e ngrinte gjer në shkallën sub- lime të natyrës së qenit, i kishte rënë era e dhembshurisë, e dashamirësisë së çuditshme dhe e simpatisë djaloshare që kishin lindur për të në zemrën e studentit. Megjithatë, ky afrim i porsalindur s'kishte sjellë ende asnjë mirëbesim. Në qoftë se Eugjeni kishte shfaqur dëshirën për të parë zonjën Dë Nysingen, ai nuk e kishte bërë këtë sepse mbështetej te plaku për t'u futur në shtëpinë e saj, po shpresonte se zbulimi i ndonjë të fshehte mund t'i shërbente shumë. Xha Gorioi i kishte folur për të bijat vetëm rreth atyre që ai pati thënë në sy të të gjithëve ditën që kishte bërë të dy vizitat.

- I dashur zotëri, - i kishte thënë ai të nesërmen, - si keni mundur të besoni se zonja Dë Resto është zemëruar me ju sepse përmendët emrin tim? Të dyja vajzat e mia më duan shumë. Unë jam një atë i lumtur. Vetëm se dhëndurët e mi janë sjellë keq me mua. S'kam dashur t'i bëj të vuajnë këto krijesa të shtrenjta nga mosmarrëveshjet e mia me burrat e tyre dhe kam preferuar t'i takoj fshehurazi. Ky mister më jep një tok kënaqësish që nuk i kuptojnë etërit e tjerë, të cilët i shohin vajzat e tyre kur t'u teket. Unë s'i shoh dot kur të dua, kuptoni? Prandaj, kur është kohë e mirë, shkoj në Shanz-Elize, pasi të kem pyetur më parë shërbyeset dhe të jem siguruar se ato do të dalin. I pres udhës, kur vijnë karrocat, zemra fillon të më rrahë fort, i kundroj ashtu të nisura e të ujdisura dhe ato, në të ecur e sipër, më përshëndesin me një buzëqeshje. Atëherë më duket sikur natyra prarohet, sikur ndriçohet nga rrezet e një dielli të mrekullueshëm. Dhe m e i pres, ato do të kthehen prapë. I shikoj përsëri! Ajri i pastër u ka bërë mirë, u janë skuqur faqet. Dëgjoj njerëz që thonë pranë meje: "Ç'grua e bukur!" Mua më kënaqet shpirti. A nuk është gjaku im? I dua kuajt që tërheqin karrocën e tyre, dhe do të më pëlqente të isha ai qeni i vockël që mbajnë mbi gjunjë. Unë rroj me kënaqësitë e tyre. Sikush ka mënyrën e tij të të dashuruarit, mënyra ime s'i bën keq asnjeriu, pse u ha malli të tjerëve për mua? Unë jam i lumtur sipas mënyrës sime. Mos vallë shkel ligjet që shkoj e i shoh vajzat e mia, në mbrëmje, kur dalin nga shtëpia për të vajtur në ballo? Oh! Sa pikëllohem kur arrij vonë dhe më thonë: "Zonja ka dalë!" Njëherë, prita gjer në ora tre pas mesnate që të shikoja Nasinë, se kisha dy ditë që s'e kisha parë. Kur e pashë, thashë se më mbeti zemra nga gëzimi! Ju lutem shumë, mos flisni për mua pa thënë se sa të mira janë vajzat e mia. Ato duan të më mbushin me gjithfarë dhuratash, po unë s'i lë, u them: "Mbajini, moj bijat e babait, paratë! Ç't'i dua unë këto? Mua s'më duhet asgjë". Dhe me të vërtetë, i dashur zotëri, ç'jam unë? Një kufomë e keqe, shpirti i së cilës është kudo ku janë vajzat e mia. Kur ta keni parë zonjën Dë Nysingen, do të më thoni se cila nga të dyja do t'ju pëlqejë më shumë, - tha babloku, si heshti pak, duke parë se Eugjenipo bëhej gati të shkonte të shëtiste në Tyilëritë, gjersa të bëhej koha që të vente te zonja Dë Bosean.

Kjo shëtitje qe fatale për studentin. Disa gra e vunë re. Atyre u mbetën sytë te ky djalë kaq i pashëm, kaq i ri dhe i veshur me kaq shije! Kur pa se po e shikonin me një vëmendje pothuajse soditëse, ai nuk mendoi më për të motrat e për teton që i kishte rrjepur, as për skrupujt e tij të virtytshëm. Kishte parë t'i shkonte mbi kokë ai djalli që është fare lehtë të merret për engjëll, ai satanai me krahë shumëngjyrësh, që mbjell rubinë, që vërvit shigjetat e tij të arta në ballë të pallateve, përskuq gratë dhe vesh me një shkëlqim të çmendur fronet mbretërore, aq të thjeshta në origjinën e tyre: kishte dëgjuar zotin e asaj makutërie të bujshme, shkëlqimi i rremë i së cilës na duket simbol fuqie. Fjala e Votrënit, sado cinike që pati qenë, i qe ngulur në zemër, siç gdhendet në kujtesën e një virgjëreshe fytyra e asaj shtrigës plakë që i ka thënë: "Flori dhe dashuri si lumë!" Si u end më nge poshtë e përpjetë, andej nga ora pesë, Eugjeni shkoi te zonja Dë Bosean dhe mori aty një goditje, një nga ato goditjet më të tmerrshme, ballë të cilave zemrat e të rinjve janë të pambrojtura. Gjer atëherë, ai e kishte gjetur viskonteshën shumë të sjellshme dhe dashamirëse, të hijshme e gojëmjaltë për hir të edukatës aristokratike, cilësi këto që plotësohen vetëm kur dalin nga zemra.

Kur hyri brenda Eugjeni, zonja Bosean bëri një gjest të ftohtë dhe ia preu shkurt:

- Zoti Rastinjak, s'kam mundësi t'ju pres, tani për tani të paktën! Jam shumë e zënë...

Për një vërejtës, dhe Rastinjaku qe bërë shumë shpejt i tillë, këto fjalë, gjesti, vështrimi, të dridhurit e zërit, ishin historia e karakterit dhe e zakoneve të kastës. Ai dalloi dorën e hekurt nën dorashkën prej kadifeje; personalitetin dhe egoizmin, prapa mënyrave të hijshme të të sjellurit, dalloi drurin nën vernikun. Dëgjoi, me një fjalë, atë UNË MBRETI, që fillon nën puplat e fronit mbretëror dhe mbaron nën përkrenaren e fisnikut më të fundit. Eugjeni kishte besuar shumë shpejt në fisnikërinë e gruas. Si të gjithë fatkeqët, ai kishte nënshkruar në mirëbesim paktin e lezetshëm që lidh mirëbërësin me borxhliun, dhe në paragrafin e parë të të cilit theksohet në mënyrë të shenjtë barazia e plotë midis njerëzve shpirtmëdhenj. Mirëbërësia që bashkon dy krijesa në një të vetme është një pasion qiellor aq i pakuptuar, aq i rrallë sa dhe dashuria e vërtetë. Si njëra, ashtu dhe tjetra janë dhurata të pasura të një shpirti të lartë. Rastinjaku, që donte të arrinte në ballon e dukeshës Dë Kariliona, e gëllti këtë shkelje të papritur të mirësjelljes dhe u përgjigj me zë të dridhur:

- Zonjë, po të mos ishte fjala për një punë me rëndësi, nuk do të kisha ardhur t'ju shqetësoja; bëhuni zemërgjerë dhe lejomëni t'ju takoj më vonë, unë mund të pres.

— Atëherë, ejani të hamë drekë bashkë, - tha ajo pak si e turpëruar nga fjalët e ashpra që kishte përdorur, sepse kjo grua ishte me të vërtetë aq e mirë sa edhe fisnike.

Megjithëse i prekur nga ndryshimi i menjëhershëm i qëndrimit të saj, Eugjeni tha me vete duke shkuar:

"Hiqu zvarrë... duroji të gjitha. Ç'mund të presësh nga të tjerat, gjersa më e mira e grave i shkel premtimet e miqësisë së saj dhe të flak si një këpucë të vjetër? Sikush për vete, pra! E vërteta është se shtëpia e saj s'është dyqan dhe fajin e kam unë që s'bëj dot pa të. Duhet të bëhesh gjyle topi, siç thotë Votrëni".

Gëzimi që ndjeu studenti se do ta hante drekën në shtëpinë e viskonteshës ia largoi shumë shpejt këto mendime të hidhura. Kështu, nga një farë fataliteti, edhe ngjarjet më të vogla të jetës së tij po e nxisnin në atë rrugë ku, sipas fjalëve të sfinksit të tmerrshëm të shtëpisë Voker, i duhej, si në një fushë lufte, të vriste që të mos e vrisnin, të gënjente që të mos e gënjenin; ku duhej të mos e dëgjonte më zërin e ndërgjegjes, zemrën e tij, por të vinte një maskë, të tallej pa mëshirë me njerëzit dhe, si në Spartë, ta rrokte fatin pa u vënë re nga të tjerët, që të meritonte kurorën. Kur u kthye te viskontesha, ajo e priti me të njëjtën dashamirësi dhe përzemërsi që e kishte pritur gjithmonë. Shkuan që të dy në një sallë buke, ku vikonti po e priste të shoqen e ku shkëlqente ai luks tryeze që, siç e dini të gjithë, kishte arritur kulmin në kohën e Restaurimit. Zoti Dë Bosean, si shumë njerëz që janë zvjerdhur nga të gjitha qejfet, nuk donte tjetër veçse të hante e të pinte mirë; për sa i takonte grykësisë, ai i përkiste shkollës së Luigjit XVIII dhe të dukës së Eskarit. Tryeza e tij kishte, pra, një luks të dyfishtë, atë të shijes dhe të syrit. Kurrë nuk i kishin zënë sytë një mrekulli të tillë Eugjenit, që po hante drekë për të parën herë në një nga ato shtëpi ku salltanetet trashëgohen brez pas brezi. Moda i kishte zhdukur darkat që bëheshin pas ballove të Perandorisë, ku ushtarakët kishin nevojë të merrnin fuqi që të ishin gati për të gjitha betejat që i prisnin si brenda, ashtu edhe jashtë Atdheut. Gjer atëherë Eugjeni s'kishte marrë pjesë veçse në ballot e zakonshme. Besimi në vetvete që kishte nisur të fitonte e që e bëri më vonë të dallohej e të shquhej aq shumë, nuk e la të mbetej me gojë hapur, si njeri i paparë. Po kur pa tërë ato takëme të gdhendura në argjend dhe një mijë e një sende të tjera të zgjedhura të asaj tryeze madhështore, kur soditi për të parën herë atë shërbim që bëhej pa zhurmë, ishte e vështirë për një njeri me imagjinatë të flaktë, si ai, të mos pëlqente më mirë këtë jetë kurdoherë elegante nga jeta e varfër që do të bënte përsëri të nesërmen. Solli ndër mend për një çast pensionin familjar dhe ndjeu një neveri aq të thellë për të, sa që u betua të mos e zinte aty janari, të vendosej në një shtëpi të pastër dhe të largohej nga Votrëni, dorën e madhe të të cilit e ndiente ende në sup të tij. Një njeri me mend që rri e mendon të njëmijë format që merr korrupsioni në Paris, qofshin këto të zëshme ose të pazëshme, pyet e thotë me vete si ka gjykuar kaq gabim shteti që ka hapur aty shkolla e ka grumbulluar të rinj e të reja, pse respektohen aty gratë e bukura, pse nuk u zhduket sarafëve në mënyrë magjike floriri nga poçet e tyre? Po në qoftë se rrimë e mendojmë se ka pak shembuj krimesh, domethënë deliktesh, që janë kryer nga të rinjtë, sa respekt që duhet të kemi për ata Tantalët e durueshëm që luftojnë me vetveten dhe dalin pothuajse gjithmonë triumfues! Po të përshkruhej mirë në luftën e tij me Parisin, studenti i gjorë do të na jepte një nga episodet më dramatike në historinë e qytetërimit tonë modern. Më kot zonja Dë Bosean e vështronte Eugjenin në sy që ta ftonte të fliste, ai s'deshi të thoshte as gjysmë fjalë në sy të vikontit.

- Do të më shpini sonte në teatrin e Italianëve? - pyeti viskontesha të shoqin.

- Nuk besoj të dyshoni se me sa gëzim do t'ju bindesha, - u përgjigj ai me një sjellje aq të hijshme sa dhe tallëse, që s'i ra aspak në sy studentit - po duhet të shkoj të takohem me dikë në Teatrin e Varietesë.

"Me dashnoren e tij", mendoi ajo.
- Po pse, nuk e keni D'Azhydan sonte? - pyeti vikonti.
- Jo, - u përgjigj ajo me zemërim.
- Epo atëherë, në qoftë se ju duhet patjetër një njeri që t'ju japë krahun, shkoni me zotin Dë Rastinjak.

Viskontesha vështroi Eugjenin dhe bëri buzën në gaz.
- Kjo do të ishte mjaft kompromentuese për ju, - tha ajo.
- Francezit i pëlqen rreziku, sepse në rrezik gjen lavdinë, ka thënë zoti Dë Shatobrian, - u përgjigj Rastinjaku, duke u përkulur.

Pas disa çastesh, ai ishte ulur pranë zonjës Dë Bosean në një karrocë të shpejtë kupe që i shpinte në teatrin e modës, dhe iu duk sikur ishte në një botë fantastike, kur hyri në lozhën përballë skenës e kur pa se të gjitha dylbitë iu drejtuan njëherësh atij dhe viskonteshës, që kishte veshur një fustan shumë të hijshëm. Ai po kalonte nga një magjepsje te tjetra.
- Ju donit të bisedonit me mua, - i tha zonja Dë Bosean.
- Ah! Ja zonja Dë Nysingen, në lozhën e tretë nga lozha jonë. E motra dhe zoti Dë Trajë janë nga ana tjetër.

Tek thoshte këto fjalë, viskontesha vështronte lozhën ku duhej të ishte zonjusha Dë Roshëfidë dhe, meqë nuk ia zuri syri aty zotin D'Azhyda, fytyra i mori një shkëlqim të jashtëzakonshëm.
- Shumë e bukur, - tha Eugjeni si e vështroi zonjën Dë Nysingen.
- Qerpikët i ka të bardhë.
- Mirëpo ç'shtat të derdhur që paska!
- Duart i ka të mëdha.
- Oh, ç'sy të bukur!
- Fytyrën e ka pak të gjatë.
- Po forma e gjatë është një shenjë fisnikërie.
- Gjene mirë që ka të paktën atë shenjë fisnikërie. Shikoni se si e merr dhe e lë dylbinë! Të gjitha lëvizjet e saj mbajnë erë Gorio, - tha viskontesha, duke e lënë Eugjenin krejt të habitur.

Zonja Dë Bosean shikonte në sallë me dylbi dhe dukej sikur s'ia vinte veshin zonjës Dë Nysingen, po në të vërtetë asnjë nga gjestet e saj nuk i shpëtonte. Teatri ishte plot me gra nga më të bukurat e Parisit, sikur t'i kishe zgjedhur. Delfinë dë Nysingeni e ndiente veten krenare, kur pa se kushëririt të ri, të bukur dhe elegant të zonjës Dë Bosean i mbetën sytë te ajo, ai vetëm atë vështronte.

- Në qoftë se vazhdoni ta shikoni kaq me ngulm, do të bëni skandal, zoti Dë Rastinjak. Kurrë s'keni për t'ia arritur qëllimit, në qoftë se u ngjiteni të tjerëve në këtë mënyrë.

- E dashur kushërirë, - tha Eugjeni, - ju më keni mbrojtur mirë gjer tani; në qoftë se doni ta kurorëzoni veprën tuaj, nuk ju kërkoj më veçse një shërbim që edhe për ju nuk do të jetë ndonjë bezdi e madhe, kurse mua do të më bëjë të lumtur. Unë kam rënë në dashuri.

- Që tani?
- Po.
- Dhe me atë grua?
- Kush tjetër do t'i priste më mirë pretendimet e mia? - tha ai, duke i hedhur një vështrim depërtues kushërirës.
- Dukesha Dë Kariliano ka miqësi me zonjën dukeshë Dë Berri, - vijoi ai si heshti pak, - ju sigurisht takoheni, kini mirësinë të më njihni me të dhe të më shpini në ballon që do të japë të hënën. Aty do të takoj zonjën Dë Nysingen dhe do të bëj sulmin e parë.

- Me gjithë qejf, - tha ajo. - Në qoftë se e dashuroni, punët tuaja në dashuri do të shkojnë shumë mirë. Ja dë Marsaji në lozhën e princeshës Galationë. Zonja Dë Nysingen po torturohet, ajo po pëlcet nga marazi. S'ka rast më të mirë se ky për t'iu vënë një gruaje, sidomos një gruaje bankieri. Të gjitha këtyre zonjave të Shose d'Antënit u pëlqen hakmarrja.

- Ç'do të bënit ju në një rast të tillë?
- Unë do të vuaja në heshtje.

Në këto fjalë e sipër, hyri në lozhën e zonjës Dë Bosean markezi D'Azhyda.

- Unë lashë punët e mia dhe erdha t'ju takoj, dhe po jua them që të mos merret si sakrificë.

Duke parë shkëlqimin e fytyrës së viskonteshës, Eugjeni kuptoi ndryshimin në mes të dashurisë së vërtetë dhe ngërdheshjeve të koketërisë pariziane. Soditi kushërirën, iu qep goja dhe i lëshoi vendin zotit D'Azhyda, duke psherëtitur.

"Sa fisnike, ç'krijesë e lartë është një grua që dashuron në këtë mënyrë!" mendoi ai. "Kurse ai do ta tradhtonte për një kukull! E si mund ta tradhtosh atë?"

Ai ndjeu në zemër një tërbim prej fëmije. I vinte t'i binte më këmbë zonjës Dë Bosean, donte të kishte fuqinë e demonëve që ta rrëmbente e ta fuste brenda në zemër, ashtu si rrëmben shqiponja nga fusha një kedhe të vogël bardhoshe, që ende s'është ndarë nga gjiri i s'ëmës dhe e shpie në folenë e saj. E ndjente veten të fyer që ishte në këtë galeri të madhe me piktura të bukura pa pikturën e tij, pa të dashurën e tij.

"Të kesh një të dashur dhe një pozitë gati mbretërore, - mendonte ai, - do të thotë të jesh i fuqishëm!"

Dhe e vështroi zonjën Dë Nysingen ashtu si shikon një njeri i fyer kundërshtarin e tij. Viskontesha u kthye nga ai dhe, me një të kapsallitur të syve, i shprehu një falënderim të thellë për modestinë e tij. Akti i parë kishte mbaruar.

- Ju, besoj, e njihni mirë zonjën Dë Nysingen, a mund t'ia prezantoni asaj zotin Dë Rastinjak? - i tha ajo markezit D'Azhyda.

- Oh, ajo do të ndiejë një kënaqësi të madhe, kur ta shohë zotin Dë Rastinjak në lozhën e saj, - u përgjigj markezi.

Portugezi i pashëm u ngrit dhe e zuri për krahu studentin, që u gjend pranë zonjës Dë Nysingen sa çel e mbyll sytë.

- Zonja baroneshë, - tha markezi, - kam nderin t'ju njoh me kavalierin Eugjen Dë Rastinja, kushëriri i viskonteshës Dë Bosean. Ju i keni lënë një mbresë aq të thellë, saqë mendova t'ia plotësoj lumturinë duke e afruar te idhulli i tij.

Ai i tha këto fjalë me një farë theksi tallës, përmes të cilit kuptohej mendimi pakëz brutal, po që, kur maskohet me marifet, kurrë nuk mund të mos i pëlqejë një gruaje. Zonja Dë Nysingen bëri buzën në gaz dhe i tregoi Eugjenit vendin e të shoqit, që posa kishte dalë nga lozha.

- Nuk guxoj t'ju propozoj të rrini pranë meje, - i tha ajo.
- Kur ka fatin njeriu të jetë pranë zonjës Dë Bosean, patjetër që s'i bën zemra të largohet prej saj.
- Po mua më duket, zonjë, - tha Eugjeni me zë të ulët, - se po të dua t'i bëj qejfin kushërirës sime duhet të rri pranë jush. Përpara se të vinte zoti markez, po flisnim për ju dhe për bukurinë tuaj të madhe që të magjeps, - tha ai me zë të lartë.

Zoti D'Azhyda doli jashtë.

- Vërtet do të rrini pranë meje? - tha baronesha. - Do të njihemi mirë atëherë; zonja Dë Resto më kishte ngjallur një dëshirë të zjarrtë për t'ju takuar.
- Atëherë s'qenka e sinqertë, mua ajo më nxori jashtë.
- Si?
- Zonjë, nuk më lë ndërgjegjja të mos jua them arsyen; po ju lutem të më ndjeni që po ju besoj një të tillë të fshehtë. Unë jam fqinji i atit tuaj. Nuk e dija që zonja Dë Resto ishte bija e tij. Pata pakujdesinë të flisja për të në mënyrë krejt të padjallëzuar dhe zemërova motrën tuaj dhe të shoqin. Nuk mund ta besoni se sa të ulët e quajtën zonja dukeshë Dë Lanzhe dhe kushërira ime, kur dëgjuan një të tillë braktisje të prindit nga fëmija. Jua përshkrova skenën që më kishte ndodhur dhe ato qeshën si të çmendura. Pikërisht atëherë, tek bëra një krahasim midis jush dhe motrës suaj, zonja Dë Bosean më tha shumë fjalë të mira për ju dhe, me shprehjet më të ngrohta, më tha se sa e mirë ishit për fqinjin tim, zotin Gorio. E si të mos e doni atë? Ai ju adhuron aq me pasion, saqë fillova të bëhem ziliqar. Sot në mëngjes kam folur për ju me të dy orë të tëra. Pastaj, i prekur nga ato që më tregoi ati juaj, tek po hanim drekë me kushërirën, e pyeta nëse ishit po aq e bukur sa edhe e dashur. Si duket, zonja Dë Bosean, për të kënaqur admirimin tim të zjarrtë, më solli këtu, duke

më thënë me ëmbëlsinë e saj të zakonshme se do t'ju shikoja.

- Oh, zotëri, - ia bëri gruaja e bankierit, - po mua m'u dashka t'ju jem mirënjohëse! Edhe pak dhe do të bëhemi miq të vjetër.

- Natyrisht, miqësia me ju duhet të jetë diçka e jashtëzakonshme, po unë nuk do të dëshiroja të isha miku juaj.

Grave u duken gjithmonë shumë të bukura këto marrëzira shabllone që thonë fillestarët në dashuri, ato janë të thata vetëm kur lexohen pa pasion. Gjesti, toni dhe vështrimi i një djaloshi u japin atyre vlera të paçmuara. Zonja Dë Nysingen nisi ta adhuronte Rastinjakun. Pastaj, si të gjitha gratë, meqë s'mundi t'u jepte asnjë përgjigje tërë atyre pyetjeve të papritura që i bëri studenti, e hodhi fjalën gjetkë.

- Po, ime motër s'bën aspak mirë që sillet në atë mënyrë me atin tonë të gjorë; ai ka qenë me të vërtetë shpirt njeriu për ne. Unë do ta kisha pritur e përcjellë si dhe më parë, po u zura ngushtë, se im shoq më urdhëroi me këmbëngulje që të takohesha me të vetëm në mëngjes. Dhe për këtë kam qenë një kohë të gjatë shumë e dëshpëruar. Qaja. Këto dhunime që u bëheshin ndjenjave të mia së bashku me brutalitetin e bashkëshortit tim, kanë qenë dy shkaqet që turbulluan jetën tonë familjare. Sigurisht, në sytë e botës unë jam më e lumtura grua e Parisit, po në të vërtetë jam më fatzeza. Do të më merrni për të çmendur që ju flas kështu. Po ju e njihni atin tim dhe në këtë pikë s'mund të jeni i huaj për mua.

- Ju s'mund të keni takuar kurrë njeri, - i tha Eugjeni, - që të ketë pasur një dëshirë kaq të flaktë për të qenë i tëri juaji. Ç'kërkoni ju gratë? Lumturinë, - vijoi ai me një zë që të prekte në zemër. - E pra, në qoftë se lumturia për një grua është të dashurohet, të adhurohet, të ketë një mik të cilit të mund t'i hapë zemrën e t'i tregojë dëshirat e saj, ëndrrat e saj, gëzimet dhe dëshpërimet e saj; t'ia hapë krejt zemrën e t'i tregojë edhe ato të meta të lezetshme dhe cilësitë e bukura që ka, pa u trembur se mund të tradhtohet; besomëni mua, këtë zemër të përgjëruar, gjithmonë të zjarrtë, mund ta gjeni vetëm te një i ri plot iluzione që është gati të vdesë me një shenjë që t'i jepni ju, që ende s'di se ç'është bota dhe as që do ta dijë, sepse tani bota për të jeni ju. Shikoni, ju do të qeshni me naivitetin tim, unë kam ardhur nga një provincë e largme, krejt i padjallëzuar, aty kisha njohur vetëm njerëz me shpirt të kulluar dhe besoja se këtu nuk do të bija në dashuri. Më qëlloi që të takohesha me kushërirën time, që më tregoi të fshehtat e zemrës; në saje të saj kuptova se ç'thesare përmban një dashuri e zjarrtë; unë jam si Kerubini, dashnori i të gjitha grave, gjersa të mund t'i kushtohem i tëri ndonjërës prej tyre. Kur hyra këtu dhe ju pashë ju, ndjeva sikur më kapi një korrent e më tërhoqi drejt jush. Shumë kisha menduar për ju, po s'ju kisha ëndërruar kurrë kaq të bukur sa jeni në të vërtetë! Zonja Dë Bosean më urdhëroi që të mos ju shikoja aq shumë. Ajo nuk e di se sa të tërheqin buzët tuaja të bukura gjak të kuqe, lëkura juaj dëborë e bardhë, sytë tuaj kaq të ëmbël... Unë ju them marrëzira, po lërmëni t'jua them.

Asgjë nuk u pëlqen më shumë grave sesa të dëgjojnë fjalë kaq të ëmbla. Këto fjalë i dëgjon edhe ajo më e shenjta ndër to, qoftë edhe kur s'duhet të përgjigjet. Pasi filloi në këtë mënyrë, Rastinjaku i zbrazi të gjitha ato që i ndiente zemra me një zë si të mekur që i gufonte nga thellësia e shpirtit; dhe zonja Dë Nysingen, i jepte kurajë Eugjenit, duke bërë buzën në gaz e duke shikuar kohë më kohë Dë Marsajin, që nuk po dilte nga lozha e princeshës Galationë. Rastinjaku ndenji pranë zonjës Dë Nysingen, gjersa i erdhi i shoqi që ta merrte të shkonin.

- Zonjë, - i tha Eugjeni, - do të dëshiroja t'ju takoja përpara se të jepet balloja e dukeshës Dë Kariliano.

- Gjersa zonja ime ju ftoi, - tha me një shqiptim shumë të keq baroni, një alzasian i trashë, fytyra e rrumbullakët e të cilit shprehte një mendjemprehtësi të rrezikshme, - të jeni i sigurt se do të mirëpriteni në shtëpinë tonë.

"Në vijë e kam punën, sepse ajo nuk u zemërua kur i

thashë: "Do të më doni?" la vura frerin pelës, tani nuk më mbetet veçse ta shaloj e ta ngas", - mendoi Eugjeni, tek po shkonte të përshëndeste zonjën De Bosean, që ishte ngritur të dilte me D'Azhydan.

Studenti i gjorë nuk e dinte që baroneshës i punonte mendja gjetkë, ajo priste nga Dë Marsaji një nga ato letrat vendimtare që ta bëjnë zemrën pikë e vrer. Duke fluturuar nga gëzimi për gjoja suksesin e tij, Eugjeni e shoqëroi viskonteshën gjer te kolonadat e jashtme, ku pret secili karrocën e tij.

- Kushëriri juaj paska ndryshuar krejt, - i tha portugezi viskonteshës, kur u ndanë me Eugjenin. - E lot hapur. Është i zhdërvjellët si ngjalë dhe besoj se ka për të shkuar shumë përpara. Vetëm ju mundët t'i zgjidhni një grua tamam në kohën kur ajo duhej ngushëlluar.

- Po ku ta dish, - tha zonja Dë Bosean, - nëse ajo nuk e dashuron akoma atë që e ka braktisur.

Studenti u kthye më këmbë nga Teatri Italian në rrugën Nëvë-Sent-Zhënëvievë, duke thurur me mendje të tij planet më të bukura. Ai e kishte vënë re mirë se me sa vëmendje e kishte parë zonja Dë Resto, qoftë në lozhën e viskonteshës, qoftë në atë të zonjës Dë Nysingen, dhe mendoi se nuk do t'i mbyllej më porta e shtëpisë së konteshës. I bindur se do t'i pëlqente edhe zonjës së mareshalit Kardiano, ai besonte se po lidhte në këtë mënyrë katër miqësi në zemrën e shoqërisë së lartë pariziane. Pa ditur mirë se në ç'mënyrë, ai e merrte me mend që më parë se në lodrën e koklavitur të interesave të kësaj bote, duhej të kapej pas një ingranazhi që të gjendej në majë të makinës, dhe e ndiente veten aq të fortë, sa t'ia ndalte rrotën.

"Në qoftë se zonja Dë Nysingen interesohet për mua, unë do t'i mësoj se si ta qeverisë të shoqin. Ai bën dallavere me fitime të mëdha dhe mund të më ndihmojë të grumbulloj përnjëherësh një pasuri të madhe".

Këto nuk i thoshte shkoqur me vete të tij; Eugjeni ende

nuk ishte bërë një politikan i tillë që të mund ta sqaronte një situatë, ta çmonte e ta llogariste; këto mendime lundronin akoma në horizontin e tij në formë resh të lehta dhe, megjithëse s'kishin atë ashpërsinë e mendimeve të Votrënit po të rriheshin në havanin e ndërgjegjes, nuk do të dilnin aspak të kulluara. Me një sërë marrëveshjesh të tilla me ndërgjegjen, njerëzit arrijnë në atë moralin e lëshuar që është pranuar haptas nga brezi i sotshëm, kur gjenden më rrallë se në asnjë kohë tjetër ata njerëzit me vullnet të bukur që nuk i përkulen kurrë së keqes dhe që largimi më i vogël nga rruga e drejtë u duket krim; figura të madhërishme të ndershmërisë që na kanë dhënë dy kryevepra: Alcestin e Molierit dhe kohët e fundit Xheni Dins me atin e saj në romanin e Valter Skotit. Por ndoshta është e tillë, dramatike dhe e bukur, edhe vepra me një karakter krejt të kundërt: paraqitja artistike e rrugëve të ndryshme plot dredha, ku e shpie ndërgjegjen e tij egoisti mondan që mundohet ta kalojë të keqen, duke ruajtur mirësjelljen e jashtme dhe në të njëjtën kohë t'ia arrijë qëllimit të tij.

Rastinjaku arriti te porta e pensionit, i dashuruar pas zonjës Dë Nysingen; ajo i qe dukur e bukur dhe e lehtë si dallëndyshe. I kujtoheshin të gjitha: ëmbëlsia dehëse e syve të saj, cipa delikate dhe e ndritshme e lëkurës së saj, nën të cilën i qe dukur sikur kishte parë edhe gjakun të lëvrinte, tingulli magjepsës i zërit të saj, flokët e saj të artë; dhe ndoshta të ecurit e saj, duke shpejtuar lëvizjen e gjakut, e bënin akoma më të madhe këtë magjepsje. Studenti trokiti fort te dera e xha Gorioit.

- Pashë zonjën Delfinë, miku im, - i thirri ai nga jashtë derës.

- Ku?

- Në Teatrin Italian.

- A bënte qejf?... Po hyni, pra, brenda.

Dhe babloku, që ishte ngritur ashtu me këmishë e me të mbathura, hapi derën dhe shpejt u fut prapë në dyshek.

- Tregomëni, de, për të, - iu lut ai studentit.

Eugjeni, që po hynte për të parën herë te xha Gorioi, nuk mundi ta zotëronte habinë e tij, kur pa birucën ku jetonte ati, pasi pati soditur tualetin e së bijës. Dritarja ishte pa perde; letra me të dlën qenë veshur muret qe shkolitur e qe zhubrosur në shumë vende prej lagështisë, duke zbuluar murin e zverdhur nga tymi. Babloku qe shtrirë në një krevat të keq, mbuluar vetëm me një batanije të hollë dhe një mbështjellëse këmbësh, të sajuar me copat e fustaneve të vjetra të zonjës Voker.

Dyshemeja ishte tërë lagështi e plot pluhur. Përballë dritares dukej një nga ato komotë e vjetra prej dru trëndafili që kishte nxjerrë bark, një nga ato komotë me doreza prej bakri të përdredhur në formë dredhëzash, zbukuruar me gjethe a lule; një mobilie e vjetër me syprinë druri, mbi të cilën kishte një poçe uji brenda në një legen dhe të gjitha veglat e nevojshme për t'u rruar. Në një qoshe, këpucët; te koka e krevatit, një komodinë pa derë e pa mbulesë mermeri; pranë vatrës, ku s'kishte gjurmë zjarri, ndodhej tavolina katrore prej dru arre që i kishte shërbyer xha Gorioit për të përdredhur tasin prej argjendi të larë me flori. Një tryezë shkrimi në gjendje të vajtueshme dhe mbi të kapela e bablokut; një kolltuk mbushur me kashtë dhe dy karrige ishin gjithë orenditë e kësaj skute të mjerë. Shtiza e krevatit, e kapur në tavan me një copë leckë, mbante një kurtinë të keqe me katrore të kuqe e të bardha. Me siguri që edhe një komisioner nga më të këputurit do t'i kishte më të mira orenditë në papafingon e tij nga ato të xha Gorioit te zonja Voker. Kur e shihje këtë dhomë, të ngjethej mishtë e të copëtohej zemra, ajo i ngjante një qelie të errët burgu. Për fat, Gorioi nuk e vuri re shprehjen e fytyrës së Eugjenit, kur ky lëshoi shandanin mbi komodinën pranë krevatit. Babloku u kthye nga ai, duke e ngritur batanijen gjer te mjekra.

- E, cila ju pëlqen më shumë, zonja Dë Resto apo zonja De Nysingen?

- Më pëlqen më shumë zonja Delflnë, - u përgjigj studenti, - sepse ajo ju do më shumë.

Kur dëgjoi këto fjalë kaq të ngrohta, babloku nxori krahun nga krevati dhe i shtrëngoi dorën Eugjenit.

- Faleminderit, faleminderit, - u përgjigj plaku, i prekur thellë në zemër. - Po ç'ju tha për mua?

Studenti përsëriti fjalët e baroneshës, duke i zbukuruar, dhe plaku e dëgjoi si të dëgjonte fjalën e zotit.

- Shpirtja e babait! po, po, ajo më do shumë. Po mos i besoni ato që tha për Anastasinë. Të dyja motrat e kanë zili njëra-tjetrën, e shikoni, edhe kjo është një provë tjetër e dhembsurisë së tyre. Edhe zonja Dë Resto më do shumë. E di unë. Babai i sheh fëmijët e tij ashtu siç na sheh ne zoti; ai shikon gjer në fund të zemrave tona dhe na gjykon sipas mendimeve tona. Ato janë që të dyja shumë të dashura. Oh! Sikur të kisha edhe dhëndurë të mirë, do të kisha qenë tepër i lumtur. Po s'ka lumturi të plotë në këtë botë. Eh, sikur të jetoja bashkë me to, vetëm sa t'u dëgjoja zërin, ta dija që i kisha aty, t'i shikoja të hynin e të dilnin, si atëherë që i kisha në shtëpinë time, do të më gufonte zemra nga gëzimi... Ishin veshur mirë?

- Po, - tha Eugjeni. - Po si është e mundur të banoi në një haur të tillë, zoti Gorio, duke pasur vajza kaq të pasura siç janë vajzat tuaja?

- E ç'do të më duhej një banesë më e mirë? - tha ai si i shkujdesur. - Nuk mund t'jua shpjegoj dot këto gjëra; unë s'di të them dy fjalë bashkë ashtu si duhet. Të gjitha janë këtu, - shtoi ai duke i rënë gjoksit me dorë. - Jeta ime janë vajzat e mia. Në qoftë se ato bëjnë qejf, në qoftë se ato janë të lumtura, vishen mirë dhe ecin mbi qilim, ç'rëndësi kanë rrobat që vesh unë dhe vendi ku fle? Kur janë ngrohtë ato, as unë s'e ndiej të ftohtët, kur janë ato të gëzuara, atëherë as unë s'jam i mërzitur. S'kam dëshpërime të tjera përveç dëshpërimeve të tyre. Kur të bëheni edhe ju baba, kur të dëgjoni belbëzimin e fëmijëve tuaj dhe të thoni me vete: "Këta janë pjella ime!", kur të ndieni se në venat e këtyre krijesave të vogla vlon gjaku i gjakut tuaj, sepse ato nuk janë tjetër veçse ajka e tij, do të besoni se jeni një pjesë e trupit të tyre, do të pandehni sikur edhe ju lëvizni kur ecin ato. Unë i dëgjoj nga të gjitha anët zërat e tyre. Mjafton vetëm një vështrim i tyre i trishtuar që të më ngrijë gjaku. Një ditë edhe ju do ta kuptoni se jemi shumë më të lumtur nga lumturia e tyre sesa nga vetë lumturia jonë. Nuk mund t'jua shpjegoj këto: këto janë tronditje shpirtërore që të mbushin me kënaqësi. Me një fjalë unë rroj tri jetë. Po, atij burri që do të ma bënte të lumtur Delfinën time, ashtu si është një grua kur dashurohet, unë edhe këpucët do t'i fshija, edhe shërbëtor do t'i bëhesha. Mësova nga shërbyesja e saj se ai piciruku, zoti Dë Marsaji, është një qen i lig. Më vjen t'ia përdredh kokën si të zogut. Epo, si të mos e duash atë xhevahire grua, me atë zë si të bilbilit dhe yll të bukur! Ku i pati sytë që mori atë copë trung prej Alzase? Atyre të dyjave u duheshin djem të pashëm e të dashur. Po vajtën e bënë siç u tha mendja dhe morën veten më qafë.

Xha Gorioi ishte i mrekullueshëm. Eugjeni s'e kishte parë kurrë të ndezur nga zjarri i dashurisë së tij atërore. Ajo që vlen të shënohet këtu është fuqia frymëzuese që kanë ndjenjat. Sado trashanike që të jetë një krijesë, me të shprehur një dashuri të fortë e të vërtetë, ajo fillon të rrezatojë një korrent të veçantë që i shndërron fytyrën, i gjallëron gjestet dhe i zbukuron zërin. Shumë herë njeriu më i hutuar, i nxitur nga një dashuri e madhe, arrin në elokuencën më të lartë të të menduarit, në mos të të folurit, dhe duket sikur lëviz në një sferë të llamburitur. Atë çast, në zërin dhe në gjestin e këtij bablloku kishte një fuqi të tillë pushtuese që e dallon një aktor të madh. Po a nuk janë ndjenjat tona të bukura poezitë e vullnetit tonë?

- E pra, besoj se nuk do f ju vijë keq në qoftë se mësoni, - i tha atij Eugjeni, - se s'ka asnjë dyshim që ajo do fi presë marrëdhëniet e saj me atë Dë Marsajin. Ky bukurosh e braktisi atë që të shkojë pas princeshës Galationë. Kurse unë sonte rashë në dashuri me zonjën Delfinë.

- Ja-a! - ia bëri xha Gorioi.

- Po. Unë i pëlqeva asaj. Kam folur me të për dashuri një orë të tërë dhe do ta takoj përsëri pasnesër të shtunën.

- Oh! sa do t'ju doja, i dashur zotëri, po t'i pëlqenit asaj. Ju jeni i mirë, nuk do ta dëshpëroni kurrë. Po ta tradhtonit, do t'jua këpusja kokën. E shikoni, një grua nuk dashuron dy herë! O zot! po ju mbaj me budallallëqe, zoti Eugjen. Këtu bën ftohtë për ju. O zoti im! po si, biseduat me të? Ç'ju tha për mua?

"Asgjë", - tha ai me vete, po u përgjigj me zë të lartë:

- Ajo më tha se i dërgonte babit të dashur një të puthur të nxehtë.

- Lamtumirë, miku im! gjumë të ëmbël dhe ëndrra të bukura, se ëndrrat e mia u përmblodhën të tëra në këto fjalë. Dhëntë zoti t'ju plotësohen të gjitha dëshirat! Keni qenë një engjëll i mirë për mua sonte, më sollët erën e sime bije.

"I shkreti plak! - mendoi Eugjeni, duke rënë të flintë. - Sado zemërgur që të jetë njeriu, i vjen keq për të. Më sa i shkoi ndër mend së bijës për sulltanin, aq i shkoi edhe për t'anë".

Që prej asaj bisede, xha Gorioi gjeti te ky fqinjë një njeri të besuar që s'e shpresonte, një mik. Në mes të tyre ishin vendosur të vetmet marrëdhënie që mund ta lidhnin këtë plak me një njeri tjetër. Ndjenjat e forta nuk gabohen kurë. Xha Gorioi e ndiente veten pak më afër vajzës së tij Delfinë dhe mendonte se ajo do ta priste më mirë, në qoftë se Eugjeni bëhej i dashuri i baroneshës. Veç kësaj, ai i kishte besuar atij një nga shkaqet e vuajtjeve të tij shpirtërore. Zonja Dë Nysingen, së cilës ai i uronte lumturi një mijë herë ditën, nuk i kishte njohur ëmbëlsitë e dashurisë. Sigurisht, Eugjeni ishte, - në qoftë se do të përdornim shprehjen e tij, - një nga të rinjtë më të dashur që kishte parë ai, dhe dukej sikur e parandiente që ai do t'i jepte asaj të gjitha gëzimet që i kishin munguar. Kështu që miqësia e bablokut me fqinjin e tij, po shtohej sa vente më shumë, dhe pa këtë miqësi do të kishte qenë pa dyshim e pamundur të kuptohej shtjellimi i kësaj historie.

Të nesërmen në mëngjes, kur u ulën në tryezën e bukës, mënyra me të cilën e vështronte xha Gorioi Eugjenin, pranë të cilit kishte zënë vend, ato pak fjalë që i tha, dhe ndryshimi i fytyrës së tij, që i ngjante zakonisht një maske prej allçie, i çuditën shumë qiraxhinjtë e pensionit. Votrëni, që po e shikonte studentin për të patën herë që nga dita e bisedës së tyre, dukej sikur donte t'ia lexonte të gjitha ato që kishte në shpirt. Duke sjellë ndër mend planin e këtij njeriu, Eugjeni, që kishte matur natën, përpara se të flinte fushën e madhe që i qe hapur përpara syve, tani që pa Votrënin, kujtoi përnjëherë planin e tij, mendoi prikën e zonjushës Tajëfer dhe s'iu ndenj pa e vështruar një herë Viktorinën ashtu siç vështron një djalë i virtytshëm një trashëgimtare të pasur. Rastësisht, sytë e tyre u takuan. Vajzës së gjorë iu duk shumë i bukur Eugjeni, veshur me rroba të reja. Vështrimi që këmbyen qe aqë kuptimplotë, saqë Rastinjaku nuk dyshoi të ishte për të objekt i atyre dëshirave të druajtura që lindin te të gjitha vajzat për të parin djalë që i josh. Një zë nga brenda i thërriste: "Tetëqind mijë franga!" Po sakaq mendja i shkoi te ngjarjet e mbrëmshme dhe mendoi se dashuria e tij për zonjën Dë Nysingen ishte kundërhelmi i mendimeve të këqija që e kishin pllaksour padashur.

- Dje në Teatrin Italian u luajt Berberi i Seviljes i Rosinit. Kurrë s'kisha dëgjuar muzikë aq të këndshme, - tha ai. - Oh, sa i lumtur jam që kam një lozhë në Teatrin Italian!

Xha Gorioi e kapi këtë fjalë pa dalë mire nga goja e studentit, ashtu si kap qeni një lëvizje të të zot.

- Vafshi shëndoshë ju, burrat, - tha zonja Voker, - s'lini qejf pa bërë.

- Me se u kthyet andej? - e pyeti Votrëni.

- Më këmbë, - iu përgjigj Eugjeni.

- Mua, vijoi tunduesi, - s'më zënë vend qejfet gjysmake; do të më pëlqente të shkoja atje me karrocën time, në lozhën time dhe te kthehesha rehat-rehat. Ja të gjitha, ja hiç! Kjo është motoja ime.

- Sa moto e mirë! - tha zonja Voker.

- Ju do ta takoni zonjën Dë Nysingen, apo jo? - i tha Gorioit Eugjeni me zë të ulët. - Ajo patjetër do t'ju presë krahëhapur; do të dojë të mësojë prej jush një mijë hollësira për mua. Kam marrë vesh se ajo do të bënte çmos që të hynte e të dilte në shtëpinë e kushërirës sime, zonjës viskonteshë Dë Bosean. Mos harroni t'i thoni se unë e dua aq shumë, saqë nuk mund të mos mendoj për t'ia plotësuar këtë dëshirë.

Rastinjaku u ngrit e shkoi shpejt në universitet, ai donte të rrinte sa më pak që të ishte e mundur në këtë shtëpi nga ajo ethja cerebrale e të rinjve që ushqejnë shpresa tepër të zjarrta. Arsyetimet e Votrënit e shtynë të mendonte për jetën shoqërore, kur, në këto mendime e sipër, tek po kalonte në Kopshtin e Luksemburgut, takoi mikun e tij Bianshon.

- Ç'të ka rënë kjo hije e tëndë? - e pyeti studenti i mjekësisë, duke e zënë për krahu, që të shëtisnin përpara pallatit.

- Më kanë turbulluar ca mendime të këqija.

- Çfarë mendimesh? Mendimeve u gjendet ilaçi.

- Si?

- Duke i vënë në zbatim.

- Ti qesh se nuk edisi është puna. E ke lexuar Rusonë?

-Po.

- Të kujtohet ai vendi ku autori e pyet lexuesin e tij se ç'do të bënte sikur të mund të pasurohej duke vrarë në Kinë një nga ata mandarinët pleq, vetëm me vullnetin e tij, pa lëvizur nga Parisi.

-Po.

- Epo, si thua?

- Gjepura! Unë kam vrarë gjer tani tridhjetë e tre mandarinë.

- Mos u tall. Dëgjo, po të bindeshe se kjo punë ka mundësi

të bëhet dhe se do të mjaftonte të jepje vetëm një shenjë me kokë, a do ta bëje?

- A është shumë plak ai mandarin? Le që qoftë plak a i ri, paralitik a i shëndoshë, për besë... Zoti na ruajtë! Jo, or vëlla, jo!

- Ti je djalë i mirë, Bianshon. Po sikur të dashuroje një grua si i çmendur dhe t'i duheshin asaj të holla, shumë të holla, për rrobat, për karrocën, me një fjalë për të gjitha tekat e saj?

- Ama edhe ti, hem më prish mendjen, hem do që të arsyetoj!

- Dëgjo, Bianshon, unë jam çmendur, shëromë. Kam dy motra, dy engjëllushe yll të bukura, të padjallëzuara, dhe dua t'i bëj të lumtura. Ku të marr dyqind mijë franga borxh për pesë vjet që t'u bëj pajën? E shikon, ka rrethana në jetë kur duhet të rrezikosh shumë dhe të mos e humbasësh lumturinë për të fituar solda.

- Po ti bën pyetjen që bëjnë të gjithë ata që fillojnë jetën dhe kërkon të presësh me shpatë nyjen gordiane. Po që të veprosh kështu, o i dashur, duhet të jesh Aleksandri; përndryshe, kalbesh në burg. Unë jam i kënaqur për jetën e thjeshtë që do të ndërtoj në provincë, ku do të zë këmbën e babait tim. Pasionet e njeriut kënaqen plotësisht si në rreth të ngushtë, ashtu dhe në një hapësirë të pakufishme. Napoleoni nuk hante dy herë drekë dhe s'mund të kishte më shumë dashnore nga një student i mjekësisë, internatist në spitalin e Kapuçinit. Lumturia jonë, i dashur, do të kufizohet gjithmonë nga shualli i këmbës gjer te maja e kokës dhe, qoftë që të kushtojë një milion në vit ose njëqind florinj, ndjenja jonë e brendshme do të jetë krejt e njëllojtë. Unë jam i mendimit që kinezi yt të rrojë.

- Faleminderit, Bianshon, më lehtësove shpirtin! Do të jemi miq për jetë.

- Nuk më thua, - e pyeti studenti i mjekësisë, tek po dilnin nga oborri i Kyviesë në Kopshtin e Bimëve, - qëparë pashë

Mishononë dhe Puarenë që po bisedonin në një fron me një zotëri që ma kishin zënë sytë në turbullimet e vitit të shkuar, rrotull Dhomës së Deputetëve, dhe që m'u duk se ishte një polic i shndërruar në një qytetar të ndershëm që rron me të ardhurat e veta. Pa ta gjurmojmë një herë atë çift; ta them më vonë se pse. Mirupafshim, po shkoj të përgjigjem në apelin e orës katër.

Kur u kthye Eugjeni në pension, gjeti xha Gorionë që po e priste.

- Ja, - tha babloku, - keni një letër nga ajo. Sa shkrim i bukur, hë?

Eugjeni grisi zarfin dhe lexoi:

"Zotëri, im atë më tha se ju pëlqente muzika italiane. Do të isha e lumtur sikur të më bënit qejfin duke pranuar një vend në lozhën time. Të shtunën do të kemi Fedorën dhe Pelegrinin; jam e sigurt se nuk do të ma prishni. Zoti Dë Nysingen dhe unë ju lutemi të vini për drekë te ne pa ceremoni. Në qoftë se pranoni, ai do të gëzohet shumë që do ta shpëtoni nga ky detyrim bashkëshortor për të më shoqëruar. Mos m'u përgjigjni, ejani dhe pranoni përgëzimet e mia.

D. dë N."

- Tregomani pak, - i tha babloku Eugjenit, kur e mbaroi së lexuari. - Do të shkoni, nuku? - shtoi ai pasi nuhati kartën. - Oh, ç'erë të mirë që mban! E kanë prekur duart e saj!

"Nuk i dorëzohet kaq kollaj gruaja një burri, - tha me vete studenti. - Ajo kërkon të më përdorë mua për të afruar përsëri Dë Marsajin. Vetëm nga dëshpërimi vepron në këtë mënyrë një grua".

- Pse mendoheni? - e pyeti xha Gorioi.

Eugjeni s'kishte haber për manitë e kota që kishin pushtuar shumë gra në atë kohë dhe nuk e dinte që gruaja e bankierit ishte gati për çdo sakrificë mjaft që t'i hapej porta e shtëpisë në lagjen Sen-Zhermen. Ishte koha kur qenë të modës gratë që pranoheshin në shoqërinë e lartë të kësaj lagjeje; zonjat e Kështjellës së Vogël, ndër të cilat: zonja Dë Bosean, mikesha e saj, dukesha Dë Lanzhe, dhe dukesha Dë Mofrinjëzë, qëndronin në radhën e parë. Vetëm Rastinjaku nuk e dinte se sa ishin tërbuar gratë e Shose-d'Antënit për të hyrë në rrethin e shoqërisë së lartë, ku shkëlqenin yjet e seksit të tyre. Po mosbesimi e ndihmoi shumë, ai e bëri gjakftohtë dhe i dha pushtetin e zymtë për të vënë kondita në vend që t'i vinin.

— Po, do të shkoj, - u përgjigj ai.

Kureshtja po e nxiste, pra, të shkonte te zonja Dë Nysingen kurse po ta kishte përbuzur ajo, ndoshta do ta kishte çuar dashuria. Megjithatë, të nesërmen dhe orën që do të shkonte te ajo i priti me një farë padurimi. Për një djalë të ri, intriga e tij e parë ka më tepër magjepsje sesa dashuria e parë. Siguria për t'ia arritur qëllimit lind një mijë gëzime, gëzime që burrat nuk i shfaqin dhe që i bëjnë shumë tërheqëse disa gra. Dëshira lind po aq nga vështirësia, sa edhe nga lehtësia për të triumfuar. Të gjitha pasionet e njerëzve nxiten ose ndalen patjetër nga njëri ose tjetri prej këtyre dy shkaqeve që ndajnë botën e dashurisë në dy sfera të barabarta. Ndoshta kjo ndarje është pasojë e çështjes së madhe të temperamenteve, çështje kjo që, sido që të thonë, lot një rol udhëheqës në shoqërinë njerëzore. Në qoftë se njerëzit melankolikë kanë nevojë për ilaçin e koketërive, ndoshta njerëzit nervozë ose sanguinë e braktisin fushën e luftës, në qoftë se rezistenca zgjat shumë. Me fjalë të tjera, temperamenti limfatik është kryesisht elegjiak, kurse ai nervoz është ditirambik.

Tek po vishej e ujdisej, Eugjeni shijoi tërë ato kënaqësitë e vockla për të cilat të rinjtë s'guxojnë të flasin, nga frika se mos i tallin, po që gudulisin sedrën. Rregulloi me kujdes flokët, duke menduar se vështrimi i një gruaje të bukur do të rrëshqiste fshehurazi nën kaçurrelat e tij të zez. Ai bëri bile edhe ca ngërdheshje kalamajsh, siç do të bënte një vajzë duke u veshur për të vajtur në ballo. Vështroi me kënaqësi trupin e tij të derdhur, duke shtrirë palat e frakut.

"Me siguri që ka edhe më të këqij se unë!" - mendoi.

Kur zbuti poshtë, të gjithë qiraxhinjtë e pensionit ishin ulur në tryezë. Ai e priti me gëzim atë breshër thumbash e shakash që shkaktoi eleganca e tij. Një nga karakteristikat e zakoneve të veçanta të pensioneve familjare është habia që shkakton aty një qiraxhi i veshur me rroba të reja. S'ka njeri që të veshë një kostum të ri e gjithë të tjerët të mos thonë fjalën, e tyre.

- Kt-kt-kt-kt! - ia bëri Bianshoni, duke kërcitur gjuhën te qiellza si të nxiste një kalë.

- Ia ka shkuar dukut dhe parit të Francës! - tha zonja Voker.

- Për ngadhënjime po shkon zotëria? - vërejti zonjusha Mishono.

- Ki-ki-kiii! - thirri piktori.

- Përgëzimet e mia nuses suaj, - tha nëpunësi i muzeumit.

- Pse, paska nuse zotëria? - pyeti Puareja.

- Një nuse me të ndara, që bie në ujë e s'fundos, boja s'i del, me një çmim prej njëzet e pesë gjer më dyzet, me vizatime kuti-kuti të modës së fundit, që mund të lahet, që ka sy të mirë, gjysma pe, gjysma pambuk, gjysma lesh, gjysma letër, pushon dhembjen e dhëmballës dhe të sëmundjeve të tjera të pranuara nga Akademia Mbretërore e Mjekësisë! E shkëlqyeshme veçanërisht për fëmijë, akoma më e mirë për dhembjet e kokës, për stomakët e rëndë e sëmundjet e tjera të gurmazit, të syve e të veshëve! - thirri Votrëni me një shqiptim të shpejtë komik dhe me theksin e atyre sharlatanëve të panairit. - "Po sa kushton kjo mrekulli? - do të më pyesni ju, zotërinj, - dy solda?" Jo. Asgjë. Kjo është një mbeturinë e furnizimeve që i janë bërë Mongolit të Madh dhe që kanë dashur ta shohin gjithë mbretërit e Evropës, duke përfshirë edhe dukun e maaaadh të Badenit! Shkoni drejt përpara dhe hyni në arkë! Hajde, muzikë! Brrum, la, la, trim! la la, bum-bum! - Hej, i bie keq gërnetës, zotëri, - vijoi ai me zë të ngjirur, - do të t'i thaj gishtërinjtë.

- O zot! sa i lezetshëm që është ky njeri! - i tha zonja Voker zonjës Kutyrë; s'mërzitesh kurrë me të.

Në mes të të qeshurave dhe talljeve që ngjalli ky fjalim i shprehur në mënyrë komike, Eugjeni mund të kapte vështrimin tinzak të zonjushës Tajëfer, që u anua nga zonja Kutyrë e diç i tha në vesh.

- Erdhi karroca, - tha Silvia.
- Ku do të jetë për drekë? - pyeti Bianshoni.
- Te zonja baroneshë Dë Nysingen.
- E bija e zotit Gorio, - u përgjigj studenti.

Me të dëgjuar këtë emër, të gjithë i kthyen sytë nga fabrikanti plak i fideve, që po e sodiste Eugjenin me një farë zilie.

Rastinjaku arriti në rrugën Sen-Lazarë, në një nga ato shtëpitë me stil të keq, me shtylla të holla, me portikë meskinë, që përbëjnë në Paris "stilin e bukur", tamam një shtëpi bankieri, me imitime mermeri. Ai e gjeti zonjën Dë Nysingen në një dhomëzë pritjeje, të pikturuar sipas gustos italiane, me dekore si ato të kafeneve. Baronesha ishte e trishtuar. Përpjekjet e saj për të fshehur dëshpërimin e prekën akoma më shumë Eugjenin, kur pa se s'ishin bërë aspak me qëllim. Ai besonte se ajo do të gëzohej kur ta shikonte, kurse e gjeti të dëshpëruar. Ky dëshpërim i la mbresë të thellë.

- S'kam aspak të drejtë, zonjë, t'ju them të më hapni zemrën. - i tha ai pasi e pyeti për shqetësimin e saj; po në qoftë se ju bezdis, ju lutem të ma thoni sinqerisht.

- Rrini, - tha ajo, - do të mbetem vetëm, po të shkoni. Mysingeni do të hajë drekë jashtë sot. Nuk dua të mbetem vetëm; kam nevojë për zbavitje.

- Po ç'keni kështu?
- Ju do të ishit i fundit që do t'ia thosha, - thirri ajo.
- Po unë dua ta di. Atëherë edhe unë bëkam pjesë në atë të fshehtë.

- Ndoshta! Jo, jo, - vijoi ajo; - janë grindje familjare që duhen varrosur në fund të zemrës. A nuk ju thashë pardje që unë s'jam aspak e lumtur? Zinxhirët e florinjtë janë zinxhirët më të rëndë.

Kur një grua i thotë një djali se është fatkeqe, në qoftë se djali është i mençur, i veshur mirë, në qoftë se ka njëmijë e pesëqind franga në xhep, patjetër që mendon ashtu si thoshte me vete Eugjeni, dhe bëhet mendjemadh.

- Po çfarë mund të dëshironi? - u përgjigj ai. - Ju jeni e bukur, e re, e dashuruar, e pasur.

- Le të mos flasim për mua, - tha ajo, duke tundur kokën me pikëllim. - Ne do të hamë drekë bashkë, vetëm për vetëm, do të shkojmë të dëgjojmë muzikën më të këndshme. Ju pëlqej? - vijoi ajo, duke u ngritur e duke treguar fustanin e saj prej kazmiri të bardhë me vizatime persiane shumë elegante.

- Desha të ishit e tëra imja, - tha Eugjeni. - Jeni e mrekullueshme!

- Do të kishit një pronë të vajtueshme, - tha ajo duke buzëqeshur me hidhërim. - Këtu asgjë nuk ju flet për fatkeqësi, po megjithëse kështu duket nga jashtë, unë jam e trishtuar. Nga dëshpërimi s'fle dot dhe nga kjo do të shëmtohem.

- Oh! Kjo është e pamundur, - tha studenti. - Po unë jam kureshtar të di se ç'janë këto hidhërime që nuk i zhdukërka dot as një dashuri e devotshme.

- Ah! Po t'jua thosha, do të më braktisnit, - tha ajo. - Dashuria juaj për mua s'është gjë tjetër veçse një simpati, po në qoftë se do të më dashuronit me të vërtetë, do të bëheshit preja e një dëshpërimi të tmerrshëm. E shikoni që duhet të hesht. Ju lutem, - tha ajo, - le të bisedojmë për diçka tjetër. Ejani të shikoni dhomat e mia.

- Jo, le të rrimë këtu, - u përgjigj Eugjeni, duke u ulur në një kanape përpara zjarrit, pranë zonjës dë Nysingen, së cilës i mori dorën me vendosmëri.

Ajo e la t'ia merrte dhe bile e mbështeti mbi atë të djaloshit me një nga ato lëvizjet e prera që shprehin emocione të forta.

- Dëgjoni, - i tha Rastinjaku, - në qoftë se keni pakënaqësi, duhet të m'i thoni. Unë dua t'ju jap prova se ju dua. Ose do të më flisni e do të më tregoni hidhërimet tuaja, që të mund t'jua largoj, qoftë edhe sikur të më duhet të vras gjashtë njerëz, ose do të shkoj dhe nuk do të kthehem më.

- Atëherë, -thirri ajo, e pushtuar nga një mendim i trishtuar, që e bëri t'i binte ballit me dorë, - do t'jua provoj që tani. "Po, - mendoi ajo, - s'ka tjetër mënyrë përveç kësaj".

I ra ziles.

- A është e mbrehur karroca e zotërisë? - pyeti ajo ushakun e saj.

- Po, zonjë.

- Po e marr unë. Atij do t'i jepni karrocën time dhe kuajt e mi. Drekën do ta servirni në ora shtatë.

- Ejani, shkojmë, - i tha ajo Eugjenit, të cilit iu duk sikur ishte në ëndërr, kur u gjend në karrocën kupe të zotit Dë Nysingen, pranë kësaj gruaje.

Në rrugën Pallati Mbretëror, - i tha ajo karrocierit, - pranë Teatrit Francez.

Në rrugë dukej e tronditur dhe nuk pranoi t'u përgjigjej një mijë pyetjeve të Eugjenit, i cili s'dinte se si ta shpjegonte këtë rezistencë të heshtur, të përqendruar dhe këmbëngulëse.

"Për pak më iku nëpër duar", - mendoi ai.

Kur u ndal karroca, baronesha e vështroi studentin në një mënyrë që ai ndërpreu fjalët e tij të çmendura, sepse atij i kishte rënë dashuria në kokë.

- Më doni shumë? - i tha ajo.

-Po, - u përgjigj ai, duke fshehur shqetësimin që e kapi.

- A do të mendoni keq për mua, në qoftë se ju kërkoj diçka?

- Jo.

-Jeni gati të më bindeni?

- Verbërisht.

- Keni luajtur ndonjëherë bixhoz? - e pyeti ajo me një zë të dridhur.

- Kurrë.

- Ah! U qetësova. Do të keni fat. Ja çanta ime, - tha ajo.
- Merreni, pra! Aty ka njëqind franga, këto janë gjithçka zotëron kjo grua kaq e lumtur. Ngjituni në një shtëpi bixhozi, nuk e di ku janë, po e di që ka në rrugën Pallati Mbretëror. Hidhini të njëqind frangat në një lodër që quhet ruletë dhe ose i humbisni të gjitha, ose më sillni gjashtë mijë franga. Kur të ktheheni, do t'jua tregoj hidhërimet e mia.

- Më plaçin sytë në po kuptoj se ç'duhet të bëj, po do t'ju bindem, - tha ai i gëzuar sepse mendoi: "Ajo po kompromentohet me mua, - kështu që s'do të ketë sy e faqe të ma prishë për çdo gjë që t'i kërkoj".

Eugjeni merr çantën e bukur, rend te numri 9, në shtëpinë më të afërt bixhozi që i tregoi një tregtar rrobash të gatshme. Ngjitet lart, lë kapelën në garderobë, pastaj hyn brenda dhe pyet ku është ruleta. Duke i lënë të habitur myshterinjtë e zakonshëm, kamerieri i sallës e shpie përpara një tryeze të gjatë. Eugjeni, i rrethuar nga të gjithë spektatorët, pyet pa u turpëruar se ku duhet t'i vërë të hollat.

- Në qoftë se vini një flori vetëm mbi një nga këto tridhjetë e gjashtë numra dhe bie ky numër, do të fitoni tridhjetë e gjashtë florinj, i tha një plak i respektuar me flokë të bardhë.

Eugjeni i hedh të njëqind frangat në numrin e moshës së tij: njëzet e një. Ai as nuk pati kohë të kuptonte, kur u dëgjua një britmë habie. Kishte fituar pa ditur.

- Merrini, pra, të hollat, - i tha zotëria plak. - Po duhet ta dini se me këtë sistem nuk fitohet dy herë.

Eugjeni mori një krehër që i zgjati një zotëri plak, tërhoqi nga ana e tij të tri mijë e gjashtëqind frangat dhe, gjithnjë pa marrë erë fare nga kjo lodër, i ve të gjitha mbi të kuqen. Spektatorët e vështrojnë me zili tek vazhdon lodrën. Rrota dridhet, fiton përsëri, dhe ai që mban arkën i hedh prapë tri mijë e gjashtëqind franga.

- Fituat shtatëmijë e dyqind franga,- i tha në vesh zotëria plak. - Shkoni, në më dëgjoni mua; e kuqja ka dalë tetë herë gjer tani. Vini dorën në zemër dhe shpërblejeni këtë këshillë që do t'ju shpëtojë, duke i lehtësuar mjerimin një ish-prefektit të Napolonit që ka mbetur në pikë të hallit.

Rastinjaku, i turbulluar, i lë njeriut me flokë të bardhë dhjetë florinj dhe zbret poshtë me të shtatë mijë frangat pa kuptuar ende asgjë nga lodra, po i mahnitur nga fati i tij.

- Merrini! Ku do të më shpini tani? - i tha ai, duke i treguar të shtatë mijë frangat zonjës Dë Nysingen, kur u mbyll dera e karrocës.

- Delfina e përqafoi si e çmendur dhe e puthi, po pa pasion.

- Më shpëtuat! - i tha ajo.

Lot gëzimi i rrodhën mbi faqet.

- Do t'jua them të gjitha, miku im. Do të jeni miku im, nuku? Ju më shikoni të pasur, të velur nga të mirat, asgjë s'më mungon, ose dukem sikur s'më mungon asgjë! E, pra, mësoni se zoti Dë Nysingen s'më jep asnjë dhjetësh: ai paguan të gjitha shpenzimet e shtëpisë, karrocat e mia, lozhat e mia; më jep për fustanet dhe rrobat e mia një shumë të pamjaftueshme dhe po më katandis me qëllim në një mjerim të fshehtë. Unë jam tepër krenare dhe s'mund t'i bie më gjunjë. Do të isha krijesa më e ulët, po t'ia blija të hollat me atë çmim që kërkon të m'i shesë ai! Pse e lashë unë veten të më rrjepin, pasanike me shtatëqind mijë franga? Nga krenaria, nga inati. Ne jemi shumë të reja, krejt të padjallëzuara, kur fillojmë jetën bashkëshortore! Mua s'ma nxinte goja kurrë t'i kërkoja të holla burrit tim; nuk guxoja, haja paratë që kisha kursyer vetë dhe ato që më jepte ati im i gjorë; hyra borxh. Martesa për mua ishte deziluzioni më i llahtarshëm, s'di si t'jua shpjegoj: mjafton t'ju them se do të isha hedhur nga dritarja, po të isha e detyruar të rroja me Nysingenin, pa pasur sikush apartamentin e tij më vete. Kur m'u desh t'i tregoja borxhet që kisha vënë si grua e re që jam, për stolitë, për tekat e mia (i gjori im atë na kishte mësuar keq, duke na i plotësuar të gjitha dëshirat), shpirti im e di se ç'hoqa; po më në fund mora guxim e i thashë. A nuk kisha të hollat e mia? Nysingeni u inatos, më tha se do ta shkatërroja, gjithë të zezat! Më vinte të futesha njëqind pash nën dhe. Meqenëse ai kishte marrë prikën time, i pagoi borxhet, po që atëherë më caktoi një shumë për shpenzimet e mia personale dhe unë u detyrova ta pranoja që të pushonte sherri. Pastaj, desha të kënaqja sedrën e një njeriu që ju e njihni, - vijoi ajo. - Megjithëse ai më gënjeu, mua s'ma mban ndërgjegjja të mohoj fisnikërinë e karakterit të tij. Po mund të them se më la në një mënyrë të padenjë! Nuk duhet braktisur një grua, së cilës i kemi hedhur përpara, në një çast lumturie, një grusht me flori! Atë duhet ta duam gjithmonë! Ju, si djalë i padjallëzuar njëzet e një vjeç, që keni akoma një shpirt të kulluar, që jeni i ri e zemërdëlirë, do të më thoni: po si mund të pranojë flori gruaja nga një burrë? O zot! Po a nuk është e natyrshme t'i ndajmë të gjitha me njeriun të cilit i detyrojmë lumturinë tonë? Kur i kemi dhënë të gjitha, pse të ngurrojmë për një pjesë të këtyre? Paraja bëhet plaçkë e ndyrë vetëm atëherë kur zhduket ndjenja. A nuk jemi lidhur për jetë me atë që dashurojmë? Kujt prej nesh i shkon ndër mend ndarja, kur beson se dashurohet me shpirt. Ju na betoheni për një dashuri të përjetshme, atëherë si mund të kemi interesa të ndryshme? Ju nuk e dini se sa kam vuajtur sot. Nysingeni ma preu shkurt se nuk do të më jepte gjashtë mijë franga, ai që kaq para ia jep muaj për muaj dashnores së tij, një vajze të Operas. Desha të vrisja veten. Më zienin në kokë mendimet më të çmendura. Ka pasur raste që zilepsja fatin e një shërbëtoreje, të shërbyeses sime. Të shkoja të gjeja tim atë, ishte marrëzi! Anastasia dhe unë ia kemi marrë shpirtin atij: do të qe shitur i gjori, po të vlente gjashtë mijë franga. Do ta kisha dëshpëruar më kot. Ju më shpëtuat nga turpi dhe nga vdekja, më kishte pushtuar një ankth i madh. Ah, zotëri, jua kisha borxh këtë shpjegim pas gjithë këtyre ngjarjeve; u tregova shumë mendjelehtë kundrejt jush. Kur u larguat prej meje dhe ju humba nga sytë, desha të arratisesha... më këmbë.... Ku? As unë s'e di. Kjo është jeta e gjysmës së grave të Parisit: luks nga jashtë dhe brenga mizore në shpirt. Njoh krijesa të gjora akoma më fatzeza se unë. Ka gra të detyruara t'u kërkojnë tregtarëve fatura falso për burrat e tyre. Ka të tjera që shtrëngohen t'i vjedhin burrat e tyre: disa nga këta besojnë se kazmirët prej pesëqind frangash shiten dy mijë franga, një palë të tjerë besojnë se një kazmir prej dy mijë frangash shitet pesëqind. Ka gra që u thajnë barkun fëmijëve dhe bëjnë çmos për të blerë një fustan luksi. Unë e kam zemrën të që marr nga këto gënjeshtra të urryera. Kjo është brenga ime e fundit. Në qoftë se ka gra që u shiten burrave për t'i sunduar, unë, të paktën, jam e lirë! Nysingeni mund të më mbulonte me flori, po mua do të më pëlqente të qaja me kokën e mbështetur në gjoksin e një njeriu që ta doja. Ah! Sonte, zoti Dë Marsaji s'do të ketë të drejtë të më shikojë si një grua që e ka paguar.

Mbuloi fytyrën me duar, që të mos ia shihte lotët Eugjeni, po ai ia hoqi duart dhe nisi ta sodiste: tani ishte e mrekullueshme.

- A nuk është e llahtarshme të përziesh paratë me ndjenjat? Ju nuk do të mund të më doni, - tha ajo.

Ky bashkim ndjenjash të mira, që i ngrejnë lart gratë dhe gabimet që janë të detyruara të bëjnë për shkak të ndërtimit të sotëm të shoqërisë, po e turbullonte Eugjenin, që thoshte fjalë të ëmbla e ngushëlluese duke soditur këtë grua të bukur, aq naive dhe të pamatur në shprehjen e pikëllimit të saj.

- Premtomëni se nuk do ta përdorni sinqeritetin tim si armë kundër meje, - tha ajo.

- Ah! Nuk do të ma mbante zemra kurrë ta bëja atë, - u përgjigj ai.

Ajo i mori dorën dhe ia vuri në zemrën e saj me një gjest plot mirënjohje dhe dashamirësi.

- Në saje tuaj, unë fitova përsëri lirinë dhe gëzimin. Rroja si e shtypur nga një dorë e hekurt. Tani dua të rroj si grua e thjeshtë dhe të mos shpenzoj asgjë për veten time. A nuk do të më pëlqeni ju edhe kështu, miku im? Merrini këto, - tha ajo duke mbajtur vetëm gjashtë mijë franga. Në të vërtetë, unë ju kam borxh tri mijë franga, sepse mendova që luanim përgjysmë.

Eugjeni u mbrojt si një vajzë e turpshme. Po meqë baronesha i tha: "Do të jeni armiku im, në qoftë se nuk pranoni të jeni ortaku im", i mori të hollat.

- Këto do të jenë si kapital rezervë për t'i hedhur përsëri në bixhoz në rast fatkeqësie, - tha ai.

- Pikërisht kësaj i trembesha, - thirri ajo, duke u zbehur.

- Në qoftë se doni të mbetemi miq, betomuni se nuk do të luani më kurrë bixhoz. O zot! Unë t'ju korruptoj! Do të vdisja nga dëshpërimi.

Kishin arritur në shtëpinë e saj. Kontrasti në mes të këtij mjerimi dhe të kësaj pasurie po e mahnisnin studentin. Në veshët e tij zunë të buçisnin fjalët e kobshme të Votrënit.

- Rrini aty, - i tha baronesha, duke hyrë në dhomën e saj e duke i treguar atij një kanape pranë zjarrit, - do të shkruaj një letër mjaft të vështirë! Ndihmomëni, ju lutem, me një këshillë.

- Mos shkruani, - i tha Eugjeni, - futini paratë në një zarf, shkruani sipër tij adresën dhe dërgojini me shërbyesen tuaj.

- Po ju jeni engjëlli vetë, - tha ajo. - Ah! ja se ç'do të thotë të kesh marrë një edukatë të mirë! Kjo është tamam ala Bosean, - vazhdoi duke bërë buzën në gaz.

"Kjo të magjeps fare!" mendoi Eugjeni, që po dashurohej gjithnjë më shumë pas saj.

I hodhi një sy asaj dhome, ku çdo gjë shprehte elegancën voluptuoze të një kurtizaneje të pasur.

- Ju pëlqen? - e pyeti ajo, duke i rënë ziles që të vinte shërbyesja e saj.

- Terezë, shpjerjani këtë zotit D. Marsaj, jepjani në dorë. Po të mos e gjeni aty, ma sillni prapë mua.

Përpara se të dilte, Terezës nuk iu ndenj pa i hedhur një vështrim djallëzor Eugjenit. Dreka ishte gati. Rastinjaku i dha krahun zonjës Dë Nysingen, e cila e shpuri në një dhomë buke të këndshme, ku gjeti po atë luks tryeze që kishte soditur edhe në shtëpinë e kushërirës së tij.

- Ditët që do të ketë shfaqje te Italianët, - tha ajo, do të vini për drekë tek unë dhe do të më shoqëroni.

- Do të mësohesha me këtë jetë të ëmbël, po qe se do të vazhdonte; po unë jam një student i varfër, të cilit i duhet të krijojë pozitën e tij.

- Ajo do të vijë vetvetiu, - u përgjigj ajo, duke qeshur. - Ë shikoni, të gjitha rregullohen: unë nuk besoja kurrë se do të isha kaq e lumtur.

Është në natyrën e grave që të provojnë të pamundurën me të mundurën dhe të hedhin poshtë faktet me anën e parandjenjave. Kur hynë zonjë Dë Nysingen dhe Rastinjaku m lozhën e tyre te Bufonët, ajo mori një pamje kënaqësie që e tregonte aq të bukur, saqë të gjithë filluan nga ato shpifjet që akuzojnë një grua për jetë të shthurur, ndërsa ajo nuk mund të mbrohet prej tyre. Kush e njeh Parisin, nuk beson asgjë nga ato që thuhen aty dhe nuk thotë asgjë për ato që bëhen aty. Eugjeni i mori dorën baroneshës, ajo ia shtrëngoi dhe që të dy i kumtuan kështu njëri-tjetrit ndjenjat që u ngjallte muzika. Ajo mbrëmje i dehu. Dolën bashkë dhe zonja Dë Nysingen deshi ta përcillte Eugjenin gjer te Ura e Re, duke i plasur buzën gjithë rrugës për një të puthur si ajo që i pati dhënë në rrugën PaUati-Mbretëror. Eugjeni e qortoi që ishte kaq e paqëndruar.

- Atëherë, - i tha ajo, - ishte mirënjohje për një sjellje të devotshme që nuk e shpresoja, kurse tani do të ishte një premtim.

- Dhe nuk doni të më bëni asnjë premtim, moj mosmirënjohëse?

Ai u inatos. Ajo i dha dorën me një nga ato gjeste padurimi që i robërojnë zemrën dashnorit, po ai e mori e ia puthi pa qejf, gjë që e entuziazmoi baroneshën.

- Të hënën, në ballo, - i tha ajo.

Ishte një natë e Bukur me hënë. Eugjeni po shëtiste me këmbë dhe kishte rënë në mendime të thella. Ishte në një kohë e sipër edhe i gëzuar, edhe i pakënaqur; i gëzuar nga një aventurë, suksesi i së cilës mund t'i jepte gruan më të bukur dhe më elegante të Parisit, objekt i dëshirave të tij; i pakënaqur se po i shikonte të përmbysura planet që kishte bërë për pasurimin e tij, dhe tani ndiente se sa reale ishin mendimet e turbullta që e kishin pushtuar dy ditë më parë. Dështimi na bën ta ndiejmë gjithnjë forcën e synimeve tona. Sa më shumë që Eugjeni kënaqej me jetën parisiane, aq më pak i mbyllur e i varfër donte të rrinte. Po zhubraviste në xhep të një mijë frangat, duke bërë me vete shumë arsyetime dredharake për ta hedhur në dorë atë grua. Më në fund, arriti në rrugën Nëvë-Sent-Zhënëvievë dhe, kur u gjend në krye të shkallëve, pa se aty kishte dritë. Xha Gorioi kishte lënë hapur derën e dhomës së tij dhe qiriun të ndezur, me qëllim që studenti *të mos harronte t'i tregonte për të bijën*, siç thoshte ai. Eugjeni nuk i fshehu asgjë.

- Po ato pandehin se kam mbetur pa një dhjetësh, - thirri xha Gorioi si një ziliqar i dëshpëruar thellë, - unë kam akoma një mijë e treqind livra të ardhura! Eh! Të shkretën! E gjora vogëlushe, pse nuk erdhi këtu? Do të kisha shitur kambialet e mia, do të lanim borxhet dhe ato që të mbeteshin i vinim me kamatë jetike. Pse nuk erdhët të ma tregonit hallin e saj, fqinji i dashur? Si ju bëri zemra e shkuat i hodhët në bixhoz të njëqind frangat e saj të gjora? Oh, ç'thikë për zemrën time! Ja se ç'janë dhëndurët! Ah! T'i kisha këtu, do t'ua përdridhja kokën! O zot! Qau vërtet?

- Me kokën të mbështetur te jeleku im, - u përgjigj Eugjeni.

- Oh! Ma jepni mua atë jelek; - iu lut xha Gorioi. - Si! Aty janë derdhur lotët e sime bije, të Delfinës sime të dashur, që s'qante kurrë, kur ishte e vogël! Oh! Do t'ju blej një tjetër, mos e vishni më atë, lërmani mua. Sipas kontratës së martesës, ajo duhet t'i përdorë lirisht të hollat e saj. Ah! Që nesër do të vete te avokat Dervili. Do të kërkoj të vihen në bankë me kamatë të hollat e saj. I di ligjet unë, i di, jam ujk i vjetër, do t'ua tregoj edhe një herë dhëmbët.

- Na, xhaxha, merrini të një mijë frangat që deshi të më jepte nga ato që fituam. Ruajani në jelekun tim.

Gorioi vështroi Eugjenin, zgjati dorën që t'i merrte të tijën dhe lëshoi mbi të një pikë lot.

- Juve do t'ju ecë fati, - i tha plaku. - Unë e di se ç'domethënë të jesh i ndershëm dhe mund t'ju siguroj se janë të paktë ata që ju ngjasin. Doni, pra, të jeni edhe biri im i dashur? Ngrihuni, shkoni të flini... Ju mund të flini, se ende nuk jeni bërë baba. Ajo ka qarë, kurse unë?... Unë e marr vesh këtë nga të tjerët. Ndërsa ajo vuante, unë haja rehat-rehat si budalla. Unë që do të bëja të pamundurën për të mos i lënë të dyja të derdhnin qoftë edhe një pikë lot!

"Për besë, - tha me vete Eugjeni, duke rënë të flinte, - besoj se do të jem njeri i ndershëm tërë jetën time. Është kënaqësi për njeriun kur bën siç i thotë ndërgjegjja".

Të nesërmen, në orën e ballos, Rastinjaku shkoi te zonja Dë Bosean, që e shpuri ta prezantonte me dukeshën Dë Kariliano. E shoqja e mareshalit i bëri një pritje të përzemërt. Ai gjeti aty edhe zonjën Dë Nysingen. Delfina qe nisur e stolisur me qëllim që t'u pëlqente të gjithëve dhe ca më shumë Eugjenit, nga i cili priste me padurim një vështrim, po pa e bërë veten. Për atë që di të zbulojë emocionet e një gruaje, ky është një çast plot kënaqësi. Kush s'ka ndier kënaqësi, kur të tjerët kanë pritur të shfaqë mendimin e vet, kur ka fshehur me djallëzi gëzimin e tij nën maskën e moskokëçarjes, kush i ka bërë të tjerët të shqetësohen, që të gjejë në këtë shqetësim dëshminë e dashurisë dhe, duke u dëfryer me rreziqet e tyre, ua ka larguar këto vetëm me një buzëqeshje? Në këtë festë, studenti mati sakaq rëndësinë e pozitës së tij dhe kuptoi se zinte një vend në shoqëri vetëm sepse zonja Dë Bosean e kishte pranuar si kushëririn e saj. Ngadhnjimi mbi zonjën baroneshë Dë Nysingen, i sigurt tani për të tjerët, e bënte të shquhej aq shumë Rastinjakun, saqë të gjithë djemtë e shikonin me zili; duke dalluar disa nga ato vështrime, Eugjeni shijoi kënaqësitë e para të kotësisë. Tek shkonte nga një sallon te tjetri, duke kaluar përmes grupeve, ai dëgjoi të lavdëronin lumturinë e tij. Gratë parashikonin për të vetëm suksese.

Delfina, nga frika se mos i ikte nga dora, i premtoi t'i jepte në mbrëmje të puthurën që s'i kishte dhënë dy net më parë.

Në këtë ballo, Rastinjaku u njoh më shumë njerëz. Kushërira e prezantoi me disa gra që u pëlqente eleganca, shtëpitë e të cilave hiqeshin si vende zbavitjeje; ai ndjeu se ishte futur në mes të shoqërisë më të lartë e më të bukur të Parisit. Kjo mbrëmje pati për të magjepsjet e një fillimi të shkëlqyer dhe ai e kujtoi edhe në pleqëri, si një vajzë që kujton ballon ku ka triumfuar. Të nesërmen, kur u ulën të hanin mëngjesin, ai i tregoi xha Gorioit sukseset e tij në sy të qiraxhinjve të tjerë. Votrëni zuri të buzëqeshte në mënyrë djallëzore.

— Dhe besoni, — thirri ky arsyetues i egër, — se një djalë i modës mund të banojë në rrugën Nëvë-Sent-Zhënëvievë, në Shtëpinë Voker, pension shumë i respektueshëm nga të gjitha pikëpamjet, sigurisht, po që nuk është aspak i modës? Pensioni Voker është i pasur, i bollshëm dhe krenar që është banesa e përkohshme e një Rastinjaku; po sidoqoftë ai është në rrugën Nëvë-Sent-Zhënëvievë dhe nuk e njeh luksin, sepse është thjesht *patriarkalorama*. Pëllumbi im, — vijoi Votrëni me një shprehje prindërore tallëse, — po të doni të bëni figurë në Paris, duhet të kemi tre kuaj dhe një kaloshinë për në mëngjes, një kupe për në mbrëmje, gjithsej nëntë mijë franga për karrocat. Dhe nuk do të jeni i denjë për fatin tuaj, në qoftë se nuk shpenzoni më shumë se tri mijë franga te rrobaqepësi, gjashtëqind franga te berberi, treqind te këpucari dhe treqind të tjera te kapelabërësi. Sa për kemishëlarësen, ajo do t'ju kushtojë një mijë franga. Djemtë e modës duhet të kenë një dollap plot me ndërresa e këmishë; a nuk janë këto që bien më shpesh në sy? Na u bënë katërmbëdhjetë mijë. Nuk po përmend ato që do të humbisni në bixhoz, në baste dhe për dhurata; është e pamundur të mos llogaritësh pastaj edhe nja dy mijë franga për shpenzimet e vogla. E kam bërë atë jetë unë, e di se ç'duhen. Këtyre nevojave kryesore duhet t'u shtoni gjashtëmijë franga për ushqim dhe një mijë franga për banim. Eh, or bir, o duhet të kemi të njëzet e pesë mijushkat në vit, o këputemi e biem në llucë, bëhemi gazi i botës dhe i lajmë duart nga e ardhmja jonë, nga sukseset tona, nga të dashurat tona! Harrova ushakun dhe grumin! Kush do t'i çojë letrat tuaja? Kristofi? Pandehni se do t'i shkruani në këtë letër që i shkruani tani? Kjo do të ishte vetëvrasje. Dëgjomëni mua plakun, se e kam parë diellin më përpara nga ju! - vijoi ai duke ngritur zërin e tij prej basi. - Ose shkoni në një papafingo të virtytshme dhe futjuni aty një pune të lodhshme, ose zgjidhni një rrugë tjetër.

Dhe Votrëni shkeli syrin, duke treguar zonjushë Tajëfër, në mënyrë që të kujtonte e të përmblidhte në këtë vështrim arsyetimet mashtruese që kishte mbjellë në zemrën e studentit për ta korruptuar. Kaluan shumë ditë, gjatë të cilave Rastinjaku bëri një jetë nga më të shthururat. Drekën e hante pothuaj përditë me zonjën Dë Nysingen dhe shkonte me të në shoqërinë e lartë. Kthehej në shtëpi në ora tre a katër të mëngjesit, ngrihej në mesditë, lahej, vishej dhe, kur ishte kohë e mirë, shkonte shëtiste në pyllin e Bulonjës me Delfinën, duke humbur kështu kohën pa ditur se sa e çmueshme ishte e duke thithur të gjitha mësimet dhe magjepsjet e jetës luksoze me afshin e pistilit të lules femër të palmës që pret martesën me polenin fekondues, e djegur nga padurimi. Luante bixhoz të madh, humbiste ose fitonte shumë, dhe arriti të mësohej me jetën e shthurur të të rinjve të Parisit. Nga fitimet e para, ai u kishte kthyer të një mijë e pesëqind frangat s'ëmës e të motrave, e bashkë me të hollat u kishte dërguar edhe disa dhurata të bukura. Megjithëse kishte thënë se do të ikte nga shtëpia Voker, e zuri aty edhe fundi i janarit dhe nuk dinte si të dilte. Pothuajse gjithë të rinjtë i shtrohen një ligji që duket i pashpjegueshëm, po që buron nga vetë rinia e tyre dhe nga mënyra e tërbimit me të cilin turren drejt qejfeve. Qofshin të pasur ose të varfër, ata s'kanë kurrë të holla për gjërat e domosdoshme të jetës, kurse për tekat e tyre gjejnë gjithmonë. Janë dorëlëshuar për çdo gjë që mund ta marrin me besim dhe koprracë për çdo gjë që paguhet në dorë, dhe duket sikur shpaguhen për ato që s'kanë, duke bërë rrush e kumbulla ato që mund të kenë. Kështu, që të sjellim një shembull, studenti kujdeset shumë më tepër për kapelën sesa për rrobat e tij. Fittimet e tij të mëdha e bëjnë rrobaqepësin një nga kreditorët më bujarë, ndërsa me kapelabërësin, që merr një fitim shumë të paktë, s'merresh dot vesh as për kredinë më të vogël. Në qoftë se grave të bukura u mbeten dylbitë te jeleku i mrekullueshëm i një djali që është ulur në lozhën e një teatri, s'është çudi që ai të mos ketë çorape në këmbë: edhe trikoshitësi është një nga krimbat që brejnë qesen e tij. Nga këta djem ishte edhe Rastinjaku. Qesja e tij, gjithmonë bosh për zonjën Voker dhe gjithmonë plot për gjëra të kota, pësonte ulje dhe ngritje të herëpashershme që nuk pajtoheshin me datat e pagesave më të domosdoshme. Meqë kishte për qëllim të ikte nga ai pension i ndyrë, ku prekej përherë e më shumë sedra e tij, duhej t'i paguante një muaj qira zonjës Voker dhe të blinte mobilie për apartamentin e tij prej njeriu elegant. Mirëpo kjo po bëhej gjithmonë më e pamundur. Kur vinte puna për të gjetur të holla që të luante bixhoz, Rastinjaku dinte ta vërtiste: blinte me kredi nga argjendari i tij sahate e zinxhirë të florinjtë, që i paguante shtrenjtë nga fitimet dhe që i linte peng në dyqanin e pengjeve, te ky mik i trishtëm e i urtë i rinisë, po s'dinte nga t'ia mbante dhe e humbiste kurajën, kur duhej të paguante të hollat e ushqimit, qiranë e shtëpisë ose të blinte sendet e domosdoshme për të bërë një jetë elegante. Nuk i bënin më përshtypje as nevojat e rëndomta, as borxhet që vinte për plotësimin e këtyre nevojave. Si shumica e atyre që e kanë njohur këtë jetë rastësisht, ai priste gjer në çastin e fundit për të paguar ato borxhe që janë të shenjta në sytë e borgjezëve, siç bënte Miraboi, që e paguante bukën vetëm kur paraqitej me formën kërcënuese të një kambiali.

Erdhi një kohë që Rastinjaku i humbi të gjitha të hollat dhe hyri borxh. Studenti kishte filluar të kuptonte se do të ishte e pamundur ta vazhdonte këtë jetë pa pasur burime të sigurta. Po megjithëse rënkonte nga goditjet e forta të gjendjes së tij të vajtueshme, nuk e ndiente veten të zot të hiqte dorë nga qejfet e tepruara të kësaj jete dhe donte ta vazhdonte me çdo kusht. Rastet, te të cilat kishte mbështetur shpresën për pasurimin e tij, po bëheshin ëndrra dhe pengesat reale po shtoheshin. Duke hyrë në të fshehtat familjare të bashkëshortëve Nysingen, ai qe bindur se për ta shndërruar dashurinë në një mjet pasurimi, duhet ta hante turpin me bukë dhe të hiqte dorë nga mendimet fisnike, për hatër të të cilave flaken mëkatet e rinisë. Ai e kishte përqafuar këtë jetë, të shkëlqyer nga jashtë, po të brejtur nga tenjat e ndërgjegjes jo të pastër, me gëzimet e shkurtra që bliheshin me çmimin e shtrenjtë të anktheve të vazhdueshme dhe po rrokullisej aty duke i bërë vetes, si *I hutuari* i La Brujerit, një dyshek në llumin e hendekut; po, si *I hutuari*, ai s'kishte ndotur ende veçse rrobat e tij.

- E paskeni vrarë mandarinin? - i tha një ditë Bianshoni, duke u ngritur nga tryeza.

- Akoma jo, - u përgjigj ai, - po në grahmat e fundit është.

Studenti i mjekësisë e mori për tallje këtë fjalë, po nuk ishte ashtu. Eugjeni, që për të parën herë prej shumë kohësh e hëngri drekën në pension, ndenji i menduar gjersa mbaroi së ngrëni. Në vend që të dilte pasi hëngrën edhe frutat, ai qëndroi në dhomën e bukës pranë zonjushës Tajëfer, së cilës i hidhte kohë më kohë një vështrim që shprehte fare mirë ato që donte të thoshte.

Disa nga qiraxhinjtë akoma s'ishin ngritur nga tryeza dhe po hanin arra, ca të tjerë shëtisnin duke vazhduar bisedën që kishin filluar. Si pothuaj çdo mbrëmje, secili shkonte ku ia kishte ënda, sipas interesimit që tregonte për bisedën ose sipas rëndësirës së madhe a të vogël që ndiente në stomak. Në dimër, rrallë takonte që dhoma e bukës të boshatisej krejt, përpara orës tetë. Pas kësaj ore të katër gratë mbeteshin vetëm dhe atëherë i nxirrnin inatin heshtjes që u kishte imponuar seksi i tyre kur kishin qenë në mes të burrave. Votrënit i pati rënë në sy shqetësimi që po e brente Eugjenin dhe ndenji në sallën e bukës, megjithëse në fillim ishte treguar sikur më s'i pritej sa të dilte, dhe zuri aty një vend në mënyrë që të mos e shihte Eugjeni, i cili pandehu se do të kishte shkuar. Pastaj, në vend që të shoqëronte ata qiraxhinj që dolën të fundit, qëndroi fshehurazi në sallon. Ai i lexoi të gjitha ato që zienin në shpirtin e studentit dhe priste kthesën vendimtare. Dhe, me të vërtetë Rastinjaku ishte në atë gjendje ngurrimi, që do ta kenë provuar shumë nga të rinjtë e moshës së tij. Herë dashuruese e herë nazemadhe, zonja Dë Nysingen e kishte bërë Rastinjakun të provonte gjithë ankthet e një pasioni të vërtetë, duke përdorur ndaj tij mjetet e diplomacisë së grave të Parisit. Si u komprometua në sytë e të tjerëve që mbante pranë kushëririn e zonjës Dë Bosean, ajo ngurronte t'i jepte me të vërtetë të drejtat që dukej sikur gëzonte. Kishte ndonjë muaj që po ia ndizte aq shumë ndjenjat Eugjenit, aq kishte arritur ta prekte në zemër. Megjithëse në ditët e para të afrimit të tyre, studenti e pandehte veten më të fortë, shpejt zonja Dë Nysingen ia kaloi me aftësinë e saj, duke i zgjuar të gjitha ndjenjat, të mira ose të këqija, të atyre dy ose tre burrave që jetojnë në të njëjtën kohë në shpirtin e një djaloshi parizian. Mos ishte vallë kjo një llogari që kishte bërë me vete të saj? Jo; gratë janë gjithmonë të vërteta, qoftë edhe kur ndodhen në mes të falsiteteve të tyre më të mëdha, sepse i shtrohen një ndjenje të natyrshme. Mos vallë Delfina, pasi e la atë djalë të fitonte një pushtet aq të madh mbi të dhe si i tregoi atij një dashuri aq të flaktë, po i bindej tani ndonjë ndjenje dinjiteti, që e bënte ose t'i frenonte lëshimet e saj, ose të kënaqej duke i mbajtur pezull? Është tejet e natyrshme për një pariziane, bile edhe për çastin kur e rrëmben dashuria, të mos e lërë veten të bjerë fare poshtë dhe të provojë zemrën e atij që do t'i besojë të ardhmen e saj! Të gjitha shpresat e zonjës Dë Nysingen ishin tradhtuar një herë dhe besnikëria e saj ndaj një të riu egoist ishte shpërblyer keq. Kishte, pra, plotësisht të drejtë të mos u zinte besë aq lehtë të tjerëve. Mos vallë kishte vënë re në sjelljet e Eugjenit, të cilit i qe rritur mendja nga sukseset e shpejta, një farë mosrespektimi të shkaktuar nga marrëdhëniet e tyre të një natyre të veçantë? Pas shumë përuljesh, siç dukej ajo tani synonte të ngrihej në sytë e një adhuruesi të tillë të ri dhe t'i impononte atij respekt. Ajo nuk donte që Eugjeni të besonte se mund ta shtinte lehtë në dorë pikërisht ngaqë e dinte që i qe dhënë Dë Marsajit. Me një fjalë, pasi kishte provuar dashurinë e ulët të një përbindëshi të vërtetë, të një të riu të çoroditur, ajo ndiente një kënaqësi të madhe që po shëtiste nëpër viset e lulëzuara të dashurisë dhe magjepsej kur i kundronte këto vise nga të gjitha anët, kur dëgjonte aty një kohë të gjatë tingujt që dridheshin, kur përkëdhelej një kohë të gjatë nga flladë të këndshme. Dashuria e vërtetë po lante gjynahet e së rremës. Fatkeqësisht, ky absurditet, do të jetë i shpeshtë gjersa burrat nuk do të kenë kuptuar se sa lule mund të këputë në zemrën e një gruaje të re mashtrimi i parë. Cilatdo qofshin arsyet e saj, Delfina po luante me Rastinjakun dhe i pëlqente të luante me të, pa dyshim sepse e dinte që ai e donte dhe ishte e sigurt se ia pushonte dhembjet e dashurisë sipas qejfit të saj prej mbretëreshe të plotpushtetshme. Si njeri me sedër, Eugjeni nuk donte që beteja e tij e parë të mbaronte me disfatë dhe ngulte këmbë që ta vazhdonte, si ai gjahtari që kërkon të vrasë pa derman një thëllëzë për të festuar ditën e parë të gjuetisë. Shqetësimet e tij shpirtërore, sedra e tij e fyer, dëshpërimet e tij të rreme apo të vërteta, po e lidhnin gjithnjë më shumë pas kësaj gruaje. Gjithë Parisi besonte se zonja Dë Nysingen ishte bërë e tij, po ai s'kishte shkuar një çap më tutje në këtë dashuri nga ç'kishte qenë ditën e parë që e pati njohur. Duke mos ditur ende se nga nazet e një gruaje njeriu mund të përfitojë ngandonjëherë më shumë se ç'mund të përfitojë nga dashuria e saj, inatosej e bëhej si i çmendur. Në qoftë se stina kur një grua lufton me dashurinë i jepte Rastinjakut frutat e saj të hershme - sa të blerta, aguridhe, të tharta e të këndshme që ishin këto fruta në të shijuar, aq edhe shtrenjtë i kushtonin. Herë-herë, kur e shihte që mbetej pa një dhjetësh, pa perspektivë, në kundërshtim me zërin e ndërgjegjes së tij, mendonte për mundësitë e atij pasurimi që i kishte folur Votrëni, po të martohej me zonjushën Tajëfer. Ai ndodhej atëherë në një kohë kur mjerimi i tij kishte arritur në atë shkallë, saqë s'mundi t'u qëndronte më dredhive të sfinksit të tmerrshëm, që e magjepse shpesh me atë vështrimin e tij. Në çastin kur Puareja dhe zonjusha Mishono u ngjitën lart, Rastinjaku, që pandehu se kishte mbetur vetëm me zonjën Voker dhe zonjën Kutyrë, e cila thurte mëngët e një trikoje duke dremitur pranë sobës, i hodhi zonjushës Tajëfer një vështrim aq të ëmbël, saqë ajo uli sytë.

- Mos keni ndonjë brengë, zoti Eugjen? - e pyeti Viktorina, si ndenji një çast pa bërë zë.

- Ka njeri që të mos ketë brenga? - iu përgjigj Rastinjaku.
- Po të ishim të sigurt ne djemtë se na dashurojnë me një besnikëri që i shpërblen sakrificat që jemi gati të bëjmë, ndoshta nuk do të brengoseshim kurrë.

Zonjusha Tajëfer, në vend që t'i përgjigjej, i hodhi një nga ato vështrimet plot kuptim.

- Ju, zonjushë, e quani veten të sigurt sot për zemrën tuaj, po a jeni e sigurt se nuk do të ndryshoni kurrë?

Një nënqeshje u end në buzët e vajzës së gjorë si një rreze që i shpërtheu nga zemra dhe ia ndriçoi aq shumë fytyrën, sa që Eugjeni u llahtaris që shkaktoi një shpërthim aq të fortë ndjenjash.

- Po sikur nesër të bëheshit e pasur, sikur t'ju binte nga qielli një pasuri shumë e madhe, do ta donit përsëri atë djalin e varfër që ju kishte pëlqyer kur kishit qenë në mjerim?

Ajo bëri një gjest të bukur me kokë.

- Një djalë të ri shumë të varfër?

Gjesti u përsërit.

- Ç'marrëzira thoni ashtu? - thirri zonja Voker.
- Lërnani rehat, - iu përgjigj Eugjeni, - ne kemi punët tona.
- Mos vallë ka ndonjë premtim martese midis kavalierit Eugjen dë Rastinjak dhe zonjushës Viktorinë Tajëfer? - pyeti Votrëni me zërin e tij të trashë, duke dalë papritur te dera e dhomës së bukës.
- Uh, ç'na trembët! - thanë me një gojë zonja Kutyrë dhe zonja Voker.
- Ku do të gjeja më të mirë, - u përgjigj duke qeshur Eugjeni, i tronditur si kurrë ndonjëherë nga zëri i Votrënit.
- Mjaft me këto tallje të trasha, zotërinj! - tha zonja Kutyrë.
- Ngrihu të ngjitemi në dhomën tonë, bija ime.

Zonja Voker u vajti pas të dy qiraxheshave, me qëllim që të kursente dritën dhe zjarrin, duke e kaluar mbrëmjen tek ato. Eugjeni mbeti vetëm, ballë për ballë me Votrënin.

- Unë e dija fare mirë që këtu do të përfundonit, - i tha ai duke mbajtur një gjakftohtësi të madhe. - Po dëgjoni! Edhe unë di të sillem mirë. Mos vendosni që tani, nuk jeni në një gjendje të zakonshme shpirtërore. Keni borxhe. Nuk dua të vini tek unë të shtyrë nga pasioni dhe dëshpërimi, po nga arsyeja. Mos vallë ju duhen disa mijë? Ja, i doni?

Ai demon tundues nxori nga xhepi një portofol dhe fërfërlliti në sytë e studentit tri kartëmonedha. Eugjenit iu errën sytë, se kishte mbetur në pikë të hallit. Ai u kishte ngelur borxh markezit D'Azhyda dhe kontit Dë Trajë nja dy mijë franga, që i kishte humbur në mirëbesim. S'kishte para t'ua lante borxhin dhe s'guxonte të vente ta kalonte mbrëmjen te zonja Dë Resto, ku e prisnin. Ishte një nga ato mbrëmjet pa ceremonira, ku hahen ëmbëlsira, pihet çaj, po ku mund të humbasësh në bast edhe gjashtë mijë franga.

- Zotëri, - i tha Eugjeni, duke mbajtur me zor një të dridhur të fortë, - pas gjithë atyre që më thatë, duhet ta kuptoni se s'mund të hyj borxh te ju.

- E pra, do të ma kishit prishur qejfin, po të kishit folur ndryshe, - vijoi tunduesi. - Ju jeni një djalë i pashëm, i sjellshëm, krenar si luani dhe i butë si një vajzë. Do të ishit një gjah i mirë për djallin. Unë i dua këta lloj njerëzish. Edhe nja dy a tre mendime të një politike të lartë, dhe do ta shikoni botën ashtu siç është. Po të luaj aty disa skena të vogla virtyti, njeriu me synime të larta i kënaq të gjitha kapriçot e veta, ndërsa budallenjtë e platesë i duartrokasin nxehtësisht. Për pak ditë, do të jeni i yni. Ah! Sikur të pranoni të bëheni nxënësi im, do t'ju bëj t'ia arrini të gjitha qëllimeve. Posa t'ju lindte një dëshirë, do ta plotësonit atë në çast, cilado që të ishte kërkesa: nder, pasuri, gra. Do të përgatisnim një gjellë perëndish nga të gjitha frytet e qytetërimit. Do të ishit biri ynë i përkëdhelur, beniamini ynë, do të bëheshin copë për ju, me gjithë qejf. Çdo pengesë që do t'ju dilte, do ta shembnim aty për aty. Në qoftë se keni skrupull, mund të më merrni për njeri të keq. Po duhet ta dini se zoti Dë Tyrenë, njeri me ndërgjegje aq të pastër, sa besoni ta keni ende edhe ju, duke mos e quajtur aspak si kompromentim, bënte dallavere me hajdutët. Nuk doni të jeni borxhliu im, hë? S'prish punë, - vijoi Votrëni, duke bërë buzën në gaz. - Merrni këto lëvere dhe shënomëni këtu lart; - tha ai duke nxjerr një kambial.
– *Pranuat për shumën e tri mijë e peseqind frangave të pagueshme për një vit.* Dhe vini datën!

Kamata është kaq e madhe, saqë mund t'ju zhdukë çdo skrupull; mund të më quani çifut dhe të mos më jeni aspak mirënjohës. Ju lejoj të më përbuzni që sot, sepse jam i sigurt që do të më doni më vonë. Tek unë do të gjeni një nga ato greminat pa fund, një nga ato ndjenjat e thella të përqendruara që i quajnë vese mendjelehtët; po nuk do të më shikoni kurrë as frikacak, as mosmirënjohës. Me një fjalë, biri im, unë s'jam *as ushtar, as kalë, po kala.*

- Po ç'njeri jeni ju? - thirri Eugjeni. - Ju qenkeni krijuar që të më mundoni.

- Jo, aspak, unë jam njeri i mirë, dua të zhytem vetë që

t'ju mbroj juve nga llumi sa të jeni gjallë. Mund të thoni me vete: përse ky devocion? E pra, do t'jua them ndonjë ditë, po me zë të ulët, në vesh. Në fillim ndoshta ju tremba duke ju treguar mekanizmin e makinës shoqërore dhe forcën e saj lëvizëse; po llahtaria juaj e parë do të zhduket si ajo e rekrutit në fushën e betejës, dhe do të mësoheni t'i shikoni njerëzit si ushtarë të vendosur të vdesin për t'u shërbyer atyre që shpallen mbretër vetë. Kohët kanë ndryshuar shumë. Dikur i thoshim një trimi: "Na njëqind florinj dhe vraje filanin", dhe haje bukë rehat-rehat, pasi dërgoje në botën tjetër një njeri me një po ose një jo. Sot, unë ju propozoj një pasuri të mirë vetëm për një shenjë që do të bëni me kokë, që nuk ju kompromenton fare, dhe ju nguroni. Ç'shekull i dobët!

Eugjeni e firmoi kambialin dhe mori paratë.

- Shumë mirë. Tani të bisedojmë pak seriozisht, - tha Votrëni. - Për nja dy muaj dua të shkoj në Amerikë, do të vete të mbjell duhanin tim. Do t'ju dërgoj purot e miqësisë. Po të bëhem i pasur, do t'ju ndihmoj. Në qoftë se s'do të kem fëmijë (dhe kjo ka mjaft të ngjarë, sepse s'kam ndër mend të mbij prapë, duke lëshuar farën); atëherë pasurinë time do ta trashëgoni ju. A nuk është një provë miqësie kjo? Po, unë ju dua shumë. S'ka dëshirë më të madhe për mua sesa të sakrifikohem për të tjerët. Këtë e kam bërë edhe më parë. E shikoni, biri im, unë rroj në një sferë më të lartë nga ajo e njerëzve të tjerë. I konsideroj veprat si mjete dhe nuk shikoj veçse qëllimin. Ç'është një njeri për mua? Ja! - ia bëri ai duke kërcitur majën e thoi të gishtit të madh nën njërin nga dhëmbët e sipërm. - Një njeri është gjithçka ose hiç. Bile është më pak se hiç, kur quhet Puare: mund ta shtypësh si tartabiq, është lëvere dhe qelbet. Po kur ju ngjet juve, është zot, s'është me një makinë e mbështjellë me lëkurë, po një teatër ku lëvrijnë ndjenjat më të mira, dhe unë vetëm me ndjenja rroj. A nuk është ndjenja një botë e tërë brenda në një mendim? Shikoni xha Gorionë: të dy të bijat janë gjithë bota për të, ato janë filli me anën e të cilit udhëhiqet ai në botë. E pra, për mua, që e kam kuptuar mirë jetën, ka vetëm një ndjenjë të vërtetë: miqësia midis dy njerëzve. *Pjer dhe Zhafie*, ky është pasioni im. Unë e di përmendsh *Venedikun e shpëtuar*. A keni parë shumë njerëz që të jenë aq trima, saqë, kur u thotë një shok: "Hajde t'i bëjmë gropën një kufome!", të shkojnë pa bërë as gjysmë fjalë dhe pa e mërzitur me moral? Unë e kam bërë këtë. Nuk do të flisja kështu me çdo njeri. Po ju jeni një njeri i tipit të lartë, juve mund t'jua thotë të gjitha njeriu, se dini t'i kuptoni të gjitha. Ju nuk do të zhgërryheni për shumë kohë nëpër kënetat ku rrojnë xhuxhmaxhuxhët shtrembanikë që na rrethojnë këtu. Pra, ashtu si thamë. Do të martoheni. Shpatat zhveshur dhe përpara! E imja është prej çeliku dhe s'thyhet kurrë, he! he!

Votrëni doli jashtë, duke mos dashur të dëgjonte përgjigjen negative të studentit, me qëllim që ta linte të mendohej mirë. Dukej sikur e dinte sekretin e këtyre kundërshtimeve të vogla, të këtyre luftërave që bëjnë njerëzit me vetveten dhe që u shërbejnë për të përligjur në sytë e tyre punët e këqija.

"Le të bëjë ç'të dojë, unë s'martohem kurrë me zonjushën Tajëfer!" mendoi Eugjeni.

I shqetësuar nga një ethe shpirtërore që e zuri kur mendoi se kishte lidhur një pakt me këtë njeri që e urrente, po qe dukej i madh nga vetë cinizmi i ideve të tij dhe nga guxhimi me të cilin po e shtrydhte shoqërinë, Rastinjaku u vesh, dërgoi thirri një karrocë dhe shkoi te zonja Dë Resto. Kishte disa ditë që kjo grua tregonte më shumë kujdes për këtë djalë, çdo hap i të cilit ishte një përparim në zemrën e shoqërisë së lartë dhe që dukej se një ditë ndikimi i tij do të ishte i rrezikshëm për të. Ai u lau borxhet z. Dë Rajë dhe D'Azhyda, luajti letra gjer vonë natën dhe i fitoi prapë ato që kishte humbur. Supersticioz si pjesa më e madhe e burrave që e kanë jetën përpara e që janë pak a shumë fataliste, ai pa në këtë fitim shpërblimin qiellor për vendimin e tij të patundur, që të mos dilte nga rruga e virtytit. Të nesërmen në mëngjes, nxitoi të pyeste Votrënin nëse e kishte me vete kambialin. Kur dëgjoi që e kishte, i ktheu të tri mijë frangat, duke shprehur një gëzim mjaft të natyrshëm.

- Në rregull, - i tha Votrëni.
- Po unë nuk jam bashkëpunëtori juaj, - u përgjigj Eugjeni.
- E di, e di, - ia ktheu Votrëni, duke i prerë fjalën. - Zutë përsëri nga kalamallëqet. Ngurroi për gjëra fare të kota.

Dy ditë më pas, Puareja dhe zonjusha Mishono ishin ulur në një fron, në diell, në një rrugicë të vetmuar të Kopshtit të Bimëve, dhe po bisedonin me atë zotërinë që i dukej me plot të drejtë i dyshimtë studentit të mjekësisë.

- Zonjushë, i thoshte zoti Gondyro, - nuk mund ta kuptoj se ç'e turbullon ndërgjegjen tuaj. Shkëlqesia e tij, ministri i policisë së përgjithshme të mbretërisë...
- Ah, shkëlqesia ë tij ministri i policisë së përgjithshme të mbretërisë...! - përsëriti Puareja.
- Po, me këtë punë po merret vetë shkëlqesia e tij, - tha Gondyroi.

Kujt nuk do t'i duket e pabesueshme që Puareja, një ish-nëpunës dhe qytetar i ndershëm, megjithëse mendjeshkurtër, të vazhdonte të dëgjonte të vetëquajturin rentier të rrugës Dë Byfon, në çastin kur po zinte në gojë fjalën polici, duke treguar fytyrën e një agjenti të rrugës së Jerusalemit përmes maskës së tij prej njeriu të ndershëm? Megjithëkëtë, s'kishte asgjë më të natyrshme se kjo. Sikush do ta kuptonte më mirë llojin e veçantë të cilit i përkiste Puareja në familjen e madhe të leshkove, pas një vërejtjeje të bërë nga disa vëzhgues, po që gjer më sot nuk është përhapur. Është një racë me pupla, që përfshihet në buxhetin midis shkallës së parë të latitydës, ku bëjnë pjesë rrogat prej një mijë e dyqind frangash, një lloj Groenlandi administrativ, dhe shkallës së tretë, ku fillojnë rrogat pak më të ngrohta prej tre gjer në gjashtë mijë franga, krahinë me klimë mesatare, në të cilën rritet e lulëzon shpërblimi me gjithë vështirësitë e kultivimit. Një nga tiparet karakteristike që e shpreh më mirë mendjevogëlsinë e sëmurë të këtyre njerëzve që varen nga të tjerët është një farë respekti i vetvetishëm, mekanik, instinktiv, për atë *Lamën e madh* të çdo ministrie, që njihet nga nëpunësit prej firmës së tij të palexueshme dhe me emrin: SHKËLQESIA E TIJ ZOTI MINISTËR, pesë fjalë që janë baras me *il Bondo Cani* të Kalifit të Bagdatit, dhe që në sytë e atij populli të përulur përfaqëson një pushtet të shenjtë dhe të paapelueshëm. Ashtu si papa për katolikët edhe ministri në cilësinë e administratorit është i pagabueshëm në sytë e nëpunësve; shkëlqimi i personit të tij u komunikohet veprimeve të tij, fjalëve të tij dhe atyre që thuhen në emër të tij; ai i mbulon të gjitha me uniformën e tij të qëndisur në ar dhe legalizon veprimet që urdhëron; emri i tij shkëlqesi, që dëshmon pastërtinë e qëllimeve të tij dhe shenjtërinë e dëshirave të tij, shërben si pasaportë për idetë më të papranueshme. Atë që nuk do ta bënin këta të gjorë për interes të tyre, nxitohen ta kryejnë me t'u përmendur fjala "Shkëlqesia e tij". Zyrat kanë disiplinën e tyre pasive, ashtu sikundër ka edhe ushtria të sajën; sistem ky që mbyt ndërgjegjen, bën nul njeriun dhe, me kohë, e shndërron atë në një vidë të makinës qeveritare. Kështu, zoti Gondyro, që dukej se kishte haber nga njerëzit, dalloi përnjëherësh në personin e Puaresë një nga ata kërcunjtë burokratë dhe nxori *Deus eks makinan*, fjalën magjike "shkëlqesia e tij", në çastin e duhur, duke zbuluar bateritë që t'i merrte mendjen Puaresë, i cili i dukej mashkulli i Mishonosë, ashtu si dhe Mishonoja që i dukej femra e Puaresë.

- Gjersa vetë shkëlqesia e tij, shkëlqesia e tij zoti Mi... Ah! Atëherë ndërron puna, - tha Puareja.

- Ju e dëgjoni zotërinë, sepse me sa duket, u besoni gjykimeve të tij, - vijoi rentieri i rremë, duke iu drejtuar zonjushës Mishono. - E pra, shkëlqesia e tij është krejt i bindur tani se i ashtuquajturi Votrën, që banon në shtëpinë Voker, është një kriminel i arratisur nga burgu i Tulonit, ku njihet me emrin *Trompë-la-Mor,* gënje vdekjen.

- Ah! Trompë-la-Mor! - ia bëri Puareja, - lum si ai, në qoftë se e ka merituar këtë ofiq.

- Kuptohet, - vijoi agjenti, - se këtë ofiq ia detyron fatit që ka pasur e ka shpëtuar pa lënë kokën në ndërmarrjet e tij tepër të guximshme. Si e shikoni, është njeri i rrezikshëm! Ka ca cilësi që e bëjnë të jashtëzakonshëm. Vetë dënimi i tij është diçka që e ka bërë të nderohet shumë nga rrethi i tij...

- Pse, njëri i nderuar qenka ai? - pyeti Puareja.

- Sipas mënyrës së tij. Ka pranuar të marrë përsipër krimin e një tjetri, një falsifikim që kishte bërë një djalosh shumë i pashëm, të cilin e donte me kokë, një italian, një kumarxhi i madh, që hyri qysh atëherë në ushtri, ku është sjellë, ç'është e drejta, shumë mirë.

- Po në qoftë se shkëlqesia e tij ministri i policisë është e sigurt se zoti Votrën qenka Trompë-la-Mori, ç'nevojë ka për mua? - pyeti zonjusha Mishono.

- Po vërtet, - tha Puareja, - në qoftë se ministri, siç patët nderin të na thoni, është i sigurt...

- I sigurt s'mund të themi; vetëm dyshohet. Ja, do ta kuptoni si qëndron puna. Zhak Kolëni, i quajtur Trompë-la-Mor, gëzon besimin e madh të tri burgjeve, që e kanë zgjedhur si agjent dhe bankier të tyre. Ai fiton shuma të mëdha, duke u marrë me dallavere që mund të bëhen vetëm nga një njeri i shënuar.

- Ah! Ah! E kuptoni këtë lodër fjalësh, zonjushë? - pyeti Puareja, - Zoti Gondyro e quan njeri të shënuar, sepse ka qenë shënuar me hekur të skuqur.

- Votrëni i rremë, - vijoi agjenti, - merr kapitalet e kriminelëve, i jep me kamatë, ia ruan dhe i mban në dispozicion të atyre që arratisen nga burgu ose të familjeve të tyre, kur ua lënë me testament, ose të dashnoreve të tyre.

- Dashnoreve të tyre! Doni të thoni grave të tyre? - vërejti Puareja.

- Jo, zotëri. Kriminelli i burgosur nuk ka veçse gra të paligjshme, që ne i quajmë gra pa kurorë.

- Si? Të gjithë me gra pa kurorë rrojtkan ata?

- Natyrisht.

- Epo, këto poshtërsi nuk duhet t'i duroje shkëlqesia e tij ministri. Meqë ju keni nderin të takoheni me shkëlqesinë e tij dhe meqë më dukeni njeri me mendime filantropike, besoj se do ta sqaroni për sjelljen imorale të këtyre njerëzve, që janë një shembull shumë i keq për pjesën tjetër të shoqërisë.

- Po qeveria, zotëri, nuk i mbyll ata atje për të dhënë shembullin e të gjitha virtyteve.

- Kjo është e drejtë. Megjithatë, më lejoni, zotëri...

- Po lëreni, pra, zotërinë të flasë, - i tha atij zonjusha Mishono.

- Ju më kuptoni, zonjushë, - vijoi Gondyroi. - Qeveria ka inters të madh të hedhë në dorë një rezervë të hollash të paligjshme, që thonë se kap një shumë mjaft të madhe: Trompë-la-Mori inkason shuma të hollash të pallogaritshme, duke marrë jo vetëm ato që kanë disa nga shokët e tij, po edhe ato që vijnë nga Shoqëria e "Dhjetëmijëve".

- Dhjetë mijë hajdutë! - thirri Puareja, i tmerruar.

- Jo, Shoqëria e "Dhjetëmijëve" është një shoqëri hajdutësh të tipit të lartë, njerëz që nuk e ndyjnë dorën me gjëra të vogla dhe nuk përzihen në një dallavere, kur e shohin se nuk fitojnë dot të paktën dhjetë mijë franga. Kjo shoqëri përbëhet nga kriminelët më të rrezikshëm, nga ata që shkojnë drejt në Gjyqin e Qarkut. Ata e dinë mirë Kodin dhe nuk janë kurrë në rrezik të dënohen me vdekje, kur kapen. Kolëni është i besuari i tyre, këshilltari i tyre. Me ndihmën e burimeve të tij shumë të mëdha, ky njeri ka ditur të krijojë një polici të tijën me lidhje mjaft të përhapura, që i mbulon me një mister të padepërtueshëm. Megjithëse kemi një vit që e kemi rrethuar me spiunë, ende s'e kemi zënë dot me presh në duar. Arka dhe talenti tij shërbejnë vazhdimisht për të financiar vesin, për të nxjerrë fondin e krimeve dhe mbajnë më këmbë një ushtri me njerëz të këqij, që janë në gjendje lufte të paprerë me shoqërinë. Të kapësh Trompë-la-Morin dhe të shtiesh në dorë bankën e tij, do të thotë ta shkulësh të keqen me gjithë rrënjë. Pikërisht për këtë arsye kjo ekspeditë është bërë një çështje shtetërore dhe e politikës së lartë, që do të nderojë ata që bashkëpunojnë për triumfin e saj. Ju, zotëri, mund të bëheni përsëri nëpunës i administratës ose sekretar i një komisari të policisë, punë këto që nuk do t'ju pengojnë aspak të merrni përveç rrogës edhe pensionin tuaj.

— Po pse nuk merr arkën e të arratiset Trompë-la-Mori? — pyeti zonjusha Mishono.

— Oh! — ia bëri agjenti, — kudo që të shkonte, do të ndiqej këmba-këmbës nga një njeri i ngarkuar që ta vriste, në qoftë se do të vidhte paratë e të burgosurve. Pastaj, nuk mund të rrëmbehet aq kollaj një arkë siç mund të rrëmbehet një zonjushë nga një familje e mirë. Veç kësaj, Kolëni është nga ata që s'e bën një gjë të tillë, se e quan për turp.

— Keni të drejtë, zotëri, — tha Puareja, — me të vërtetë që do të çnderohej.

— Prapëseprapë, unë s'e kuptoj pse të mos vini e ta arrestoni, — tha zonjusha Mishono.

— Ja, zonjushë, po ju përgjigjem... (Vetëm, — i tha ai në vesh, — i thoni zotërisë të mos ma presë fjalën, se përndryshe nuk do të mbarojmë kurë. Ky plak duhet të bëhet shumë i pasur që të mund t'i bëjë të tjerët ta dëgjojnë). Kur erdhi këtu Trompë-la-Mori, veshi lëkurën e një njeriu të ndershëm, u bë mikroborgjez parizian dhe zuri me qira një dhomë në një pension familjar që s'bie në sy; është i rafinuar, i paudhi! S'bie kollaj në dorë. Me një fjalë, zoti Votrën është njeri i madh që merret me punë të mëdha.

"Natyrisht", tha me vete Puareja.

— Ministri, në qoftë se gabonim dhe arrestonim një Votrën të vërtetë, nuk do të bëhet armik me tregtarët e Parisit dhe me opinionin publik. Prefekti i policisë lëkundet, ai ka kundërshtarë. Po të bëhej ndonjë gabim, ata që i kanë vënë synë vendit të tij do të përfitonin nga klithmat e poterja e liberalëve për ta rrëzuar. Këtu duhet vepruar si në çështjen e Konjiardit, kontit të rremë të Sen-Helenës; po të kishte qenë një kont i vërtetë i Sen-Helenës, ne nuk do të ishim këtu sot.

Ndaj duhet ta verifikojmë e të sigurohemi!

- Për këtë juve ju duhet një grua e bukur, - tha përnjëherësh zonjusha Mishono.

- Trompë-la-Mori nuk bie kollaj në kurthin e grave, - tha agjenti. - Po jua them në mënyrë sekrete, ai nuk i do gratë.

- Po nuk e kuptoj atëherë se si mund të shërbej unë në një verifikim të tillë, sikur ta zëmë se do të pranoja ta bëja për dy mijë franga.

- S'ka gjë më të lehtë, - tha i panjohuri. - Unë do t'ju jap një shishe me një dozë likeri të përgatitur për ta vënë njeriun në gjumë pa i shkaktuar asnjë rrezik Ky lloj likeri mund të përzihet edhe me verë ose me kafe, si të doni. E shpini menjëherë atë mikun në shtrat dhe e zhvishni sikur të përkujdeseshit se mos vdesë. Kur të mbeteni vetëm me të, i jepni një shuplakë në sup, paf, dhe do të shikoni të dalin përsëri gërmat PD.

- Po kjo s'qenka asgjë, - tha Puareja.

- E, pranoni? - e pyeti Gondyroi vajzën plakë.

- Mirë, i nderuar zotëri, - u përgjigj zonjusha Mishono, - po në rast se s'ka gërma në sup, do të m'i jepni të dy mijë frangat?

- Jo.

- E çfarë shpërblimi do të merrja?

- Pesëqind franga.

- Të bësh një gjë të tillë për kaq pak të holla! Kjo nuk e lehtëson ndërgjegjen, kurse unë dua ta qetësoj ndërgjegjen time, zotëri.

- Mund t'ju siguroj, - u hodh e tha Puareja, - se zonjusha jo vetëm që e ka të ndjeshme ndërgjegjen, po është dhe shumë e dashur e mjaft e zgjuar.

- Mirë pra, - u hodh e tha zonjusha Mishono, - më jepni tri mijë franga, në qoftë se është Trompë-la-Mori, dhe mos më jepni asgjë, në qoftë se është një mikroborgjez.

- Shumë bukur! - tha Gondyroi, - po me kusht që kjo punë të kryhet nesër.

- Nesër nuk mundem, i nderuar zotëri. duhet të këshillohem me rrëfesin tim.
- Ah, dhelpër! - ia bëri agjenti, duke u ngritur. - Mirë, pra, nesër shihemi prapë. Dhe, në qoftë se doni të flisni me mua, ejani në rrugën Sent-Anë, në fund të oborrit të Sent-Shapelës. Aty ka vetëm një portë me kube. Kërkoni zotin Gondyro.

Emri tepër origjinal i Trompë-la-Morit, dhe fjalët shumë bukur të shefit të famshëm të policisë së sigurimit i tërhoqën vëmendjen Binashonit, tek po kthehej nga leksioni i Kyvierit.

- Pse nuk i jep karar? I thonë treqind franga të ardhura jetike, - i tha Puareja zonjushës Mishono.
- Pse? - ia bëri ajo. - Po duhet ta mendojmë një herë. Në qoftë se zoti Votrën është Trompë-la-Mori, ndoshta mund të përfitojmë më shumë, po të merremi vesh me të. Po t'i kërkosh të holla atij, do të thotë ta paralajmërosh, dhe ai është një njeri që do t'ua mbathte pa paguar. Kjo do të ishte një humbje e llahtarshme.
- Edhe sikur të paralajmërohet, - vijoi Puareja, - a nuk na tha ai zotëria se e ruajnë? Po ju do t'i humbisni të gjitha.

"Unë as që dua t'ia shoh sytë atij, - mendoi zonjusha Mishono. - Vetëm fjalë të vrazhda dëgjoj nga goja e tij".

- Po ju mund të veproni më mirë, - vijoi Puareja. - Si tha edhe ai zotëria, që nuk m'u duk njeri i keq, ky nuk është vetëm një veprim që paguhet mirë, po, duke e kryer, tregojmë edhe bindje ndaj ligjeve, sepse shpëtojmë shoqërinë nga një kriminel, sado i virtytshëm që të jetë. Ujku qimen ndërron, zakonin s'e harron. Po sikur t'i tekej e të na vriste të gjithëve? Eh, qoftë larg, do t'i ngarkonim shpirtin me tërë këto vrasje, pa le që do të binim edhe vetë viktima, se ne do të na vriste të parët.

Shqetësimi që e kishte pushtuar zonjushën Mishono nuk e linte të dëgjonte fjalët që dilnin një nga një prej gojës së Puaresë; si ato pika që pikojnë nga një muslluk i pambyllur mirë. Kur zinte ky plak nga fjalët e tij të zgjatura dhe zonjusha Mishono nuk e ndërpriste, më s'dinte të pushonte, dërdëlliste si makinë e kurdisur. Kur niste të tregonte një gjë, hapte aq shumë paranteza, saqë as ai s'dinte ku do të dilte dhe s'kuptoje asgjë nga ato që thoshte. Kur arriti në shtëpinë Voker, aq ishte ngatërruar në ato që kishte nisur të tregonte, saqë tani kishte zënë të kallëzonte deponimet që kishte bërë në gjyqin e zotit Ragulo dhe të zonjës Morën, ku kishte dalë si dëshmitar i mbrojtjes. Me të hyrë brenda, zonjusha Mishono pa se Eugjen dë Rastinjaku kishte nisur një bisedë aq të ngrohtë me zonjushën Tajëfer saqë as njeri, as tjetri nuk i vunë re të dy qiraxhinjtë e vjetër të pensionit, kur shkuan përmes dhomës së bukës.

- Patjetër që këtu do të mbaronin, - i tha zonjusha Mishono Puaresë. - Kishin tetë ditë që s'ngopeshin së shikuari njëri-tjetrin në sy.

- Po, - u përgjigj ai. - Ndaj u dënua ajo.

- Kush?

- Zonja Morën.

- Unë ju flas për zonjushën Viktorinë, - tha Mishonoja, duke hyrë në dhomën e Puaresë pa qenë në vete, - kurse ju më përrallosni për zonjën Morën. E ç'është kjo grua?

- Ç'faj ka bërë zonjusha Viktorinë? - pyeti Puareja.

- Ka bërë faj që është dashuruar pas zotit Eugjen dë Rastinjak dhe e gjora vajzë e pafajshme po futet thellë e më thellë në këtë rrugë pa ditur se ku do ta nxjerrë!

Gjithë mëngjesin, Eugjeni ishte bërë pikë e vrer nga zonja Dë Nysingen. Në të vërtetë ishte hedhur i tëri nga ana e Votrënit, pa dashur të mendohet thellë as për arsyet e miqësisë që donte të lidhte me të ky njeri i çuditshëm, as për të ardhmen e një aleance të tillë. Tani vetëm ndonjë mrekulli mund ta nxirrte nga gremina ku kishte rënë një orë më parë, duke këmbyer premtimet më të ëmbla me zonjushën Tajëfer. Viktorinës i qe dukur sikur kishte dëgjuar zërin e një engjëlli; për të ishin hapur qiejt. Shtëpia Voker qe stolisur me ngjyrat më fantastike që u japin dekoratorët pallateve të teatrove: ajo dashuronte dhe e dashuronin, të paktën kështu besonte! E cila grua nuk do të kishte besuar si ajo, po të qe takuar me Rastinjakun e po të kishte biseduar me të gjatë një ore, fshehurazi nga sytë e gjithë Argusve të shtëpisë? Duke luftuar me ndërgjegjen e tij, duke ditur se bënte keq dhe duke dashur të bëjë keq, duke thënë me vete se do ta lante këtë mëkat të falshëm me lumturinë që do t'i sillte një gruaje, ai qe zbukuruar nga dëshpërimi që e kishte pushtuar dhe shkëlqente nga zjarret e skëterrës që kishte në zemër. Për fatin e tij të mirë, mrekullia u bë: Votrëni hyri brenda i gëzuar dhe ua kuptoi zemrën të dy të rinjve që kishte martuar me manovrat që pillte mendja e tij e djallëzuar, po ua turbulloi papritur gëzimin, duke kënduar me zërin e tij të trashë e tallës:

Fansheta ime është e mrekullueshme
me thjeshtësinë e saj...

Viktorina u ngrit e iku e pushtuar nga një lumturi aq e madhe, sa dhe fatkeqësia që kishte pasur gjer aherë në jetën e saj. E gjora vajzë! Një të shtrënguar të dorës, të prekurit lehtë të faqes së saj nga flokët e Rastinjakut, një fjalë e pëshpëritur aq afër veshit të saj, saqë kishte ndier edhe ngrohtësinë e buzëve të studentit, të shtrënguarit e belit të saj nga një krah që dridhej, një e puthur që mori në qafë, qenë premtimet e dashurisë së saj, dhe të endurit andej rrotull të Silvies trashaluqe, që mund të hynte nga çasti në çast në këtë sallë të ndritur buke, i bënin ato më të zjarrta, më të gjalla, më tërheqëse se dëshmitë më të bukura të besnikërisë që janë treguar në historitë më të famshme të dashurisë. *Këto dhurata të vogla dashurie*, sipas një shprehjeje të bukur të të moçmëve tanë, i dukeshin krime një vajze të devotshme që shkonte rrëfehej në çdo pesëmbëdhjetë ditë! Brenda asaj ore, ajo kishte derdhur më tepër thesare të zemrës së saj nga ç'mund të derdhte më vonë,
kut' të bëhej e pasur dhe e lumtur, duke u dhënë e tëra.

- Puna mori fund, - i tha Votrëni Eugjenit. - Të dy miqtë tanë u kacafytën. Çdo gjë shkoi për bukuri. Çështje opinioni. Pëllumbi ynë shau skifterin tim. Nesër, në llogoren c Klinjankurit. Më ora tetë e gjysmë zonjusha Tajëfer do të trashëgojë dashurinë dhe pasurinë e t'et, duke ndenjur këtu rehat-rehat e duke zbutur në tasin me kafe rriskat e bukës të lyera me gjalpë. Nuk është për t'u çuditur! Ai piciruku Tajëfer është shumë i fortë në shpatë, ka aq shumë besim në vetvete sa dhe në një lojë bixhozi; do ta pijë nga një e goditur që kam shpikur vetë, një mënyrë si ta ngresh sëpatën e si të qëllosh mu në ballë. Do t'jua tregoj këtë shpikje, do t'ju hyjë shumë ne punë.

Rastinjaku dëgjonte si i hutuar dhe s'mund të përgjigjej. Atë çast erdhën edhe xha Gorioi, Bianshoni dhe disa qiraxhinj të tjerë.

- Kështu më pëlqeni mua, - i tha Votrëni. - Dini se ç'bëni. Ju lumtë, o luani im! Ju do të qeverisni njerëzit; jeni i fortë, i patundur, trim; ju heq kapelën.

Deshi ta zinte për dore. Rastinjaku e hoqi përnjëherësh dorën e tij dhe u plas në një fron, duke u zbehur në fytyrë; i dukej sikur po shikonte një pellg me gjak përpara vetes.

- Ah! ç'na kanë mbetur ende disa skutina të ndotura me virtyt, - tha Votrëni me zë të ulët. - Babë Dolibani ka tre milionë, ia di pasurinë unë. Prika do t'ju tregojë të larë e të bardhë si velloja e nusërisë, bile edhe në vetë sytë tuaj.

Rastinjaku nuk ngurroi më. Vendosi të shkonte të lajmëronte në mbrëmje zotërinjtë Tajëfer atë e bir. Me të ikur prej tij Votrëni, iu afrua xha Gorioi e i tha në vesh:

- Jeni i dëshpëruar, biri im! Ejani me mua, se jua largoj unë mërzinë.

Dhe fabrikanti plak i fideve ndezi kandilin e tij në një nga llambat. Eugjeni i vajti pas, i pushtuar nga një kureshtje e madhe.

- Le të hyjmë në dhomën tuaj, - tha babloku, që i pati kërkuar Silvjes çelësin e dhomës së studentit. - Sot në mëngjes kishit pandehur se ajo nuk ju donte, hë? - vijoi ai. - Ajo ju përzuri padashur dhe ju shkuat i zemëruar, i dëshpëruar. Sa tuaf që jini! Po ajo më priste mua. Kuptoni? Duhej të shkonim bashkë të rregullonim një apartament shumë të bukur, ku do të veni të banoni brenda tri ditëve. Kini mendjen, se mos i thoni gjë asaj. Ajo dëshiron t'ju bëjë një të papritur, po ja që mua s'ma mban barku këtë të fshehtë. Do të banoni në rrugën Artua, fare afër rrugës Sen-Lazarë. Aty do të jeni si princ. Jua kemi rregulluar me mobilie e jua kemi bërë si gjerdek. Kemi bërë shumë gjëra një muaj të tërë dhe s'jua kemi zënë ngoje fare. Avokati im ia filloi punës, ime bijë do të ketë tridhjetë e gjashtë mijë franga të ardhura në vit nga prika e saj; dhe do të kërkoj që të tetëqind mijë frangat e saj të kthehen në pasuri të patundshme.

Eugjeni nuk bënte zë dhe shkonte e vinte poshtë e lart, me duart kryq, në dhomën e tij të varfër e rrëmujë. Xha Gorioi përfitoi nga rasti, kur studenti i kishte kthyer krahët, dhe vuri mbi oxhak një kuti të veshur me lëkurë të kuqe, ku ishte shtypur me gërma ari emblema e fisit të Rastinjakëve.

- Biri im, - thoshte i gjori bablok, - unë jam zhytur gjer në grykë me këto punë. Po, shikoni, ka shumë egoizëm në këtë mes nga ana ime, më interesonte dhe mua që ta ndërronit lagjen. Nuk do të më thoshit jo sikur t'ju kërkoja një gjë, hë?

- Çfarë?

- Mbi apartamentin tuaj, në katin e pestë, është një dhomë që ju takon, aty do të banoj unë, hë? Pleqëria po më vë poshtë, jam shumë larg vajzave të mia. Nuk do t'ju bezdis. Veç dua të jem aty. Ju do të më tregoni për të natë për natë. Besoj se nuk do t'ju vijë rëndë, hë? Kur të vini në shtëpi që të flini, unë do të jem në dyshek, do t'ju dëgjoj dhe do të them me vete: "Ka parë Delfinën time. E ka shpënë në ballo, e ka bërë të lumtur". Po të qëllojë që të jem i sëmurë, do të jetë balsam për zemrën time, kur t'ju dëgjoj të vini, të lëvizni, të ecni. Do të më sillni aromën e vajzës sime! Vetëm një hap do të bëj dhe do të gjendem në Shanz-Elize, ku venë të dyja përditë, do t'i shoh gjithnjë, nuk do të arrij kurrë vonë, siç më ka ndodhur nganjëherë. Pastaj, ajo mund të vijë edhe te ju! Do ta dëgjoj kur të hyjë, do ta shoh të veshur me fustanin e mëngjesit, duke ecur bukur e lehtë si një mace e vockël, Ka ndonjë muaj që është bërë ashtu si kishte qenë: e re, e gëzuar, elegante. Shpirti po i përtërihet edhe këtë lumturi jua detyron juve. Oh! Unë do të bëj të pamundurën për ju. Pak më parë, ajo më tha kur u kthye: "Babi, jam shumë e lumtur!" Kur më thërresin: Atë, me seriozitet, më ngrijnë gjakun; po kur më thërresin babi, më duken përsëri të vogla dhe më bëjnë të kridhem në kujtime. Atëherë e ndiej veten ca më shumë si atin e tyre. Më vjen të besoj se ende nuk janë të një tjetri, po të miat.

Babloku fshiu sytë, po qante.

- Kishte shumë kohë që s'kisha dëgjuar të tilla fjalë, kishte shumë kohë që ajo s'më kishte zënë për krahu. Oh! U mbushën dhjetë vjet që s'kisha ecur pranë e pranë me vajzat e mia. Sa mirë është të fërkohesh pas fustanit të saj, të ecësh në një hap me të, të ndiesh afshin e saj! Me një fjalë, sot në mëngjes e shpura Delfinën nga të katër anët. Hyra me të nëpër dyqane; dhe e përcolla gjer në shtëpi të saj. Oh, lërmëni të rri edhe unë pranë jush! Ndonjëherë do të kemi nevojë për një njeri që t'ju shërbejë, mua do të më keni aty, s'do të kursehem. Ah, sikur të vdiste ai trungu, alzasiani, sikur t'i ngjitej përdhesi nga këmbët gjer në zemër, sa e lumtur do të ishte ime bijë! Ju do të bëheshit dhëndri im, do të ishit burri i saj në sy të të gjithëve. Oh! Ajo është fatkeqe, s'i ka gëzuar asgjë kësaj bote, ndaj ia fal të gjitha unë. Zoti duhet të jetë nga ana e etërve që i duan aq fort fëmijët e tyre. Ajo ju do shumë, - tha ai duke tundur kokën, si t ndenji një çast i heshtur. - Tek ecnim bashkë ajo më fliste për ju e më thoshte: "A nuk është i hijshëm, baba? Sa zemër të mirë që ka! Po për mua ç'thotë?" Oh! Më foli aq shumë për ju që nga rruga d'Artua e gjer te bulevardi i Panoramave, saqë po të shkruheshin, mund të mbusheshin vëllime të tëra! Me një fjalë, ajo e zbrazi zemrën e saj në zemrën time. Tërë këtë mëngjes të bukur nuk isha më plak, e ndieja veten të lehtë si pendë. I thashë që më kishit dhënë të një mijë frangat. Oh! Xhaneja e babait, u prek aq thellë, saqë iu mbushën sytë. Po ç'keni aty mbi oxhak? - pyeti më në fund xha Gorioi, që më s'iu durua kur pa Rastinjakun të rrinte ashtu si i ngrirë.

Eugjeni e kishte humbur fare dhe po e vështronte fqinjin si i hutuar. Dueli që kishte lënë Votrëni për të nesërmen ishte aq në kundërshtim me realizimin e shpresave të tij më të bukura, saqë i bëhej trupi mornica-mornica, kur e përfytyronte atë ëndërr të llahtarshme. U kthye nga oxhaku, pa aty kutinë e vogël katrore, e hapi dhe gjeti brenda një sahat të markës Brëgye, mbështjellë me një letër, ku ishin shkruar këto fjalë:

"Dua të mendoni për mua orë e çast, sepse...
Delfinë"

Kjo fjalë e fundit shprehte, pa dyshim, ndonjë skenë që kishte ndodhur midis tyre. Eugjeni u prek thellë. Në kapakun e brendshëm ishte gdhendur në ar emblema e familjes së tij. Kjo stoli e shtrenjtë, të cilën e kishte zilepsur prej kohësh, zinxhiri, çelësi, forma vizatimet ishin pikërisht ashtu si ia kishte ënda atij. Xha Gorioit i shkëlqente fytyra nga gëzimi. Pa dyshim, ai do t'i kishte premtuar së bijës se do t'ia tregonte fill e për pe përshtypjen që do t'i bënte dhurata e saj Eugjenit, sepse edhe ai nuk dukej më pak i kënaqur nga këto emocione të moshës së njomë. Tani e donte Rastinjakun edhe për të bijën, edhe për vete.

- Sonte do të shkoni tek ajo, se ju pret. Ai trungu alzasian do të vejë për darkë te balerina e tij. Ha, ha! Mbeti si budalla, kur ia mblodhi avokati im. A nuk mburret se e adhuron time bijë? Le ta prekë me dorë, po të dojë, pa po s'ia derdha trutë. Vetëm mendimi se Delfina ime do të jetë në... (psherëtiu), do të më shtynte të bëja krim; po kjo nuk do të thotë se vras një njeri, sepse ai s'është njeri, po një kokëviç me trup derri. Do të më lini të banoj pranë jush?

- Po, i dashur xha Gorio, ju e dini fort mirë që unë ju dua...
- E shoh, bir, e shoh, ju nuk turpëroheni prej meje! Lërmëni t'ju përqafoj.

Dhe e shtrëngoi studentin në gjoksin e tij.- Premtomëni që do ta bëni të lumtur! Do të shkoni sonte te ajo, hë?

- Oh, po! Tani duhet të dal për ca punë që është e pamundur t'i lë për më vonë.
- Mund t'ju ndihmoj edhe unë?
- Po, për besë! Ndërsa unë do të vete te zonja Dë Nysingen, ju shkoni te zoti Tajëfer ati dhe i thoni të më caktojë një orë sonte që të bisedojmë për një çështje me shumë rëndësi?
- Mos është e vërtetë, - thirri xha Gorioi, duke u ndryshuar në fytyrë, - që i vini rrotull vajzës së ti, siç thonë ata budallenjtë poshtë?... Për zotin! Ju nuk e dini se ç'është një e goditur Gorioçe. Në qoftë se na gënjeni, vetëm grushti i lan hesapet... Oh, s'është e mundur!
- Ju betohem se vetëm një grua dua në botë, - u përgjigj studenti, - megjithëse gjer tani nuk e kisha kuptuar këtë.
- Ah, ç'lumturi! - ia bëri xha Gorioi.
- Po nesër, - vijoi studenti, - i biri Tajëferit bën duel dhe mora vesh se do të vritet.
- E ç'ju ha malli juve? - pyeti xha Gorioi.
- Po i duhet thënë atij që të mos e lërë të birin të shkojë... - u përgjigj Eugjeni.

Ia preu fjalën përgjysmë zëri Votrënit, që u dëgjua të këndonte te pragu i derës:

O Rishar, o mbreti im!
Gjithë bota po të braktis...
Brum! brum! brum! brum! brum!
Vite e vite u enda botës
Dhe ajo kudo më pa...
Tra, la, la, la, la...

- Zotërinj, - thirri Kristofi, - supa është gati, të gjithë janë ulur në tryezë.

- Ej, - tha Votrëni, - eja merr një shishe nga të miat me verë Bordoje.

- Nuk ju duket i bukur sahati? - pyeti xha Gorio. - Di të zgjedhë ajo, hë?

Votrëni, xha Gorioi dhe Rastinjaku zbritën bashkë dhe, meqë erdhën vonë, u qëlloi të rrinin pranë e pranë në tryezë.

Eugjeni u tregua shumë i ftohtë me Votrënin, sa kohë që vazhdoi darka, megjithëse ky njeri shumë i dashur në sytë e zonjës Voker s'kishte bërë kurrë aq shakara sa atë natë. Ai diti t'i bënte më qejf të gjithë qiraxhinjtë. Kjo siguri në vetvete dhe kjo gjakftohtësi e trembën Eugjenin.

- Ç'e mirë ju ka gjetur sot? - e pyeti Votrënin zonja Voker, - që jeni tërë qejf si ata gushëkuqët.

- Kështu jam gjithnjë unë, kur më ecën puna.

- Puna? - pyeti Eugjeni.

- Posi. Kam shitur ca mallra që do të më lënë një shumë të mirë si të drejtë komisioni. Zonjushë Mishono, - tha ai kur vuri re se vajza plakë po e vështronte pa ia hequr sytë, - mos nuk ju pëlqen fytyra ime, që po më shikoni me atë syrin amerikan'? Në qoftë se s'ju pëlqen, më thoni, unë e ndërroj për hatrin tuaj... - Nuk na bëhet vonë për këtë, apo jo, Puare?

- i tha ai nëpunësit të vjetër, duke e shikuar me bisht të syrit.

- Besa, ju duhej të pozonit si Herkul panairi, - i tha piktori i ri Votrënit.

- Më vraftë zoti në kam ndonjë kundërshtim, po qe se zonjusha Mishono pozon si Afërdita e Per-Lashezit, - u përgjigj Votrëni.

- Po Puareja? - pyeti Bianshoni.

- Oh! Puareja do të pozojë si Puare. Ai do të jetë zoti i kopshteve! - thirri Votrëni. - Rrjedh nga dardha...

- Lum si ju! - ia bëri Bianshoni. Atëherë do të jeni në mes të dardhës dhe të djathit.

- Ç'janë këto budallallëqe! - tha zonja Voker, - do të bënit më mirë të na jepnit nga vera juaj e Bordosë, se sikur ia pashë veshët një shisheje! Le që do të na sjellë më qejf, po do të jetë edhe ilaç për *stomaqin*.

- Zotërinj, - tha Votrëni, - zonja kryetare na fton të mbajmë rregullin. Zonja Kutyrë dhe zonjusha Viktorinë nuk fyhen nga shakatë tuaja; po respektoni të paktën pafajësinë e xha Gorioit. Ju propozoj një *shisherama* të vogël me verë Bordoje, që emri i Lafitit, guvernatorit të bankës, e bën akoma më të famshme, e themi pa bërë ndonjë aluzion politik. - Hajde, shushko, - i thirri ai Kristofit, kur pa që s'po lëvizte nga vendi. - Këtu, Kristof! S'dëgjon që të thërresin, o shushko? Sillna verën!

- Urdhëroni, zotëri, - tha Kristofi, duke i treguar shishen.

Si mbushi gotën e Eugjenit dhe atë të xha Gorioit, ai hodhi pak edhe për vete dhe e shijoi duke bërë përnjëherësh një ngërdheshje.

- Hej, ta marrë djalli, ta marrë! Mbaka erë tapë. Na, merre pije vetë këtë, Kristof, dhe shko na sill ca tjetër; nga e djathta, e di? Ne jemi gjashtëmbëdhjetë, na zbrit nja tetë shishe.

- Meqenëse ju e zgjidhët qesen, - tha piktori, - unë do të paguaj për njëqind gështenja.

- Oh! oh!
- Buuuh!
- Pmrr!

Të gjithë lëshuan britma habie që vërshuan si fishekzjarre.

- Hajde, mama Voker, dy shishe shampanjë, - i thirri Votrëni.

- Çfarë the? Pse s'kërkove tërë shtëpinë? E di që bëjnë dymbëdhjetë franga dy shishe shampanjë apo s'e di! Se mos i fitoj aq të holla unë! Në qoftë se paguan zoti Eugjen, ju jap liker prej *rrush serezi*.

- Apo s'të kënaq ai likeri i saj që qelbet si lëng frashëri, - tha me zë të ulët studenti i mjekësisë.

- Do të pushosh apo jo, Bianshon - thirri Rastinjaku; nuk mund të dëgjoj të flitet për lëng frashëri se më vjen... Mirë, shko merr shampanjë se e paguaj unë, - shtoi studenti.

- Silvia, - thirri zonja Voker, - na sul biskotat dhe pastat.
- Pastat tuaja janë tepër të mëdha, - tha Votrëni, - u ka dalë mjekra. Po sa për biskotat, çka, na i sillni.

Sakaq vera e Bordosë qarkulloi, dhe qiraxhinjtë u gjallëruan, u bënë akoma më në qejf. U dëgjuan të qeshura të forta, në mes të të cilave shpërthyen disa imitime zërash të ndryshëm shtazësh. Meqenëse nëpunësit të muzeumit ir a ndër mend të lëshonte një britmë Parisi që ngjante me të mjaulliturit e maçokut që ka rënë në dashuri, sakaq tetë zëra të tjerë blegëritën në një kohë e sipër këto fjalë:

- Mprehim thika e gërshërë!
- Mel për zogjtë!
- Shikoni ç'bukuri, zonja! Shikoni ç'bukuri!
- Ngjitim enë porcelani!
- Në varkë! Në varkë!
- Kopanë për të rrahur gratë dhe rrobat!
- Rroba, grada, kapela të vjetra për të shitur!
- Qershi të ëmbla!

Dafinat i takuan Bianshonit për theksin hundor me të cilin thirri:

"Shesim ombrella!"

Vazhdoi një copë herë një zhurmë e madhe që të trulloste kokën, një bisedë pa krye e pa fund, një opera e vërtetë me dirigjent orkestre Votrënin, që mbikëqyrte Eugjenin dhe xha Gorionë, të cilët dukeshin që ishin dehur. Kishin mbështetur që të dy kurrizin te karrigia dhe po kundronin rëndë-rëndë këtë çrregullim të jashtëzakonshëm, duke pirë nga pak; që të dy mendonin për atë që do të bënin në mbrëmje, po megjithatë s'lëviznin dot nga vendi. Votrëni, që vëzhgonte me bisht të syrit edhe ndryshimin më të vogël të fytyrave të tyre, përfitoi nga çasti kur zunë t'u mbylleshin sytë përgjysmë, iu afrua Rastinjakut e i tha në vesh:

- Biri im nuk jeni aq dinak sa të luftoni me xha Votrënin, dhe ai ju do aq shumë, saqë nuk mund t'ju lërë të bëni marrëzira. Kur e vendos një gjë unë, vetëm një zot mund të ma presë rrugën. Ah! Donim të lajmëronim Tajëferin atë, hë? Të binim në gafë shkollarësh! Furra është nxehur, brumi është mbrujtur, buka është në lopatë; nesër do t'i hedhim thërrimet lart dhe do t'i presim në gojë, e të mos i lëmë t'i shtien në furrë?... Jo, jo, do të piqen të tëra! Edhe në na kaptë ndonjë pendim i vockël, do të na zhduket me të filluar tretja. Teksa ne do na marrë një gjumë i lezetshëm, koloneli konti Frankesini do t'ju çelë më majën e shpatës së tij trashëgiminë e Mishel Tajëferit. Me ato që do të trashëgojë nga i vëllai, Viktorina do të ketë pesëmbëdhjetë mijushka të ardhura në vit. Këtë e kam mësuar prej kohësh dhe e di që trashëgimia nga nëna ua kalon të treqind mijëve.

Eugjeni i dëgjonte këto fjalë pa mundur të përgjigjej; e ndiente gjuhën të ngjitur pas qiellzës dhe po bëhej preja e një gjumi të pamposhtur; tryezën dhe fytyrën e qiraxhinjve i shihte përmes një mjegulle të ndritshme. Po shpejt zhurma pushoi dhe qiraxhinjtë u ngritën e shkuan një nga një. Pastaj, kur nuk mbeti më veçse zonja Voker, zonja Kutyrë, zonjusha Viktorinë, Votrëni dhe xha Gorioi, Rastinjaku dalloi si nëpër ëndërr zonjën Voker, që zbrazte nga gotat verën që kishte mbetur, në mënyrë që të mbushte nja dy shishe plot.

- Ah, janë të çmendur, janë të rinj! - thoshte e veja.

Këto ishin fjalët e fundit që mundi të kuptonte Eugjeni.

- Vetëm zoti Votrën mund të bëjë të tilla shakara, - tha Silvia. - Eh, ja dhe Kristofi zuri të gërhasë si derr.

- Adio, mama, - tha Votrëni. - Po shkoj në bulevard të sodit zotin Marti në "Malin e egër", një komedi e madhe e nxjerrë nga "I vetmuari". Po të doni, ejani t'ju shpie bashkë me këto zonjat.

- Ju falemi nderit, - tha zonja Kutyrë.

- Si, moj fqinja ime! - thirri zonja Voker, - nuk pranoni të shikoni një komedi të nxjerrë nga *I vetmuari*, vepër që i ngjan *Atalasë së Shatobrianit*, që na pëlqente aq shumë, kur e lexonim, sepse është aq e bukur, sa qanim si Madëlena e Elodisit nën blirët verën e shkuar, shkurt, një vepër me moral e përshtatshme për të edukuar zonjushën tuaj?

- Na kanë ndaluar të shkojmë në teatër, - u përgjigj Viktorina.

- Ja, shkuan edhe këta, - tha Votrëni, duke tundur në mënyrë komike kokën e Xha Gorioit dhe atë të Eugjenit.

Duke ia mbështetur kokën studentit në karrige, që në flinte rehat, Votrëni e puthi me afsh në ballë, duke kënduar.

Për ju do të vigjëloj gjithmonë.
Flini, të dashurit e mi!

- Kam frikë mos është i sëmurë, - tha Viktorina.
- Rrini ta shëroni atëherë, - ia priti Votrëni. Dhe { pëshpëriti në vesh: - Kjo është detyra juaj si grua e bindur. Ky djalosh ju adhuron, ju do të jeni gruaja e tij e dashur, ja ku po ju lajmëroj. Më në fund, - tha ai me zë të lartë, - *ata u nderuan në gjithë vendin, rrojtën të lumtur dhe patën shumë fëmijë.* Kështu mbarojnë të gjitha romanet e dashurisë. Hajde, mama, - tha ai duke u kthyer nga zonja Voker, të cilën e shtrëngoi me krahët e tij, - vini kapelën, fustanin e bukur me lule dhe sharpën e konteshës. Po shkoj vetë t'ju marr një karrocë.

Dhe doli duke kënduar:

Diell, diell, o diell hyjnor,
ti që pjek edhe kungujt...

- Për zotin, zonja Kutyrë, ky njeri do të më bënte të rroja e lumtur kudo, në çfarëdo kushte që të ndodhesha. - Eh! - tha ajo duke u kthyer nga fabrikanti i fideve, - ja dhe xha Gorioi paska shkuar. Këtij plaku koprac s'i ka rënë kurrë ndër mend të më shpjerë në ndonjë vend. Uh! Ç'do të bjerë përdhe, i ziu! Si s'ka turp që pi sa humbet mendjen, në këtë moshë! Do të më thoni se njeriu s'mund të humbasë një gjë që s'e ka...

Silvia, ngjiteni, pra, në dhomë të tij.

Silvia e zuri bablokun për krahu, e ndihmoi të ecte dhe e hodhi si deng, ashtu si qe veshur, në krevatin e tij.

- I gjori djalë, - thoshte zonja Kutyrë, duke i ngritur Eugjenit flokët që i kishin rënë mbi sy, - ky është si vajzë, nuk e di se ç'është vesi.

- Ah! Mund të them se që prej tridhjetë e një vjetësh që po e mbaj këtë pension, - tha zonja Voker, - kam shkuar shumë djem nëpër duar, si i thonë fjalës, po kurrë s'më kanë zënë sytë djalë kaq të sjellshëm dhe kaq të shquar sa zoti Eugjen. Sa i bukur është kur fle! Mbështetjani, pra, kokën mbi supin tuaj, zonja Kutyrë. Oh, po i bie mbi supin e zonjushës Viktorinë; fëmijët i mbron zoti. Për pak mend e çau kokën te zgripi i mbështetëses. Sa çift i bukur do të ishin ata të dy!

- Pushoni, moj fqinja ime! - thirri zonja Kutyrë, - ju po thoni gjëra që...

- Bah! - ia bëri zonja Voker, - ku dëgjon ai! - Hajde, Silvia, eja të më veshësh. Do të vë korsenë e madhe.

- Si! Korsenë e madhe pasi hëngrët drekë, zonjë? - pyeti Silvia, e habitur. - Jo, zonjë, jo, gjeni ndonjë njeri tjetër që t'ju shtrëngojë, se unë s'mund t'ju vras me dorën time. Një gafë e tillë do t'ju kushtonte jetën.

- Aq më bën, duhet nderuar zoti Votrën.

- Kaq shumë i doni trashëgimtarët tuaj?

- Hajde, Silvia, mjaft tani, - tha e veja dhe iku.

- Në këtë moshë! - tha gjellëbërësja, duke i treguar të zonjën Viktorinës.

Zonja Kutyrë dhe Viktorina, në supin e së cilës kishte mbështetur kokën Eugjeni e po flinte, mbetën vetëm në dhomën e bukës. Tani shtëpia e qetë buçiste nga të gërhiturit e Kristofit, që nuk pajtohej fare me gjumin prej shqerre që bënte Eugjeni. E lumtur që po kryente kështu një nga ato gjestet mirëbërëse, ku shkrihen të gjitha ndjenjat e gruas, duke ndier, pa pasur asnjë faj, zemrën e djaloshit të rrihte pranë zemrës së saj, fytyra e Viktorinës i ngjante asaj të një nëne mbrojtëse dhe shprehte një farë krenarie. Ndër të një mijë mendimet që i zienin në shpirt, atë e pushtonte një ëndje e madhe, tek ndiente aq afër afshin e pastër të frymës së djaloshit.

- E gjora vajza ime! - psherëtiu zonja Kutyrë, duke i shtrënguar dorën.

Zonja e moçme sodiste atë fytyrë të padjallëzuar e të vuajtur, mbi të cilën kishte zbritur kurorë - drita e lumturisë. Viktorina i ngjante një pikture të vjetët mesjetare, ku të gjitha hollësitë janë lënë mbas dore prej artistit, që ka përdorur magjinë e një penelate të qetë e krenare për një fytyrë me ton të zbehtë, po ku duket sikur pasqyrohet qielli me ngjyrat e tij të arta.

- Dhe nuk ka pirë më shumë së dy gota, mama, - tha Viktotina, duke shkuar gishtërinjtë e saj nëpër flokët e Eugjenit.

- Por po të kishte qenë ndonjë i shthurur, moj bijë, do ta kishte mbajtur verën si gjithë të tjerët. Gjersa u deh, domethënë se s'di ç'është të pirët.

Jashtë u dëgjua zhurma e një karroce.

- Mama, - thirri vajza, - erdhi zoti Votrën. Merreni, pra, zotin Eugjen. Nuk dua të më gjejë kështu ai; ka ca shprehje që të vjen ndot kur i dëgjon; aq turpërohet një grua nga vështrimi i tij, sa i duket sikur i kanë ngritur fustanin.

- Jo, - tha zonja Kutyrë, - gabohesh! Zoti Votrën është burrë i mirë, i ngjan pak të ndjerit, zotit Kutyrë, i ashpër, po i mirë, është një mirëbërës i vrazhdë.

Në këto fjalë e sipër, Votrëni hyri brenda me ngadalë dhe kundroi tablonë e formuar nga këto dy fëmijë, që dukeshin sikur i përkëdhelte drita e llambës.

- Oh! - ia bëri ai duke kryqëzuar duart, - të tilla skena do t'i kishin frymëzuar faqe të bukura zemërmirit Bernardën Dë Sen-Pier, autorit të *Pavlit dhe Virgjinisë*. Sa e bukur është rinia, zonja Kutyrë! *I gjori djalë, fli!*- tha ai duke soditur Eugjenin. - E mira nganjëherë të vjen në gjumë. Zonjë, -

vijoi ai duke iu drejtuar së vesë, - ky djalë më prek thellë dhe më bën ta dua shumë, sepse sa i bukur është në fytyrë, aq i kulluar është edhe nga shpirti. Shikoni, a nuk duket si një engjëll i mbështetur në supin e një engjëlli? Ky djalë meriton të dashurohet! Sikur të isha grua, do të dëshiroja të vdisja (hej, sa i marrë), të rroja për të. Tek i sodit kështu, zonjë, - tha ai me zë të ulët, duke e afruar fytyrën te veshi i së vesë, - më bëhet të besoj se këta të dy i ka krijuar zoti për njëri-tjetrin. Zoti ka shumë rrugë të fshehta, ai depërton në veshkat e në zemrat, - thirri ai me zë të lartë. - Kur ju shoh kështu të bashkuar, o fëmijët e mi, të bashkuar nga e njëjta pastërti shpirtërore dhe nga gjithë ndjenjat njerëzore, them me vete se është e pamundur të jeni të ndarë në të ardhmen. Zoti është i drejtë. - Po, i tha ai vajzës, - më jepni dorën zonjusha Viktorinë; unë di të shoh fatin në vijat e dorës; u ka hedhur fall shumë njerëzve. Hajde, mos kini turp. Oh! Ç'shikoj kështu? Për nder, ju do të bëhi brenda pak kohe trashëgimtarja më e pasur e Parisit. Do ta bëni shumë të lumtur atë që ju do. Ati juaj po ju thërret të shkoni pranë tij. Ju martoheni me një djalë që gëzon tituj, me një djalë të ri, të bukur, që ju adhuron.

Në këtë kohë, hapat e rëndë të vejushës ambicioze që po zbriste i prenë përgjysmë profecitë e Votrënit.

- Ja mama Vokerri, e bukur yllkë e shtrënguar dhe e ngushtuar si karrotë. - A nuk po na zihet ca zë fryma? - tha ai duke i vënë dorën mbi bel; si tepër janë shtrënguar gjinjtë mama! S'është çudi që të pëlcasin në qoftë se qajmë; po unë do t'i mbledh copërat me tërë kujdesin e një antikuari.

- Sa mirë që e di gjuhën franceze të mirësjelljes! - i pëshpëriti e veja te veshi zonjës Kutyrë.

- Adio, fëmijë! - ia bëri Votrëni, duke u kthyer nga Eugjeni dhe Viktorina. - Paçi bekimin tim, - u tha ai duke u vënë duart mbi kokë. - Besomëni, zonjushë, nuk shkojnë thatë urimet e një njeriu të ndershëm, ato sjellin lumturi, i dëgjon zoti.

- Mirupafshim, i dashur, - i tha zonja Voker qiraxheshës

së saj, - si thoni, të ketë ndonjë qëllim ndaj meje, zoti Votrën? - shtoi ajo me zë të ulët.

- Ah, sikur të jenë të vërteta këto që thotë zoti Votren, e dashur nënë! - tha Viktorina, duke psherëtirë e duke vështruar duart e saj, kur mbetën vetëm të dyja gratë.

- Po nuk duhet veçse një gjë që të ndodhë kjo, - u përgjigj plaka, - mjafton që ai vëllai yt përbindësh të rrëzohet nga kali...

- Ah, mama!

- O perëndia ime, njeriu ndoshta hyn në gjynah, kur i do të keqen armikut të tij, - vijoi vejusha. - E pra, për këtë do të bëj pendesë. Po, ç'është e vërteta, me gjithë qejf do të shpija lule në varrin e tij. Zemërziu! S'ka guximin të flasë për t'ëmën, po mban trashëgimin e saj në dëm tënd me anën e intrigave të tij. Kushërira ime kishte një pasuri të madhe. Për fatin tënd të keq, nuk është bërë fare fjalë në kontratë për pasurinë e saj.

- Nuk do ta desha kurrë atë lumturi që do t'i kushtonte jetën një njeriu, - tha Viktorina. - Në qoftë se duhet të zhduket im vëlla që të bëhem e lumtur unë, do të më pëlqente më mirë të rrija gjithmonë këtu.

- O zot, (si thotë dhe zoti Votrën, që, siç e sheh, është shumë fetar, - tha zonja Kutyrë, - m'u bë qejfi kur pashë që beson në zotin dhe nuk është si të tjerët që flasin për të me më pak respekt nga ç'flasin për djalin), kush mund ta dijë se në ç'rrugë i pëlqen të plotfuqishmit të na shpjerë?

Të ndihmuara nga Silvia, të dyja gratë mundën ta shpinin Eugjenin në dhomën e tij, aty e shtrinë në krevat dhe gjellëbërësja i zbërtheu rrobat, që të mos i jepnin siklet. Me të kthyer krahët kujdestarja e saj, Viktorina e puthi Eugjenin në ballë, përpara se të shkonte, me tërë kënaqësinë që mundi t'i jepte kjo vjedhje kriminale. I hodhi një sy dhomës së tij, bashkoi, si të thuash, në një mendim të vetëm tërë kënaqësitë e asaj dite, pikturoi me to një tablo të bukur, që e soditi një copë herë të madhe, dhe fjeti si të kishte qenë vajza më e lumtur e Parisit.

Gostia, që dha Votrëni për të dehur Eugjenin dhe xha Gorionë me verë të narkotizuar, u bë shkaktare për vdekjen e vetë Votrënit. Bianshoni, që ishte bërë çakërrqejf, harroi ta pyeste zonjushën Mishono për Trompë-la-Morin. Po ta kishte zënë në gojë këtë emër, ai do t'i kishte shtënë xixat Votrënit, ose, që ta thërresim me emrin e tij të vërtetë, Zhak Kolënit, një kriminELI nga më famëkeqët. Pastaj, ofiqi Afërditë e Perë-Lashezit e bindi zonjushën t'ia dorëzonte policisë kriminelin pikërisht në kohën kur, duke besuar në bujarinë e Kolënit, llogariste nëse nuk do të ishte më në fitim të saj ta paralajmëronte atë dhe ta ndihmonte të arratisej natën. Ajo kishte dalë bashkë me Puarenë që të shkonte te komisari i famshëm i policisë, në rrugicën Sent-Anë, duke besuar akoma se kishte të bënte me një nëpunës të lartë të quajtur Gondyro. Komisari i policisë e priti shumë mirë. Pastaj pas një bisede I ku çdo gjë u përcaktua mirë, zonjusha Mishono kërkoi pijen me anën e së cilës do ta vinte në gjumë Votrënin, që t'i shikonte vulën te supi. Nga gjesti i gëzimit të madh që shprehu nëpunësi i rëndësishëm i rrugicës Sent-Anë, duke kërkuar një shishe në syzën e tryezës së tij, zonjusha Mishono kuptoi se në këtë punë kishte diçka më të rëndësishme nga arrestimi i një krimineli të zakonshëm. Duke vrarë mendjen, ajo nisi të dyshonte se policia, nga disa zbulime që kishin bërë spiunët e burgut, shpresonte të arrinte në kohë për të shtënë në dorë shuma të mëdha të hollash. Kur ia shfaqi këto mendime atij dinaku, ai zuri të buzëqeshte dhe u përpoq t'ia largonte dyshimet vajzës plakë.

- Gaboheni, - u përgjigj ai, - Kolëni është *robona* më e rrezikshme që ka ekzistuar në botën e vjedhësve. Këtu është tërë puna. Këtë e dinë mirë ata kriminelët; ai është flamuri i tyre, mbështetja e tyre, Bonaparti i tyre, me një fjalë ata e duan të gjithë. Ky maskara s'na e ka për të lënë kurrë trungun e tij në sheshin e Grevës.

Me që zonjusha Mishono nuk po kuptonte, Gondyroi i

shpjegoi të dyja fjalët që kishte thënë në zhargon. Sorbonë dhe *trung* janë dy shprehje të forta të gjuhës që flasin hajdutët, te cilët kanë qenë të parët që e ndjenë të nevojshme ta shikonin kokën e njeriut nga dy pikëpamje. Sorbona është koka e njeriut të gjallë, këshilltari i tij, mendimi i tij. Trungu është një fjalë përbuzëse që do të thotë se koka s'ka asnjë rëndësi, kur është e prerë.

- Kolëni na sjell vërdallë, na lot si arushën. - vijoi ai. - Kur ndodhemi ballë këtyre njerëzve që janë si boshte çeliku të kalitur sipas mënyrës angleze, jemi të detyruar t'i vrasim në qoftë se përpiqen të bëjnë më të voglën rezistencë në kohën që arrestohen. Shpresojmë se ai do të na kundërshtojë nesër në mëngjes dhe do të na detyrojë ta vrasim. Kështu që nuk do të ketë as gjyq, as do të bëhen shpenzime për rojën e për ushqimin dhe shoqëria do të shpëtojë nga një kriminel. Procedurat, thirrjet e dëshmitarëve, dëmshpërblimet e tyre, ekzekutimi, të gjitha këto gjëra që duhen për t'i hequr qafe në mënyrë legale këta maskarenj kushtojnë mbi një mijë *eky*, që do të merrni ju. Kursehet edhe kohë. Duke i dhënë një bajonetë të mirë paçasë së Trompë-la-Morit, do t'u presim hovin nja njëqind krimeve dhe do të mos lëmë të korruptohen nja pesëdhjetë njerëz të ligj, të cilët do të sillen urtë përqark policisë korrektuese. Kësaj i thonë të punojë me mënd policia. Sipas filantropëve të vërtetë, të sillesh kështu, do të thotë t'u presësh hovin krimeve.

- Do të thotë edhe t'i shërbesh Atdheut, - tha Puareja.

- Ah! - vijoi komisari, - sonte keni folur fjalë me mend. Po, sigurisht ne i shërbejmë vendit. E megjithatë, bota është mjaft e padrejtë kundrejt nesh. Ne i bëjmë shoqërisë shumë shërbime të mëdha, po që nuk dihen. Po i takon pikërisht njeriut superior që të qëndrojë mbi paragjykimet dhe të krishterit që t'i pranojë fatkeqësitë që rrjedhin edhe nga një punë e mirë, kur kjo punë nuk kryhet sipas rregullit të pranuar nga të gjithë. Kuptoni, Parisi është Paris! Në këtë fjalë përmblidhet gjithë jeta ime. Kam nderin t'ju përshëndes, zonjushë. Nesër do të jem bashkë me njerëzit e mi në Kopshtin Mbretëror. Dërgoni Kristofin në rrugën Byfon, te zoti Gondyro, në shtëpinë ku isha unë. Zotëri, jam shërbëtori juaj. Në qoftë se ndodh që t'ju vjedhin ndonjë gjë, ejani tek unë t'jua gjej, jam nën urdhrat tuaja.

- Eh! - i tha Puareja zonjushës Mishono, - ka budallenj që tmerrohen kur dëgjojnë fjalën polic. Ky zotëria është shumë i dashur dhe nuk ju kërkon veçse një gjë fare të thjeshtë.

Qenkësh thënë se e nesërmja të ishte një ndër ditët më të jashtëzakonshme të shtëpisë, Voker. Gjer atëherë, ngjarja më e rëndësishme e kësaj jete të qetë pati qenë shfaqja meteorike e konteshës së rreme Dë l'Ambermenil. Po gjithçka do të zbehej përpara peripecive të kësaj dite të madhe, që do të përmendej gjithmonë në bisedat e zonjës Voker. Së pari, Gorioi dhe Eugjen dë Rastinjaku fjetën gjer në ora njëmbëdhjetë. Zonja Voker, që u kthye në mesnatë nga teatri Gete, ndenji në krevat gjer në ora dhjetë. Gjumi i rëndë që e pati zënë Kristofin shkaktoi që të mos kryhej me kohë shërbimi i shtëpisë. Puareja dhe zonjusha Mishono nuk u ankuan që s'po e hanin në kohë mëngjesin. Kurse Viktorina dhe zonja Kutyrë fjetën gjer afër drekës. Votrëni doli përpara orës tetë dhe u kthye tamam në kohën që u shtrua mëngjesi. Asnjeri nuk u ankua, kur Silvia dhe Kristofi shkuan trokitën në të gjitha dyert aty nga ora njëmbëdhjetë e një çerek. Kur shkuan Silvia me shërbyesin, zonjusha Mishono, që zbriti poshtë e para, hodhi likerin në tasin prej argjendi të Votrënit, ku po ngrohej në ujë të nxehtë kajmaku për kafenë e tij me qumësht.

Vajza plakë mendoi të përfitonte nga kjo traditë e pensionit për të kryer punën e saj. Mezi u mblodhën më në fund të shtatë qiraxhinjtë. Eugjeni zbriti i fundit duke u shtriqur. Atij iu afrua një shërbyes dhe i dha një letër nga zonja Dë Nysingen. Ja se ç'qe shkruar në këtë letër:

"Unë s'kam as sedër të rreme, as jam e zemëruar me ju, miku im. Ju prita gjer në ora dy pas mesnate. Të presësh

një njeri që e dashuron! Kush e ka provuar këtë torturë, nuk ia bën asnjeriu. E shoh fare mirë që dashuroni për të parën herë. Ç'të ketë ndodhur? Jam shumë e shqetësuar. Po të mos druhesha se mos nxirrja në shesh të fshehtat e zemrës sime, do të kisha ardhur të mësoja se ç'e mirë a e keqe ju ka gjetur. Po a nuk mbulohesh me turp, të dalësh në këtë orë, qoftë më këmbë, qoftë me karrocë? Kuptova se ç'fatkeqësi është të jesh grua. Qetësomëni, shpjegomëni pse nuk erdhët gjersa im atë ju tha se si ishte puna. Do të inatosem, po do t'jua fal. Mos jeni i sëmurë? Pse të banoni aq larg? Ju lutem të më lajmëroni. Do të vini, hë? Në qoftë se jeni të zënë, do të më mjaftonte vetëm një fjalë. Shkruamëni: "Po vij" ose "Jam sëmurë". Le që po të mos e ndienit veten mirë, im atë do të kishte ardhur lë më thoshte! Po ç'ka ndodhur atëherë?..."

— Po, ç'ka ndodhur? — thirri Eugjeni, që rendi në sallën e bukës, duke e zhubrosur letrën pa e mbaruar së lexuari. Sa është ora?

— Njëmbëdhjetë e gjysmë, — tha Votrëni, duke i hedhur sheqerin kafesë.

Kriminelli i arratisur nga burgu i hodhi Eugjenit një vështrim që të hipnotizonte e të ngrinte në vend, një vështrim të tillë e kanë vetëm njerëzit me një fuqi magnetike të jashtëzakonshme dhe, siç thonë, janë të zotët të qetësojnë edhe të çmendurit më të tërbuar në çmendinë. Eugjenit iu drodh gjithë trupi. Në rrugë u dëgjua zhurma e një karroce dhe sakaq hyri brenda një shërbyes me uniformën e shtëpisë së zotit Tajëfer, të cilin e njohu menjëherë zonja Kutyrë.

— Zonjushë, — thirri ai, — ju kërkon ati juaj... Ka ndodhur një fatkeqësi e madhe. Zoti Frederik bëri duel dhe mori një të goditur me shpatë në ballë, mjekët ia kanë prerë shpresën; ja e arrini, ja jo që ta përshëndetni për të fundit herë, ai i ka humbur ndjenjat.

— I gjori djalë! — thirri Votrëni. — Nuk e kuptoj se si mund të zihet njeriu me të tjerët, kur ka një të ardhur prej tridhjetë mijë frangash në vit! Me të vërtetë që s'dinë të rrojnë këta të rinjtë.

- Zotëri! - i thirri atij Eugjeni.

- Si është puna, o kalama i madh? ~ e pyeti Votrëni, duke mbaruar së piri kafenë me gjakftohtësi, veprim ky që ndiqej me një vëmendje aq të madhe nga zonjusha Mishono, sa që kjo s'pati kohë të prekej nga ngjarja e jashtëzakonshme që i çuditi të gjithë. - A nuk bëhen duele çdo mëngjes në Paris?

- Po vij edhe unë, Viktorinë, - tha zonja Kutyrë.

Dhe shkuan që të dyja pa shall e pa kapelë. Përpara se të dilte, Viktorina i hodhi Eugjenit një vështrim me sy të përlotur që donte të thoshte: "Nuk e besoja të më shkaktonte kaq lot lumturia jonë!"

- More, po ju qenki profet, zoti Votrën! -ia bëri zonja Voker.

- Unë jam gjithçka, - u përgjigj Zhak Kolëni.

- Është për t'u çuditur! - vijoi zonja Voker, duke thënë edhe plot fjalë të tjera pa kuptim për këtë ngjarje. - Se mos pyet vdekja ku vete. Shpesh të rinjtë shkojnë përpara pleqve. Jemi të lumtur ne gratë që s'bëjmë duel; po edhe ne kemi ca sëmundje të tjera që s'i kanë burrat. Ne bëjmë fëmijë, dhe dhembja e nënës nuk ikën kollaj! Ç'fat për Viktorinën! Tani i ati do të shtrëngohet ta marrë prapë.

- Eh! - ia bëri Votrëni, duke vështruar Eugjenin, - dje ajo s'kishte asnjë dysh; sot është milionere.

- Lum si ju, zoti Eugjen, - thirri zonja Voker, - ditët ku e hodhët mollën.

Kur dëgjoi këto fjalë, xha Gorioi vështroi studentin dhe i pa në dorë letrën e zhubrosur.

- Nuk e mbaruat së lexuari! Ç'do të thotë kjo? Mos jeni edhe ju si të tjerët? - pyeti ai.

- Zonjë, unë s'do të martohem kurrë me zonjushën Viktorinë, - tha Eugjeni, duke iu drejtuar zonjës Voker me një ndjenjë tmerri dhe neverie që i çuditi të gjithë.

Xha Gorioi i mori dorën studentit, ia shtrëngoi dhe sa s'ia puthi.

- Oh! oh! - ia bëri Votrëni. - Italianët kanë një fjalë të mirë: *Col tempo!* – me kohë.
- Pres përgjigjen, - i tha Rastinjakut i dërguari i zonjës Dë Nysingen.
- I thoni që do të vij.

Letërsjellësi shkoi. Eugjeni ishte bërë aq nervoz, saqë nuk po i peshonte më fjalët.

- Si të bëj? - pyeste ai me zë të lartë, duke folur me vete. – S'ka asnjë provë!

Votrëni zuri të buzëqeshte. Në këtë kohë, pija që kishte në stomak nisi të bënte punën e saj. Megjithatë, kriminelli ishte aq i shëndoshë, saqë u ngrit, vështroi Eugjenin dhe i tha me një zë të thellë:

- E mira na vjen në gjumë, or djalosh.

E u përplas përdhe, sikur ta kishin goditur për vdekje.

- O perëndi! Ç'e gjeti të gjorin zotin Votrën?
- Ndonjë apopleksi! - thirri zonjusha Mishono.
- Silvia, ik, bija ime, shko merr një mjek, - thirri e veja. - Ah, zoti Rastinjak, rendni, pra, te zoti Bianshon; Silvia mund të mos e gjejë mjekun tonë, zotin Grempret.

Rastinjaku, i gëzuar që i doli një shkak për t'u larguar nga kjo guvë e llahtarshme, iku duke rendur.

- Hajde, Kristof, nxito te farmacisti dhe kërkoji ndonjë bar kundër apopleksisë.

Kristofi doli.

- Xha Gorio, po ndihmomëni, pra, ta ngjitim në dhomën e tij.

E kapën Votrënin, e ngjitën me mundim nëpër shkallë dhe e vunë në krevatin e tij.

- Tani s'kam ç'bëj këtu, po shkoj të shoh time bijë, - tha zoti Gorio.
- Ah, o plak egoist! - thirri zonja Voker, - shko, dhëntë zoti të vdesësh si qen.
- Shkoni de, shikoni se mos na gjeni një çikë eter, - i tha zonjës Voker zonjusha Mishono, të cilën e kishte ndihmuar

Puareja që të zhvishte Votrënin.

Zonja Voker zbriti poshtë në apartamentin e saj dhe e la zonjushën Mishono zotëruese të fushës së betejës.

- Hajde, hiqjani de, këmishën dhe kthejeni shpejt! Bëni dhe ju një punë, mos më lini të shoh trupin e tij të zhveshur, - i tha ajo Puaresë. - Ç'më rrini aty si hu.

Me ta kthyer Votrënin përmbys zonjusha Mishono i dha një shuplakë të fortë në sup, dhe të dyja germat fatale dolën të bardha në mes të vendit të skuqur.

- Bre, sa shpejt që e fituat shpërblimin prej tri mijë frangash! - tha Puareja, duke e mbajtur Votrënin ngritur që t'i vishte përsëri këmishën zonjusha Mishono. - Uf, sa i rëndë që qenka! - ia bëri ai, duke e shtrirë përsëri në krevat.

- Pushoni! Po sikur të ketë ndonjë arkë me para këtu? - Pyeti me të shpejtë vajza e moçme, sytë e së cilës dukej sikur depërtonin brenda mureve, aq me lakmi i vështronte edhe brenditë më të vogla të dhomës. - Ta hapim një herë këtë sirtar, po pastaj nxjerrim ndonjë shkak, - vijoi ajo.

- Mos na dalë keq, - u përgjigj Puareja.

- Jo, - tha ajo. - Paratë janë të vjedhura, kanë qenë të të gjithëve, tani nuk janë më të askujt. Po ç'e do që s'kemi kohë! Ja ku po vjen Vokera.

- Nani eterin, - tha zonja Voker. - Sot qenka dita e tersllëqeve. Për perëndi, ky nuk do të jetë i sëmurë, i është zbardhur lëkura si e zogut të pulës.

- Si e zogut të pulës? - Përsëriti Puareja.

- Zemra i rreh në rregull, - tha vejusha, duke i vënë dorën në zemër.

- Në rregull? - u çudit Puareja.

- Ai është shumë mirë.

- Ashtu thoni? - pyeti përsëri Puareja.

- O zot! Po duket sikur £Le! Silvia shkoi të marrë mjekun. E shikoni, zonjusha Mishono, po nuhat eter. Bah, alivan do t'i ketë rënë. Pulsi i rreh mirë. Ky është i fortë si div. Shikoni se ç'leshtor qenka zonjushë! Ky njeri do të rrojë njëqind vjet!

Ç'flokë të dendur që më ka! Uh, i paska të vënë! Ja ku i janë shkolitur këtu: qenka kuqo, ndaj ka vënë flokë të rremë. Thonë se kuqot o janë shumë, shumë të mirë, o janë shumë, shumë të ligj! Të jetë i mirë ky?

- I mirë për t'u varur, - tha Puareja.

- Në qafën e një gruaje, doni të thoni, - thirri me të forta zonjusha Mishono. Dilni, pra, jashtë, zoti Puare. Na takon neve grave t'ju mjekojmë, kur sëmureni. Le që ju për të ngatërruar jeni këtu, se për ndihmë s'ju ka njeriu, - shtoi ajo.
- Përkujdesem unë me zonjën Voker për të dashurin zotin Votrën.

Puareja shkoi me ngadalë dhe pa bërë fjalë, si ai qeni që ha një shkelm nga i zoti.

Rastinjaku kishte dalë të merrte pak ajër të pastër, se sikur po i zihej fryma nga sikleti. Një ditë më parë, ai kishte dashur ta ndalte këtë krim të kryer në orën e caktuar. Ç'kishte ndodhur? Ç'duhej të bënte tani? Dridhej kur mendonte se mund ta quanin bashkëpunëtor të tij. Gjakftohtësia e Votrënit akoma po e tmerronte.

"Po sikur të vdiste Votrëni pa folur me gojë?" mendonte Rastinjaku.

Ai shkonte përmes rrugicave të Kopshtit të Luksemburgut, si të ndiqej nga një tufë qensh, dhe i bëhej sikur dëgjonte të lehurat e tyre.

- E, - i thirri Bianshoni, - e lexove Pilotin?

Piloti ishte një fletushkë radikale, që drejtonte zoti Tiso dhe që nxirrte për provincën, disa orë pas gazetave të mëngjesit, një botim me të rejat e ditës, që arrinin nëpër krahinat njëzet e katër orë më parë nga lajmet e gazetave të tjera.

- Ajo kishte një histori të çuditshme, - tha stazhieri i spitalit Koshën. - I biri i Tajëferit ka bërë duel me kontin Frankesini, të gardës së vjetër, që ia nguli shpatën dy gisht thellë në ballë. Dhe ja ku Viktorina na u bë një nga vajzat më të pasura të Parisit. Eh, ku ta dijë njeriu? Ç'aso që qenka kjo vdekja! More, vërtet të shikonte me sy të mirë Viktrona, ty?

- Pusho, Bianshon, s'martohem kurrë me atë. Unë dashuroj një grua të hijshme, edhe ajo më dashuron, dhe...
- Ti më duket se flet kështu, sepse të vjen zor të tregohesh i pabesë. Po pa më trego se cila është ajo grua që ia vlen të sakrifikosh pasurinë e zotit Tajëfer.
- Ç'është kështu sot! Të gjithë djajtë qenkan kundër meje? - thirri Rastinjaku.
- Me cilin je pleksur? Mos u çmende? Pa më jep dorën të të shoh pulsin, - tha Bianshoni. - Ti ke ethe.
- Shko, pra, te mama Vokeri, - i tha Eugjeni, ai maskara Vorëni u këput e ra si i vdekur.
- Ah! - ia bëri Bianshoni, duke e lënë Rastinjakun vetëm, - ti po më ndjell ca dyshime që dua të shkoj t'i vërtetoj.

Shëtitja e gjatë e studentit të drejtësisë qe solemne. Ai bëri, si të thuash, xhiron e ndërgjegjes së tij. Vështroi përbrenda tij, pa thellë në shpirtin e tij dhe vërtet që ngurroi, po nderi i tij, të paktën, doli i pacënuar nga kjo bisedë e ashpër dhe e tmerrshme me vetveten, si një bosht i çeliktë që u bën ballë të gjitha goditjeve. I ranë ndër mend fjalët që i kishte thënë xha Gorioi një ditë më parë, iu kujtua shtëpia që kishin zgjedhur për të pranë Delfinës, në rrugën D'Artua; nxori përsëri letrën, e lexoi edhe një herë dhe e puthi.

"Kjo dashuri është spiranca ime e shpëtimit", mendoi ai. "Zemra e atij plaku të gjorë ka vuajtur shumë. Ai nuk i tregon dhembjet e tij, po kush s'i kupton? E, pra, unë do të kujdesem për të, si për një atë, do ta bëj të ndiejë një tok kënaqësi. Po të më dojë mua, ajo do të vijë shpesh tek unë, të kalojë ditën pranë tij. Ajo kontesha Dë Resto është grua e poshtër, edhe portier do ta bënte t'anë. Delfina e dashur! Ajo është më e mirë për bablokun, është e denjë të dashurohet.

Ah, sonte do të jem i lumtur!"

Nxori sahatin dhe e soditi.

- Më ka ecur mbarë! Kur një burrë dhe një grua dashurohen me gjithë shpirt dhe përgjithmonë, mund ta ndihmojnë njëri-tjetrin, unë mund ta mbaj këtë sahat. Le që patjetër do t'ia arrij qëllimit dhe do t'ia shpërblej njëqind fish. Në këtë lidhje s'ka asgjë kriminale, asgjë të tillë që mund të lëndonte edhe virtytin më të rreptë. Sa njerëz të ndershëm kanë të tilla lidhje! Ne s'gënjejmë njeri, dhe ajo që e poshtëron njeriun është gënjeshtra. Të gënjesh, a nuk do të thotë të mohosh vetveten? Ajo ka kohë që është ndarë nga i shoqi. Veç kësaj, unë do t'i them atij alzasiani të ma lërë mua atë grua, sepse ai s'mund ta bëjë kurrë të lumtur.

Lufta e Rastinjakut me ndërgjegjen e tij vazhdoi një copë herë të madhe. Megjithëse triumfuan virtytet e rinisë, papë se prapë, andej nga ora katër e gjysmë, ndaj të ngrysur, i nxitur nga një kureshtje e pamposhtur, ai mori rrugën e Shtëpisë Voker, që ishte betuar ta braktiste përgjithmonë. Donte të dinte nëse Votrëni kishte vdekur. Pasi i pati dhënë një bar për të vjellë, Bianshoni i kishte shpënë në spitalin ku punonte ato që kishte nxjerrë Votrëni nga stomaku, me qëllim që t'u bënte një analizë kimike. Dyshimet e tij u shtuan akoma më shumë, kur pa se zonjusha Mishono nguli këmbë t'i hidhte ato në plehrat. Po Votrëni erdhi shpejtnë vete, dhe Bianshoni dyshoi për ndonjë komplot kundër shokut gaztor të pensionit. Në kohën që hyri brenda Rastinjaku, Votrëni ishte ngritur dhe po rrinte pranë stufës, në sallën e bukës. Qiraxhinjtë e pensionit, përveç xha Gorioit, kureshtarë të mësonin hollësitë e lajmit të duelit të të birit të Tajëferit dhe ndikimin e tij mbi fatin e Viktorinës, ishin mbledhur më shpejt se zakonisht e po bisedonin rreth kësaj ngjarjeje. Kur hyri brenda Eugjeni, sytë e tij u takuan me ata të Votrënit gjakftohtë, vështrimi i të cilit depërtoi aq thellë në zemrën e tij dhe i bëri të dridhen aq fort disa tela të dobët, saqë u rrëqeth i tëri.

- Eh, mor bir, - i tha atij krimineli i arratisur nga burgu, - siç duket, puna vdekjes s'i ka për të ecur me mua. Me sa thonë këto zonjat, i paskam bërë ballë me triumf një goditjeje që edhe kaun do ta kishte lënë top në vend.

- Pse s'thoni më mirë demin, - thirri e veja Voker.

- Mos nuk ju vjen mirë që më shikoni gjallë? - i tha Votrëni në vesh Rastinjakut, duke besuar se e kishte gjetur ç'mendonte. - S'ka lindur akoma ai që më bën varrin mua!

- Për besë! - tha Bianshoni, - zonjusha Mishono fliste pardje për një zotëri të mbiquajtur Trompë-la-Mor; ky emër do t'ju shkonte për bukuri.

Kjo fjalë i ra si rrufe Votrënit: u zbeh e u luhat dhe i hodhi si rreze dielli vështrimin e tij magnetik zonjushës Mishono, së cilës iu pre gjithë fuqia nga ky vërshim i vullnetit të tij. Vajza plakë u plas në një fron. Puareja hyri sakaq në mes të saj dhe Votrënit, sepse e kuptoi që ajo ishte në rrezik, aq tepër u egërsua fytyra e kriminelit, që e kishte hequr tani atë maskën dashamirëse, pas së cilës fshihej natyra e tij e vërtetë. Qiraxhinjtë, që ende s'po kuptonin asgjë nga kjo dramë, mbetën të çuditur. Në këtë kohë u dëgjuan këmbët e shumë njerëzve dhe zhurma e disa pushkëve që përplasën ushtarët në kalldrëmin e rrugës. Teksa Kolëni kërkonte vetvetiu ndonjë vrimë, duke vështruar dritaret dhe muret, te dera e sallonit u dukën katër burra. I pari ishte komisari i policisë, tre të tjerët ishin oficerë të sigurimit publik.

- Në emër të ligjit dhe të mbretit! - thirri njëri nga oficerët, zërin e të cilit e mbuloi një pëshpëritje habie.

Sakaq në sallën e bukës mbretëroi qetësia, qiraxhinjtë u hapën, që t'u lëshonin rrugën tre prej këtyre burrave, që e mbanin njërën dorë në xhep, duke shtrënguar aty një pisqollë gati për zjarr. Dy xhandarë që vinin pas agjentëve zunë derën e sallonit dhe dy të tjerë dolën te dera që të nxirrte te shkallët. Në kalldrëmin përpara ndërtesës jehuan hapat dhe pushkët e shumë ushtarëve. Tani u zhduk çdo shpresë shpëtimi për Tromp-la-Morin, të cilin po e vështronin të gjithë. Komisari shkoi drejt tek ai dhe i dha një shuplakë në kokë aq të fortë, saqë paruka i fluturoi tutje, dhe koka e Kolënit u duk në tërë shëmtimin e saj. Ajo kokë e ajo fytyrë, në harmoni me shtatin, me ata flokë të kuqërremtë e të shkurtër, që i jepnin një pamje të llahtarshme force të përzier me dinakëri, vetëtitën sikur të qenë ndriçuar nga flakët e skëterrës. Të gjithë e morën vesh se ç'monedhë qe Votrëni, kuptuan të shkuarën, të tashmen dhe të ardhmen e tij, dogmat e tij të pamëshirshme, kultin e rehatit të tij, epërsinë që i jepnin cinizmi i mendimeve dhe i veprimeve dhe forca e organizimit të tij të aftë për gjithçka. I hipi gjaku në kokë dhe i ndritën sytë si të një maçoku të egër. U hodh përpjetë me një lëvizje aq të egër e të fuqishme, u skuq aq shumë, saqë të gjithë qiraxhinjtë britën të lebetitur. Ky gjest prej luani dhe britma e të gjithëve, i shtynë agjentët të nxirrnin pisqollat. Kur pa të shkëlqenin çargjet e armëve, Kolëni e kuptoi rrezikun që i kanosej dhe dha përnjëherësh provën e forcës më të madhe të vullnetit njerëzor. Pamja e hatashme dhe e madhërishme! Në fytyrën e tij u pasqyrua një fenomen që mund të krahasohet vetëm me atë të një kazani vigan plot avull të përvëluar që do të ngrinte përpjetë edhe malet, por që e humbet përnjëherësh tërë forcën vetëm me një pikë ujë të ftohtë. Pika e ujit që e ftohu tërbimin e tij qe një mendim që i erdhi vetëtimthi. Bëri buzën në gaz, vështroi parukën e tij dhe i tha komisarit të policisë:

- E paske harruar politesën sot!

Dhe u zgjati duart xhandarëve, duke i thirrur me një shenjë që u bëri me kokë.

- Zotërinj xhandarë, lidhmëni duart. Kam dëshmitarë të gjithë këta që janë këtu se unë nuk po ju kundërshtoj.

Shpejtësia me të cilën lava dhe zjarri dolën e u futën përsëri në këtë vullkan njerëzor, ngjalli një murmuritje admirimi që jehoi në sallë.

- Sikur s'të erdhi mirë, zoti gjurmues, - vijoi kriminelli, duke vështruar drejtorin e famshëm të policisë.

- Hajt, zhvishu! - e urdhëroi njeriu i rrugicës Sent-Anë me një ton përbuzës.

- Pse? - ia bëri Kolëni. -Këtu ka gra. Unë s'po mohoj asgjë dhe po dorëzohem.

Pushoi një çast dhe i vështroi të gjithë si një orator që bëhet gati të thotë gjëra të çuditshme.

- Shkruani, babë Lashapelë, - tha ai, duke iu drejtuar një plaku të pakët me flokë të bardhë, që u ul në fund të tryezës, pasi nxori nga çanta procesverbalin e arrestimit. - Pranoj që jam Zhak Kolëni, i mbiquajtur Trompë-la-Mor, i dënuar me njëzet vjet burgim të rëndë; dhe pak më parë jua provova se nuk e mbaj më kot këtë ofiq. Vetëm dorën po të kisha ngritur, u tha ai qiraxhinjve, - këta tre spiunë do të kishin skuqur dyshemenë e shtëpisë së mama Vokerit me gjakun tim. Këta myteberë kërkojnë si e si të ngrenë pusi me paramendim!

Kur dëgjoi këto fjalë, zonja Voker nuk e ndjeu veten mirë.

- O zot, më vjen të pëlcas kur mendoj se dje isha me të në teatrin Gete! - i tha ajo Silvies.

- Po filozofon, mama, - vijoi Kolëni. - Pse, fatkeqësi është që erdhe dje në lozhën time, në Gete? - thirri ai. - Më mirë se ne je ti? Ajo që na kanë shënuar neve në sup nuk është aq e turpshme, sa ajo që jeni ju në shpirt, o gjymtyrë të flashkëta të një shoqërie të degjeneruar: më i miri midis jush nuk vlen sa unë. - Ai ktheu sytë nga Rastinjaku, të cilit i hodhi një buzëqeshje të ëmbël, që ishte krejt në kundërshtim me shprehjen e ashpër të fytyrës së tij. - Pazarllëku ynë mbetet gjithnjë në fuqi, pëllumbi im, në rast se pranoni, doemos! E dini?

Dhe këndoi:

Fansheta ime është e mrekullueshme
me thjeshtësinë e saj...

- Mos kini merak, - vijoi ai, - unë nuk e lë kollaj borxhin që më kanë të tjerët. Ma kanë aq shumë frikën, saqë s'mund të ma hedhin!

Burgu, me zakonet dhe gjuhën e tij, me kapërcimet e tij të rrufeshme nga shakatë të llahtara, me madhështinë e tij tmerruese, me familjaritetin dhe poshtërsinë e tij, u shfaq menjëherë në këto fjalë e në këtë njeri, që nuk ishte më njeri, po tipi i tërë një brezi të degjeneruar, i një populli të egër e të logjikshëm, brutal dhe dinak. Në çast Kolëni u bë mishërimi i një poeme satanike, ku u pikturuan të gjitha ndjenjat njerëzore, përveç njërës, asaj të pendimit. Vështrimi i tij ishte vështrimi i kryeëngjëllit të rrëzuar që do gjithmonë luftën. Rastinjaku uli sytë, duke e pranuar këtë miqësi poshtëruese si shpërblim të mendimeve të tij të këqija.

- Kush më tradhtoi? - pyeti Votrëni duke endur vështrimin e tij të tmerrshëm në fytyrat e gjithë qiraxhinjve.

Dhe, si e ndali te zonjusha Mishono, thirri:

- Ti, o bushtër plakë! Ti ma kurdise atë apopleksi, moj spiune!... Vetëm një fjalë po të thosha unë, ty të pritej koka brenda javës. Por po të fal, unë jam i krishterë. Le që mua nuk më shite ti. Po kush? Ah! ah! Po kërkoni në dhomën time, - thirri ai kur dëgjoi oficerët e policisë që po i hapnin raftet e po i merrnin plaçkat. - S'janë më zogjtë në fole jo, kanë fluturuar që dje. Asgjë s'keni për të marrë vesh. Librat e mi të tregtisë janë këtu, - tha duke i rënë ballit të tij. - Tani e di se kush më ka shitur. Ai pisi Fil-dë-Sua, patjetër. Nuk i rashë më të, o xha duarlidhës? - pyeti ai komisarin e policisë. - Të gjitha këto puqen fare mirë me kohën që ndenjën paret tona atje lart. Po tani s'ka mbetur asnjë dysh, o spiunët e Votrënit. Sa për Fil-dë-Suanë, ai do ta marrë pas koke, s'i ka për të mbushur të dy javët, edhe sikur të vinit gjithë xhandarmërinë tuaj që ta ruante. - E ç'i dhatë asaj Mishonetës? - pyeti ai njerëzit e policisë. - Tri mijë franga! Po lëkura ime vlen më shumë, moj Ninon krimbaniçka, moj Pompadure leckamania, moj Afërditë e Perë-Lashezit! Po të më kishe paralajmëruar, do të merrje gjashtë mijë franga. Ah, ti nuk dyshoje për këtë, moj tregtarja plakë e mishit të njeriut, përndryshe, do të kishe bërë pazarllëk me mua. Po do të t'i kisha dhënë, se s'më pëlqen të bëj tërë këtë udhëtim që do të më nxjerrë ca para nga dora, - tha ai tek po i lidhnin duart. - Këta të mallkuar do të eglendisen duke më zvarritur kushedi sa kohë për të më mërzitur. Po të më dërgonin menjëherë në punë të detyrueshme, do të filloja shpejt nga punët e mia, edhe pse do të jenë aty këta tarallakët e rrugës së Orfevërve. Atje të gjithë do të bëhen copë për gjeneralin e tyre, dhe do ta ndihmojnë të arratiset babaxhanin Trompëla-Mor. A ka ndonjë midis jush që të ketë, si unë, më shumë se dhjetë mijë vëllezër, gati të lënë edhe kokën për ju? - pyeti ai me krenari.

- E kam të bardhë unë këtë, - vijoi duke i rënë me dorë gjoksit nga ana e zemrës; - s'kam tradhtuar kurrë njeri! - Ja, moj bushtër, shikoji, - tha duke iu drejtuar vajzës plakë. - Mua ata më vështrojnë të lebetitur, kurse ti i bën të vjellin nga të pështirët. Shko merr shpërblimin, moj e ndyrë, shko!

Pushoi pak dhe kundroi qiraxhinjtë.

- Sa budallenj që jeni! Po ç'më shikoni kështu? S'keni parë kurrë hapsanik me sy? Një hapsanik i kallëpit të Kolënit, këtu prezent, është një njeri më pak burracak se të tjerët, ai ngre zërin kundër shkeljeve të rënda të kontratës shoqërore, siç thotë Zhan Zhaku, dhe e ka për mburrje që është nxënësi i tij. Me një fjalë, unë jam një njeri i vetëm kundër qeverisë, që ka një tok gjyqe, xhandarë, buxhete, dhe prapë ua hedh.

- Për besë! - ia bëri piktori, - është i mrekullueshëm për t'u vizituar.

- Më thuaj, o kujdestar i zotit xhelat, o guvernator i Vejushës (emër plot poezi të tmerrshme që i kanë vënë karamanjollës të dënuarit me punë të detyrueshme), - shtoi ai, duke u kthyer nga komisari i policisë, - bëhu djalë i mirë, thuamë, Fil dë-Suaj më ka shitur? Nuk do të më pëlqente që t'i paguante ai gjynahet e ndonjë tjetri, nuk do të ishte e drejtë.

Në këto fjalë, agjentët, që s'kishin lënë vend pa parë e plaçkë pa inventarizuar në dhomën e tij, zbritën dhe biseduan me shefin.

Procesverbali kishte mbaruar.

- Zotërinj, - tha Kolëni, duke iu drejtuar qiraxhinjve, - po më marrin. Keni qenë të gjithë shumë të dashur për mua, sa kohë që ndenja këtu, nuk do t'jua harroj. Mirupafshim! Do t'ju dërgoj fiq nga Provinca.

Bëri disa çape, pastaj u kthye dhe vështroi Rastinjakun.

- Lamtumirë, Eugjen, - i tha me një zë të ëmbël e të trishtuar që bënte kontrast të çuditshëm me tonin e ashpër të ligjëratës së tij. - Në rast se ndodhesh ngushtë, të kam lënë një mik besnik.

- Me gjithë hekurat që kishte në duar, ai mundi të merrte drejtqëndrim, bëri gjestin e një mjeshtri të skermës thirri: "Një, dy" dhe bëri shenjën e një goditjeje.

- Në rast fatkeqësie, shko atje. Do të gjesh përkrahje, para dhe çdo gjë që të kesh nevojë.

Ky njeri i çuditshëm i ngatërroi aq shumë me shakara këto fjalët e fundit, saqë mundi t'i kuptonte vetëm ai vetë dhe Rastinjaku. Kur u larguan xhandarët, ushtarët dhe agjentët e policisë nga shtëpia, Silvia, që po i fërkonte së zonjës tëmthat me uthull, kur pa qiraxhinjtë që mbetën të hutuar, tha:

- Thoni si të doni, po si njeri ishte i mirë ai.

Këto fjalë e zhdukën magjepsjen që kishte shkaktuar te secili vrulli i ndjenjave të ndryshme, të nxitura nga kjo skenë. Atë çast qiraxhinjtë, si vështruan njëri-tjetrin, panë të gjithë njëherësh zonjushën Mishono të ngrirë, të fishkur e të ftohtë si mumje, të struktur pranë stufës, me sy të ulur, sikur të druante se mos hija e abazhurit nuk ishte aq e fortë sa të fshihte shprehjen e vështrimeve të saj. Kjo grua që kishte qenë prej kohësh aq antipatike për ta e tregoi tani se cila ishte. Jehoi mbyturazi një pëshpëritje që shprehte neverinë e të gjithëve. Zonjusha Mishono e dëgjoi dhe ngriu në vend. Bianshoni iu afrua i pari shokut që kishte në krah e i tha me zë të ulët:

- Në qoftë se ajo do të vazhdojë të hajë me ne, unë do të shkoj që këtej.

Aty për aty, të gjithë qiraxhinjtë, përveç Puaresë, u shprehën të një mendjeje me propozimin e studentit të mjekësisë, i cili, duke marrë kurajë nga aprovimi prej të gjithëve, shkoi pranë qiraxhiut të vjetër e i tha:

- Ju që keni miqësi të ngushtë me zonjushën Mishono bisedoni me të dhe thuajini të largohet prej këtej që tani.
- Që tani? - përsëriti Puareja, i çuditur.

Pastaj ai iu afrua nënoles e i tha ca fjalë në vesh.

- *Po unë kam paguar qiranë dhe rri këtu me të hollat e mia, si sjithë të tjerët, - tha ajo, duke u hedhur qiraxhinjve një vështrim prej nepërke.*
- Kjo s'ka rëndësi! Shtiem të gjithë nga sa na takon dhe jua kthejmë ato që keni paguar, - tha Rastinjaku.
- Zotëria po na i del krah Kolënit, - u përgjigj ajo, duke i hedhur studentit një vështrim të helmatisur dhe pyetës, - nuk është zor të kuptohet përse.

Kur dëgjoi këto fjalë, Eugjeni iu turr vajzës plakë, si të donte ta zinte në grykë e ta mbyste. Ai e kuptoi pabesinë e këtij vështrimi që i kishte hedhur në shpirt një dritë të llahtarshme.

- Mos, ç'i kllet tënjën, - thirrën qiraxhinjtë.

Rastinjaku kryqëzoi duart dhe nuk foli.

- T'i japim fund me zonjushën judë, - tha piktori, duke iu drejtuar zonjës Voker. - Zonjë, në qoftë se nuk e dëboni Mishonën, ne po ikim të gjithë nga gërmadha juaj dhe do t'u themi të gjithëve se këtu është strofka e spiunëve dhe e kriminelëve. Në rast të kundërt, ne nuk do t'i zëmë në gojë këto që ngjanë këtu, sepse, në fund të fundit, mund të ndodhin edhe në një shoqëri më të mirë, gjersa kriminelët të mos jenë shënuar me hekur të skuqur në ballë, gjersa të mos i kenë ndaluar të shndërrohen në qytetarë Parisi e t'i mashtrojnë njerëzit ashtu si bëjnë ata.

Me të dëgjuar këto fjalë, zonja Voker u bë koqe qiqër si për mrekulli, u ngrit, kryqëzoi duart dhe zgurdulloi sytë e saj të kthjellët pa asnjë gjurmë loti.

- Mos doni shkatërrimin e shtëpisë sime, i dashur zotëri? Ja, zoti Votrën... O perëndi! - psherëtiu ajo, duke e prerë fjalën përgjysmë, -më është mësuar goja ta thërres me emrin e tij prej njeriu të ndershëm! Ai iku, - vijoi ajo, - dhoma e tij mbeti bosh dhe ju doni që të mbeten bosh edhe dy të tjera në një stinë kur të gjithë janë të strehuar...

- Zotërinj, ejani të marrim kapelat dhe të shkojmë të hamë darkë në sheshin e Sorbonës, te Flikototë, - tha Bianshoni.

Zonja Voker llogariti shpejt e shpejt se nga kush përfitonte më shumë dhe iu kthye zonjushës Mishono:

- Hajde, pëllumbesha ime, unë e di që ju s'e doni kurrë vdekjen e shtëpisë sime! E shikoni vetë se në ç'gjendje më katandisin këta zotërinj; ngjituni në dhomën tuaj sa për sonte.

- Aspak, aspak, - thirrën qiraxhinjtë, - duam të shporret që tani.

- Po s'ka ngrënë as darkë, e gjora zonjushë, - tha Puareja me një zë që shprehte keqardhje.

- Le të vejë të hajë ku të dojë, - thirrën shumë zëra në një gojë.

- Jashtë spiunia!
- Jashtë spiunët!

- Zotërinj, - thirri Puareja, që e ndjeu veten sakaq në lartësinë e kurajës që u frymëzon dashuria deshëve, - respektoni një person të seksit të dobët.

- Spiunët s'janë të asnjë seksi, - u përgjigj piktori.

- Ç'është ajo seksorama!

- Jashtë nga portërama!

- Zotërinj, kjo s'është aspak e hijshme. Kur duam të dëbojmë një njeri, veprohet me lezet. Ne kemi paguar dhe do të rrimë, - tha Puareja, duke vënë kasketën në kokë e duke u ulur në një fron pranë zonjushës Mishono, së cilës po mundohej t'ia mbushte mendjen zonja Voker.

- Maskara, - i tha atij piktori, duke marrë një qëndrim komik, - o maskara i ndyrë!

- Mirë, pra, meqë nuk shkoni ju, po shkojmë ne, - tha Bianshoni.

Dhe qiraxhinjtë u nisën të gjithë për nga salloni.

- Po ç'kërkoni të më bëni, zonjushë, - thirri zonja Voker.

- Më shkatërruat. Ju s'mund të rrini më këtu do t'i detyroni më në fund që të përdorin forcën.

Zonjusha Mishono u ngrit.

- Do të shkojë! - Nuk do të shkojë! - Do të shkojë! - Nuk do të shkojë!

Këto fjalë të thëna me ndërprerje dhe bisedat armiqësore që zunë të bëheshin për të, e detyruan zonjushën Mishono të shkonte, pasi bëri disa marrëveshje me zë të ulët me zonjën e shtëpisë.

- Po shkoj te zonja Byno, - tha ajo me një ton kanosës.
- Shkoni ku të doni, zonjushë, - u përgjigj zonja Voker, që u fye rëndë nga të zgjedhurit e kësaj shtëpie kundërshtare,
• të cilën e kishte halë në sy. - Shkoni te Bynoja, atje do të gjeni , verë nga ajo që tërbon dhitë dhe gjellë të blera ndër matrapazë.

Qiraxhinjtë u hapën në dy rreshta në qetësinë më të madhe. Puareja e vështroi aq me dhembsuri zonjushën Mishono dhe e humbi aq shumë, ngaqë s'po i jepte dot karar nëse duhej të shkonte me të apo të rrinte, saqë qiraxhinjtë, të gëzuar për ikjen e zonjushës Mishono, zunë të qeshnin duke vështruar shoku-shokun.

- Hi, hi, hi! Puare, - thirri piktori. - Hajde, hop, la, hup!

Nëpunësi i muzeumit nisi të këndonte me tallje fillimin e kësaj romance të njohur:

Duke u nisur për Siri,
Dynuaj i bukur e i ri...

- Shkoni, pra, ju po vdisni nga dëshira; *trabit sua quemque voluptas!* - tha Bianshoni.
- Secili shkon pas shoqes së tij, përkthim i lirë i Virgjilit, - tha përsëritësi.

Meqenëse zonjusha Mishono e vështroi Puarenë në një mënyrë si t'i lutej që t'i jepte krahun, ai s'mundi të rrinte pa iu përgjigjur kësaj thirrjeje dhe shkoi i dha krahun plakës.

Buçitën brohoritje dhe shpërthyen të qeshura.

- Bravo, Puare! - Shikoni, bre, bablokun Puare! - Apolon-Puare! - Mars-Puare! - Bandill-Puare!

Në këtë çast hyri një i dërguar dhe i dha një letër zonjës Voker. Kjo e lexoi dhe u plas në një fron.

- Po s'mbeti veçse t'i bjerë zjarri shtëpisë! Biri i Tajëferit vdiq në ora tre. Më zuri gjynahu që u desha të mirën këtyre zonjave, duke uruar vdekjen e të gjorit djalë. Zonja Kutyrë dhe Viktorina më kërkojnë plaçkat se do të rrinë tek i ati. Zoti Tajëfer i ka dhënë leje së bijës ta mbajë vejushën Kutyrë si zonjë nderi. Katër dhoma bosh, pesë qiraxhinj më pak!...

U ul dhe sa s'ia shkrepte të qarit.

- Më gjeti e keqja derën, - thirri ajo.

Befas, u dëgjua në rrugë zhurma e një karroce që qëndroi përpara portës së pensionit.

Prapë ndonjë mandatë tjetër! - tha Silvia.

Gorioi hyri brenda me fytyrë të çelur dhe aq i gëzuar, saqë dukej i përtëritur.

- Gorioi me karrocë? - ia bënë qiraxhinjtë, të çuditur. - I erdhi fundi botës!

Blabloku shkoi drejt e te Eugjeni, që rrinte i menduar në një qoshe, e zuri për krahu e i tha sikur do të fluturonte nga gëzimi:

- Ejani!

- Po nuk e dini se ç'ka ndodhur? - e pyeti Eugjeni. - Votrëni qe një kriminel, posa e arrestuan, dhe biri i Tajëferit vdiq.

- E ç'na duhet neve? - u përgjigj xha Gorioi. - Sonte do të ha darkë me time bijë në shtëpinë tuaj, dëgjoni apo jo? Ajo po ju pret, ngrihuni të shkojmë!

Aq me fuqi e tërhoqi për krahu Rastinjakun, saqë e bëri të ecte me forcë, si të rrëmbente dashnoren e tij.

- Ejani të hamë darkë, - thirri piktori.

Të gjithë morën nga një fron dhe u ulën në tryezë.

- Sot s'na u ndakan tersllëqet, - tha Silvia trashaluqe, - mishi i dashit më është ngjitur në tenxhere. S'kam ç'i bëj, do ta hani të ciknosur!

 Zonjës Voker s'iu hap goja të thoshte as gjysmë fjalë, kur pa që ishin ulur në tryezë vetëm dhjetë veta në vend të tetëmbëdhjetëve: po të gjithë u përpoqën ta ngushëllonin e t'i largonin mërzinë. Në fillim qiraxhinjtë e jashtëm biseduan për Votrënin dhe për ngjarjet e ditës, po shpejt ndoqën rrugën e dredhuar që mori biseda e tyre dhe nisën të flisnin për duelet, për internimin, për drejtësinë, për ligjet që duheshin ndryshuar, për burgjet. Më në fund, e harruan fare Zhak Kolënin dhe Viktorinën me të vëllanë. Megjithëse kishin mbetur vetëm dhjetë, ata thirrën e u ngjirën si të ishin njëzet, dhe dukeshin sikur ishin më shumë sonte se netët e tjera; këtu qëndronte gjithë ndryshimi në mes të kësaj darke dhe të asaj natës së shkuar. Pastaj, kjo shoqëri egoiste, që do të gjente të nesërmen në ngjarjet e përditshme të Parisit një gjah tjetër për ta copëtuar, përfundoi në moskokëçarjen e saj të zakonshme, bile edhe vetë zonja Voker u përkund nga shpresa që tingëllonte në zërin e Silvies trashaluqe.

 Qenkësh thënë që kjo ditë të ishte nga mëngjesi e gjer në mbrëmje një fantasmagori e vërtetë për Eugjenin, që, me gjithë karakterin e fortë dhe urtësinë e tij, nuk po ua gjente dot fillin mendimeve, kur u ul në karrocë, përbri xha Gorioit, fjalët e të cilit shprehnin një gëzim të jashtëzakonshëm dhe i jehonin në vesh, pas tërë atyre tronditjeve, si ato fjalët që dëgjojmë në ëndërr.

 - Ka marrë fund që sot në mëngjes. Do të hamë darkë të tre bashkë, kuptuat? Kam katër vjet që s'kam ngrënë me Delfinën time, me shpirten e babait. Do ta kem timen një mbrëmje të tërë. Kemi që sot në mëngjes që jemi në shtëpinë tuaj. Kam punuar si hamall, me mëngë të përveshura. Ndihmova për mbartjen e mobilieve. Ah, mor, ah, po ju nuk e dini se sa e mirë është ajo në tryezë. Do ta shikoni vetë se sa do të kujdeset për mua: "Po merreni, baba, hajeni këtë, është shumë e mirë", do të më thotë. Atëherë mua do të më mbyllet fare. Oh! Oh! Sa kohë ka që s'kam qenë ndonjëherë i qetë me të siç do të jemi sonte!

- Bre! Po qenka përmbysur bota sot! - ia bëri Eugjeni.
- Përmbysur? - tha xha Gorioi. - Po asnjëherë s'ka qenë kaq mirë bota sa sot... Ja, vetëm fytyra të qeshura shoh rrugës, njerëz që i shtrëngojnë dorën shoku-shokut dhe përqafohen; të gjithë të gëzuar, si të shkonin të hanin darkë me vajzën e tyre, si të ngopeshin me një darkëzë të shijshme si ajo që i porositi Delfina në sytë e mi drejtorit të kafenesë së Anglezëve. Oh, kur je pranë saj, edhe lëngu i pelinit të duket mjaltë.
- Më duket sikur kam lindur për së dyti, - tha Eugjeni.
- Po ngaji kuajt, o karrocier! - thirri xha Gorioi, duke hapur xhamin e përparshëm. - Ec pak më shpejt; do të të jap një qind solda bakshish, po të na shpiesh për dhjetë minuta atje ku të kam thënë.

Kur dëgjoi këtë premtim, karrocieri u bë vetëtimë nëpër rrugët e Parisit.

- S'ecën ky djall karrocier, - thoshte xha Gorioi.
- Po ku më shpini kështu? - e pyeti Rastinjaku.
- Në shtëpinë tuaj, - u përgjigj xha Gorioi.

Karroca u ndal në rrugën D'Artua. Babloku zbriti i pari dhe i hodhi karrocierit dhjetë franga me bujarinë e një burri të ve që s'i hyn asgjë në sy, kur është dehur nga gëzimi.

- Ejani të ngjitemi, - i tha ai Rastinjakut, duke kaluar përmes një oborri e duke e shpurë te dera e një apartamenti në katin e tretë, nga ana e pasme e një shtëpie të re e të bukur.

Xha Gorioi as që mori mundimin t'i binte ziles. Ua hapi derën Tereza, shërbyesja e zonjës De Nysingen. Eugjeni u gjend në një apartament të lezetshëm beqari me një paradhomë, një sallon të vogël, një dhomë gjumi dhe një dhomë studimi që binte mbi kopsht. Në sallonin e vogël, të mobiluar e të rregulluar në një mënyrë që s'kishte ku të vente më hijshëm e më bukur, ai dalloi në dritën e qirinjve Delfinën, që u ngrit nga një kanape pranë zjarrit, vuri dritëpritësen mbi oxhak dhe i tha atij me një zë të ëmbël e të dashur:

- U dashka të dilnim t'ju kërkonim, zotëri që s'kuptoni asgjë!

Tereza doli. Studenti e pushtoi Delfinën, e shtrëngoi fort në gjoks dhe qau nga gëzimi. Ky kontrast i fundit në mes të këtyre që po shikonte dhe të atyre që kishte parë brenda kësaj dite plot tronditjeje e që i kishin lodhur zemrën dhe kokën i shkaktoi Rastinjakut një shpërthim sensibiliteti nervoz të jashtëzakonshëm.

- E dija mirë unë që ai të donte, - i tha xha Gorioi së bijës me zë të ulët teksa Eugjeni qe shtrirë si i rraskapitur mbi kanape, pa qenë i zoti të thoshte asnjë fjalë dhe as të kuptonte se me çfarë shkopi magjik ishin rregulluar të gjitha këto që i shihnin sytë.

- Po ejani, de, të shikoni, - i tha zonja Dë Nysingen, duke e zënë për dore e duke e shpënë në një dhomë, ku qilimat, mobiliet e bile edhe sendet më të parëndësishme i kujtuan dhomën e Delfinës, po në përpjesëtime më të vogla.

- Mungon vetëm krevati, - tha Rastinjaku.

- Po, zotëri, - u përgjigj ajo, duke u skuqur e duke i shtrënguar dorën.

Eugjeni e vështroi në sy dhe, megjithëse shumë i ri, kuptoi se ç'turp i vërtetë fshihet në zemrën e një gruaje që dashuron.

- Ju jeni një nga ato krijesa që duhen adhuruar gjithmonë, - i tha ajo në vesh. - Po, guxoj t'jua them, sepse ne e kuptojmë shumë mirë njëri-tjetrin: sa më e nxehtë dhe e sinqertë të jetë dashuria, aq më e fshehtë dhe misterioze duhet të jetë. Ne nuk do t'ia japim asnjeriu sekretin tonë.

- Oh, unë s'do të jem i huaj! - tha xha Gorioi, duke murmuritur.

- Po ju e dini mirë, ju jeni ne...

- Ah! Këtë desha unë. Do ta quani sikur s'jam këtu, hë? Do të shkoj, do të vij, si një shpirt i mirë që është kudo dhe që e dimë se është pa e shikuar. Eh, moj Delfinkë, Ninetkë, Dedel! Kisha apo s'kisha të drejtë kur të thashë: "Është një apartament i bukur në rrugën D'Artua! Eja ta mobilojmë për të!" Ti nuk doje. Ah! Unë jam krijuesi i lumturisë sate, siç jam edhe krijuesi i jetës sate. Etërit duhet të japin gjithmonë, në qoftë se duan të jenë të lumtur. Të japësh, gjithmonë të japësh, kjo është detyra jote si atë.

- Si? - pyeti Eugjeni.

- Po, ajo nuk donte, trembej nga gojët e këqija, sikur pyet lumturia për gojët e botës! Po të gjitha gratë ëndërrojnë të bëjnë atë që bëri ajo...

Xha Gorioi fliste me vete, zonja Dë Nysingen e kishte shpënë Rastinjakun në dhomën e studimit, ku u dëgjua një e puthur e lehtë. Kjo dhomë ishte në harmoni me elegancën e apartamentit, ku nuk mungonte asgjë.

- A jua kemi gjetur zemrën? - pyeti ajo, duke u kthyer në dhomën e bukës, që të shtrohej në tryezë.

- Po, - u përgjigj ai, - më tepër nga ç'e prisja. Mjerisht, tërë këtë luks, tërë këto ëndrra të bukura të realizuara, tërë këtë poezi të një jete të re e të bukur, i ndiej aq thellë, saqë nuk mund të mos i meritoj; po nuk mund t'i pranoj prej jush, unë jam ende shumë i varfër që të...

- Ah! Ah! Filluat që tani të më kundërshtoni, - tha ajo me një farë autoriteti tallës, duke bërë një nga ato ngërdheshjet e bukura që bëjnë gratë, kur duan të tallen me ndonjë skrupull për ta larguar me marifet.

Eugjeni e kishte gjykuar vetveten në mënyrë tepër serioze gjatë gjithë asaj dite, dhe arrestimi i Votrënit, duke i treguar se sa e thellë ishte humnera ku mend ishte rrokullisur, ia kishte forcuar aq tepër ndjenjat fisnike dhe delikatesën, saqë s'mund ta lejonte Delfinën të largonte me ledhatime mendimet e tij bujare. Dhe e pushtoi të tërin një trishtim i thellë.

- Si! - pyeti zonja Dë Nysingen, - nuk pranoni? Po a e dini se ç'do të thotë një mospranim i tillë? Ju dyshoni për të ardhmen, nuk guxoni të lidheni me mua. Domethënë keni frikë se mos tradhtoni dashurinë time? Gjersa më doni dhe gjersa unë... ju dua, pse zmbrapseni ballë detyrimesh kaq të vogla? Po ta dinit se me sa gëzim e kam rregulluar këtë shtëpizë beqari, nuk do të ngurronit, dhe do të më kërkonit ndjesë.

Kisha të hollat tuaja dhe i përdora me vend, s'bëra asgjë më tepër. Ju jeni i vogël dhe pandehni se jeni i madh. Kërkoni shumë më tepër... (Ah! - ia bëri ajo, duke vënë re vështrimin plot pasion që i kishte hedhur Eugjeni) dhe bëni naze për gjëra fare pa rëndësi Në qoftë se s'më doni fare, atëherë po, mos pranoni. Fati im varet nga një fjalë. Flisni! - Baba, po mbushjani mendjen ju, - shtoi ajo, duke iu kthyer t'et, pasi heshti pak. - Mos pandeh ai se unë jam më pak e ndjeshme, kur na cenohet nderi ynë?

Xha Gorioit i qeshte fytyra si një teriaqiu, duke parë e duke dëgjuar këtë zënkë të lezetshme.

- Kalama! Ju jeni në pragun e jetës, - vazhdoi ajo, duke i marrë dorën Eugjenit. - dhe ju ka dalë përpara një pengesë që shumë njerëz s'mund ta kapërcejnë, atë pengesë po jua heq nga rruga një dorë gruaje, dhe ju zmbrapseni! Po ju do të fitoni, një fat i shkëlqyer ju pret, suksesin e keni të shkruar në ballin tuaj të bukur. A nuk do të mund të m'i ktheni atëherë këto që po ju huaj sot? Dikur, a nuk u jepnin gratë kavalierëve të tyre parzmore, shpata, kaska, këmishë të çelikta, kuaj, që të shkonin të luftonin në emër të tyre nëpër turnetë? E pra, Eugjen, këto që po ju jap unë janë armët e kohës sonë, vegla të domosdoshme për atë që dëshiron diç të jetë. Shumë e bukur duhet të jetë mansarda ku banoni, në qoftë se i ngjan dhomës së t'im eti! Po darkë nuk do të hamë? Doni të më dëshpëroni? Përgjigjuni, pra! - tha ajo, duke i shkundur dorën. - O perëndi! Baba, po mbushjani, pra mendjen, në mos po ika dhe nuk do ta shikoj më kurrë.

- Do t'ia mbush unë mendjen, - tha xha Gorioi, duke u përmendur nga ekstaza ku kishte humbur. - I dashur zoti Eugjen, doni të merrni hua të holla nga çifutët, hë?

- S'kam ç'bëj, - u përgjigj ai.

- Shumë bukur! Tani ju zura, - vijoi babloku, duke nxjerrë

211

një portofol të keq prej lëkure të rrjepur. - Unë u bëra çifut, pagova të gjitha faturat, ja ku i kam. Për të gjitha plaçkat që janë këtu nuk i keni borxh njeriu asnjë qindarkë. Nuk është ndonjë shumë e madhe, gjithë-gjithë pesë mijë franga janë. Këto po jua huaj unë! Mua s'keni pse të mos m'i pranoni, se nuk jam grua. Do të më jepni një dorë në një copë letër dhe do të m'i ktheni më vonë.

Disa pika lot rrodhën njëherësh nga sytë e Eugjenit dhe të Delfinës, që vështruan njëri-tjetrin, të çuditur. Rastinjaku i mori dorën bablokut dhe ia shtrëngoi.

- E pse! A nuk jeni fëmijët e mi? - tha Gorioi.

- Oh, baba i dashur, po ku i gjetët? - e pyeti zonja Dë Nysingen.

- Eh, do t'jua them edhe atë, - u përgjigj ai. - Kur ta mbusha mendjen që të rrije pranë atij dhe të pashë të blije plaçka si për pajën tënde, thashë me vete: "Ajo do të mbetet ngushtë!" Avokati thotë se gjyqi që do të hapësh kundër tët shoqi për të të kthyer paratë do të vazhdojë më shumë se gjashtë muaj. Atëherë, ja ç'bëra unë, fëmijët e mi; Shita të ardhurat e mia të përhershme prej njëmijë e treqind e pesëdhjetë livrash dhe u bëra me pesëmbëdhjetë mijë franga, domethënë s një mijë e dyqind franga të ardhura në vit sa të jem gjallë, të hipotekuara mirë, dhe me ato që më mbetën pagova tregtarët tuaj. Unë kam zënë një dhomë atje lart për njëqind e pesëdhjetë livra në vit, dhe me dyzet solda në ditë mund të rroj si princ, bile do të më teprojnë. Unë s'gris as rroba, as këpucë, mjaft i kam këto që kam veshur. Kam pesëmbëdhjetë ditë që po qesh me vete, duke thënë: "Sa të lumtur do të jenë!" Më J thoni, pra, a nuk jeni të lumtur?

- Oh, baba, baba! - thirri zonja Dë Nysingen, duke iu hedhur t'et, që e mori në gjunjët e tij.

Ajo e mbuloi me të puthura, i përkëdheli faqet me flokët e saj të verdhë dhe derdhi lot mbi atë fytyrë të plakur që ishte çelur e shkëlqente nga gëzimi.

- Xhan, o baba, ja, ti je baba! Jo, s'ka tjetër baba si ti në botë. Eugjeni të donte shumë edhe më parë, merre me mend sa do të të dojë tani!

- Po, o fëmijët e mi, - tha xha Gorioi, që kishte dhjetë vjet që s'e kishte ndier zemrën e së bijës të rrihte pranë zemrës së tij, - po, moj Delfinkë e babait, ti do të më bësh të vdes nga gëzimi! Ma dërrmove fare këtë zemrën time të gjorë. Dëgjoni, zoti Eugjen, tani u lamë bashkë!

Plaku e kishte pushtuar të bijën dhe, pa qenë në vete, po e shtrëngonte aq fort, aq egër, saqë ajo i tha:

- Uh, më vrave!
- Të vrava! - ia bëri ai, duke u zbehur.

Dhe e vështroi me një shprehje të dhimbshme mbinjerëzore. Xha Gorioi puthi me dhembshuri të madhe brezin që patën shtrënguar tepër duart e tij.

- Jo, jo, nuk të vrava, hë? Vërtet, më thuaj, - e pyeti ai, duke bërë buzën në gaz; - më vrave ti mua me britmën tënde. Të gjitha këto kushtojnë më shumë, - i tha në vesh së bijës, duke ia puthur me kujdes, - por thashë ashtu që të na besojë, se përndryshe do të inatosej.

Eugjeni kishte ngrirë në vend nga dashuria besnike e vetëmohuese e këtij njeriu dhe po e sodiste duke shprehur atë adhurimin e padjallëzuar që pushton shpirtrat e të rinjve me një dridhërim të shenjtë.

- Do të jem i denjë për të gjitha këto, - thirri ai.

- O Eugjeni im, sa bukur tingëllojnë këto që thua! - iu përgjigj zonja Dë Nysingen dhe e puthi studentin në ballë.

- Për ty ai s'pranoi as zonjushën Tajëfer me milionat e saj, - tha Xha Gorioi. -Eh! Ju donte ajo vogëlushja; dhe tani që i vdiq i vëllai u bë aq e pasur, sa dhe Krezysi.

- Oh, ç'e përmendni atë? - thirri Rastinjaku.

- Eugjen, -i tha Delfina në vesh, - kjo është një brengë për mua sonte. Ah, unë do t'ju dua shumë! Për gjithë jetën.

- Kjo është dita më e bukur për mua që kurse u martuat! - thirri xha Gorioi. - Tani le të më bëjë zoti të vuaj sa të dojë, mjaft që të mos vuaj për shkakun tënd, dhe do të them me vete: "Në shkurtin e këtij viti kam qenë një çast më i lumtur nga ç'mund të jenë gjithë njerëzit tërë jetën e tyre". - Shikomë mua, Fifinë, - i tha ai së bijës. Pastaj iu kthye Eugjenit: - Sa e bukur që është hë? Më thoni, a keni parë gra të tjera me një nur të tillë e me këtë gropëzë në faqe? S'keni parë, hë? E pra, këtë engjëllushe e kam bërë vetë. Këtej e tutje, duke qenë e lumtur me ju, do të bëhet një mijë herë më e bukur. Tani unë jam gati të shkoj në skëterrë, o fqinji im, - vijoi ai, - po ta doni pjesën që më takon në parajsë, merreni, jua kam falur. Ejani të hamë, të hamë, përsëriti duke mos ditur më se ç'të thoshte, - të gjitha tonat janë.

- I gjori baba!
- Ah, sikur ta dije bija ime, - i tha ai e u ngrit e shkoi pranë saj, i mori kokën me të dyja duart dhe e puthi te vija që i ndante flokët, - sa të lumtur do të më bëje me diçka që s'të kushton asgjë! Eja më shiko ngandonjëherë, unë do të jem këtu lart, vetëm një hap do të bësh. Premtomë se do të vish, thuamë!
- Po, i dashur atë.
- Thuama edhe një herë.
- Po, i shtrenjti atë.
- Pusho, se do të të bëja të ma thoshe njëqind herë. Eja të hamë.

Gjithë mbrëmjen e kaluan me kalamallëqe, dhe xha Gorioi nuk u tregua më pak i çmendur se ata të dy. Ai i shtrihej së bijës te këmbët që t'ia puthte; e vështronte një copë herë të madhe pa ia hequr sytë; i fërkonte kokën pas fustanit; me një fjalë, ai bënte të tilla marrëzira që nuk do t'i kishte bërë as dashnori më i ri e më i ndjeshëm.

- E shikoni, - i tha Delfina Eugjenit, - kur është me ne im atë, duhet të jesh e tëra e tij. Do të na bezdisë ngandonjëherë.

Eugjeni, që kishte ndier shumë herë disa hove xhelozie, nuk mund ta dënonte atë për këto fjalë, ku nxirrte krye mosmirënjohja.

- Po kur do të mbarohet apartamenti? - pyeti Eugjeni, duke vështruar rreth e rrotull dhomës. - Domethënë u dashka të ndahemi sonte?

- Po, por nesër do të vini të hamë darkë bashkë, -u përgjigj ajo me dinakëri. Nesër japim shfaqje në teatrin e italianëve.

- Unë do të shkoj në plate, - tha xha Gorioi.

Ishte mesi i natës. Karroca e zonjës Dë Nysingen po priste te porta. Xha Gorioi dhe studenti u kthyen në shtëpinë Voker, duke biseduar për Delfinën me një entuziazëm gjithnjë më të madh që shkaktoi një dyluftim të çuditshëm shprehjesh të nxehta midis këtyre dy pasioneve të zjarrta. Eugjeni nuk mund të mos e kuptonte se dashuria e një ati, e zhveshur nga të gjitha interesat personale, e shtypte dashurinë e tij me këmbënguljen dhe madhështinë e saj. Idhulli ishte gjithmonë i kulluar e i bukur për atin, dhe adhurimi i tij për të shtohej sa vente më shumë, duke përfshirë gjithë të kaluarën dhe të ardhmen.

Zonjën Voker e gjetën vetëm, pranë stufës, në mes të Silvies dhe të Kristofit. Plaka po rrinte aty si Mari mbi gërmadhat e Kartagjenës. Ajo po priste dy qiraxhinjtë e vetëm që i kishin mbetur, duke u bërë pikë e vrer bashkë me Silvien. Megjithëse lord Bajroni i ka kushtuar vajtime shumë të bukura Tasos, ato qëndrojnë shumë larg nga vajtimet thellësisht të vërteta e të ndjeshme që i dilnin nga zemra zonjës Voker.

- Oh! Silvia! Nesër vetëm tre filxhanë me kafe ke për të bërë. Si s'pëlcet kjo zemra ime, kur e sheh shtëpinë kaq të shkretuar? Jeta është kjo pa qiraxhinj? Asgjë s'është. Tani që ikën ata, më duket shtëpia e zhveshur, pa asnjë mobilie. E ç'kuptim ka jeta pa mobilie? Ç'i paskam bërë zotit, e zeza, që më ranë mbi kokë gjithë këto fatkeqësi? Apo s'kemi hedhur dhe fasule e patate zahire për njëzet veta. Policia në shtëpinë time! Duhet të hamë vetëm patate atëherë! M'u dashka të përzë edhe Kristofin!

Savuajari, që po dremiste, u hodh përpjetë e tha:

- Urdhëro, zonjë?
- I gjori djalë! Besnik si qeni është, - tha Silvia.
- Ku na gjeti kjo e keq në këtë stinë të vdekur, tani të gjithë e kanë gjetur një copë strehë për të futur kokën. Ku do t'i gjej qiraxhinjtë unë? Do të prishem mendsh, e zeza. Epo s'të vjen të pëlcasësh me atë shtrigën Mishono që më rrëmbeu Puarenë! Po ç't'i ketë bërë atij burri, xhanëm, që i është ngjitur pas dhe e ndjek si kone?
- Uh, moj zonjë, - ia bëri Silvia, duke tundur kokën, - po janë dhelpra plaka këto vajzat e moçme.
- Po të gjorin Votrën që na i bënë kriminel! - vijoi vejusha.
- Eh, moj Silvia, me tërë ato që thanë e më panë sytë, mua akoma s'më besohet Një burrë aq i qeshur e shakatar, që pinte kafe me rum për pesëmbëdhjetë franga në muaj e që i paguante paratë peshin!
- Dhe sa bujar! - tha Kristofi.
- Do të jetë bërë ndonjë gabim, - ia bëri Silvia.
- Po jo, moj, jo, ai e pohoi vetë, - vazhdoi zonja Voker. - E kujt i shkonte ndër mend që të ndodhnin tërë këto gjëra në shtëpinë time, në një lagje ku s'kalon asnjë mace! Për besë, si ëndërr më duket. E kuptoj, moj motër, ne pamë të vdiste Luigji XVI, pamë të rrëzohej perandori, e pamë të vinte përsëri në fuqi dhe prapë të rrëzohej, të gjitha këto janë gjëra që mund të ndodhin, s'ke ç'i bën fatit; po nuk e kuptoj se ç'ka të bëjë fati me pensionet familjare; ne mund të bëjmë edhe pa mbret, po pa ngrënë s'rrimë dot asnjë ditë; dhe kur një grua e ndershme, bijë nga familja fisnike e Konflanëve, u nxjerr të hanë të tjerëve gjithë të mirat, veç në ka ardhur fundi i botës, se ndryshe... Po zaten, fundi i botës është ky!
- E të mendosh se zonjusha Mishono, që jua solli tërë këtë zullum, do të marrë, siç thonë, tri mijë franga të ardhura në vit, - thirri Silvia.
- Ç'ma zë në gojë atë qelbësirë! - tha zonja Voker. - Më vajti edhe te Bynoja, pa le gjithë e gjithë! E ç'nuk bën ajo, është e zonja e të gjitha poshtërsive, ka vrarë, ka vjedhur.

Asaj i duheshin hedhur prangat, jo Votrënit të gjorë...
Në këto fjalë e sipër, Eugjeni dhe xha Gcrioi i ranë ziles së portës.
- Ah, ja ku erdhën të dy besnikët e mi, - psherëtiu e reja.
Të dy besnikët, që pothuaj se e kishin harruar fare mynxyrën e pensionit familjar, i thanë troç zonjës së shtëpisë se do të shkonin e banonin në Shose d'Antën.
- Ah! Silvia, - thirri vejusha, - kjo u vuri kapakun të gjithave. Më goditët për vdekje, zotërinj! Më ratë mu në stomak. Më ngulët një hu mu këtu. Kjo ditë e sotme më plaku dhjetë vjet. Do të çmendem, për besë! Po fasulet, ç't'i bëj? Oh! Gjersa mbeta vetëm këtu, ti duhet të shkosh nesër, Kristof. - Lamtumirë, zotërinj, natën e mirë.
- Ç'e ka gjetur? - pyeti Eugjeni Silvien.
- Po luan mendsh! I shkuan gjithë qiraxhinjtë nga këto që ngjanë. Ja, po qan. Lotët do ta lehtësojnë. Është e para herë që po e dëgjoj t'i *zbrazë sytë*, qëkurse kam hyrë në shërbim të saj.

Të nesërmen, zonja Voker, sipas vetë shprehjes së saj, e kishte mbledhur veten. Megjithëse dukej e pikëlluar si një grua që i kishin ikur gjithë qiraxhinjtë e që kishte pësuar një katastrofë, mendjen e kishte top, dhe tregoi se ç'është dhembja e vërtetë, dhembja e thellë, dhembja e shkaktuar nga interesi i cenuar, nga shprehitë e përmbysura. Nuk e teprojmë aspak po të themi se vështrimi që u hedh një dashnor, kur largohet, viseve ku ka banuar e dashura e tij, nuk është më i trishtuar nga ç'qe ai që i hodhi zonja Voker tryezës bosh. Eugjeni e ngushëlloi duke i thënë se vendin e tij në pension do ta zinte pa dyshim Bianshoni, të cilit brenda pak ditëve i mbaronte afati i shërbimit në spital; pastaj, nëpunësi i muzeumit kishte shfaqur shpeshherë dëshirën që të banonte në dhomën e zonjës Kutyrë, dhe nuk do të shkonin shumë ditë e asaj do t'i plotësohej përsëri numri i qiraxhinjve.

- Fjala juaj në vesh të perëndisë, i dashur zotëri! Po tani

ma mësoi e keqja derën. Keni për të parë po s'hyri vdekja këtu pa shkuar as dhjetë ditë, - i tha ajo, duke i hedhur një vështrim të pikëlluar dhomës së bukës. - Kë do të marrë vallë?

- Do të bënim mitë të mblidhnim plaçkat e të shkonim sa më parë, - pëshpëriti Eugjeni në vesh xha Gorioit.

- Zonjë, - thirri Silvia, duke rendur si e llahtarisur, - kam tri ditë që s'e kam parë Mistigrinë.

- Ah! Në qoftë se na ka ngordhur macja a na ka ikur, unë...

Vejusha e gjorë nuk e mbaroi fjalën, lidhi duart dhe u plas në kolltuk, e tmerruar nga kjo parandjenjë ogurzezë.

Aty nga mesi i ditës, që ishte koha kur vinin letërshpëmdarësit në lagjen e Panteonit, Eugjeni mori një letër me zarf elegant, të vulosur me emblemën e familjes Dë Bosean. Ishte një ftesë që u drejtohej zotit dhe zonjës Dë Nysingen për në ballon e madhe që ishte lajmëruar një muaj më parë e që do të bëhej në shtëpinë e viskonteshës. Kjo ftesë ishte shoqëruar me një pusullë për Eugjenin:

"Mendova, zotëri, se do të merrnit përsipër me gjithë qejf që t'i shprehnit ndjenjat e mia zonjës Dë Nysingen; po ju dërgoj ftesën që më kishit kërkuar dhe nuk do të kishte gëzim më të madh për mua sikur të njihesha me motrën e zonjës Dë Resto. Sillmani, pra, atë bukuroshen tuaj dhe kini kujdes që të mos bjerë mbi të gjithë dashuria juaj, sepse një pjesë të madhe të kësaj dashurie duhet ta ruani për mua si shpërblim të asaj që ushqej edhe unë për ju.

Vikontesha Dë Bosean"

- Po, - tha me vete Eugjeni, duke e lexuar për së dyti këtë pusullë, - zonja Dë Bosean e thotë mjaft qartë këtu se prezenca e baronit Dë Nysingen është e padëshirueshme për të.

Ai rendi sakaq te Delfina, i lumtur që do t'i shkaktonte një gëzim, për të cilin do të merrte patjetër shpërblimin që meritonte. Zonja Dë Nysingen po bënte banjë. Rastinjaku priti në sallon me ankthin e padurimit të natyrshëm për një të ri të zjarrtë, që më s'i pritet të hedhë në dorë atë që dashuron e që për këtë ditë ka ëndërruar një vit të tërë. Këto janë emocione që vetëm një herë ndodhin në jetën e të rinjve. Gruaja e parë, grua me tërë kuptimin e fjalës, pas së cilës shtihet një burrë, domethënë ajo që i shfaqet atij në tërë shkëlqimin e ambientit që kërkon shoqëria pariziane, kjo grua s'ka kurrë rivale. Dashuria në Paris nuk i ngjet aspak dashurisë në provincë. Këtu, as burrat as gratë nuk gënjehen nga paraqitja e jashtme, nga përshkrimet me fjalë boshe të ndjenjave të tyre të dashurisë, sepse këto janë karakteristika e gjithë parizianëve. Këtu, një grua nuk duhet të kënaqë vetëm zemrën dhe ndjenjat, ajo e di fare mirë se ka detyrime më të mëdha për të përmbushur kundrejt një mijë gjërave të vogla që përbëjnë jetën. Në Paris, më shumë se kudo gjetkë, dashuria është e mbushur plot me mburrje, me mendjemadhësi, me paturpësi, me poshtërsi, me zbrazësi, me sharlatanizëm dhe me luks. Gjersa të gjitha gratë e oborrit të Luigjit XIV ia patën zili zonjushës Dë la Valierë hovin e pasionit që e bëri atë princ të madh t'i harrojë të tri mijë livrat që kushtonte secila nga mëngët e këmishës së tij, kur i shkuli për t'ia bërë më të lehtë dukut Dë Vermandua daljen e tij në dritë, ç'mund t'u kërkohet pastaj njerëzve të tjerë? Mblidhni bashkë pasurinë, rininë, titujt e fisnikërisë, bëhuni akoma më të mëdhenj nga ç'jeni, po të mundni, sa më shumë temjan që të digjni përpara idhullit tuaj, aq më tepër do t'u ndihë, në qoftë se keni, natyrisht, një idhull. Dashuria është një fe, dhe kulti i saj kushton më shtrenjtë se kulti i çdo feje tjetër, dashuria ikën shpejt, dhe, ashtu si rrugaçët i pëlqen të shkatërrojë gjithçka në rrugë e sipër. Pasuria e ndjenjave është poezia e njerëzve që jetojnë ndër mansarda.

Pa një pasuri të tillë ç'do të bëhej dashuria? Në qoftë se ka përjashtime për këto ligje drakoniane të kodit parizian, ato i gjejmë larg botës mondane, në vetmi, tek ato shpirtrat që nuk e kanë lënë veten të rrëmbehen nga doktrinat e pranuara nga të gjithë, shpirtra që rrojnë pranë ndonjë burimi me ujë të kulluar, që rrjedh me shpejtësi, po që nuk shteron; shpirtra që u mbeten besnike blerimeve plot hije, që gëzohen tek dëgjojnë të buçasin për to në gjithë natyrën dhe në veten e tyre zëra e jone hyjnore dhe presin me durim kohën që do të fluturojnë, duke u ardhur keq për ata që do të mbeten në këtë tokë.

Po Rastinjaku, ashtu si pjesa më e madhe e të rinjve, që i kanë shijuar që më parë madhështitë, donte të dilte krejt i armatosur në arenën e shoqërisë së lartë; këto ethe e kishin zënë atë dhe ndoshta e ndiente veten të zot që t'i mposhtte, po nuk i njihte as mjetet, as qëllimin e kësaj ambicieje. Kur nuk ka një dashuri të pastër e të shenjtë që gjallëron jetën, etja për pushtet mund të bëhet një nxitje për punë të mrekullueshme, mjafton të zhvishemi nga çdo interes personal dhe t'i caktojmë vetes si qëllim madhështinë e vendit tonë. Po studenti s'kishte arritur ende në atë lartësi prej ku njeriu mund të kundrojë rrjedhën e jetës dhe ta gjykojë drejt. Gjer atëherë, ai nuk qe shkundur plotësisht nga magjepsja e mendimeve të freskëta e të ëmbla që e mbështjellin si me gjethe rininë e fëmijëve që janë rritur në provincë. Ai kishte nguruar vazhdimisht të kapërcente Rybikonin parizian. Me gjithë kureshtjen e tij të zjarrtë, atij nuk i qe zhdukur ende ai mendimi i mjegullt për jetën e lumtur që bën fisniku i vërtetë në kështjellën e tij. Sidoqoftë, edhe lëkundjet e tij të fundit qenë zhdukur një ditë më parë, kur pati hyrë në apartamentin e vet. Duke gëzuar përfitimet materiale të pasurisë, siç gëzonte prej shumë kohësh përfitimet morale si bir prej shtëpie fisnike, kishte hequr lëkurën e tij prej provinciali dhe kishte arritur dalëngadalë në një pozitë prej ku i çelej rruga për një të ardhme shumë të bukur. Prandaj, duke pritur Delfinën, i ulur rehat- rehat në atë sallon të këndshëm dhe duke filluar ta ndiente veten si në shtëpi të tij, i dukej se ishte shumë larg nga Rastinjaku i dikurshëm, që kishte ardhur vitin e shkuar në Paris; dhe, tek i hidhte atij një vështrim të brendshëm shpirtëror, pyeste e thoshte nëse i ngjante atë çast vetvetes.

- Zonja është në dhomën e saj, - dëgjoi ai zërin e Terezës, që e bëri të hidhej përpjetë.

Delfinën e gjeti të shtrirë në një kanape, pranë zjarrit, të freskët e të çlodhur. Tek e shihje ashtu të kapardisur mbi dallgët e musullit, ishte e pamundur të mos e krahasoje me ato bimët e bukura të Indisë, fryti i të cilave lidh brenda në lule.

- Ja, pra, ku u takuam, - tha ajo me emocion.
- E gjeni dot me mend se ç'ju kam sjellë? - e pyeti Eugjeni, duke u ulur pranë saj e duke i marrë dorën që t'ia puthte.

Zonja Dë Nysingen sa s'fluturoi nga gëzimi, kur e lexoi ftesën. Ktheu nga Eugjeni sytë e saj të përlotur dhe i hodhi duart në qafë, që ta afronte pranë, e dehur nga një gëzim vanitoz.

- Dhe juve (ty, - i tha ajo në vesh; - po duhet të kemi mendjen se mos na dëgjojë Tereza që është në dhomën time të tualetit!), juve jua detyroj këtë lumturi! Po, guxoj ta quaj lumturi këtë, dhe, meqë e fitova me anën tënde, është diçka më tepër se një triumf i sedrës. Asnjë s'ka dashur të më prezantojë në atë rreth të lartë. Ndoshta ju në këtë çast mund të më quani të vogël, të përciptë mendjelehtë si një pariziane; po mendoni miku im, se jam gati t'i sakrifikoj të gjitha dhe, në dua tani me mish e me shpirt që të vete në lagjen Sen-Zhermen, dua se atje jeni ju.

- A nuk ju duket, - i tha Eugjeni, - se zonja Dë Bosean sikur kërkon të thotë se nuk dëshiron ta shohë baronin Dë Nysingen në ballon e saj?

- Posi, - u përgjigj baronesha, duke i dhënë letrën Eugjenit. - Këto gra janë të vetmet për kësi punësh, dinë të të vrasin me pambuk. Po aq më bën, unë do të shkoj. Ime motër do të vejë me siguri, unë e di që ajo po përgatit një fustan të lezetshëm. Eugjen, - vijoi ajo me zë të ulët, - ajo vete që të zhdukë disa dyshime të tmerrshme. Ju nuk e dini se ç'fjalë janë hapur për të! Nysingeni erdhi e më tha sot në mëngjes se dje flisnin për të në klub fare pa druajtje. O zot! Sa shpejt mund të cenohet nderi i grave dhe i familjeve! E ndjeva veten të fyer, m'u duk sikur flisnin për mua, kur dëgjova ashtu për time motër. Ca thonë se zoti Dë Trajë paska nënshkruar kambiale, pothuajse të gjitha të skaduara, për një shumë prej njëqind mijë frangash dhe për të cilat do ta hedhkan në gjyq. Motra ime, duke e parë punën pisk, ia paska shitur diamantet e saj një çifuti, ato xhevahiret e bukura që mund t'ia keni parë e që i ka nga zonja Dë Resto, e vjehrra. Me një fjalë, ka dy ditë që vetëm për këtë flitet. Ndaj e marr me mend se Anastasia do të bëjë ndonjë fustan me temina të arta, ngaqë kërkon të tërheqë vëmendjen e të gjithëve në shtëpinë e zonjës Dë Bosean, duke u shfaqur aty në tërë shkëlqimin e saj dhe me diamantet. Po unë nuk dua të jem më poshtë se ajo. Ajo gjithnjë ka dashur të më shtypë, s'ma ka dashur, kurrë të mirën, megjithëse unë i kam bërë tërë ato të mira dhe s'ia kam kursyer kurrë paratë, sa herë që ka qenë ngushtë... Po pse merremi me të tjerët; sot unë dua të jem krejt e lumtur.

Ishte ora një pas mesnate dhe Rastinjaku akoma s'kishte shkuar nga zonja Dë Nysingen, e cila, duke i dhënë pa kursim puthjen e lamtumirës së dashnorëve, puthje plot shpresa e gëzime për të ardhmen, i pëshpëriti me trishtim:

- Jam aq e trembur, aq supersticioze (vëruni ç'emër të doni parandjenjave të mia), saqë më duket se do ta paguaj lumturinë time me ndonjë katastrofë të tmerrshme.

- Kalamane! - i tha Eugjeni.

- Ah! Sonte jam unë kalamane, nuk jeni ju, - u përgjigj fijo duke qeshur.

Eugjeni erdhi në shtëpinë Voker, i sigurt se të nesërmen do të ikte prej këtej, ndaj qe kredhur gjithë rrugës në ato ëndërrimet e bukura që bëjnë gjithë të rinjtë, kur nuk u ka shkuar ende nga buzët shija e lumturisë.

- E? - e pyeti xha Gorioi Rastinjakun, kur i shkoi përpara

derës.

- Do t'jua them të gjitha nesër, - iu përgjigj Eugjeni.
- Të gjitha ama, hë? - thirri babloku. - Flini tani. Nesër do të fillojmë jetën tonë të lumtur.

Të nesërmen, Gorioi dhe Rastinjaku nuk prisnin veçse hamenjtë që të ngarkonin plaçkat e të iknin nga pensioni familjar, kur aty nga mesi i ditës u dëgjua zhurma e një karroce, që qëndroi përpara portës së shtëpisë Voker, në rrugën Nëvë-Sent-Zhënëvievë. Zonja Dë Nysingen zbriti nga karroca dhe pyeti nëse i ati ishte ende në pension. Silvia i tha se ishte brenda dhe ajo ngjiti shpejt e shpejt shkallët. Eugjeni ishte në dhomën e tij, po fqinji nuk e dinte. Kur kishin mbaruar së ngrëni mëngjesin, ai i qe lutur xha Gorioit të merrte plaçkat e tij e i kishte thënë se do të takoheshin në ora katër në rrugën D'Artua. Po, teksa Gorioi kishte dalë të kërkonte hamejtë, Eugjeni kishte rendur në shkollë, kishte ndenjur sa ishte bërë apeli dhe ishte kthyer pa u vënë re prej asnjeriu, që t'i lante hesapin zonjës Voker, duke mos dashur t'ia linte këtë barë Gorioit, i cili, nga dashuria fanatike që ushqente për Eugjenin, pa dyshim që do të kishte paguar edhe për të. E zonja e shtëpisë kishte dalë jashtë. Eugjeni u ngjit prapë në dhomën e vet, që të shikonte se mos kishte harruar ndonjë gjë dhe u gëzua shumë që iu dha e u ngjit kur pa në syzen e tryezës kambialin që kishte nënshkruar në të bardhë për Votrënin e që e kishte hedhur aty nga pakujdesia ditën që i kishte larë borxhin. Meqë nuk kishte zjarr ta digjte, u mat ta griste, po, me të dëgjuar zërin e Delfinës, s'deshi të bënte zhurmë dhe ndenji të përgjonte, duke menduar se ajo s'do të kishte asnjë të fshehtë nga ai. Pastaj, që në fjalët e para, ai pa se biseda në mes të atit dhe së bijës ishte aq interesante, saqë s'mundi të rrinte pa e dëgjuar.

- Ah, baba, - tha ajo, - desh zoti të ra ndër mend me kohë që kërkove llogari për pasurinë time e nuk më le të shkatërrohesha! A mund të flas këtu?

- Fol, fol, këtu s'ka njeri, - u përgjigj xha Gorioi me një zë

223

të mekur.

- Po ç'keni kështu atë? - e pyeti zonja Dë Nysingen.
- Fjalët e tua më ranë si sëpatë kokës, - u përgjigj plaku. - Zoti të të falë, vajza ime! Ti nuk e di se sa fort të dua; po ta dije, nuk do të m'i kishe thënë kështu papritur e papandehur këto fjalë, sidomos në qoftë se është diçka që mund të ndreqet. Ç'e keqe të ka gjetur, moj bijë, që s'prite as pak çaste të takoheshim në rrugën D'Artua, po nxitove të më gjeje këtu?
- Oh, atë, po a mund ta mbajë njeriu veten përpara një katastrofe? Po luaj mendsh. Avokati juaj na e zbuloi që më parë gjëmën që do të ndodhë, pa dyshim, më vonë. Tani është e domosdoshme për ne përvoja juaj e madhe në tregti, ndaj nxitova t'ju takoj, si ai që kërkon të kapet pas dikujt, kur është në të mbytur e sipër. Kur pa zoti Dervilë se Nysingeni mundohej t'i bënte bisht, e kërcënoi duke i thënë se do ta hidhte në gjyq dhe brenda një kohe të shkurtër kryetari i gjyqit do të jepte vendimin në favor të tij. Nysingeni erdhi sot në mëngjes tek unë dhe më pyeti nëse doja shkatërrimin e tij dhe timin. Unë i thashë se s'dija asgjë nga këto punë, dija vetëm se kisha një pasuri, se duhej të bëhesha zonjë e pasurisë sime dhe se çdo gjë që kishte lidhje me këtë ngatërresë i takonte avokatit tim, sepse unë isha krejt e paditur dhe s'merrja erë fare nga këto punë. A nuk më kishit porositur që të përgjigjesha kështu?
- Mirë, - u përgjigj xha Gorioi.
- Atëherë, - vijoi Delfina, - ai më tregoi shkoqur se si e kishte punën. Të gjitha kapitalet e tij dhe të miat i ka hedhur në ndërmarrje që posa kanë filluar të ndërtohen dhe për të cilat iu desh të shpenzonte edhe shuma të tjera të mëdha. Po ta shtrëngoja të më kthente prikën, ai do të detyrohej të falimentonte; kurse, po të prisja një vit, zotohet dhe betohet se do të më kthejë një pasuri dy ose tri herë më të madhe nga pasuria ime, duke i përdorur kapitalet e mia për të blerë toka dhe, më në fund, unë do bëhem zonjë e gjithë këtyre pasurive. Oh, atë, ai qe i sinqertë, më tronditi. Më kërkoi

ndjesë për sjelljen e tij, më la të lirë, më lejoi të roja si të më pëlqente, me kusht që ta lija zot të plotfuqishëm për të drejtuar punët në emrin tim. Dhe, që të më provonte se sa i sinqertë ishte, më premtoi të thërriste zotin Dervilë, sa herë që të doja unë, për të parë nëse ishin në rregulll aktet, në bazë të të cilave Nysingeni do të më dorëzonte gjithë pasurinë. Me një fjalë, ai m'u dha këmbë e duarlidhur. Veç kësaj, m'u lut që ta qeveriste shtëpinë edhe dy vjet dhe të mos shpenzoja për vete më tepër nga ç'do të më jepte ai. Më provoi se s'i mbetej të bënte gjë tjetër veçse të ruante pamjen e jashtme të mirëqenies, se kishte dëbuar balerinën e tij dhe se do të shtrëngohej të kursente sa më shumë, po pa rënë në sy, me qëllim që të përfundonte ndërmarrjet, pa komprometuar kredinë e tij. Unë e mora nëpër këmbë, bëra sikur dyshoja për ato që më thoshte, me qëllim që ta shtrëngcja të m'i thoshte të gjitha. Ai më nxori defterët dhe më në fund ia plasi të qarit. Kurrë s'kisha parë burrë në një gjendje të tillë. E kishte humbur fare, thoshte se do të vriste veten, fliste përçart. Më erdhi keq për të.

- Dhe ti u zë besë këtyre pallavrave?... - thirri xha Gorioi. - Ai është dhelpër! Unë kam pasur të bëj me gjermanë në tregti: këta janë pothuajse të gjithë njerëz të sinqertë, njerëz me zemër të qëruar; po me gjithë sinqeritetin dhe ndershmërinë e tyre, kur zënë e bëhen të ligj e sharlatanë, s'ka njeri që t'ua kalojë. Yt shoq të mashtron. Ai abuzon me ty, e ndien veten gushtë dhe shtiret si i vdekur, kërkon të sigurohet me firmën tënde, se i ka dalë boja emrit të tij. Kërkon të përfitojë nga kjo rrethanë që të manovrojë, sido që t'i venë punët në tregti. Është dinak dhe i pabesë; është burrë i poshtër. Jo, jo, unë s'kam ndër mend të shkoj -në varrezat Perë-Lashezë, duke i lënë vajzat e mia në ditë të hallit. Marr vesh akoma nga tregtia unë. Ai thotë se i ka hedhur kapitalet e dj në ndërmarrje; shumë bukur, atëherë interesat e tij përfaqësohen me vlefta, me dëftesa, me kontrata! Le t'i tregojë dhe të lahet me ty. Ne do të zgjedhim aksionet më me leverdi, do të provojmë fatin, do të kemi një firmë të siguruar me ligj me emrin tonë; Delfinë Gorio, grua e ndarë nga baroni Dë Nysingen për sa i përket pasurisë, Ç'pandeh ai, se mos jemi budallenj ne? A e di se unë nuk do ta doja të gjallët, po të mendoja, qoftë edhe dy ditë, se do të të lija pa pasuri, pa një kothere bukë. Këtë s'do ta duroja dot asnjë ditë, asnjë natë, asnjë orë! Po të ngjiste një gjë e tillë, vdekje do të qe mjaltë për mua. Si? Unë që kam punuar dyzet vjet me radhë, që kam mbajtur thasë në kurriz, që e kam derdhur djersën lumë, që kam hequr të gjitha të zezat e jetës për ju, o engjëjt e mi, për ju që ma lehtësonit çdo punë e çdo barrë, të duroj sot që pasurinë dhe jetën time t'i marrë lumi! Po kjo do të më bënte të vdisja nga tërbimi. Betohem për çdo gjë të shenjtë që ka në tokë e në qiell, se ne do ta zgjidhim këtë punë, duhet të kontrollojmë defterët, arkën, ndërmarrjet! Mua nuk do të më zërë gjumi dhe nuk do të vë bukë në gojë, gjersa të sigurohem se pasuria jote është krejt e paprekur. Lavdi zotit, ti tani je e ndarë për sa i përket pasurisë, do të kesh për avokat Dervilin, që, për fat, është një burrë i ndershëm. Për zotin që është një, ja do të mbetet milioni yt, të ardhurat e tua prej pesëdhjetë mijë livrash në vit, gjersa të jesh gjallë, ja po e ngrita gjithë Parisin më këmbë! Ah! Ah! Në qoftë se na marrin më qafe gjyqet, do t'i drejtohem Parlamentit. Kam dashur edhe dua gjithnjë të të shoh të qetë dhe të lumtur për sa u përket parave, ky mendim më lehtëson të gjitha dhembjet dhe më zbut dëshpërimin. Paraja është jeta. Paraja është gjithçka. Ç'na përrallos ai trung i pagdhendur prej Alzase? Delfinë, mos i jep asnjë dhjetësh atij hajvani që të ka hedhur vargonjtë dhe ta ka nxirë jetën. Në qoftë se tu duhesh atij, ne do t'ia mbledhim të dyja këmbët në një këpucë dhe do t'i japim një mësim të mirë. Hej, zot! O zot! Zjarr po më del nga koka, diç më përvëlon këtu nën kafkë! Delfina ime të katandiset në këtë ditë, të mbetet në rrogoz. Ti Fifina ime! Djalli ta marrë! Ku i kam dorashkat? Eja të shkojmë, dua t'i shoh të gjitha: defterët, llogaritë, arkën korrespondencën, tani, këtë çast.

Do të qetësohem vetëm kur të bindem se pasurisë sate nuk i kanoset asnjë rrezik dhe kur t'i kem parë të gjitha me sytë e mi.

- Duhet të kini kujdes, i dashur atë!... Do të më merrni më qafë, po qe se tregoni qoftë edhe dëshirën më të vogël për hakmarrje ose qëllime tepër armiqësore. Ai ju njeh dhe i është dukur fare e natyrshme të jem nxitur prej jush që jam shqetësuar për fatin e pasurisë sime; po ju betohem se ajo është në dorë të tij; ai ka vendosur të mos i lëshojë. Është aq i poshtër, saqë mund të arratiset me gjithë kapitalet dhe të na lërë me gisht në gojë! Ai e di fare mirë se unë s'mund të çnderoj emrin tim, duke e hedhur në gjyq. Është njëkohësisht i fortë dhe i dobët. I kam menduar mirë të gjitha. Po ta shtrëngoj më shumë, do të më shkatërrojë.

- Po ai qenka maskara!

- Po, atë, ashtu është, - u përgjigj ajo, duke u lëshuar mbi një fron e duke ia plasur të qarit. S't'i kam thënë këto, se s'kam dashur të të dëshpëroj që më ke martuar me një burrë të tillë. Zakonet e fshehta dhe ndërgjegjja, shpirti dhe trupi, të gjitha pajtohen tek ai! Ç'tmerr! E urrej dhe e përbuz. Pas tërë atyre që më tha, unë s'mund ta nderoj më këtë Nysingen të poshtër. Një njeri që guxon të futet në të tilla dallavere tregtare, të cilat i mësova nga goja e tij, s'ka pikën e ndërgjegjes dhe unë trembem sepse e pashë fare mirë se ç'shpirt ka. Ai, burri im, më tha troç se do të më linte krejt të lirë - dhe ju e dini se ç'do të thotë kjo! - por me kusht që në rast se i falimentojnë ndërmarrjet, të bëhem vegël në duart e tij, me një fjalë, të pranoj t'i shërbej si firmë.

- Po ka edhe ligje! Kemi sheshin e Grevës për të tillë dhëndurë, - thirri xha Gorioi, - po të mos gjendet xhelat, vetë ia kam për të prerë kokën në gijotinë.

- Jo, atë, s'ka ligje kundër tij. Ja, me pak fjalë, se ç'më tha ai, duke lënë mënjanë perifrazat që përdorte vazhdimisht: "O i humbe të gjitha, mbete pa një grosh, u shkatërrove fare, sepse unë nuk mund të bashkëpunoj me njeri tjetër përveç teje, o do të më lësh t'i çoj gjer në fund ndërmarrjet e mia". Kuptoni? Ai mbështetet akoma tek unë. Është i sigurt për ndershmërinë time; ai e di se unë do t'ia lija pasurinë e tij dhe do të kënaqesha vetëm me timen. Kjo është një shoqatë e ndyrë dhe grabitqare, ku jam e detyruar të bëj pjesë, se përndryshe shkatërrohem. Ai më blen ndërgjegjen dhe e paguan duke më lënë të lirë të jem gruaja e Eugjenit: "Të lejoj të bësh mëkate, më lër dhe ti të bëj krime, duke shkatërruar njerëzit e varfër!". A nuk janë të qarta këto fjalë? Dhe a e dini se ç'bën? Blen toka në emër të tij dhe ndërton shtëpi në ato toka nga njerëz që i vërtit si të dojë. Këta njerëz lidhin kontrata me sipërmarrësit për ngritjen e shtëpive dhe u lëshojnë atyre kambiale me afat të gjatë, pastaj pranojnë për një shumë të vogël të hollash t'i japin kuitancë burrit tim, që bëhet kështu zot i shtëpive, kurse ata lahen me sipërmarrësit e mashtruar, duke dhënë falimento. Firma tregtare e Shtëpisë Dë Nusingen l ka verbuar ndërtuesit e gjorë. Këtë e kam kuptuar unë. Kam kuptuar gjithashtu që, për të provuar, në rast nevoje, se është në gjendje të paguajë shuma tepër të mëdha, Nysingeni ka depozituar shuma të mëdha në Amsterdam, në Londër, në Napoli dhe në Vjenë. Si do t'i shtinim në dorë ne ato të holla?

Eugjeni dëgjoi zhurmën e rëndë të gjunjëve të xha Gorioit, që ra, pa dyshim, në dyshemenë e dhomës së tij.

- O zot! Ç'të paskam bërë unë i gjori? Vajza ime në duart e atij faqeziu! Po ai mund t'i punojë qindin, po të dojë... Më fal, bija ime! - thirri plaku.

- Po, në qoftë se kam rënë në greminë, për këtë edhe ju mund të jeni fajtor, - tha Delfina. Ne s'jemi në gjendje të mendohemi thellë, kur martohemi! Ku e njohim ne botën, dallaveret, njerëzit, zakonet. Për ne duhet të mendojnë baballarët tanë. Baba i dashur, unë s'ju qortoj aspak, më falni për këto fjalë. Tërë fajin e kam unë. Jo, mos qani, atë, - tha ajo duke e puthur t'anë në ballë.

- Edhe ti mos qaj, shpirtja e babait. Afrohu të t'i fshij sytë e të t'i puth. Eh! Tani s'jam në vete, po gjene kjo radakja ime do ta zgjidhë këtë lëmsh që ka ngatërruar yt shoq.

- Jo, lërmë se di unë si t'ia punoj. Ai më do dhe unë do të përdor gjithë pushtetin që kam mbi të për ta detyruar të bëjë sa më parë mbi emrin tim një pjesë të kapitaleve që ka në pasuri të patundshme. Ndoshta mund ta kandis të bëjë mbi mua çifligari e Nysingenëve, në Alzasë, megjithëse ai dridhet për të. Vetëm ju ejani nesër që të shikoru defterët dhe llogaritë e tij. Zoti Dervilë s'merr erë fare nga tregtia... Jo, jo nesër. S'dua të prish gjakun. Pasnesër kemi ballon e zonjës Dë Bosean, dua të rregullohem që të jem e bukur atje, e qetë, që Eugjeni im i dashur të mund të mburret me mua!... Ejani, pra, të vemi të shikojmë dhomën e tij.

Atë çast, në rrugën Nëvë-Sent-Zhënëvievë u ndal një karrocë dhe u dëgjua nëpër shkallë zëri i zonjës Dë Resto, që pyeti Silvien:

- Brenda është babai?

Për fat, kjo rrethanë e shpëtoi Eugjenin, që mendonte të shtrihej në krevat dhe të bënte sikur flinte.

- Oh, atë, të thanë për Anastasinë? - e pyeti Delfina, kur dëgjoi zërin e së motrës. - Duket se edhe ajo s'i ka punët mirë me të shoqin.

- Çfarë? - pyeti xha Gorioi dhe vijoi: - Po kjo është vdekje për mua. Ku e duroj dot unë i ziu edhe një të keqe tjetër.

- Mirëdita, baba! - tha kontesha, duke hyrë brenda. - Ah! Këtu qenke ti, Delfinë?

Zonjës Dë Resto nuk i erdhi mirë që e gjeti aty të motrën.

- Mirëdita, Nasi, - tha baronesha. - Pse u çudite që më gjete këtu? Unë vij e shoh përditë babanë.

- Që kur kështu?

- Po të vije edhe ti, do ta kishe marrë vesh.

- Mos më ngacmo, Delfinë, - tha kontesha me një zë të vajtuar, - jam shumë fatkeqe, më mori lumi, baba, oh! Këtë radhë më mori lumi fare.

- Ç'ke, Nasi? - thirri xha Gorioi. - Ç'të gjeti, vajza ime? Tregoji babait, fol! Po zbehet! Delfinë, ngrehu ndihmoje tët motër, të të vijë keq për të, do të të dua akoma më shumë ty, sikur të jetë e mundur!

- Xhani i motrës, moj Nasi, - tha zonja De Nysingen, duke e ulur të motrën. - Fol! ti e shikon se ne të dy dhe vetëm ne të dy do të të duam gjithmonë aq shumë, sa do të t'i falim të gjitha. E shikon, baba e motër s'të bëhet njeri tjetër.

Ajo i vuri pak eter në hundë, dhe kontesha erdhi në vete.

- Do të vdes! - ia bëri xha Gorioi. - Pa ejani, afrohuni këtu të dyja, - u tha të bijave, duke nangasur zjarrin prej torfe. - Ngriva. Ç'ke, Nasi, fol shpejt, se më vdiqe...

- Ja, - tha e gjora grua, im shoq i ka marrë vesh të gjitha. Ah, ç'më gjeti, baba! Ju kujtohet ai kambiali i Maksimit? E pa, ai nuk ishte i pari. Unë kisha paguar edhe shumë të tjerë. Andej nga fillimi i janarit, zoti Dë Trajë më qe dukur mjaft i dëshpëruar. Mua nuk më thoshte gjë, po s'është zor t'ia kuptosh zemrën atij që e dashuron: mjafton një gjë e vogël, një shenjë, veç kësaj ka edhe parandjenja njeriu. E shihja që sillej më i dashur, më i dhimbsur se kurrë ndonjëherë, dhe unë e ndieja veten akoma më të lumtur. I gjori Maksim! Me mendje të tij ai po më jepte lamtumirën e fundit, më tha se donte të vriste veten! Më në fund, si e lodha shumë dhe iu luta më gjunjë dy orë të tëra... më tha se kishte borxh një qind mijë franga! Oh, baba, njëqind mijë franga! Më luajti mendja e kokës. Ju s'kishit, unë i kisha shpenzuar të gjitha...

- Jo, - tha xha Gorioi, - s'do t'i kisha gjetur dot kaq të holla, veç t'i vidhja. Dhe do të kisha shkuar t'i vidhja. Nasi! Do të shkoj.

Kur dëgjuan këto fjalë që dolën nga goja e plakut si grahmat e një njeriu që po jep shpirt dhe që tregonin një të tilië agoni të ndjenjave atërore, saqë e kishin dërrmuar krejt, të dyja motrat mbetën si të mekura. Cili egoist nuk do të prekej nga kjo britmë shpirtërore që tregonte gjithë thellësinë e dëshpërimit, si ai guri i hedhur në humnerë që tregon thellësinë e saj?

- Këto të holla, baba, i gjeta duke shitur ato që s'më

përkisnin, - tha kontesha dhe e mbytën lotët.

Delfina u prek dhe qau me kokë të mbështetur ne qafën e së motrës.

- Atëherë, të gjitha qenkan të vërteta! - i tha ajo.

Anastasia uli kokën, zonja Dë Nysingen e pushtoi, e puthi me dhembshuri dhe, duke e shtrënguar në kraharor, i tha:

- Kjo zemër do të të dojë gjithmonë pa të gjykuar.

- O engjëjt e babait, - u tha Gorioi me një zë të mekur, - vetëm e keqja ju mblodhi këtu! Po pse kështu?

- Për t'i shpëtuar jetën Maksimit, për të shpëtuar gjithë lumturinë time, - vijoi kontesha, që mori kurajë nga këto dëshmi të një dashurie të madhe dhe të një dhembshurie të thellë, - shpura xhevahiret e familjes te ai fajdexhiu që e njihni, te ajo pjellë e skëterrës, te ai Gobseku i pamëshirshëm, ato xhevahire që i ruante si sytë zoti Dë Resto, të tijat, të miat, të gjitha. I shita! Kuptoni? Maksimir e shpëtova, po vrava veten. Restoi i mori vesh të gjitha.

- Nga kush? Si? Që ta vras! - briti xha Gorioi.

- Dje, im shoq më thirri në dhomën e tij. Dhe unë shkova. "Anastasi, - më tha me një zë... (Oh, vetëm nga zëri i tij i mora me mend të gjitha), - ku i ke xhevahiret?" "Në dhomën time". "Jo, - më tha dhe më mbërtheu sytë, - janë aty, mbi komonë time. - Dhe më tregoi kutinë me xhevahire që e kishte mbuluar me shami. - E di se kush i kishte? - më pyeti. I rashë më gjunjë... qava, i thashë të më vriste, të më ndëshkonte me ç'vdekje të donte.

- Ja the këtë! - bërtiti xha Gorioi. - Për ymër të zotit, ai që do t'ju prekë me dorë ty ose tët motër, sa të jem gjallë unë, ta dijë se do ta djeg në zjarr të paktë, çikë e nga një çikë! Do ta shqyej si...

Xha Gorioi heshti, iu zunë fjalët në grykë.

- E ç'të të them, moj motër vdekja qe lule përpara asaj që më kërkoi ai. Dhëntë perëndia e mos e dëgjoftë asnjë grua atë që më dëgjuan veshët mua!

- Do ta vras, - tha xha Gorioi me gjakftohtësi. - Po, ç'e do, jeta e tij një është, kurse mua më ka borxh dy. Po pastaj? -- e pyeti ai Anastasinë, duke e vështruar në sy.

- Eh! - vijoi kontesha si heshti pak, - ai më vështroi drejt në sy dhe më tha: "Anastasi, po u vë kapakun të gjithëve, do të rrimë bashkë, kemi fëmijë. Nuk do ta vras zotin Dë Trajë në duel. Sy është edhe mund të më gënjejë. Po ta zhduk me mënyra të tjera, do të kem të bëj me drejtësinë. Po ta vras në krahët e tu, do të çnderoj fëmijët. Po që të mos i shikosh të vdesin as fëmijët e tu, as babanë e tyre, as mua, po të vë dy kushte. Më thuaj: "A ke ndonjë nga djemtë me mua?" - "Po". -iu përgjigja. "Cilin?" - pyeti ai. "Emestin, të madhin". "Mirë, - tha. - Tani betohu se do të më bindesh këtej e tutje vetëm për një gjë. - U betova. - Kur të të them unë, do të nënshkruash aktin e shitjes së pasurisë sate".

- Mos e nënshkruaj! - klithi xha Gorioi, - mos e nënshkruaj kurrë atë. Ah! Ah! Zoti Dë Resto, ti s'di se ç'do të thotë ta bësh të lumtur një grua, ajo shkon e kërkon lumturinë atje ku është dhe ti e dënon për impotencën tënde qesharake... Po unë s'kam vdekur, qëndro aty! Ka të bëjë me mua ai. - Mos u shqetëso, Nasi. Ah! Iu dhimbka trashëgimtari i tij mikut! Mirë, mirë. Do t'ia rrëmbej të birin, që është im nip, dreqi e mori! Dua ta shoh atë piciruk! Do ta shpie në fshat, kujdesem unë' për të, mos ki merak ti. Do ta bëj të kapitullojë atë përbindësh; do t'i them: "Dëgjo këtu, në qoftë se do që të ta kthej tët bir, ktheji sime bije pasurinë dhe lëre të jetojë si t'i pëlqejë".

- Atë!

- Po, yt atë! Ah! Unë jam atë i vërtetë. Le të mos sillet keq me vajzat e mia ai myteber! Për zotin, po më zien gjaku. Bishë më duket vetja, më vjen t'i shqyej këta burrat tuaj. Eh, moj vajzat e mia! Kjo qenka jeta juaj? Po kjo është vdekja ime!... Si do të bëni ju, kur të mbyll sytë unë? Baballarët duhej të rronin sa fëmijët e tyre. O zot, sa keq e ke kurdisur këtë botë! Dhe ke një bir edhe ti, siç na thonë. Nuk duhej të na lije të vuanim për fëmijët tanë. O engjëjt emitë dashur, po pse më vini vetëm kur ju mbulojnë hallet e dertet. Unë nuk shoh gjë tjetër nga ju përveç lotëve tuaj. S'ka gjë, unë e di që më doni, e shoh. Ejani, ejani të qani tek unë! Zemra ime është e madhe, ajo i nxë të gjitha... Ju mund ta bëni copa-copa atë, po çdo copë e saj do të kthehet në një zemër atërore. Jua marrsha unë të ligat, vofsha unë për ju... Ah, kur ishit të vogla sa të lumtura që ishit!...

- Ta mbajmë mend atë kohë, - tha Delfina. - Ku janë gjithë ato gaze, kur rrëshqisnim që sipër thasëve në hambarin e madh?

- Ka edhe më, atë, - i tha Anastasia në vesh Goriot, që u hodh përpjetë. - Xhevahiret nuk u shitën njëqind mijë franga. Maksimin po e çojnë në gjyq. Na kanë mbetur vetëm dymbëdhjetë mijë franga për të paguar. Ai më premtoi se do të rrijë urtë, se nuk do të luajë më bixhoz. S'më ka mbetur gjë tjetër në këtë botë përveç dashurisë së tij, dhe aq shtrenjtë e kam paguar atë, saqë s'më mbetet veçse të vdes, në qoftë se e humbas. Për të sakrifikova pasuri, nder, qetësi, fëmijë. Oh! Ndihmomëni që Maksimi të jetë i lirë të paktën, i nderuar dhe të mund të qëndrojë në rrethin e shoqërisë, ku do të dijë të krijojë pozitë. Tani ai nuk më ka borxh vetëm lumturinë, ne kemi fëmijë dhe ata do të mbeteshin pa pasuri. Po po u mbyll në Sent-Pelazhi, i humbëm të gjitha.

- S'kam, Nasi. U shkunda! U shkunda fare! Erdhi fundi i botës. Oh! Do të shembet bota, me siguri bile. Ikni, shkoni, shpëtoni me kohë! Ah! Kam togëzat e mia të argjendta dhe servisin e tryezës për gjashtë veta, të parin servis që pata në jetën time. Më kanë mbetur edhe të një mijë e dyqind frangat e përvitshme nga të ardhurat jetike...

- Po ç'i bëtë të ardhurat e përjetshme?

- I shita, mbajta vetëm këto pak të ardhura për nevojat e mia. M'u deshën dymbëdhjetë mijë franga për t'i rregulluar një apartament Fifinës.

- Te ti, Delfinë? - pyeti të motrën zonja Dë Resto.

- Oh! E ç'rëndësi ka kjo? - vijoi xha Gorioi; - të dymbëdhjetë mijë frangat u shpenzuan.

- E marr me mend, - tha kontesha. - Për zotin Dë Rastinjak. Ah! Delfinë, mos, moj motër. Nuk shikon si jam katandisur unë?

- Jo, moj e dashur, zoti Dë Rastinjak nuk është nga ata djem që i shkatërrojnë dashnoret e tyre.

- Të falem nderit! Delfinë... Në këtë hall që më ka gjetur, unë prisja më shumë prej teje; po ti s'më ke dashur kurrë.

- Të do, Nasi, të do! - thirri xha Gorioi, - e dëgjova me veshët e mi qëpari. Po flisnim për ty dhe ajo më thoshte se ti ishe e bukur e se ajo ishte vetëm e lezetshme!

- Ajo! - përsëri kontesha, - ajo ka një bukuri të pashpirt.

- Mirë se unë qenkam ashtu, - tha Delfina, duke u skuqur, - po ti si je sjellë kundrejt meje? Ti më ke bërë hasha, më ke mbyllur dyert e të gjitha shtëpive ku kam dashur të shkoj, me një fjalë, ke përfituar nga çdo rast që të më bësh të vuaj. A kam ardhur unë, si ti, t'i shkul të gjorit baba nga një mijë franga e nga një mijë franga gjithë pasurinë e tij dhe ta katandis në këtë ditë? Këtë ke bërë ti, moj motër. Unë kam ardhur e kam parë tim atë me sa kam mundur, nuk e kam dëbuar dhe s'kam ardhur t'i puth dorën vetëm kur i kam pasur nevojën. Unë as që e dija se i kishte prishur për mua ato të dymbëdhjetë mijë frangat. Ti e di se sa e rregulit jam unë për sa u përket të hollave! Bile edhe dhuratat që më ka bërë babai, vetë m'i ka bërë, unë s'ia kam lypur kurrë.

- Ti ishe më me fat se unë: zoti Dë Marsaj ishte i pasur, dhe ti e zhvatje; i di ato shtigje ti, i di. Gjithnjë e ligë si floriri ke qenë. Lamtumirë, s'kam as motër, as...

- Pusho, Nasi! - thirri xha Gorioi.

- Vetëm një motër si ti mund t'i përsëritë ato që s'i beson më njeri, ti je kuçedër! - i tha Delfina.

- Bijat e babait, pushoni, bijat e babait, se do të vras veten në sy tuaj.

- Mirë, Nasi, po të fal, - tha zonja Dë Nysingen, - ti je fatkeqe. Po unë jam më e mirë se ti. Të më flasësh kështu në çastin kur unë i kisha marrë në sy të gjitha që të të ndihmoja, bile edhe të hyja në dhomën e tim shoqi, gjë që s'do ta kisha bërë as për vete, as për... Ky është një vazhdim i denjë i të gjitha të zezave që më ke punuar këto nëntë vjetët e fundit.

- Bijat e babait, përqafohuni, bijat e babait, - thirri ati. - Ju jeni dy engjëj.

- Jo, lëshomëni, - thirri kontesha, duke i shkundur dorën t'et, që e kishte zënë për krahu. - Më sa i vjen keq tim shoqi për mua, aq i vjen keq edhe asaj. Ajo na hiqet sikur është shembull i të gjitha virtyteve!

- Më mirë të më dinë bota sikur i kam para borxh Dë Marsajit sesa të pranoja që zoti Dë Trajë po më kushton më shumë se dyqind mijë franga, - u përgjigj zonja Dë Nysingen.

- Delfinë! - thirri kontesha, duke bërë një hap drejt saj.

- Unë them ato që janë, kurse ti shpif, - u përgjigj pa të keq baronesha.

- Delfinë! Ti je...

Xha Gorioi u turr, e mbajti konteshën, i zuri gojën me dorë dhe nuk e la ta mbaronte fjalën.

- O zot! Po ç'keni zënë me dorë sot, baba? – pyeti Anastasi.

- Vërtet, s'bëra mirë, - u përgjigj ati i gjorë, duke fshirë duart pas pantallonave. -Po nuk e dija që do të vinit ju, po ndërroj shtëpinë.

Ai u gëzua për këtë qortim që e hodhi mbi të inatin e së bijës.

- Ah! - vijoi ai duke u ulur, - ju ma copëtuat zemrën. Po vdes, fëmijët e mi! Më ziejnë trutë, sikur po më del zjarr nga koka. Amani, moj, rrini urtë, duajeni njëra-tjetrën! Do të më vdisni. Delfinë, Nasi, mjaft tani, që të dyja kishit të drejtë dhe që të dyja kishit faj: Dedel, - vazhdoi ai, duke e vështruar baroneshën me sy të përlotur, - asaj i duhen dymbëdhjetë mijë franga, le të përpiqemi t'ia gjejmë. Mos u shikoni kështu. (Ai ra më gjunjë përpara Delfinës). Kërkoji ndjesë asaj, bëja qejfin babait, - i tha në vesh, - hajde, ajo është më fatkeqe se ti!

- E dashur Nasi, - tha Delfina, e llahtarisur nga shprehja e egër dhe e çmendur që i kishte dhënë dhembja fytyrës së vet, - bëra gabim, përqafomë...

- Ah! Ju po më hidhni balsam në zemër, - thirri xha Gorioi. - Po ku t'i gjej të dymbëdhjetë mijë frangat? Po sikur të shkoja bedel?

- Ah, baba! - thirrën të dyja vajzat, duke e vënë në mes, - jo, jo.

- Vetëm zoti mund të të shpërblejë për këtë që mendon të bësh, se jeta jonë nuk do të mjaftonte kurrë! Apo jo, Nasi? - vijoi Delfina.

- Përveç kësaj, i dashur atë, kjo do të ishte një pikë ujë në det, - vërejti kontesha.

- Po, atëherë s'u bëka asgjë me gjakun tonë! - thirri plaku, i dëshpëruar. - Unë do të jem robi i atij që do të të shpëtojë ty, Nasi! Do të vras një njeri për të. Do të bëj si Votrëni, le të më dënojnë me punë të detyruar! Do të...

Ai pushoi papritur, si t'i kishte rënë rrufeja.

- U shkunda! - tha duke shkulur flokët. - Ah, sikur ta dija se ku të shkoja të vidhja, po është zor edhe të gjesh një rast të tillë. Pastaj, duhen njerëz dhe kohë për të grabitur bankën. Oh, duhet të vdes, vetëm vdekja i lan hallet. S'jam më i zoti për asgjë, s'jam më baba, jo. Ajo më kërkon, ka nevojë! Dhe unë, varfanjaku, s'kam asnjë dysh. Ah, ti sigurove për vete të ardhura jetike, o i mallkuar, dhe nuk mendove për vajzat. Domethënë nuk i do ato? Ngordh, ngordh si qen që je! Po unë jam më i lig se qeni, qeni nuk do të sillej kështu! Oh! Koka... po më zien!

- Po ç'bëni kështu, baba, - thirrën të dyja gratë, duke e vënë t'anë në mes, që të mos e linin të përpiqte kokën pas murit, - mblidhni veten.

Ai po qante me dënesë. Eugjeni, i tmerruar, mori kambialin që kishte firmuar për Votrënin, me një vulë të mjaftueshme për një shumë më të madhe, korrigjoi shifrën, ektheu në një kambial të rregullt prej dymbëdhjetë mijë frangash në urdhër të Gorioit dhe hyri në dhomën e fqinjit.

- Urdhëroni të hollat që ju duhen zonjë, - tha ai duke i zgjatur kambialin. - Po flija, biseda juaj më zgjoi, dhe munda të mësoj se ç'i detyrohem zotit Gorio. Ja kambiali, mund ta xhironi, unë do ta paguaj në afatin e caktuar.

Kontesha ngriu në vend me kambialin në dorë.

- Delfinë, - tha ajo e zbehtë e duke u dridhur nga inati, nga zemërimi e nga tërbimi. - Do të t'i falja të gjitha, për atë zot që beson, po këtë!... Si, zotëria ishte atje, ti e dije! Dhe u tregove kaq e poshtër, sa të merrje hak duke më lënë t'i tregoja të fshehtat e mia, jetën time, jetën e fëmijëve të mi, turpin dhe nderin tim! Atëherë, dije se për mua s'je asgjë, të urrej, do të shpaguhem si të mundem... do të...

Nga inati, iu pre fjala në gojë dhe iu tha gurmazit.

- Po ky është djali im, fëmija ynë, yt vëlla, shpëtimtari yt! - thërriste xha Gorioi. - Përqafoje de, Nasi! Ja, shiko si e përqafoj unë, - vijoi ai, duke e shtrënguar Eugjenin si i xhindosur. - Biri im! Unë do të jem baba e shkuar babait për ty, do të mundohem të të zëvendësoj familjen. Sikur të isha perëndi, do të ta hidhja botën ndër këmbë. - Po puthe, pra, Nasi! Ky s'është njeri; ky është engjëll, engjëlli vetë.

- Lëreni, baba, ajo s'është në vete tani, - tha Delfina.

- Unë s'jam në vete, posi! S'jam në vete! Po ti, ç'je? - e pyeti zonja Dë Resto.

- Fëmijët e mi! Do të vdes, në qoftë se s'pushoni, - thirri plaku, duke u plasur në krevatin e tij, si t'i kishin dhënë një plumb. - Ato më vranë! - belbëzoi me vete.

Kontesha vështroi Eugjenin, që ngriu në vend, i lebetitur nga kjo skenë e tmerrshme.

- Zotëri...? - i tha ajo, duke e pyetur me shenjë, me zë e me sy, pa çarë kokën për t'anë, të cilit Delfina i shkopsiti shpejt e shpejt jelekun.

- Zonjë, do të paguaj dhe nuk do t'i them njeriu, - u përgjigj Rastinjaku pa pritur pyetjen e saj.

- E vrave babanë, Nasi! - tha Delfina, duke i treguar plakun e zalisur të motrës, që rendi jashtë.

- Ia fal, - tha plaku i gjorë, duke hapur sytë. - Në atë hall që është ajo, kushdo që të ishte, do të luante mendsh. Ngushëlloje Nasin, duaje atë, premtoja këtë tyt eti që po jep shpirt, - iu lut ai Delfinës, duke i shtrënguar dorën.

- Po ç'pësuat? - e pyeti ajo, e llahtarisur.

- Asgjë, asgjë, - iu përgjigj i ati, - do të më shkojë. Se ç'më shtrëngon ballin, më dhemb koka... E gjora Nasi, ç'fat që pati!

Në këto fjalë, kontesha hyri brenda dhe iu hodh t'et në gjunjë duke thirrur:

- Më fal!

- Ngrehu, - i tha xha Gorioi, - tani po më mundon akoma më shumë.

- Zotëri, - i tha kontesha Rastinjakut me sy të përlotur,

- dëshpërimi më bëri të jem e padrejtë. Doni të jeni vëllai im - e pyeti ajo duke i dhënë dorën.

- Nasi, - i tha Delfina, duke e përqafuar, - Nasia ime e dashur, le t'i harrojmë të gjitha.

- Jo, - iu përgjigj ajo, - unë nuk i harroj!

- Engjëjt e mi, - thirri xha Gorioi, - ma hoqët perden që më kishte zënë sytë, zëri juaj më dha shpirt. Puthuni edhe një herë. - E, Nasi, do të të shpëtojë ai kambiali?

- Shpresoj se po. Po ju, baba, do ta firmoni?

- Bre, sa budalla që jam, harrova fare! S'e pata veten në dorë, Nasi, mos ma vër re. Dërgomë ndonjë njeri që të më thotë se mbaruan vuajtjet e tua. Jo, do të vij vetë. Ah, jo, nuk do të vij, s'e shoh dot me sy tët shoq, do ta vrisja në vend. Sa për të shitur pasurinë tënde, mendoj unë. Shko shpejt, bija ime, dhe përpiqu ta sjellësh në vete Maksimin.

Eugjeni kishte mbetur si i shastisur.

- Gjithnjë kështu ka qenë, e gjora Anastasi, e rrëmbyer, - tha zonja Dë Nysingen, - po zemrën s'e ka të keqe.

- U kthye që t'i merrte firmën t'et, - i tha Eugjeni në vesh Delfinës.

- Ashtu mendoni?

- Doja të mos mendoja ashtu. Ruajuni nga ajo, - u përgjigj ai, duke ngritur sytë lart për t'i besuar zotit mendime që s'guxonte t'i shprehte.

- Vërtet, ajo ka qenë gjithmonë një çikë dhelpër dhe i gjori baba gënjehet shpejt nga dredhitë e saj.

- Si e ndieni veten, i dashur xha Gorio? - e pyeti Rastinjaku plakun.

- Më flihet, - u përgjigj ai.

Eugjeni e ndihmoi Gorionë të binte të flinte. Pastaj, kur e zuri gjumi bablokun duke mbajtur dorën e Delfinës e bija iku.

- Sonte, në Teatrin e Italianëve, - i përmendi ajo Eugjenit,

- dhe atje do të më thuash si do të jetë. Nesër do të shkoni që këtej, zotëri. Pa ta shohim pak atë dhomën tuaj... Oh, ç'tmerr! - ia bëri ajo, duke hyrë brenda. - Po ju keni qenë më keq se im atë këtu. Eugjen, ti u solle mirë. Po të kishte mundësi, do të desha akoma më fort; po në qoftë se doni të bëheni i pasur, biri im, nuk duhet të hidhni në udhë, siç bëtë tani, dymbëdhjetë mijë franga. Konti Dë Trajë është kumarxhi. Dhe motra ime e bën synë të verbër. Ai do t'i kishte gjetur të dymbëdhjetë mijë frangat atje ku humbet ose fiton pirgje me florinj.

Ata dëgjuan një rënkim dhe u kthyen përsëri pranë Gorioit, që dukej sikur flinte; po kur u afruan, të dy dashnorët dëgjuan këto fjalë:

- Ato s'janë të lumtura!

Qoftë që i thoshte në gjumë apo zgjuar, theksi i këtyre fjalëve e preku aq thellë zemrën e së bijës, saqë ajo ju afrua krevatit shkatarraq ku dergjej i ati dhe e puthi në ballë. Ai hapi sytë e tha:

- Delfina!

- E, si e ndieni veten tani? - e pyeti ajo.

- Mirë, mos u bëj merak; së shpejti do të dal. Shkoni, shkoni, fëmijët e mi, qofshi të lumtur.

Eugjeni e përcolli Delfinën gjer në shtëpi të saj; po meqë ishte i shqetësuar për Gorionë, që e kishte lënë në atë gjendje, nuk pranoi të rrinte për drekë tek ajo dhe u kthye në Shtëpinë Voker. Xha Gorionë e gjeti të ngritur dhe gati të shtrohej në tryezë. Bianshoni kishte ndenjur në mënyrë që t'ia shihte mirë fytyrën fabrikantit të fideve. Kur e pa të merrte bukën dhe ta nuhaste për të shikuar se nga ç'miell qe gatuar, studenti i mjekësisë, si vuri re në këtë lëvizje mungesën e plotë të asaj që mund ta quanim vetëdija e veprimeve të tij, u vrenjt.

- Ulu pranë meje, zoti internatist i Koshënit, - i tha atij Eugjeni.

Bianshoni i vajti pranë me gjithë qejf, se kështu ndodhej më afër qiraxhiut plak.

- Ç'ka? - e pyeti Rastinjaku.

- Në mos gabohem, ka marrë fund puna e tij! Do t'i ketë ndodhur ndonjë gjë e jashtëzakonshme, më duket se i vjen rrotull një apopleksi e rëndë. Megjithëse pjesën e poshtme të fytyrës e ka mjaft të qetë, tiparet e pjesës së sipërme sikur po i hiqen përpjetë, shikoje! Pastaj, shikoja sytë. A nuk duken sikur janë mbushur plot me një pluhur të imët? Kjo veçanti tregon shpërthimin e gjakut në tru. Nesër në mëngjes, gjendja e tij shëndetësore do të më japë të kuptoj më shumë.

- A ka ndonjë ilaç për këtë sëmundje?

- Asnjë. Ndoshta mund t'ia vonojmë vdekjen, në qoftë se. gjejmë ndonjë mënyrë për t'ia përhapur gjakun anëve, në këmbë; po në qoftë se gjer nesër mbrëma nuk i zhdukën këto shenja, na la shëndenë babloku i gjorë. A e di ti nga se iu shkaktua sëmundja? Ai, si duket, ka pësuar një tronditje aq të fortë, saqë s'e përballuan dot nervat e tij.

- Po, - tha Rastinjaku, duke sjellë ndër mend se të dyja vajzat e kishin goditur pa pushim zemrën e atit të tyre.

"Me gjithë atë, - thoshte me vete Eugjeni, - Delfina e do t'anë!"

Në mbrëmje, në Teatrin e Italianëve, Rastinjaku mori

disa masa që të mos e alarmonte shumë zonjën Dë Nysingen.

- Mos u shqetësoni, - u përgjigj ajo, me të dëgjuar fjalët e para të Eugjenit, - im atë është i fortë. Vetëm se ne e tronditëm pak sot në mëngjes. Janë në rrezik, pasuritë tona, e kupton se ç'fatkeqësi e madhe na kanoset? Unë nuk do ta doja jetën, po të qe se dashuria juaj s'do të më kishte bërë indiferente ndaj asaj që dikur do të më qe dukur si një ankth vdekjeje. Tani unë trembem vetëm nga një gjë, vetëm nga një fatkeqësi, se mos humbas dashurinë që më bëri të ndiej gëzimin e jetës. Përpos kësaj ndjenje, s'më hyn në sy, asgjë tjetër s'më pëlqen. Ju jeni gjithçka për mua. Në qoftë se dëshiroj të jem e pasur, dëshiroj vetëm e vetëm se atëherë do të jetë e mundur 5 t'jrrpëlqej akoma më shumë. Edhe turp më vjen, po s'mund ta fsheh se unë jam më tepër dashnore sesa bijë. Përse? Nuk e di. Tërë jeta ime është te ju. Vërtet që im atë më dha zemrën, po ju e bëtë atë të rrahë. Ç'rëndësi ka nëse më shajnë të gjithë, kur ju, që s'keni të drejtë të ankoheni për mua, m'i falni krimet, te të cilat më shtyn një ndjenjë e papërmbajtur? Mos vallë besoni se jam një vajzë e pashpirt? Oh, jo, është e pamundur të mos e duash një atë kaq të mirë si yni. A mund ta ndaloja unë që të mos i shikonte, më në fund, pasojat e natyrshme të martesave tona të vajtueshme? Pse nuk i kundërshtoi ai? A nuk duhej që ai t'i mendonte të gjitha për ne? Unë e di, sot ai vuan aq sa edhe ne; po ç'mund të bëjmë? Ta ngushëllojmë! S'do të mund ta ngushëllonim aspak. Ai dëshpërohet e vuan më tepër nga bindja jonë sesa nga qortimet dhe ankimet tona. Ka raste në jetë kur gjithçka ngjall hidhërim.

Eugjeni rrinte i heshtur. Ishte prekur thellë nga shprehja naive e një ndjenje të vërtetë. Nëse gratë pariziane, shpesh janë false, të dehura me kotësi, egoiste, kokete, të ftohta, është e sigurt se, kur dashurojnë me shpirt, ato u sakrifikojnë më tepër ndjenja se gratë e tjera pasioneve të tyre; ato qëndrojnë mbi gjithë vogëlsitë e tyre dhe ngrihen lart shpirtërisht. Veç kësaj, Eugjeni qe çuditur edhe nga mendjemprehtësia e arsyetimi që tregon gruaja, kur gjykon qetësisht ndjenjat më të natyrshme, duke qëndruar mbi to, e ngritur lart nga një pasion i shenjtë. Zonja dë Nysingen u fye nga heshtja e Eugjenit.

— Po ç'mendoni? — e pyeti ajo.

— Po dëgjoj akoma ato që më thatë. Gjer tani kisha besuar se u dashuroja më shumë nga ç'më dashuronit.

Ajo bëri buzën në gaz, po e mposhti gëzimin e saj, që ta mbante bisedën brenda caqeve të përshtatshme. S'i kishte dëgjuar kurrë shprehjet e drithëruara të një dashurie të re dhe të sinqertë. Edhe dy fjalë më tepër sikur të kishte dëgjuar, ajo më s'do ta kishte mbajtur dot veten.

— Eugjen, — i tha duke ndërruar bisedën, — nuk e dini ju se ç'po bëhet! Gjithë Parisi do të jetë në shtëpinë e zonjës Dë Bosean. Roshefidët janë marrë vesh me markezin D'Azhyda që të mos e hapin fjalën; po nesër mbreti firmon kontratën e martesës dhe kushërira juaj e gjorë akoma s'di gjë. Ajo nuk mund të mos i presë të ftuarit, dhe markezi nuk do të jetë në ballon e saj. Të gjithë për këtë flasin.

— Dhe bota është kënaqur nga një poshtërsi e tillë dhe merr pjesë në të! Po nuk e kuptoni ju se kjo do të jetë vdekje për zonjën Dë Bosean?

— Jo, — tha Delfina duke buzëqeshur, — ju s'i njihni ato lloj grash. Po, tërë Parisi do vejë në shtëpinë e saj, edhe unë do të vete! Këtë kënaqësi jua detyroj juve.

— Po a nuk mund të jetë dhe kjo një nga ato thashethemet që përhapen aq shumë në Paris? — pyeti Eugjeni.

— Nesër do ta marrim vesh të vërtetën.

Eugjeni nuk u kthye në Shtëpinë Voker. Ai s'mundi të rrinte pa e gëzuar apartamentin e tij të ri. Në qoftë se një natë më parë u detyrua të ndahej nga Delfina në ora një e gjysmë pas mesnate, sonte ishte Delfina ajo që u kthye në shtëpi të saj më dy pas mesnate. Të nesërmen, ai u zgjua mjaft vonë dhe priti aty afër drekës zonjën Dë Nysingen, që erdhi të hante bashkë me të. Të rinjtë janë aq të pangopur me të tilla kënaqësi të vogla, saqë ai pothuajse e kishte harruar fare xha Gorionë. Pati qenë një festë e gjatë për të gjersa u mësua me secilën nga këto gjëra elegante që i përkisnin. Pastaj, aty ishte edhe zonja Dë Nysingen, që i jepte çdo gjëje një vlerë të re. Megjithatë, andej nga ora katër, të dy dashnorët kujtuan xha Gorionë dhe gëzimin e madh që ndiente ai, kur sillte ndër mend se do të banonte në këtë shtëpi. Eugjeni tha se plaku duhej sjellë shpejt, po të ishte i sëmurë, dhe u nda nga Delfina, që të rendte në Shtëpinë Voker. As xha Gorioi, as Bianshoni nuk ishin në tryezën e bukës.

— Oh! - i tha atij piktori, - xha Gorioi na u zu ulok. Bianshoni është lart, pranë tij, bablokut i erdhi njëra nga të bijat, kontesha Dë Restorama. Pastaj deshi të dilte dhe u sëmur më keq. Shoqëria do të humbasë një nga stolitë e saj më të bukura.

Rastinjaku u turr drejt shkallëve.

— Zoti Eugjen!

— Zoti Eugjen! Po ju thërret zonja, - i tha Silvia.

— Zotëri, - i tha vejusha, - ju me zotin Gorio do të dilnit nga pensioni më pesëmbëdhjetë shkurt. Ka tri ditë që ka kaluar 15-ta, sot jemi më tetëmbëdhjetë; duhet të ma paguani gjithë muajin për ju dhe për atë; në qoftë se bëheni ju garant për xha Gorionë, më mjafton fjala juaj.

— Pse? S'keni besim?

— Besim! Po të mbyllë sytë e të vdesë babloku, të bijat s'më japin asnjë dhjetësh dhe tërë leckat e tij s'bëjnë as dhjetë franga. Sot në mëngjes i mori edhe serviset e fundit që i kishin mbetur, nuk e di sepse. Ishte nisur e ujdisur si djalë i ri. Zoti më ndjeftë, po edhe ca të kuq do të kishte vënë: m'u duk i përtëritur.

— Përgjigjem unë për të gjitha, - tha Eugjeni, duke u crënqethur nga tmerri e duke parandier katastrofën.

Studenti u ngjit në dhomën e xha Gorioit. Plaku dergjej në krevatin e tij, dhe Bianshoni i rrinte pranë.

— Mirëdita, baba! - i tha Eugjeni.

Babloku i buzëqeshi ëmbël dhe e pyeti, duke e shikuar me ata sy si të xhamtë:
- Si është ajo?
- Mirë. Po ju?
- Jo keq.
- Mos e lodh, -itha Bianshoni Eugjenit, duke e tërhequr në një qoshe të dhomës.
- E, ç'farë ka? - e pyeti Rastinjaku.
- Vetëm ndonjë mrekulli mund ta shpëtojë. Ka hemorragji cerebrale. I kam vënë sinapizma; për fat, i ndien, ato po veprojnë.
- A mund ta heqim prej këtej?
- E pamundur. Duhet lënë aty, të mos i shkaktohet asnjë tronditje fizike e shpirtërore...
- Do ta mjekojmë bashkë, i dashur Bianshon, - tha Eugjeni.
- Unë i solla edhe kryemjekun e spitalit tim.
- Ç'tha?
- Nesër mbrëma do ta shfaqë mendimin e tij. Më premtoi se do të vijë pas mbarimit të punës. Po ç'e do që ky plak matuf ka bërë një marrëzi sot në mëngjes dhe meazallah se e hap gojën të thotë gjysmë fjale. Është kokëfortë si mushkë. Kur i flas unë, bën sikur s'dëgjon dhe sikur fle që të mos më përgjigjet; ose, po t'i ketë sytë të hapur, zë e rënkon. Doli sot në mëngjes dhe erdhi rrotull Parisit më këmbë, djalli e di se ku shkoi. Pati marrë me vete të gjitha sendet me vlerë që i kishin mbetur dhe doli për të mbaruar ndonjë punë. Kjo ia dërrmoi edhe atë çikë fuqi që i kishte mbetur! I erdhi njëra nga të bijat.
- Kontesha? - pyeti Eugjeni. - Një grua e gjatë, flokëzezë, me syrin pishë e në formë te bajames, me këmbë të bukura e shtat të derdhur?
- Po.
- Lërmë një minutë vetëm me të, - i tha Rastinjaku. - Do ta bëj të më rrëfehet, ai do të m'i thotë të gjitha mua?
- Atëherë unë po shkoj të ha darkë. Vetëm shiko mos e

trondit shumë; s'i kemi prerë shpresat fare.

- Mos ki merak.
- Nesër ato do të zbaviten mjaft, - i tha xha Gorioi Eugjenit, kur mbetën vetëm. - Do të shkojnë në një ballo të madhe.
- Po ç'keni bërë sot në mëngjes, baba, që u sëmurët kaq shumë sonte, sa zutë krevatin?
- Asgjë.
- Erdhi prapë Anastasia? - pyeti Rastinjaku.
- Po, - u përgjigj xha Gorioi.
- Epo, thuamë, mos më fshihni asgjë. Ç'ju kërkoi përsëri?
- Ah! - ia bëri ai, duke mbledhur të gjitha forcat që të fliste, - ajo është shumë fatkeqe, biri im! Nasia ka mbetur pa një dhjetësh qëkurse i ndodhi proçka e diamanteve. Kishte porositur për këtë ballo një fustan me tamina që do t'i rrijë për bukuri, Rrobaqepësja, një grua e poshtër, s'desh t'i bënte kredi dhe shërbyesja e saj kishte paguar një mijë franga parapagim. E gjora Anastasi, të katandiset në këtë ditë! Më pikoi në zemër. Po shërbyesja, kur pa Restonë që ia hoqi krejt besimin Nasisë, u tremb se mos i humbisnin të hollat dhe u mor vesh me rrobaqepësen që të mos e dorëzonte fustanin pa i paguar të një mijë frangat. Balloja bëhet nesër, fustani është gati, Nasia është bërë pikë e vrer. Deshi të më merrte hua serviset e mia që t'i linte peng. I shoqi do që ajo të vejë në ballo për t'i treguar gjithë Parisit diamantet, për të cilat flitet se i ka shitur. A mund t'i thotë ajo atij përbindëshi: "Kam borxh një mijë franga, paguajini"? Jo. Unë i kuptova këto. E motra, Deifina, do të shkojë atje me një fustan të mrekullueshëm. j Anastasia nuk duhet të mbetet më pas nga motra e saj e vogël.

Dhe qan aq shumë e gjora, sa të këput shpirtin! Aq peng më mbeti dje që s'i kisha të dymbëdhjetë mijë frangat, saqë do t'i kisha dhënë me gjithë qejf ditët që më kanë mbetur nga jeta i ime për ta larë atë faj. E shikoni, pata fuqi t'u bëj ballë të gjithave, po këtë herën e fundit që u ndodha pa para, m'u dërrmua zemra. Oh! Oh! S'ia bëra as një as dy, po u vesha e u spitullova dhe dola shita për gjashtëqind franga servisin e bukës dhe ca togëza argjendi, pastaj lashë peng për një vit të ardhurat e mia jetike kundrejt katërqind frangave që mora në dorë nga xha Gobseku. S'ka gjë! Do të ha bukë thatë! Ajo më mjaftonte kur isha i ri, do të më mjaftojë edhe tani. Kështu që Nasia ime do të kalojë një mbrëmje të mirë. Do të vishet për mrekulli. Këtu nën jastëk janë të një mijë frangat. Më bëhet zemra mal që i kam këtu nën kokë ato që do ta gëzojnë Nasinë e gjorë. Ajo mund ta dëbojë tani atë Viktorinë e ligë. Ku është parë që të mos u kenë besim shërbëtorët të zotërve! Nesër do të jem mirë. Nasia do të vijë në ora dhjetë. Nuk dua të më gjejnë të sëmurë vajzat, se pastaj nuk do të shkojnë fare në ballo, po do të rrinë të përkujdesen për mua. Nasia do të më përqafojë nesër si fëmijën e saj, përkëdheljet e saj do të më shërojnë. A nuk do t'i kisha shpenzuar te farmacisti një mijë franga për barërat? Më mirë t'ia jap asaj, që m'i shëron të gjitha sëmundjet, Nasisë sime. Do ta ngushëlloj në mjerimin e saj, të paktën. Vetëm kështu mund ta laj fajin që bëra duke siguruar për vete një të ardhur jetike. Ajo ka rënë në fund të greminës, dhe unë s'jam më i zoti ta nxjerr. Oh! Do t'i futem prapë tregtisë. Do të shkoj të blej drithë në Odesë. Gruri atje kushton tri herë më pak se këtu. Në qoftë se është e ndaluar të sjellësh bereqet në natyrë, njerëzve të mirë që bëjnë ligjet s'u ka rënë ndër mend të ndalojnë prodhimet e fabrikuara me bereqet. Eh! Eh! Këtë ma polli mendja sot në mëngjes! Mund të bësh punë shumë të leverdisshme me drithët.

"S'është në të", - tha me vete Eugjeni - duke vështruar plakun.

- Mirë, mirë, qetësohuni tani, mos flisni... - i tha ai.

Eugjeni zbriti të hante darkë, kur u ngjit lart Bianshoni. Pastaj që të dy e shkuan natën, duke e ruajtur të sëmurin me radhë, duke u marrë njëri me librat e mjekësisë, tjetri duke i shkruar letër s'ëmës dhe të motrave. Të nesërmen, shenjat që u shfaqën tek i sëmuri ishin shpresëdhënëse, sipas mendimit të Bianshonit; po gjendja e bablokut kërkonte një shërbim të paprerë që vetëm të dy studentët mund t'ia bënin në të gjitha hollësitë, të cilat nuk mund t'i përmendim këtu, se do të nxirrnim në shesh frazeologjinë e turpshme të kohës. Pas shushunjave që i hodhën bablokut të gjorë në atë trup kockë e lëkurë, i bënte kataplazma, banja me ujë të ngrohtë në këmbë dhe disa ushtrime mjekësore, për të cilat duhej patjetër forca dhe vetëmohimi i të dy djemve. Zonja Dë Resto nuk erdhi; ajo dërgoi për të marrë paratë një shërbyes.

- Besoja se do të vinte vetë. Po më mirë që s'erdhi, se do të shqetësohej, - tha i ati, që u tregua i gëzuar nga kjo rrethanë.

Në ora shtatë në mbrëmje erdhi Tereza dhe solli një letër nga Delfina.

"Po ç'bëni, miku im? Mos më harruat pa më dashuruar mirë? Në ato bisedat e ngrohta e të përzemërta përpara meje u hap një shpirt i bukur; ju jeni nga ata që kuptojnë edhe ndjenjat më të holla dhe që qëndrojnë besnikë gjer në fund. Si thatë edhe vetë, kur dëgjuat lutjen e Moisiut: "Për një palë ajo është një notë gjithmonë e njëllojtë; për të tjerët është një muzikë e pambarim". Mos harroni se ju pres sonte që të vemë në ballon e zonjës Dë Bosean. S'ka dyshim se kontrata e zotit D'Azhyda është firmosur në Oborr sot në mëngjes, dhe e gjora viskonteshë e mori vesh vetëm në ora dy. Atje do të derdhet sot gjithë Parisi, ashtu si vërshon populli në sheshin e Grevës, kur ka ndonjë ekzekutim. A nuk është poshtërsi të shkosh të shikosh nëse do ta fshehë dëshpërimin ajo grua, nëse do të dijë të vdesë si trimëreshë? Unë, sigurisht, s'kisha për të shkuar, miku im, po të kisha qenë ndonjëherë tek ajo; po s'ka dyshim se ajo nuk do të presë më dhe të gjitha përpjekjet që kam bërë do të më shkonin kot. Gjendja ime ndryshon shumë nga ajo e të tjerëve. Pastaj, unë shkoj edhe për ju. Ju pres. Në qoftë se nuk do të jeni pranë meje brenda dy orëve, nuk e di nëse do të mund t'jua fal këtë tradhti".

Rastinjaku mori penën dhe iu përgjigj kështu:

"Po pres një mjek që të më thotë nëse ati juaj do të rrojë edhe më apo jo. Ai po jep shpirt. Do të vij t'ju sjell përgjigjen e mjekut, po kam frikë se mos ju sjell mandatën. Atëherë do të shihni nëse do t'ju bëjnë këmbët të shkoni në ballo. Një mijë përqafime."

Mjeku erdhi në ora tetë e gjysmë dhe, megjithëse nuk tha ndonjë fjalë të mirë, nuk mendonte që vdekja të ishte shumë e shpejtë. Lajmëroi se do të kishte përmirësime dhe keqësime të herëpashershme, nga të cilat do të vareshin jeta dhe gjendja mendore e bablokut.

- Do të ishte më mirë të vdiste shpejt, - tha më në fund mjeku.

Eugjeni la Bianshonin që të kujdesej për xha Gorionë dhe vetë shkoi t'i shpinte zonjës Dë Nysingen lajmet e hidhura, që, sipas ndërgjegjes së tij ende të mbushur me detyrime familjare, do t'i prisnin hovin çdo gëzimi.

- Thuajini asaj të bëjë qejf, - i thirri xha Gorioi, që dukej si i përgjumur, po që u ngrit shesh në çastin që doli Rastinjaku.

Djaloshi ishte i pikëlluar, kur u takua me Delfinën dhe e gjeti atë të krehur, me këpucët e vallëzimit dhe nuk i mbetej veçse të vishte fustanin e ballos. Po tamam si ato penelatat që u japin piktorët tablove të tyre në mbarim e sipër, përgatitjet e fundit kërkonin më tepër kohë nga ç'kërkonte vetë sfondi i pëlhurës.

- Si! Nuk jeni veshur? - i tha ajo.

- Zonjë, po ati juaj...

- Prapë im atë! - thirri ajo, duke i prerë fjalën. - Nuk do të m'i mësoni ju detyrimet e mia kundrejt tim eti. Unë e njoh prej kohësh tim atë. Mos më folni më, Eugjen. Do t'ju dëgjoj vetëm kur të jeni veshur. Tereza ju a ka bërë gati të gjitha në shtëpinë tuaj; karroca ime ju pret, merreni, shkoni dhe ejani shpejt. Do të flasim rrugës për tim atë, duke shkuar në ballo. Duhet të nisemi sa më parë, se, po ngelëm në fund të vargut të karrocave, kur të hyjmë brenda në ora njëmbëdhjetë, kemi hyrë shpejt.

- Zonjë...

- Shkoni! Asnjë fjalë, - tha ajo, duke rendur në dhomën e

vogël që të merrte gjerdanin.

- Po shkoni, pra, zoti Eugjen! Do ta zemëroni zonjën, - tha Tereza, duke e shtyrë lehtë djaloshin, të tmerruar nga kjo atvrasje elegante.

Ai shkoi të vishej i kredhur në mendimet më të trishtuara e më dekurajuese. E shikonte botën si një oqean me llum, ku njeriu do të zhytej gjer në grykë, posa të vinte pak këmbën.

"Aty kryhen vetëm krime meskine! - tha me vete. - Votrëni qëndron shumë më lart".

Ai kishte parë tri shprehjet e mëdha të shoqërisë: Bindjen, Luftën dhe Revoltën; Familjen, Shoqërinë e lartë dhe Votrënin. Dhe nuk dinte ç'të zgjidhte. Bindja ishte e mërzitshme, Revolta e pamundur dhe Lufta e pasigurt. Mendimi e shpuri në gjirin e familjes së tij. Iu kujtuan emocionet e pastra të asaj jete të qetë dhe ditët që kishte kaluar në mes të njerëzve që e donin me shpirt. Duke u pajtuar me ligjet e natyrshme të vatrës familjare, këto krijesa të dashura gjenin aty një lumturi të plotë, të vazhdueshme, pa brenga. Me gjithë këto mendime të mira, Eugjeni nuk pati kurajën t'i rrëfente Delfinës gjithë besimin e shpirtrave të kulluara, duke i urdhëruar asaj virtytin në emër të dashurisë. Që tani edukimi i tij i ri kishte dhënë frytet. Tani ai dashuronte në mënyrë egoiste. Me taktin e tij, ai mundi të njihte natyrën e zemrës së Delfinës, parandiente se ajo ishte e zonja të ecte mbi kufomën e t'et për të vajtur në ballo, dhe ai s'kishte as fuqi që të arsyetonte, as kurajë që të grindej me të dhe as virtyt që ta braktiste.

"Ajo nuk do të ma falte kurrë, po të ngulja këmbë në këtë rast që të më bëhej vëlla", - tha ai me vete.

Pastaj komentoi fjalën që kishin thënë mjekët; i bëri qejfin vetes, duke menduar se xha Gorioi nuk ishte i sëmurë aq rëndë sa mendonte ai; më në fund grumbulloi një tok arsyetimesh kriminale për të përligjur Delfinën. Ajo nuk e dinte se në ç'gjendje ishte i ati. Vetë babloku do ta kishte dërguar në ballo, në qoftë se ajo do të kishte shkuar ta shihte.

Shpesh, ligji shoqëror, i pamëshirshëm në formulën e tij, pranon fajësinë atje ku krimi, megjithëse është i dukshëm, mund të përligjet nga shumë rrethana lehtësuese që krijohen në kushtet familjare në bazë të ndryshimit të karaktereve, të interesave dhe të situatave. Eugjeni donte te gënjente veten, ai ishte gati të sakrifikonte ndërgjegjen për dashnoren e tij. Që prej dy ditësh gjithçka kishte ndryshuar në jetën e tij. Gruaja kishte mbjellë aty shkatërrimin, ajo kishte mundur t'i largonte nga mendja familjen dhe të zotëronte gjithçka. Rastinjaku dhe Delfina ishin takuar në rrethana si të përgatitura nergut për t'i dhënë njëri-tjetrit kënaqësitë më të thella. Pasioni i tyre i zjarrtë jo vetëm që nuk u shua nga ajo që i mbyt ndjenjat, nga plotësimi i kënaqësisë, por u ndez akoma më shumë. Duke shtënë në dorë këtë grua, Eugjeni kuptoi se gjer atëherë vetëm e kishte dëshiruar dhe nuk e dashuroi veçse kur provoi kënaqësinë; ndoshta dashuria nuk është veçse ndjenja e mirënjohjes për qejfin. Pa marrë parasysh se si ishte Delfina, e poshtër apo sublime, ai e adhuronte këtë grua edhe për ato ndjenja gëzimi, që ia kishte sjellë vetë, si dhuratë martese, edhe për ato, që i dhuroi ajo. Delfina e donte Rastinjakun aq sa do ta kishte dashur Tantali engjëllin që do të vinte t'i shuante urinë ose etjen e gurmazit të tij të tharë.

Ja, tani më thoni, si është im atë? - e pyeti zonja Dë Nysingen, kur erdhi i veshur me kostumin e ballos.

- Shumë keq, - u përgjigj ai; - në qoftë se doni të më provoni dashurinë tuaj për të, ejani të vrapojmë ta shohim.

- Mirë pra., - tha ajo, - po pas ballos. Sillu si djalë i mirë që je, i dashur Eugjen, mos më bëj moral, eja të shkojmë.

Shkuan. Kishin bërë një pjesë të mirë të rrugës, po Eugjeni s'e kishte hapur gojën fare.

- Ç'keni kështu? - e pyeti ajo.

- Dëgjoj grahmat e tyt eti, - u përgjigj ai me theksin e zemërimit.

Dhe nisi të tregonte me gojëtarinë e zjarrtë të moshës së

re veprimin barbar që kishte kryer zonja Dë Resto, e nxitur nga sqima, lëngimin për vdekje që iu shkaktua t'et nga përkushtimi i tij i fundit dhe çmimin me të cilin Anastasia siguroi fustanin e saj me temina. Delfina qante.

"Do të shëmtohem", - mendoi ajo.

Lotët iu thanë.

- Do të vete ta ruaj babanë, do t'i rri te koka, - u përgjigj ajo.

- Ah, kështu të dua unë! - thirri Rastinjaku.

Përpara pallatit Dë Bosean ndriçonin fenerët e pesëqind karrocave. Nga të dyja anët e portës së madhe e të llamburitur pistallej një xhandar me kalë. Shoqëria e lartë po vërshonte aty aq me shumicë dhe sikur nxitohej aq shumë ta shikonte viskonteshën në çastin e rënies së saj, saqë në apartamentet e katit të parë s'kishte ku të hidhje mollën, kur erdhën zonja Dë Nysingen dhe Rastinjaku. Që prej kohës kur gjithë Oborri u derdh në shtëpinë e dukeshës Dë Monpansie, së cilës Luigji XIV i rrëmbeu dashnorin, s'pati tronditje më të madhe shpirtërore se ajo që e pushtoi zonjën Dë Bosean. Në këtë dramë, përfaqësuesja e fundit e shtëpisë pothuajse mbretërore të Burgonjës tregoi se ishte më e fortë se e keqja që e gjeti dhe gjer në çastin e fundit nuk e bëri veten fare në sy të shoqërisë, të asaj shoqërie, sqimat e së cilës ajo i pranoi vetëm e vetëm që fi shërbenin triumfit të dashurisë së saj. Gratë më të bukur të Parisit u jepnin gjallëri atyre salloneve me tualetin dhe buzëqeshjen e tyre. Njerëzit më të dalluar të Oborrit, ambasadorët, ministrat, gjithfarë burrash të shquar, të stolisur me kryqe, me medalje, me kordone shumëngjyrëshe, shtrëngoheshin rreth e rreth viskonteshës. Melodité e orkestrës ngriheshin gjer në kubetë e praruara të këtij pallati, që ishte i shkretë për mbretëreshën e tij.

Zonja Dë Bosean rrinte më këmbë te dera e sallonit të madh, që të priste të ashtuquajturit miqtë e saj. E veshur me të bardha, pa asnjë stoli në flokët e krehur thjesht e të gërshetuar nga pas, ajo dukej e qetë dhe nuk tregonte as dëshpërim, as krenari, as gëzim të shtirur. Asnjeri nuk mund t'ia zbulonte shpirtin. Po ta kishit parë, do ta kishit marrë për një Niobe prej mermeri. Në buzëqeshjen e saj, që u dhuronte vetëm miqve më të ngushtë, shquhej nganjëherë një tallje e hidhur, po gjithë të tjerëve u dukej ashtu si kishte qenë kur e stoliste lumturia me rrezet e saj, dhe bile njerëzit më të pandijshëm e soditën, ashtu si brohorisnin vajzat romake gladiatorin që dinte të buzëqeshte, duke dhënë shpirt. Dukej sikur shoqëria e lartë ishte stolisur për t'i dhënë lamtumirën njërës prej sovraneve të saj.

— Pandeha se nuk do të vinit, — i tha ajo Rastinjakut

— Zonjë, — u përgjigj ai me një zë të tronditur, duke i marrë këto fjalë për qortim, — erdha që të mbetem i fundit.

— Mirë, — tha ajo, duke i zënë dorën. — Ju ndoshta jeni i vetmi njeri të cilit mund t'i hap zemrën. Dashuroni vetëm një grua të cilën do të mund ta dashuronit përgjithmonë, miku im. Mos braktisni asnjë.

E zuri për krahu Rastinjakun dhe e shpuri në një kanape, në sallën e bixhozit.

— Shkoni te markezi, — i tha ajo. — Zhaku, ushaku im, do t'ju shpjerë në shtëpi të tij dhe do t'ju japë një letër për të, me anën e së cilës i lutem të më kthejë letrat e mia. Besoj se ai do t'jua dorëzojë të gjitha. Në qoftë se i mermi letrat, ngjituni në dhomën time, se vijnë më lajmërojnë.

Ajo u ngrit që të priste dukeshën De Lanzhe, mikeshën e saj më të ngushtë, Rastinjaku shkoi, kërkoi markezin D'Azhyda në pallatin Roshëfidë, ku do të kalonte mbrëmjen, dhe aty e gjeti. Markezi e shpuri studentin në shtëpi të tij, i dorëzoi një kuti dhe i tha:

— Këtu janë të gjitha letrat.

Dukej sikur donte t'i fliste Eugjenit, qoftë për ta pyetur për ballon dhe për viskonteshën, qoftë ndoshta për t'i pohuar se ishte dëshpëruar që tani për martesën e tij, dëshpërim që iu shtua më vonë; po në sytë e tij shkëlqeu një vetëtimë krenare dhe pati kurajën e vajtueshme t'i mbante të fshehta ndjenjat e tij më fisnike.

- Mos i thoni asgjë për mua, - i dashur Eugjen.

I shtrëngoi dorën Rastinjakut me një gjest dhembshurie të trishtuar dhe i bëri shenjë që të shkonte. Eugjeni u kthye në pallatin Dë Bosean dhe e futën në dhomën e viskonteshës, ku vuri re përgatitjet e nisjes për një udhëtim. U ul pranë zjarrit, vështroi arkëzën prej kedri dhe e pushtoi një melankoli e thellë. Për të, zonja Dë Bosean ishte aq e madhe sa dhe perëndeshat e IBadës.

- Ah, - miku im!... - ia bëri viskontesha, duke hyrë e duke i vënë dorën në sup Rastinjakut.

Ai vuri re se kushërira po qante, sytë i mbante përpjetë, njëra dorë i dridhej, tjetrën e kishte ngritur. Ajo mori sakaq kutinë, e vuri mbi zjarr dhe e pa të digjej.

- Po vallëzojnë! Të gjithë erdhën pikërisht në orën e caktuar, kurse vdekja do të vijë vonë. Shëët, miku im! - ia bëri ajo, duke i vënë gishtin mbi buzë Rastinjakut, që matej të fliste. - Nuk do t'i shoh më kurrë as Parisin, as shoqërinë. Nesër në mëngjes në ora pesë do të shkoj të varrosem në fund të Normandisë. Që prej orës tre sot pasdreke bëra të gjitha përgatitjet, nënshkrova akte, bisedova për punët e mia, po nuk mund të dërgoja njeri te...

I mbeti fjala në gojë.

- Atë sigurisht do ta gjenin te. ..

Prapë iu pre fjala, e dërrmuar nga dëshpërimi. Në të tilla çaste gjithçka shkakton dhembje në shpirt dhe disa fjalë është e pamundur të thuhen.

- Më në fund, - vazhdoi ajo, - u binda se ju do të ma bënit këtë nder të fundit. Desha t'ju dhuroja diçka në shenjë miqësie. Do t'ju kujtoj shpesh ju që më jeni dukur i mirë dhe fisnik, i ri e i padjallëzuar në mes të kësaj shoqërie ku janë shumë të rralla këto cilësi. Uroj që edhe ju të më kujtoni nganjëherë. Dale, - tha ajo, duke hedhur sytë rreth e rrotull, - ja, arkëzën ku vija dorashkat e mia. Sa herë që i merrja përpara se të shkoja në ballo ose në teatër, e ndieja veten të bukur, sepse isha e lumtur, dhe duke mbyllur arkëzën, lija gjithmonë në të një mendim të këndshëm: këtu brenda është një pjesë e madhe e vetes sime, tërë një zonjë Dë Bosean, që s'është më, pranojeni këtë; do të kujdesem që t'jua shpien në shtëpi, në rrugën D'Artua. Zonja Dë Nysingen është shumë e bukur sonte, duajeni fort atë. Në qoftë se nuk shihemi më, të jeni të sigurt, miku im, se do të uroj gjithë të mirat për ju, që keni qenë aq i dashur për mua. Ejani të zbresim poshtë, nuk dua t'i bëj ata të besojnë se po qaj. Përpara meje është përjetësia, unë do të jem e vetmuar dhe asnjeri nuk do të më kërkojë hesap për lotët e mi. Ta shoh edhe një herë këtë dhomë.

U ndal. Pastaj, si mbuloi një çast sytë me dorë, i fshiu, i shpëlau me ujë të ftohtë dhe e zuri studentin për krahu.

- Shkojmë! - i tha atij.

Rastinjaku s'kishte ndier kurrë gjer atëherë një tronditje aq të madhe shpirtërore sesa ajo që i shkaktoi kjo dhembje e përmbajtur në mënyrë aq fisnike. Kur hynë në sallën e madhe, Eugjeni i erdhi një herë rrotull bashkë me zonjën Dë Bosean, ishte vëmendja e fundit dhe delikate që tregonte kjo grua e madhërishme. Sakaq, atij i zunë sytë të dyja motrat, zonjën Dë Resto dhe zonjën Dë Nysingen. Kontesha shkëlqente nga tërë diamantet e saj, që po e digjnin pa dyshim si prush, ajo po i mbante ato për të fundmit herë. Sado të fuqishme që ishin krenaria dhe dashuria e saj, ajo nuk po e duronte dot vështrimin që i kishte hedhur i shoqi. Kjo pamje i bëri mendimet e Rastinjakut akoma më të trishtuara; përmes diamanteve të të dy motrave, ai pa krevatin shkatarraq ku dergjej xha Gorioi. Meqë konteshës i shkoi mendja keq nga qëndrimi i tij melankolik, ia hoqi krahun.

- Shkoni! Nuk dua t'ju pengoj që të bëni qejf, - i tha ajo.

Eugjenin e kërkoi menjëherë Delfina, e kënaqur që po tërhiqte vëmendjen e të tjerëve dhe duke u zhuritur nga dëshira që të hidhte në këmbët e studentit nderimet që i bëheshin në mes të kësaj shoqërie të lartë ku shpresonte të mbetej.

- Si ju duket Nasia? - e pyeti ajo.
- Asaj s'i bëhet vonë për asgjë, bile as për vdekjen e t'et, - iu përgjigj Rastinjaku.

Andej nga ora katër e mëngjesit turma e salloneve zuri të rrallohej. Muzika nuk u dëgjua më. Dukesha Dë Lanzhe dhe Rastinjaku mbetën vetëm në sallonin e madh. Viskontesha, që besonte se nuk do të gjente njeri tjetër përveç studentit, erdhi aty, pasi i pati lënë lamtumirën zotit Dë Bosean, që kishte shkuar të flinte duke i përsëritur asaj:

- Gaboheni e dashur, që shkoni e mbylleni atje në këtë moshë! Rrini, pra, me ne.

Me të parë dukeshën, zonjës Dë Bosean i shpëtoi një britmë habie.

- E mora me mend, Klara, - tha zonja Dë Lanzhe. - Po shkoni me qëllim që të mos ktheheni më kurrë, po nuk do të shkoni pa dëgjuar nja dy fjalë prej meje dhe pa u kuptuar me mua.

Ajo e zuri shoqen e saj për krahu, e shpuri në sallonin tjetër dhe, atje, duke e vështruar me sy të përlotur, e shtrëngoi në gjoks dhe e puthi në të dyja faqet.

- Nuk dua të ndahemi ftohtë, e dashur, se do të më vriste ndërgjegjja. Mund të keni besim tek unë si në veten tuaj. Këtë mbrëmje keni treguar madhërinë tuaj, unë e ndjeva veten të denjë për ju dhe dua t'jua provoj. Jam fajtore kundrejt jush; nuk jam sjellë gjithmonë mirë me ju, më falni, e dashur; i dënoj të gjitha ato që mund t'ju kenë plagosur dhe do të dëshiroja t'i merrja prapë ato që ju kam thënë. Shpirtrat tona janë bashkuar nga e njëjta dhembje dhe nuk e di se cila nga ne të dyja do të jetë më fatkeqja. Zoti Dë Monrivo nuk ishte këtu sonte, kuptoni? Kush ju ka parë në këtë ballo, Klara, nuk do t'ju harrojë kurrë. Unë do të bëj edhe një përpjekje te fundit. Në qoftë se dështoj, do të futem në ndonjë manastir! Po ju ku shkoni?

- Në Normandi, në Kurselë, të dashuroj, të falem, gjersa të

vijë dita që të më marrë zoti nga kjo botë.

- Ejani, zoti Dë Rastinjak, - tha viskontesha me një zë të mallëngjyer, duke menduar se djaloshi po priste.

Studenti përkuli gjurin, i mori dorën kushërirës dhe ia puthi.

- Lamtumirë, Antuanetë! - tha zonja Dë Bosean, - qofshi e lumtur. - Kurse ju jeni i lumtur, jeni i ri, ju mund të besoni në diçka, - i tha ajo studentit. - Si disa njerëz të lumtur në çastin e vdekjes, unë gjeta këtu në çastin e largimit tim nga shoqëria emocionet e shenjta dhe të pastra të njerëzve të mi të afërt.

Rastinjaku iku andej nga ora pesë, pasi zonja Dë Bosean hipi në karrocën e saj të udhëtimit dhe i dha atij lamtumirën e fundit të larë me lot, që provonin se edhe njerëzit më të lartë u shtrohen ligjeve të ndjenjave dhe nuk rrojnë pa hidhërime, megjithëse disa lajkatarë të popullit do të donin të provonin të kundërtën.

Eugjeni u kthye më këmbë në shtëpinë Voker në një kohë me lagështi e të ftohtë. Edukimi i tij i ri ishte kryer.

- Nuk do ta shpëtojmë dot të gjorin xha Gorio, - i tha Bianshoni Rastinjakut, kur hyri në dhomën e fqinjit.

- Shko, miku im, - iu përgjigj Eugjeni, si vështroi një herë plakun që po flinte, - ndiq fatin tënd modest, me të cilin kufizove dëshirat e tua. Unë jam në skëterrë dhe aty duhet të rri. Sado keq që të të flasin për shoqërinë e lartë, besoje! S'ka zhornal që të mund ta pikturojë gjithë ndyrësinë e saj të mbuluar me ar e gurë të çmuar.

Të nesërmen, aty nga ora dy pasdreke, Rastinjakun e zgjoi Bianshoni, i cili, meqë duhej të dilte, e luti atë të rrinte të ruante xha Gorionë, që ishte gdhirë shumë keq atë mëngjes.

- S'besoj t'i mbushë dy ditë bablloku, ndoshta s'ka për të rrojtur as gjashtë orë, - tha studenti i mjekësisë, - e megjithatë ne s'mund të pushojmë së luftuari sëmundjen. Do të na duhet t'i bëjmë kura të kushtueshme. Ne e bëjmë me gjithë qejf punën e infermierit, po unë s'kam asnjë dhejtësh në xhep. I rrëmova të gjitha xhepat e tij, kërkova nëpër rafte dhe s'gjeta asgjë. E pyeta kur erdhi një herë në vete, më tha se s'i kishte mbetur asnjë dysh. Po ti, sa ke?

- Më kanë mbetur njëzet franga, - u përgjigj Rastinjaku, - po do të shkoj t'i hedh në bixhoz, do të fitoj.

- Po sikur t'i humbësh?

- Do t'ju kërkoj të holla dhëndurëve dhe vajzave të tij.

- E në mos të dhënçin? - e pyeti përsëri Bianshoni dhe vijoi. - Puna më e ngutshme tani për tani nuk është të gjejmë të holla: duhet mbështjellë babloku me sinapizma të përvëluara që nga këmbët e gjer në mes të kofshëve. Në qoftë se bërtet, atëherë ka shpresë akoma. Ti e di se si vihen ato. Le që do të të ndihmojë edhe Kristofi. Unë do të vete t'i zotohem farmacistit për të gjitha barërat që do të marrim. Është për të ardhur keq që s'ka mundësi ta shtrojmë në spitalin tonë të gjorin plak, aty do të kishte qenë më mirë. Hajde, ngrehu;, shko në vendin tim dhe mos u largo prej tij pa u kthyer unë.

Të dy djemtë hynë në dhomën ku dergjej plaku. Eugjeni u tmerrua nga ndryshimi i asaj fytyre të shtrembëruar

prej dhembjes, të zbehtë dhe shumë të dobët.

- E, baba? - e pyeti ai, duke u kërrusur mbi krevat.

Gorioi i hodhi Eugjenit sytë e tij të veshur dhe e vështroi me vëmendje të madhe, pa e njohur. Studenti nuk e duroi dot këtë pamje dhe iu mbushën sytë me lot.

- Bianshon, a nuk do të ishte mirë sikur të kishin perde dritaret?

-Jo, atë nuk e shqetësojnë më kushtet atmosferike. Ku ma gjen sikur ta ndiente të ngrohtët ose të ftohtët. Sidoqoftë, do të na duhet zjarr për të nxehur ujët dhe për të përgatitur shumë gjëra të tjera. Do të të dërgoj ca shkarpa, që të mbarojmë punë gjersa të gjejmë dru. Dje, tërë ditën dhe natën dogja drutë e tua dhe gjithë koklat me pluhur qymyri që kishte babloku. Kishte shumë lagështi, pikonte ujë nga muret, mezi e thava pak dhomën. Kristofi e fshiu, këtu është më keq se në haur. Dogja dhe dëllinja, qelbeshin shumë.

- O zot! - psherëtiu Rastinjaku, - po vajzat e tij!

- Shiko, në qoftë se kërkon ujë, jepi nga kjo, - tha Bianshoni, duke i treguar Rastinjakut një poçe të madhe të bardhë. - Po ta dëgjosh që të ankohet dhe po ta ketë barkun të ngrohtë e të fortë thirri dhe Kristofit dhe bëjini një... e di ti. Po të zërë të bërtasë e të flasë shumë a në shfaqtë një fije marrëzie, lëre rehat. Nuk do të jetë shenjë e keqe. Po dërgo Kristofin në spitalin Koshën. Mjeku ynë, shoku im ose unë, do të vijmë t'i hedhim shushunja. Sot në mëngjes, kur flije ti, ne bëmë një konsultë të madhe me një nxënës të doktorit Gall, me një kryemjek të Hotel-Djë, dhe me kryemjekun tonë. Ata vunë re shenja të çuditshme dhe do të ndjekim përparimin e sëmundjes, me qëllim që të sqarohemi për shumë pika shkencore mjaft të rëndësishme. Një nga këta zotërinj është i mendjes se presioni i gjakut, duke vepruar më tepër në një organ sesa në një tjetër, mundtë zhvillojë fenomen të posaçme. Vuri veshin mirë, pra, në rast se zë flet, që të shohësh se çfarë mendimi do të shprehin fjalët e tij; a janë përftesa të kujtesës, të mendjemprehtësisë, të arsyetimit, a merret me gjëra materiale apo me ndjenja; bën hesape apo kujton të kaluarën; me një fjalë, duhet të jesh në gjendje të na bësh një raport të saktë. S'është çudi që të ketë ndodhur ndonjë hemorragji cerebrale dhe të vdesë kështu i humbur siç është tani. Të gjitha ndodhin në këto lloj sëmundje! Kur bëhet goditja këtu, - tha Bianshoni duke treguar pjesën e pasme të kokës së bablokut, ka shembuj fenomenesh të çuditshme; truri fiton përsëri disa nga vetitë e tij dhe vdekja vjen më me ngadalë. Shpërthimi i gjakut mund të mos e prekë trurin dhe mund të marrë rrugë të tjera, që s'ke si i dikton pa bërë autopsinë. Është një plak matuf në Spitalin e të Pashëruarve që iu përhap gjaku në kolonën vertebrale; ka dhembje të tmerrshme, po rron.

- A bënë qejf ato? - pyeti xha Gorioi, që e njohu Eugjenin.

- Oh! Vetëm te të bijat i punon mendja, - tha Bianshoni.

- Sonte më ka thënë nja njëqind herë: "Ato kërcejnë! Ajo ka

veshur fustanin." U thërriste me emër. Djalli ta marrë, më bëri të qaja me britmat e tij: "Delfinë! Xhania e babait! Nasi!" Për fjalë të nderit, - vijoi studenti i mjekësisë, - të bënte të shkriheshe në vaj.

- Delfinë, - thirri plaku, - këtu është, hë? E dija mirë unë.

Dhe sytë i morën një gjallëri të jashtëzakonshme, shikoi muret dhe derën.

- Po zbres t'i them Silvies që të bëjë gati sinapizmat - thirri Bianshoni, - tani është tamam koha.

Rastinjaku ndenji vetëm pranë plakut, i ulur në fund të krevatit, me sytë të ngulur te ajo kokë e llahtarshme që të copëtonte zemrën.

"Zonja Dë Bosean po ikën, ky po vdes, - mendoi ai. - Njerëzit me shpirt delikat nuk mund të qëndrojnë shumë kohë në këtë botë. E si mund të pajtohen ndjenjat fisnike, ndjenjat e larta, me shoqërinë meskine, të ulët dhe të përciptë?"

Gjithë sa kishte parë në atë ballo iu përfytyrua dhe bëri kontrast me pamjen e këtij shtrati të vdekjes. Sakaq Bainshoni erdhi përsëri.

- Dëgjo, Eugjen, tani posa u takova me kryemjekun tonë dhe erdha me vrap. Në qoftë se jep shenja që e ka mendjen në vend, në qoftë se flet, shtrije të tërin mbi një sinapizmë të madhe, në mënyrë që ta mbështjellësh me sinap që nga zverku e gjer në fund të kurrizit, dhe dërgo na thirr.

- Bianshon i dashur, - ia bëri Eugjeni.

- Oh, më intereson nga ana shkencore, - vazhdoi studenti i mjekësisë me tërë afshin e një neofiti.

- E pra, vetëm unë kujdesem për këtë plak të gjorë nga dashuria që ndiej për të.

- Po të më kishe parë sot në mëngjes, nuk do të ma thoshe këtë, - iu përgjigj Bianshoni pa u fyer. - Mjekët që janë ushtruar shohin vetëm sëmundjen, kurse unë shoh edhe të sëmurin, mik i dashur.

Ai shkoi duke e lënë Eugjenin vetëm me plakun e duke iu

trembur një krize që nuk vonoi të shfaqej.

- Ah, ju qenki, biri im, - tha xha Gorioi, që e njohu Eugjenin.

~ Jeni më mirë tani? - e pyeti studenti, duke i marrë dorën.

- Më mirë jam, më dhembte koka, sikur më binte njeri me çekan, po tani më liroi. I patë vajzat? Ja, sikur kanë ardhur, me të marrë vesh që jam i sëmurë, do të vijnë me vrap. Oh! Ju nuk e dini sa kujdeseshin ato për mua në shtëpinë e rrugës Zhysienë! Eh, të shkretën, që s'do të ma gjejnë të pastër dhomën. Ishte një djalë këtu që ma dogji gjithë pluhurin e qymyrit.

- Ja, po ngjitet Kristofi, - i tha Eugjeni; - ai po të sjell dru, t'i ka dërguar ai djali.

- Mirë, po me se do t'i paguajmë drutë? Unë s'kam asnjë dhjetësh, mor bir. Të gjitha i dhashë ato që kisha të gjitha. Kam mbetur në ditë të hallit. A ishte i bukur fustani me temina të arta e të argjendta? (Oh! jam keq!) Të falem nderit, Kustof? Zoti ta shpërbleftë, biri im, se unë s'kam më ç'të të bëj.

- Ty dhe Silvien to t'ju paguaj unë, - i tha Eugjeni në vesh shërbyesit.

- Kristof, a të thanë vajzat e mia që do të vijnë? Shko thuaju edhe një herë, do të të jap njëqind solda. Thuaju se nuk e ndiej veten mirë, se dua t'i puth e t'i shoh edhe një herë përpara se të vdes. Kështu thuaju, po shiko që të mos i llahtarisësh.

Rastinjaku ia bëri me shenjë Kristofit dhe ai iku.

- Do të vijnë, - vijoi plaku. - E di unë se ç'vajza kam. Ah, sa do të pikëllohet Delfina ime sikur të vdes. Edhe Nasia. Ndaj s'dua të vdes, që të mos i bëj të qajnë. Të vdesësh, i dashur Eugjen, do të thotë të mos i shohësh më. Atje ku shkojmë, do të mërzitem shumë. Skëterra për një atë është kur mbetet pa fëmijë, dhe unë këtë e kam provuar më kokë time qëkurse u martuan ato. Parajsa për mua ishte në shtëpinë e rrugës

Zhysienë. Nuk më thoni, në qoftë se vete në parajsë, a mund të kthehem në tokë, si shpirt, e të sillem rreth tyre? Kështu kam dëgjuar që thonë. Është e vërtetë? Ja, më kujtohet si tani kur ishin në rrugën Zhysienë. Zbrisnin në mëngjes dhe më thoshin: "Mirëdita, baba!". I merrja në prehër, i përkëdhelja, i ngisja. Ato më mermin me të mirë. Mëngjesin e hanim bashkë, drekën prapë bashkë e hanim, me një fjalë isha atë, kënaqesha me vajzat e mia. Kur jetonim në rrugën Zhysienë, ato nuk e vrisnin mendjen , s'dinin se ç'ishte bota, dhe mua më donin fort. O zot! Po pse nuk mbetën gjithnjë ashtu të vogla? (Oh? jam keq, më zuri koka prapë). Ah, më falni, bijat e babait! Po vuaj shumë, ju më keni bërë aq të fortë, saqë mund t'i bëj ballë të gjitha të këqijave, po kjo dhembje duhet të jetë tepër e madhe. O zot! Sikur t'i kisha tani këtu e t'ua mbaja dorën në duart e mia, nuk do ta ndieja fare dhembjen. Do të vijnë, thoni? Kristofi është budalla! Duhej të kisha shkuar vetë. Ai do t'i shohë. Po ju ishit në ballo mbrëmë. Më thoni, pra, si ishin? Nuk dinin gjë për sëmundjen time, hë? Po ta kishin marrë vesh, nuk do të kishin kërcyer, vogëlushet e babait! Oh, nuk dua të jem i sëmurë. Ato kanë akoma shumë nevojë për mua. Pasuritë e tyre janë në rrezik. Dhe në duar të çfarë burrash kanë rënë! Shëromëni, shëromëni! (Oh, sa më dhemb!... Ah! Ah! Ah!) Dëgjoni, duhet të shërohem, se u duhen të holla atyre, dhe unë di se ku të vete të fitoj. Do të shkoj të blej grurë nga më i miri në Odesë. Jam djalli vetë unë, do të fitoj milionë. (Oh, me dhemb shumë!).

 Gorioi heshti një çast dhe u duk sikur mblodhi gjithë fuqinë e tij për të duruar dhembjen.

 - Po të ishin ato këtu, nuk do të ankohesha, - vijoi ai. - E pse të ankohesha?

 Humbi një copë herë të madhe si në gjumë. Kristofi erdhi. Rastinjaku pandehu se xha Gorioi po flinte dhe e la shërbyesin të fliste me zë të lartë.

 - Zotëri, - tha ai, - shkova më parë në shtëpinë e zonjës konteshë, po s'qe e mundur ta takoja e të flisja me të, se kishte telashe të mëdha me të shoqin. Kur ngula këmbë, erdhi vetë zoti Dë Resto dhe më tha kështu: "Po vdes zoti Gorio? E pastaj? Shumë mirë po bën. Unë s'mund ta lë zonjën Dë Resto, kam ca punë të rëndësishme me të, ajo do të vijë kur të kenë mbaruar të gjitha". Dukej i inatosur ai zotëria. Tek po dilja, zonja hyri në paradhomë nga një derë që s'ma zunë sytë dhe më tha: "Kristof, thuaji tim eti se kam një bisedë me tim shoq, nuk mund të ndahem tani prej tij, sepse nga biseda jonë varet jeta ose vdekja e fëmijëve të mi! Po me të mbaruar, do të vij". Sa për zonjën baroneshë, tjetër mesele atje; as që e pashë fare dhe s'mund fi flisja. "Ah! - ia bëri shërbyesja e saj, - zonja u kthye nga balloja në ora pesë e një çerek, tani po fle; po ta zgjoj përpara mesdite, do të më bërtasë. Kur t'i bjerë ziles, do t'i them se i ati është keq. S'është kurrë vonë për t'i dhënë lajmin e keq". Iu luta e iu luta, po më kot! Ku dëgjonte ajo... Kërkova të flisja me zotin baron, po kishte dalë.

- Asnjë nga të bijat nuk do të vijë! - tha Rastinjaku. - Do t'u shkruaj nga një pusullë të dyjave.

- Asnjëra! - u përgjigj plaku, duke u ulur shesh. Kanë punë, flenë, nuk do të vijnë. E dija unë. Duhet të vdesësh, që ta kuptosh se ç'janë fëmija... Ah, miku im, mos u martoni mos bëni fëmijë ...! Ne u japim atyre jetën, ata na japin vdekjen. Ne i sjellim në botë, ata na dëbojnë. Nuk do të vijnë, jo! Unë kam dhjetë vjet që e di këtë. E thosha nganjëherë me vete, po s'kisha guxim ta besoja.

Dy pika lot iu rrokullisën nga sytë e i mbetën në zgavrat e skuqura.

- Ah, po të isha i pasur, po ta kisha ruajtur pasurinë time e të mos ua kisha dhënë, ato do të ishin këtu, do të më lanin faqet me të puthura! Do të banoja në një pallat, do të kisha dhoma të bukura, shërbëtorë, zjarr për t'u ngrohur; dhe ato do të ishin këtu, me lot për faqe, me gjithë burrat dhe fëmijët e tyre. Do t'i kisha të gjitha. Kurse tani s'kam asgjë! Paraja të jep gjithçka, edhe vajzat. Oh! Ku janë paratë e mia? Sikur të kisha thesare për të lënë, ato do të më rrinin te koka, s'do

të dinin ç'të më bënin më parë, do t'u dëgjoja zënë, do t'i shikoja. Ah, biri im i dashur, djali im i vetëm, më mirë që mbeta i braktisur dhe në mjerim! Të paktën, kur e duan fatzinë, ai është i sigurt që e duan me gjithë shpirt. Jo, desha të isha i pasur; do t'i kisha parë! Për besë, kushedi? Ato të dyja kanë zemër prej guri. Kaq e madhe ishte dashuria ime për to, saqë s'mbetej vend për dashurinë e tyre ndaj meje. Një atë duhet
    të jetë gjithmonë i pasur, duhet t'i mbajë për freri fëmijët e tij, si kuajt e hazdisur. Kurse unë rrija më gjunjë përpara tyre. Faqezezat! Po e kurorëzojnë denjësisht sjelljen që kanë treguar ndaj meje këto dhjetë vjetët e fundit. Nuk e dini ju se sa kujdeseshin ato për mua kohët e para të martesës së tyre! (Oh! ç'martirizim mizor!) U dhashë të dyjave nga tetëqind mijë franga, s'kishin si të silleshin keq me mua, as ato, as burrat e tyre. Pa t'i shkoje si më prisnin: "Këtu, babush, atje babaçko" Gjithnjë të shtruar do ta gjeja tryezën tek ato. Me një fjalë, haja bashkë me burrat e tyre, që më nderonin shumë. U dukej se unë diç kisha akoma. Pse vallë? Unë s'kisha folur kurrë për tregtinë time. Një njeri që u jep të bijave nga tetëqind mijë franga prikë, e vlen që të përkujdesesh për të. Dhe ato më s'dinin ç'të më bënin, po u bënin nder parave të mia, jo mua. Ç'botë e qelbur! Ia kam pirë lëngun unë! Më shpinin me karrocë në- teatër, dhe, kur më pëlqente, rrija në mbrëmjet që bënin. Shkurt, ato s'e kishin për turp që ishin vajzat e mia. S'jam budalla, unë, jo, mos kini merak, të gjitha i kam vënë re. Gjithë plumbat kanë goditur në shenjë dhe më kanë përshkuar zemrën. E shihja fare mirë unë që ma kishin me djallëzi; po qe sëmundje që s'kishte ilaç. Në tryezën e tyre rrija si mbi gjemba, s'e ndieja veten mirë si në tryezën e pensionit. Unë s'dija të thosha dy fjalë bashkë. Dhe, kur i pyeste dhëndurët e mi ndonjë nga ata zotërinjtë e shoqërisë së lartë: "Kush është ky zotëria?" ata i përgjigjeshin: "Është babai i florinjve, është i pasur". "Hej, djalli"! - ia bënte ai dhe më vështronte me respektin

që u bëhet florinjve. Po dhe në bezdiseshin ndonjëherë nga unë, ua shpërbleja dyfish me të mira atë bezdi! Fundja, kush është i përsosur? (Plagë e kam këtë të shkretë kokë!) Unë heq e vuaj tani gjithë sa mund të vuajë njeriu kur jep shpirt, o i dashur Eugjen, po të gjitha këto s'janë asgjë përpara dëshpërimit që më shkaktoi vështrimi i parë i Anastasisë, ai më dha të kuptoja se kisha thënë një marrëzi që e kisha fyer. Vështrimi i saj më futi në dhe të gjallë. Do të desha t'i mësoja të gjitha, po vetëm një gjë kuptova mirë: që isha i tepërt në këtë botë. Të nesërmen shkova të ngushëllohesha te Delfina, po ja që edhe atje bëra një marrëzi tjetër e m'u zemërua edhe ajo. U bëra i prishur mendsh. Mbeta tetë ditë rresht duke mos ditur se nga t'ia mbaja. S'kisha guxim të veja t'i shikoja, trembesha: mos më qortonin. Dhe ja që m'u mbyllën dyert e shtëpive të vajzave të mia. O perëndi! Po meqë ti e di se ç'të zeza kam hequr, meqë ti i ke numëruar ato që kam marrë në atë kohë që më plaku, që më kërrusi, që më nxiu, që më vrau, që më thinji, pse më bën të vuaj sot? Unë e kam larë mëkatin që i kam dashur tepër. Ato janë shpaguar mirë për dashurinë time, më kanë torturuar si xhelatë. Ah, sa budallenj janë etërit! I doja aq shumë, saqë prapë shkova te to, si ai kumarxhiu në bixhoz. Vajzat e mia ishin vesi im; ato ishin padronet e mia, ishin gjithçka për mua! të dyjave u duhej ndonjë gjë, ndonjë stoli; shërbyeset e tyre ma thoshin dhe unë ua jepja që të më prisnin mirë! Sidoqoftë, ato më kanë dhënë ndonjë mësim të vogël, më kanë mësuar se si të sillem në shoqërinë e lartë. Oh, nuk pritën shumë, jo. Zunë të turpëroheshin për mua në sytë e të tjerëve. Ja se ç'do të thotë t'i rritësh mirë fëmijët. Epo unë s'mund të veja në shkollë në këtë moshë. (Më dhemb, më dhemb shumë, o zot! Mjekët, ku janë mjekët, sikur të ma hapin kokën, nuk do të vuaja kaq shumë.) Vajzat, vajzat e mia! Anastasinë, Delfinën! Dua t'' shoh. Dërgoni merrini me policë, me forcë! Drejtësia është me mua, të gjithë me mua janë, natyra, Kodi Civil. Unë protestoj! Atdheu do të shkatërrohet, në qoftë se prindët merren nëpër këmbë. Kjo është e qartë. Boshti, rreth të cilit sillet shoqëria, gjithë bota, është atësia; të gjitha do të shemben, në qoftë se fëmijët nuk i duan prindët e tyre. Ah, sikur t'i shikoja, t'i dëgjoja, le të më thoshin ç'të donin, mjaft që t'u dëgjoja zënë, sidomos Delfinën, do të më shkonin të gjitha dhembjet. Po u thoni, kur të vijnë, të mos më shikojnë ftohtë, si e kanë zakon. Ah, o Eugjeni im i dashur, ju nuk e dini se ç'do të thotë të përkëdhelësh nga një vështrim që derdhet në rreze të arta e që këmbehet papritur në plumb të zymtë. Që prej asaj dite që sytë e tyre nuk më ngrohën më me rrezet e tyre, këtu ka qenë gjithnjë dimër për mua, s'më mbeti tjetër veçse të gëlltisja helmin e poshtërimit! Dhe e gëlltita. Rrojta që të më mermin nëpër këmbë e të më bënin leckë. Aq fort i doja, saqë i duroja të gjitha fyerjet, me të cilat më shisnin një thërrime gëzim të turpshëm. Të fshihet babai për të parë të bijat! Unë u dhashë jetën time dhe ato të mos më japin sot asnjë orë! Kam etje, kam uri, më digjet zemra, ato nuk do të vijnë të ma lehtësojnë agoninë, unë po vdes, po e ndiej. Po nuk e dinë ato se ç'do të thotë të shkelësh mbi kufomën e babait. Jo, ato do të vijnë! Ejani, shpirte, ejani më jepni një të puthur. Se, sidoqoftë, ju jeni të pafajshme. Janë të pafajshme, miku im! Këtë ua thoni të gjithëve, që të mos u bien më qafe për mua. Nuk u hyn në punë të tjerëve. S'kam ditur të sillem me to, bëra marrëzi që hoqa dorë nga të drejtat e mia. Për to unë poshtërova veten. Ç't'i bësh? Sado fytyrë fisnike që të ketë njeriu, sado shpirtbukur që të jetë, nuk mund t'i qëndrojë dot korrupsionit të kësaj dobësie atërore. Unë jam njeri i mjerë, mora dënimin e merituar. Unë i prisha vetë vajzat e mia, i llastova shumë. Ato e kërkojnë sot qejfin, siç kërkonin dikur karamele. Vetë ua kam hapur synë, vetë i kam lënë t'i kënaqin të gjitha tekat e vajzërisë. Qëkur ishin pesëmbëdhjetë vjeç, u bleva karrocë! Të gjitha dëshirat ua plotësova! Unë dhe vetëm unë jam fajtor, po fajtor nga dashuria. Zëri i tyre më pushtonte zemrën. Po i dëgjoj, po vijnë. Po, po, do të vijnë. Ligji kërkon që fëmija të vijnë ta shohin atin e tyre, kur është në të dhënë shpirt, dhe ligji është me mua. E ç'do t'u kushtojë? Vetëm një vrap me karrocë. Do ta paguaj. shkruajuni se do t'u lë milionë! Për fjalë të nderit. Do të shkoj të bëj fide në Odesë. E di marifetin unë. Me atë plan që kam miliona do të fitoj, miliona. Asnjeriu s'i ka rënë ndër mend. Dhe fidet nuk prishen rrugës si gruri ose mielli. Po! Po! Niseshte! Miliona mund të fitosh me të, miliona! Nuk do t'i gënjeni, miliona u thoni; edhe nga lakmia sikur të vinin, s'ka gjë, le të më gënjejnë, po veç të vijnë. Dua t'i shoh. Dua vajzat e mia! I kam bërë vetë, janë të miat! - thirri ai duke u ngritur më të ndenjur e duke kthyer nga Eugjeni kokën e tij me flokë të bardhë e me një shprehje të tmerrshme në fytyrë që tregonte kërcënim.

- Hajde, bjer, i dashur xha Gorio, ju shkruaj unë atyre, - i tha Eugjeni. - Me të ardhur Bianshoni, do të shkoj vetë tek ato, po të mos vijnë. .

- Po të mos vijnë? - përsëriti plaku, duke qarë me dënesë. - Po unë do të vdes, do të vdes i tërbuar, po, i tërbuar! Po tërbohem! Ja, tani po më del përpara syve gjithë jeta ime. Jam gënjyer! Ato nuk më duan, s'më kanë dashur kurrë! Duket sheshit. Gjersa s'erdhën, s'kanë për të ardhur. Sa më shumë që të vonohen, aq më zor do të jetë që të vendosin për të ma dhënë këtë gëzim. I njoh unë. Kurrë s'kanë ditur t'i marrin me mend dëshpërimet e mia, dhembjet e mia, nevojat e mia, as vdekjen time s'kanë për ta ndier; ato as që e dinë se sa i dua. Po, e di, ato s'mund t'i çmojnë gjithë sa kam bërë unë për to, se u janë bërë të zakonshme sakrificat e mia. Edhe sytë sikur të kishin kërkuar të m'i nxirrnin: "Nxirrmini!" - do t'u kisha thënë. Unë jam shumë budalla. Ato pandehin se të gjithë etërit janë si ati i tyre. Njeriu duhet të dijë ta mbajë veten. Fëmijët e tyre do të ma marrin hakun. Për hatër të vetvetes, ato duhet të vijnë. I lajmëroni, pra, se po përgatisin për vete një agoni të tillë. Me këtë krim, ato po kryejnë të gjitha krimet njëherësh... Shkoni de, shkoni, thuajuni se është atvrasje të mos vijnë! Mjaft krime kanë bërë, le të mos e bëjnë këtë, të paktën. Thirruni, pra, kështu si unë: "Ej, Nasi! Ej, Delfinë, ejani tek ati juaj që ka qenë aq i mirë për ju e që po vuan! "Hiç, asnjeri! Mos qenka thënë të ngordh si qen? Ja shpërblimi për mua: braktisja. Ah, kriminelet, të poshtrat; i urrej, i mallkoj; do të ngrihem natën nga varri dhe do t'i mallkoj prapë. Thuamëni, kam apo s'kam të drejtë, miqtë e mi? E shikoni sa keq sillen ato me mua, hë?... Po ç'them kështu? A nuk më thatë se Delfina është këtu? Ajo është më e mira e të dyjave. Ju jeni djali im, Eugjen! Duajeni atë, bëhuni një atë për të. Tjetra është shumë fatkeqe. Po pasuritë e tyre! Ah! O zot! Po vdes, po vuaj tepër! Premani kokën, më lini vetëm zemrën.

- Kristof, shko kërko Bianshonin, - thirri Eugjeni, i tmerruar nga ankimet dhe britmat e plakut, - dhe sillmë një karrocë. - Do të vete të thërres vajzat tuaja, i dashur xha Gorio, do t'jua sjell.

- Me forcë, me forcë! Thirrni policinë, ushtrinë, të gjithë! Të gjithë! - i tha ai Eugjenit, duke i hedhur një vështrim të,, fundit ku shkëlqeu një fije arsyetimi. - I thoni qeverisë,'" prokurorit, të m'i sjellin, i dua!

- Po ju i mallkuat.

- Kush ju tha? - pyeti plaku, duke u shtangur. - Ju e dini mirë që unë i dua, i adhuroj! Do të shërohem, sikur t'i shoh... Shkoni, o fqinji im i mirë, shkoni, biti im, shkoni! Ju jeni i mirë, dua t'u falënderoj, po s'kam ç't'ju jap tjetër përveç bekimit të një njeriu që po vdes. Ah! Desha të shikoja të paktën Delfinën, që t'i thosha t'ju shpërblente... në qoftë se tjetra s'mund të vijë, sillmëni Delfinën. Thuajini se nuk do ta doni më, po të mos dojë të vijë. Ajo ju do shumë, nuk do t'jua prishë juve, patjetër do të vijë. Ujë! Kam zjarr përbrenda! Vërmëni një gjë në kokë. Dorën e vajzave të mia, ajo do të më shpëtonte, e ndiej... O, zot! Kush do t'ua vërë përsëri pasurinë atyre, po të mbyll sytë unë? Dua të vete në Odesë për to, në Odesë, të bëj fide.

- Pijeni këtë, - i tha Eugjeni, duke e ngritur pak me dorën

e mëngjër, ndërsa me të djathtën mbante një filxhan me kafe elbi.

- Ju duhet t'i doni atin dhe nënën tuaj! – tha plaku, duke i shtrënguar dorën Eugjenit me duart e tij të dridhura. - E kuptoni që do të vdes pa i parë vajzat e mia? E dini se ç'do të thotë të kesh gjithmonë etje e të mos e shuash kurë, kam dhjetë vjet që rroj kështu... Dhëndurët m'i vranë vajzat e mia. Po, qëkur i martova, i humba vajzat. Prindër, i thoni Parlamentit të bëjë një ligj për martesën! Mos i martoni vajzat, në qoftë se i doni. Dhëndri është një maskara që të shkatërron vajzën dhe të ndyn gjithë familjen. Asnjë martesë! Martesa na rrëmben vajzat dhe nuk i kemi më as kur vdesim. Bëni një ligj mbi vdekjen e prindërve. Kjo është e tmerrshme! Hakmarrje! Dhëndurët nuk i lënë ato të vijnë... Vrajini ata!... Vdekje Restoit, vdekje Alzasianit, ata janë vrasësit e mi! Vdekjen ose vajzat e mia!... Ah! Mbarova, po vdes pa i parë!... Ato!... Nasi! Fifinë, po ejani, pra! Babai po ikën...

- Po qetësohuni de, i dashur xha Gorio, ç'bëni kështu, mos u lodhni kaq, mos u tronditni, hiqeni mendjen andej.

- Të mos i shoh, po ku ka agoni më të madhe!

- Do t'i shikoni.

- Vërtet? - thirri plaku, duke u çelur në fytyrë. - Oh! T'i shikoj! Do t'i shikoj! Do t'u dëgjoj zënë. Do të vdes i lumtur. Po, tani s'dua të rroj më, s'do të duroja dot më; mundimet do të më shtoheshin gjithnjë e më shumë. Po t'i shikoj, t'u prek fustanin! Ah! Vetëm fustanin është fare pak; të nuhat flokët e tyre! Ndihmomëni t'u prek flokët... kët.

Iu plas koka mbi jastëk, sikur ta kishin goditur me vare, dhe lëvizi duart mbi batanije, sikur të kapte flokët e të bijave.

- Po i bekoj, - tha duke belbëzuar... - bekoj...

Sakaq humbi i kapitur. Atë çast hyri brenda Bianshoni.

- Takova Kristofin rrugës, - i tha ai Eugjenit, - do të të sjellë një karrocë.

Pastaj vështroi të sëmurin, i ngriti me zor kapakët e syve, dhe të dy studentët panë një sy të turbullt e pa jetë.

- Nuk do të përmendet më, - tha Bianshoni, - s'e besoj.
I mori pulsin bablokut, e dëgjoi, i vuri dorën në zemër.
- Makina i punon akoma; po në këtë gjendje është fatkeqësi për të, më mirë të vdiste!
- Po, për besë, - u përgjigj Rastinjaku, - do të shpëtonte.
- Po ti ç'ke kështu që je zbehur e je bërë si meit?
- Ah, or vëlla, dëgjova tani të tilla britma dhe vajtime... Po të mos kishte qenë një gjë kaq tragjike, do të kisha qarë, po tmerri më mbërtheu gjoksin dhe zemrën.
- Dëgjo, do të na duhen shumë gjëra; ku t'i gjejmë të hollat?
Rastinjaku nxori sahatin e xhepit.
- Na, shko shpejt lëre peng. S'dua të ndalem rrugës, kam frikë të humbas qoftë edhe një minutë, dhe po pres Kristofin. S'kam asnjë dhjetësh, duhet paguar karrocieri, kur të kthehem.
Rastinjaku mori tatëpjetë shkallëve dhe rendi për në rrugën Helder, te zonja Dë Resto. Rrugës, imagjinata e tij, e prekur nga ajo pamje e llahtarshme që i kishin parë sytë, e bëri të indinjohej thellë. Kur arriti në paradhomë dhe kërkoi zonjën Dë Resto, iu përgjigjën se ajo nuk priste vizita.
- Po unë vij nga ana e t'et, që po jep shpirt, - i tha ai ushakut.
- Zotëri, kemi marrë urdhër të prerë nga zoti kont...
- Në qoftë se është këtu zoti Dë Resto, i thoni se në ç'gjendje është i vjehrri dhe lajmërojeni se dua të bisedoj pak me të këtë çast.
Eugjeni priti një copë herë të madhe.
"Ndoshta po jep shpirt tani", - thoshte me vete.
Ushaku e futi në sallonin e parë, aty zoti Dë Resto e priti studentin në këmbë, pa i thënë që të ulej, përpara një oxhaku ku s'ishte ndezur zjarr.
- Zoti, kont, - i tha Rastinjaku, - këtë çast vjehrri juaj po jep shpirt në një haur të ndytë, pa një dhjetësh për të blerë dru; është në buzë të varrit, kërkon të shohë të bijën.

- Zotëri, - iu përgjigj ftohtë konti Dë Resto, - besoj se e keni kuptuar që s'kam ndonjë dhembshuri për zotin Gorio. Ai e ka komprometuar karakterin e tij me anën e zonjës Dë Resto, ma ka nxirë jetën, për mua ai është armiku i qetësisë sime familjare. Në daç të vdesë, në daç të rrojë, mua aq më bën. Këto janë ndjenjat e mia ndaj tij. Bota mund të më shajnë, po unë e përbuz mendimin e të tjerëve. Tani kam punë të tjera dhe s'kam kohë të merrem me ato që do të mendojnë budallenjtë ose njerëzit indiferentë për mua. Sa për zonjën Dë Resto, ajo nuk është në gjendje të dalë tani. Pastaj, as unë nuk dua që të largohet nga shtëpia. I thoni t'et se, me të përmbushur detyrat e saj ndaj meje dhe ndaj djalit të saj, do të shkojë ta shohë. Në qoftë se ajo e do t'anë, mund të jetë e lirë pas disa çasteve...

- Zoti kont, nuk më përket të gjykoj sjelljen tuaj, ju jeni kryetari i familjes suaj; po a mund të mbështetem në ndershmërinë tuaj atëherë, premtomëni vetëm se do t'i thoni konteshës që i ati po vdes dhe e ka mallkuar që nuk iu gjend pranë.

- Thuajani vetë, - u përgjigj zoti Dë Resto, i prekur nga indinjata që shprehte zëri i Eugjenit.

Rastinjaku, i shoqëruar nga konti, hyri në sallonin ku rrinte zakonisht kontesha: e gjeti atë të mbytur në lot e të kredhur në një kolltuk si një grua që i qe mërzitur jeta. I erdhi keq për të. Përpara se të vështronte Rastinjakun, ajo i hodhi të shoqit një shikim tërë frikë, që tregonte se i qe prerë fare fuqia, e dërrmuar nga një tirani morale dhe fizike. Konti tundi kokën dhe ajo mori kurajë e foli:

- Zotëri, i dëgjova të gjitha. I thoni tim eti se, po ta dinte në ç'gjendje jam unë, do të më falte... Nuk besoja të hiqja tërë këtë torturë, që është përmbi forcat e mia! - Po do të qëndroj gjer në fund, - i tha ajo të shoqit. - Jam nënë. - I thoni tim eti se s'kam asnjë faj kundrejt tij, me gjithë se dukem e ngarkuar me faj! - i thirri studentit ajo me dëshpërim.

Eugjeni përshëndeti të dy bashkëshortët, duke kuptuar

krizën e llahtarshme në të cilën gjendej gruaja, dhe u largua i tronditur thellë. Toni i zotit Dë Resto i kishte treguar se ç'do përçapje nga ana e tij do të ishte e kotë, dhe e kuptoi se Anastasia nuk qe më e lirë. Rendi te zonja Dë Nysingen dhe e gjeti në krevat.

- Jam e sëmurë, miku im, - i tha ajo. - U ftoha kur dola nga balloja, kam frikë se mos më janë prekur mushkëritë, pres mjekun.

- Edhe duke dhënë shpirt sikur të jeni, - ia preu fjalën Eugjeni, - duhet të hiqeni zvarrë e të shkoni pranë atit tuaj. Ai ju thërret! Po të kishit mundësi të dëgjonit qoftë edhe britmën e tij më të mekur, nuk do ta ndienit më veten të sëmurë.

- Eugjen, im atë ndoshta nuk është aq i sëmurë sa thoni; po nuk do të më vinte aspak mirë të isha fajtore në sytë tuaj, dhe do të bëj si të dëshironi. Unë e di që ai do të vdiste nga dëshpërimi, po të dilja e të sëmuresha për vdekje. E pra, me të ardhur mjeku, do të shkoj... Ah, po sahatin ku e keni? - e pyeti ajo, duke vënë re se nuk e kishte zinxhirin.

Eugjeni u skuq.

- Eugjen, Eugjen, sikur ta keni shitur a ta keni humbur... Oh, sa keq do të ishte!

Studenti u përkul mbi krevatin e Delfinës dhe i tha asaj në vesh:

- Doni ta dini? Dijeni, pra! Ati juaj s'ka të blejë as qefinin ku do ta vënë sonte. Sahatin tuaj e lashë peng, kisha mbetur pa një dhjetësh.

Delfina brofi nga krevati, rendi te komoja, mori aty çantën e saj dhe ia zgjati Rastinjakut: I ra ziles dhe thirri:

- Po shkoj, po shkoj, Eugjen, më lini sa të vishem; po, do të isha përbindësh në qoftë se nuk do të veja! Shkoni, unë do të arrij përpara jush! Terezë, - i thirri ajo shërbyeses, - i thoni zotit Dë Nysingen të vijë të bisedojmë këtë çast.

Eugjeni, i gëzuar që do t'i jepte fatziut plak sihariqin e ardhjes së njërës prej të bijave, arriti pothuaj fluturimthi në rrugën Nëvë-Sent-Zhënëvievë. Kërkoi në çantë që të paguante shpejt karrocierin. Çanta e asaj gruaje aq të pasur, aq elegante kishte vetëm shtatëdhjetë franga. Kur mbërriti në krye të shkallëve, e gjeti xha Gorionë që po e mbante Bianshoni, ndërsa një ndihmësmjek nën mbikëqyrjen e kirurgut të spitalit diç po i bënte të sëmurit. Po i hidhnin ventuza, bar i fundit i shkencës, bar i kotë.

- I ndieni? - pyeti mjeku.

Xha Gorioit i zunë sytë Eugjenin dhe u përgjigj:

- Po vijnë, hë?
- Mund të shpëtojë, - tha kirurgu, - po flet.
- Po, - u përgjigj Eugjeni. - Delfina po vjen.
- Oh! - ia bëri Bianshoni, ai fliste për të bijat, i kërkoi, bërtiste si ata që kërkojnë ujë kur vihen në hu.
- Mjaft, i tha kirurgu ndihmësmjekut, - s'kemi ç'i bëjmë më, s'ka shpëtim, jo.

Bianshoni me kirurgun e shtrinë përsëri të sëmurin për vdekje në shtratin e tij të ndyrë.

- Sidoqoftë, i duhen ndërruar çarçafët, - tha kirurgu. - Megjithëse s'ka asnjë shpresë, ne e kemi për detyrë, është njeri. Do të vij prapë, Bianshon, - i tha ai studentit. - Po të ankohet përsëri, vërini opium në hundë.

Kirurgu dhe ndihmësmjeku dolën.

- Hajde, Eugjen, kurajë, vëlla! - i tha Bianshoni Rastinjakut, kur mbetën vetëm, - duhet t'i veshim një këmishë të larë dhe t'i ndërrojmë çarçafët e krevatit. Shko thuaji Silvies të na sjellë çarçafët e të vijë të na ndihmojë.

Eugjeni zbriti poshtë dhe e gjeti zonjën Voker duke shtruar tryezën bashkë me Silvien. Me të dëgjuar fjalët e para të Rastinjakut, vejusha iu afrua atij me atë qëndrimin e saj nopran të maskuar me ëmbëlsinë e rreme të një tregtareje që dyshon e që nuk do as të humbasë të hollat, as ta inatosë klientin.

- I dashur zoti Eugjen, - u përgjigj ajo. - Ju e dini më mirë se unë se Gorioit s'i ka mbetur asnjë dysh. T'i japësh çarçafë një njeriu që po e dredh, do të thotë t'i hedhësh poshtë, aq më tepër kur një çarçaf duhet sakrifikuar patjetër për qefinin. Kështu, ju gjer tani më keni borxh njëqind e dyzet e katër franga, po t'u shtojmë këtyre edhe dyzet franga për çarçafët, e ndonjë vogëlimë tjetër, si dhe qirinë që do t'ju japë Siliva, të gjitha bashkë na bëjnë të paktën dyqind franga, që s'ia ka takatin t'i humbasë një vejushë e varfër si unë. O perëndi! Po keni një çikë mëshirë, zoti Eugjen, mjaft kam humbur këto pesë ditë që më ka hyrë prapësia në shtëpi. Me gjithë qejf do të kisha dhënë tridhjetë franga, po veç të më kishte ikur këtej babloku që ato ditë që thatë ju. M'u është prishur rehati qiraxhinjve. Do të më kishte kushtuar shumë më pak sikur ta kisha çuar në spital. Ja, mendoni sikur të ishit në këmbë time. Pensioni përpara së gjithash, ai është jeta ime.

Eugjeni u ngrit shpejt në dhomën e xha Gorioit.

- Bianshon, ku janë të hollat e sahatit?

- Aty janë, mbi tryezë, kanë mbetur edhe nja treqind e gjashtëdhjetë e ca franga. Nga shuma që mora, pagova gjithë borxhet që kishim. Dëshminë e pengut e kam lënë aty nën të hollat.

- Merrini të hollat, zonjë, - i tha asaj Rastinjaku, duke zbritur shkallët, i tmerruar, - fshijini borxhet tona nga defteri. Zoti Gorio s'ka për të ndenjur shumë te ju, dhe unë...

- Po, po të dalë i vdekur, i gjori bablok, - tha ajo, duke numëruar të dyqind frangat, gjysmë e gëzuar, gjysmë melankolike.

- Ti japim fund, - tha Rastinjaku.

- Silvia, jepu çarçafë dhe shko i ndihmo zotërinjtë lart.

- Nuk do ta harroni Silvien, - i pëshpëriti në vesh zonja Voker Eugjenit, - ka dy net që po e gdhin.

Me të kthyer krahët Eugjeni, plaka rendi te gjellëbërësja e saj:

- Merr çarçafët e kthyer numër 7. Besa, shumë të mirë janë për një të vdekur, - i tha ajo në vesh.

Eugjeni kishte vajtur gjer në mes të shkallëve dhe nuk i

273

dëgjoi fjalët e padrones plakë.

- Hajde t'i veshim këmishën, - i tha atij Bianshoni. - Mbaje drejt.

Eugjeni ndenji në krye të krevatit dhe e mbajti plakun. Bianshoni i hoqi këmishën që kishte, dhe babloku bëri një gjest si të donte diç të mbante në gjoks dhe lëshoi britma të vajtueshme e të përziera, si shtazë kur duan të shprehin një dhembje të madhe.

- Oh! Oh! - ia bëri Bianshoni, - kërkon një zinxhir prej flokësh dhe një medalion që ia hoqëm qëpari për t'i hedhur ventuzat. I gjori plak! Duhet t'ia vëmë prapë. Mbi oxhak është.

Eugjeni u ngrit dhe mori një zinxhir të thurur me flokë të verdhë më të kuqërremtë, pa dyshim flokët e zonjë Gorio. Nga njëra anë e medalionit ai lexoi: ANASTASI, dhe, nga ana tjetër: DELFINË. Emblema e zemrës së tij që qëndronte gjithnjë mbi zemrën e tij. Kaçurrelat që ishin brenda në medalion qenë kaq të bukur e të ndritur, saqë të jepnin të kuptoje se u ishin prerë vajzave kur kishin qenë fare të vogla. Kur i preku përsëri gjoksin medalioni, plaku lëshoi një psherëtimë të zgjatur që shprehte një kënaqësi të llahtarshme tek e shikoje. Në këtë psherëtimë u dëgjua një nga jehonat e fundit të ëmbëlsisë së tij, që dukej sikur shkonte diku thellë, në atë qendrën e panjohur prej nga dalin e ku drejtohen simpatitë njerëzore. Fytyra e tij e mbledhur nga dhembjet mori një pamje gëzimi të sëmurë. Të dy studentët, të prekur thellë nga ky shkëlqim i tmerrshëm i një ndjenje të fuqishme që jetonte ende, megjithëse mendja s'i punonte më, derdhën lot të nxehtë mbi plakun në të hequr shpirt, që lëshoi një britmë të fortë gëzimi.

- Nasi! Fifinë! - thirri ai.
- Rron akoma, - tha Bianshoni.
- E ç'i duhet jeta atij, - ia bëri Silvia.
- Që të vuajë, - u përgjigj Rastinjaku.

Si i dha të kuptonte me shenja shokut që të bënte si ai,

Bianshoni u gjunjëzua për të futur duart nën këmbët e të sëmurit, teksa Rastinjaku veproi në të njëjtën mënyrë, nga ana tjetër e krevatit, për t'i futur duart nën kurriz. Silvia rrinte gati që të tërhiqte çarçafin, posa ta ngrinin plakun, dhe ta ndërronin me një nga ata që kishte sjellë. I gënjyer pa dyshim nga lotët e studentëve që i ranë mbi fytyrë, Gorioi vuri gjithë fuqinë që i kishte mbetur për të shtrirë duart, takoi nga të dy anët e krevatit kokat e studentëve, i kapi fort nga flokët e tha me zë të mekur:

- Ah, engjëjt e mi!

Shpirti i fluturoi bashkë me këto dy fjalë.

- I gjori plak! - tha Silvia, e mallëngjyer nga kjo britmë ku tingëllonte ndjenja më e lartë e ndezur për herë të fundit nga kjo gënjeshtër e tmerrshme dhe e pandërgjegjshme.

Qenkësh thënë që psherëtima e fundit e këtij ati të ishte një psherëtimë gëzimi. Kjo psherëtimë qe shprehja e tërë jetës së tij; ai po gënjehej përsëri. Xha Gorionë e vendosën prapë me respekt në krevatin e tij. Që prej atij çasti fytyra i mori vulën e dhimbshme të luftës që po bëhej në mes të jetës e të vdekjes në një makinë ku truri e kishte humbur ndjeshmërinë e vetëdijshme, nga e cila rrjedh ndjenja e gëzimit dhe e dhembjes për njeriun. Shkatërrimi i plotë nuk ishte tani veçse çështje kohe.

- Do të rrijë kështu disa orë, pastaj do të vdesë pa u kuptuar fare, bile as grahmat nuk do t'i dëgjohen. Mendjen e ka humbur krejt.

Në këtë kohë u dëgjuan nëpër shkalla hapat e një gruaje të re që mezi merrte frymë.

- Erdhi tepër vonë, - tha Rastinjaku.

Nuk qe Delfina ishte Tereza, shërbyesja e saj.

- Zoti Eugjen, - tha ajo, - në mes të zotërisë dhe zonjës ndodhi një grindje e madhe për shkak të parave që kërkonte e gjora zonjë për t'anë. Ajo u alivanos. Erdhi mjeku, i morën gjak, bërtiste: "Im atë po vdes, dua të shoh babanë!" Klithma që të copëtonin zemrën...

- Mjaft, Terezë. Tani edhe sikur të vinte, do të ishte e kotë. Zoti Gorio e ka humbur mendjen.

-I gjori zotëri, kaq keq qenka! - tha Tereza.

- S'keni më nevojë për mua? Duhet të shkoj të përgatit drekën, vajti ora katër e gjysmë, - tha Silvia, që mend u përpoq në krye të shkallëve me zonjën Dë Resto.

Kontesha u fanit si një hije e rëndë dhe e tmerrshme. Vështroi krevatin e vdekjes, që mezi ndriçohej nga një qiri i vetëm, dhe qau kur pa fytyrën e t'et që shëmbëllente me një maskë ku rekëtinin ende rrëqethjet e fundit të jetës. Bianshoni e pa të udhës të dilte jashtë dhe u ngrit.

- Nuk munda të vija me kohë, - i tha kontesha Rastinjakut.

Studenti bëri me kokë një shenjë pohuese plot trishtim. Zonja Dë Resto i mori dorën t'et dhe ia puthi.

- Falmëni, atë! Ju thoshit se zëri im do t'ju ngrinte nga varri; kthehuni, pra, një çast në jetë që të bekoni vajzën tuaj të penduar. Dëgjomëni. Kjo është e llahtarshme! Tani vetëm bekimi juaj më ka mbetur në këtë botë. Të gjithë më urrejnë, vetëm ju më doni. Edhe fëmijët e mi do të më urrejnë. Merrmëni edhe mua me vete, unë do t'ju dua, do të përkujdesem për ju. Nuk më dëgjon... po luaj mendsh...

Ra më gjunjë te këmbët e tij dhe soditi kufomën si në përçartje.

- Tanimë si mungon gjë fatkeqësisë sime, - tha ajo duke vështruar Eugjenin. - Zoti Dë Trajë iku duke lënë këtu borxhe shumë të mëdha, dhe e mora vesh që më gënjente. Im shoq nuk do të ma falë kurrë, dhe unë e lashë zot të pasurisë sime. Mbaruan të gjitha ëndrrat e mia. Oh! Dhe për kë e tradhtova të vetmen zemër (ajo tregoi t'anë) që më adhuronte! E mohova, e përbuza, i punova një mijë të zeza, sa e ligë që jam!

- E dinte, - iu përgjigj Rastinjaku.

Atë çast, xha Gorioi hapi sytë, po nga një dhembje që i mblodhi fytyrën. Kontesha iu sul t'et, dhe ky shpërthim i një shpreseje të kotë ishte aq i llahtarshëm, sa edhe pamja e plakut që po fikej.

— Më dëgjon vallë? - thirri kontesha. - Jo, - tha me vete ajo, duke u ulur pranë krevatit.

Meqë zonja Dë Resto shfaqi dëshirën ta ruante vetë t'anë, Eugjeni zbriti të hante pak drekë. Qiraxhinjtë e tjerë ishin shtruar në tryezë.

— E, mos do të shohim ndonjë *vdekjerama* të vogël atje lart? - e pyeti piktori.

— Sharl, - u përgjigj Eugjeni, - më duket se duhet të tallesh me diçka më pak të kobshme.

— Pse, a nuk do të mund të qeshim më këtu? - pyeti përsëri piktori. - Më duket se s'prishet ndonjë punë, gjersa Bianshoni thotë se babloku e ka humbur mendjen.

— Eh, ai do të vdesë ashtu si ishte në jetë, - tha nëpunësi i muzeumit.

— Vdiq im atë! - klithi kontesha.

Kur dëgjuan këtë britmë të tmerrshme, Silvia, Rastinjaku dhe Bianshoni u ngjitën lart dhe e gjetën zonjën Dë Resto të alivanosur. Si e përmendën, e shpunë te karroca që po e priste te porta. Eugjeni porositi Terezën që të kujdesej për të dhe ta çonte në shtëpinë e zonjës Dë Nysingen.

— Oh! Ka mbaruar, - tha Bianshoni, duke zbritur.

— Hajde, zotërinj, uluni të hani, do t'ju ftohet supa, - tha zonja Voker.

Të dy studentët ndenjën pranë e pranë.

— Ç'duhet të bëjmë tani? - pyeti Eugjeni Bianshonin.

— Unë ia mbylla sytë dhe e rregullova si duhet. Do të shkojmë të lajmërojmë mjekun e bashkisë dhe, me ta vërtetuar edhe ai vdekjen, do ta mbështjellim me një qefin e do ta varrosim. Ç't'i bëjmë tjetër?

— Nuk do ta nuhatë më bukën kështu, - ia bëri një qiraxhi, duke imituar ngërdheshjen e bablokut.

— Djalli ta marrë! Po mjaft, pra, zotërinj, me xha Gorionë, - ia bëri repetitori, - na lini të hamë rehat, se kemi një orë që po merremi me të. Një nga privilegjet e Parisit është se mund të lindësh, të rrosh e të vdesësh në këtë qytet të mirë pa u bërë njeri merak për ty. Le të përfitojmë, pra, nga të mirat e qytetërimit. Sot mund të kenë vdekur gjashtëdhjetë veta këtu, mos doni të vajtoni mbi hekatombat pariziane? Në ngordh xha Gorioi, aq më mirë për të! Në qoftë se ju e adhuroni, shkoni ruajeni dhe na lini ne të tjerëve të hamë bukë rehat.

— Oh, posi, — tha vejusha, — bëri shumë mirë që vdiq! Me sa duket, ia kanë nxirë jetën të gjorit.

Kjo qe e vetmja nekrologji e një njeriu që përfaqësonte Atësinë për Eugjenin. Të pesëmbëdhjetë qiraxhinjtë zunë të bisedonin si zakonishtht. Kur mbaruan Eugjeni me Bianshonin së ngrëni, zhurma e pirujve dhe e lugëve, të qeshurat që bëheshin në muhabet e sipër, shprehjet e ndryshme të këtyre fytyrave grykëse dhe indiferente, moskokëçarja, e tyre, të gjitha këto i mbushën me urrejtje.

Ata dolën të kërkonin një prift që ta gdhinte atë natë të vdekurin e të lutej pranë krevatit të tij. Iu desh të numëronin shërbimet e fundit që mund t'i bënin bablokut me ato pak të holla që u kishin mbetur. Aty nga ora nëntë e mbrëmjes, kufoma u vendos mbi një dërrasë, midis dy qirinjve, në atë dhomë të zhveshur, dhe një prift erdhi e u ul pranë krevatit. Përpara se të flinte, Rastinjaku, si e pyeti klerikun sa do të kushtonin shërbimet fetare dhe ato të varrimit, u shkroi nga një pusullë baronit Dë Nysingen dhe kontit Dë Resto, duke i lutur të dërgonin njerëzit e tyre për të paguar të gjitha shpenzimet e varrimit. Ua dërgoi me Kristofin, pastaj u shtri dhe e zuri gjumi sakaq, ngaqë ishte i lodhur e i kapitur. Të nesërmen në mëngjes Bianshoni me Rastinjakun u shtrënguan të shkonin ta lajmëronin vetë këtë vdekje në bashki, mjeku i së cilës erdhi e vërtetoi aty nga dreka. Si shkuan edhe dy orë e, meqë asnjë nga të dy dhëndurët s'kishte dërguar të holla (ata s'kishin dërguar asnjeri në pension), Rastinjaku u detyrua ta paguante vetë priftin. Silvia kishte kërkuar dhjetë franga për t'i qepur qefinin e për t'ia veshur bablokut. Eugjeni me Bianshonin llogaritën se, meqë nuk donin t'i ndihmonin njerëzit e të vdekurit, do të ishte zor t'u dilnin të hollat për të përballuar të gjitha shpenzimet e varrimit. Studenti i mjekësisë mori përsipër ta shtinte vetë kufomën në një tabut nga ata të të varfërve, që e solli nga spitali Koshën, ku ia dhanë me zbritje.

- Punoju një reng atyre myteberëve, - i tha ai Eugjenit. - Shko bli një copë tokë për pesë vjet në varrezat Perë-Lashezë dhe porosit një shërbim të klasit të tretë në kishë dhe në zyrën e varrimit. Në qoftë se dhëndurët dhe vajzat nuk pranojnë të t'i paguajnë ato që ke shpenzuar, atëherë vër të shkruajnë kështu mbi varrin e tij: "Këtu prehet zoti Gorio, ati i konteshës Dë Resto dhe i baroneshës Dë Nysingen, i varrosur me shpenzimet e dy studentëve".

Eugjeni e ndoqi këtë këshillë që i dha shoku vetëm kur vizita e tij te zoti dhe zonja Dë Nysingen dhe te zoti e zonja Dë Resto nuk dha ndonjë fryt. Ai nuk e kaptoi dot pragun e portës së këtyre shtëpive. Secili nga portierët kishte marrë urdhër të prerë.

- Zotëria dhe zonja, - thanë ata, - nuk presin njerëz sot; u ka vdekur i ati dhe janë thellësisht të pikëlluar.

Eugjeni kishte mjaft përvojë nga shoqëria pariziane dhe e kuptoi se s'duhej të ngulte këmbë. I theri në zemër, kur e pa që s'ishte e mundur të arrinte gjer te Delfina.

"Shisni një stoli, - i shkroi asaj në një pusullë te portieri, - që të përcillet me nder ati juaj në banesën e tij të fundit".

E palosi pusullën dhe e luti ushakun e baronit që t'ia dorëzonte Terezës për të zonjën; po ushaku ia dha baronit Dë Nysingen, i cili e hodhi në zjarr. Si mbaroi të gjitha përgatitjet, aty nga ora tre, Eugjeni u kthye në pension dhe s'i mbajti dot lotët, kur pa te porta tabutin që mezi e mbulonte një beze e zezë dhe të vendosur mbi dy frona në atë rrugë të shkretë. Në një pjatë bakri të larë me argjend e të mbushur plot me ujë të bekuar, ishte futur një spërkatëse e vjetër që ende s'ishte prekur nga njeri. Te porta s'kishte asnjë shenjë zie. Kjo ishte vdekja e të varfërit, vdekje pa luks, pa farefis, pa shoqërues dhe pa miq.

Bianshoni, i zënë me punë në spital, i kishte shkruar një pusullë Rastinjakut, ku i tregonte se ç'kishte bërë me kishën. Ai e lajmëronte se mesha kushtonte shumë dhe se ata duhej të mjaftoheshin me ndonjë shërbim fetar më pak të kushtueshëm; për këtë punë kishte dërguar një letër me Kristofin në zyrën e varrimit. Kur mbaroi së lexuari ata rreshta të shkarravitur nga Bianshoni, Eugjenit i zunë sytë në duart e zonjës Voker medalionin me rreth të artë që kishte brenda flokët e të dy vajzave.

- Si guxuat t'ia mermi këtë? - e pyeti ai.
- O zonja shën Mëri! Po pse, me gjithë këtë doni ta varrosni? Është prej floriri, - u përgjigj Silvia.
- Sigurisht! - u përgjigj Eugjeni, i inatosur, - le të marrë të paktën me vete kujtimin e vetëm që ka nga të bijat.

Kur erdhi karroca e të vdekurve, Eugjeni urdhëroi ta ngrinin tabutin përsëri sipër, zbërtheu kapakun dhe i vuri mbi gjoks bablokut me respekt atë gjë që pasqyronte kohën kur Delfina me Anastasinë ishin të reja, të pastra, të padjallëzuara dhe "nuk e vrisnin mendjen", siç pati thënë ati i tyre, kur ishte më të dhënë shpirt. Vetëm Rastinjaku me Kristofin dhe dy varrmihësit e shoqëruan karron e përmortshme që e çon bablokun e gjorë në Sent-Etienë dy Mon, një kishë pranë rrugës Nëvë-Sent-Zhënëvievë. Me të arritur aty, kufomën e shpunë në një kapelë të ulët e të errët, rreth së cilës më kot studenti kërkoi të dy vajzat e xha Gorioit ose burrat e tyre. Ai mbeti vetëm me Kristofin, që e ndiente për detyrë t'i bënte shërbimet e fundit një njeriu që i kishte dhënë mundësi të fitonte disa bakshishe të mira. Teksa po prisnin të dy priftërinjtë, koristin dhe shërbyesin e kishës, Rastinjaku i shtrëngoi dorën Kristofit, pa mundur të thoshte asnjë fjalë.

- Po, zoti Eugjen, - tha Kristofi, - ishte një burrë i urtë e i ndershëm që s'e ngriti kurrë zënë, që s'i ra më qafë njeriut dhe s'bëri kurrë keq.

Të dy priftërinjtë, koristi dhe shërbyesi i kishës erdhën dhe dhanë aq sa mund të jepej për shtatëdhjetë franga në një kohë kur feja nuk është aq e pasur sa të lutet falas. Njerëzit e klerit kënduan një psallmë. Shërbimi fetar zgjati njëzet minuta. Kishte vetëm një karrocë të përmortshme për një prift dhe një korist që pranuan të mermin edhe Eugjenin dhe Kristofin.

- S'paska njerëz fare, - tha prifti, - mund të shkojmë shpejt që të mos vonohemi, vajti pesë e gjysmë ora.

Kur e vunë kufomën në karrocën e të vdekurve, erdhën dy karroca me emblema, po bosh, ajo e kontit Dë Resto dhe ajo e baronit Dë Nysingen, dhe e përcollën të vdekurin gjer në varrezat Perë-Lashezë. Më ora gjashtë, trupi i xha Gorioit u zbrit në varr, rrotull ishin karrocierët e të bijave, po dhe ata u zhdukën menjëherë bashkë me priftërinjtë, me të mbaruar lutja e shkurtër që u këndua për bablokun me të hollat e studentit. Si hodhën ca lopata dhe mbi tabutin për ta mbuluar, të dy varrëmihësit u ngritën dhe njëri syresh i kërkoi Rastinjakut bakshishin. Eugjeni futi dorën në xhep, po s'gjeti asnjë dhjetësh; u shtrëngua t'i merrte hua Kristofit njëzet solda. Ky rast që në vetvete s'kishte asnjë rëndësi, e mbushi Rastinjakun me një trishtim të thellë. Kishte zënë të ngrysej, një muzg i lagësht të cingriste nervat; ai vështroi varrin dhe mbuloi në të lotin e fundit të djalërisë, atë lot të shkëputur nga emocionet e shenjta të një zemre të kulluar, një nga ata lot që, nga toka ku bien, çohen gjer në kupë të qiellit. Kryqëzoi duart dhe soditi retë; tek e pa ashtu, Kristofi iku dhe e la.

Rastinjaku mbeti vetëm; bëri disa hapa në të përpjetën e varrezave dhe pa Parisin, që gjarpëronte nga të dyja anët e lumit Senë, ku zunë të llamburisnin dritat. Sytë e tij u mbërthyen me lakmi në mes të shtyllës së sheshit Vandomë dhe kubesë së Shtëpisë së Invalidëve, atje ku jetonte ajo shoqëri e lartë e Parisit, objekti i synimeve të tij. Eugjeni i hodhi asaj koshereje që zukiste një vështrim, si t'i thithte që më parë mjaltin, e tha këto fjalë të madhërishme:

- Tani të shohim se kush do të fitojë; unë apo ti: Dhe, duke i hedhur sfidën kësaj shoqërie, ai shkoi për drekë te zonja Dë Nysingen.

Sashë, shtator 1834.

www.ingramcontent.com/pod-product-compliance
Lightning Source LLC
LaVergne TN
LVHW032004070526
838202LV00058B/6286